177

I GRANDI

TASCABILI BOMPIANI

D1731282

CRONIN

LA
CITTADELLA

BOMPIANI

Titolo originale
THE CITADEL

Traduzione di
CARLO COARDI

ISBN 88-452-1724-8

© 1937 A.J. Cronin
© 1938 Gruppo Editoriale Fabbri, Bompiani, Sonzogno, Etas S.p.A.
Via Mecenate, 91 - Milano

I edizione "I Grandi Tascabili" aprile 1991

PARTE PRIMA

I

Al tramonto d'un giorno d'ottobre del 1924 un giovane di modesta apparenza osservava, con ansiosa curiosità, dai finestrini di terza classe d'un treno quasi vuoto che risaliva laboriosamente la valle di Penowell, il tetro panorama che si svolgeva davanti ai suoi occhi. Sebbene fosse in viaggio dal mattino, provenendo dal settentrione, l'ultimo tratto di quel tedioso, interminabile percorso acuiva, anziché placarla, l'eccitazione prodotta in lui dalle incognite dell'impiego, il primo della sua carriera medica, che andava a coprire in quel paese dall'aspetto così brullo ed inospitale: il South Wales.

Le cime delle montagne sparivano nella violenta pioggia che le sferzava, ma i versanti, neri, solcati dagli scavi minerari erano resi ancor piú desolati dai grossi mucchi di scorie tra cui qualche pecora sporca rovistava con la vana speranza di trovarvi pastura. Non un cespuglio, non un indizio di vegetazione, salvo pochi scheletriti alberelli che nella luce declinante parevano spettri allampanati. All'improvviso, ad una curva del binario, balzò in vista il rosso bagliore d'una fonderia, illuminando una ventina d'operai, nudi fino alla cintola, intenti a martellare con sforzi poderosi. La scena sparí subito dietro il tetto dell'impalcatura d'una miniera, ma persisté negli occhi del viaggiatore il senso di potenza che aveva evocato. Egli tirò un profondo sospiro, percependo nella visione di quello sforzo umano un'arcana correlazione con l'ardore da cui si sentiva animato all'inizio della sua carriera.

L'oscurità, accentuando la stranezza e l'irrealtà del panorama, era ormai fitta quando il treno entrò ansando nella stazione di Blaenelly, che era il punto terminale della linea. Arrivato, finalmente! Afferrata la valigia, il viaggiatore saltò giú dal treno e camminò rapidamente sulla banchina, scrutando attentamente le facce dei pochi astanti, in cerca di qualche segno di accoglienza. All'uscita, sotto un lampione a gas che il vento tentava di spegnere, notò un vecchio, dalla faccia ingiallita, che pareva in attesa di lui. Portava uno di quei cappelli cilindrici, ma bassi e opachi, né tuba né bombetta, che usavano nella City sessant'anni addietro, e un camicione impermeabile, perfettamente bianco, che gli scendeva sino ai piedi. Guatò il viaggiatore con occhio itterico e lo interpellò con voce riluttante: "Scusate, siete voi il nuovo assistente del dottor Page?"

"Precisamente."

"Io sono Tom, il cocchiere." Gli prese la valigia di mano, la posò nel calessino, salí al proprio posto, prese le redini e appena il viaggiatore si fu accomodato accanto a lui diede la voce all'angoloso ronzino morello: "Ooohp, Taffy!"

La strada s'inoltrava nel villaggio, che sotto la pioggia battente non presentava che un ammasso confuso di basse case grigie. Per parecchi minuti il cocchiere si limitò a lanciare, di sotto alla tesa stillante del suo tubino, occhiate pessimistiche al viaggiatore. Non era il tipo di cocchiere *stilizzato* d'un medico prosperoso, ma tutto il contrario: trasandato, imbronciato, emanava un aggressivo odore di grasso da cucina. Inaspettatamente pose una domanda: "Siete appena laureato, vero?" L'altro annuí. "L'avevo capito subito." Sputò, soddisfatto d'avere indovinato. "L'ultimo assistente ci ha piantati dieci giorni fa. È raro che si fermino da noi."

"Perché?"

"Troppo lavoro, per cominciare."

"E per finire?"

"Lo scoprirete da voi." Con la frusta puntò ad una fila di casupole che avevan tutte sul tetto un pennacchio di fumo. "Vedete quella? È la bottega di mia moglie. Friggiamo il pesce due volte la settimana. Forse verrete a onorarci."

All'altezza della bottega il selciato della via, che era la

strada principale del villaggio, cessava, e il calessino procedette sobbalzando traverso un tratto di sterrato dal fondo disuguale, donde svoltò per imboccare un vialetto d'accesso ad un villino, il cui nome, Bringower, stava scritto sui pilastri del cancello. "Eccoci arrivati," disse Tom, fermando.

Il viaggiatore saltò giú, e nello stesso momento la porta s'aprí, e una piccola signora sulla quarantina, tondetta e sorridente, col viso lucido e gli occhietti vispi, audaci e ammiccanti, lo accolse con notevole effusione: "Bene arrivato, dottor Manson, avete fatto buon viaggio? Accomodatevi, accomodatevi, io sono la moglie del dottor Page, ho piacere di vedervi, non ho fatto che pensare a voi, da quando ci siamo liberati dell'ultimo assistente, dovevate vedere che antipatico, e non faceva niente di buono, ma lasciamo andare, adesso che siete arrivato voi le cose andranno meglio, venite, vi mostro io la vostra camera..."

E gli mostrò, al piano superiore, uno stanzino che conteneva un letto di ottone, un comò verniciato di giallo e un tavolino di bambú sul quale stavano il catino e la brocca. Guardandosi attorno, mentre la signora lo scrutava in viso coi suoi occhietti neri a testa di spillone, Manson osservò, con studiata affabilità: "Starò benone in casa vostra, Mrs Page."

"Sfido io!" replicò l'altra sorridendo, e dandogli maternamente un colpetto sulla spalla, "io tratto bene chi mi tratta bene: non è cosí che si deve fare? Ma adesso, prima di tutto, venite che vi presento a mio marito." Fece una pausa, scrutandolo ancora negli occhi, e d'un tono che voleva esser disinvolto aggiunse: "Non so se ne ho fatto cenno nelle mie lettere, ma mio marito non sta bene da qualche tempo in qua." Manson la guardò con sorpresa, "Niente di grave," seguitò lei, senza dargli tempo di interrogare, "ma da qualche settimana è a letto, ad ogni modo sarà presto guarito, non abbiate paura; venite."

Perplesso, Manson la seguí nel corridoio, in fondo al quale ella spalancò una porta, esclamando giuliva: "Edward, è arrivato il dottor Manson, il nuovo assistente, è venuto a salutarti."

Edward Page si voltò, con sforzi visibili, a giacere sulla schiena. Era un omone sulla sessantina, ossuto, dai lineamenti duri, con occhi luminosi ma stanchi, che esprimevano sofferenza e pazienza, ma non rassegnazione. Il lume a petrolio gettando luce sul guanciale rivelava che metà della sua faccia era paralizzata, e la mano sinistra, abbandonata sulle coperte e raggrinzita a forma di cartoccio, indicava che la paralisi aveva colpito tutto il lato sinistro della persona. Osservando questi indizi d'un colpo apoplettico grave e tutt'altro che recente, Manson si sentí inesprimibilmente sconvolto. Il silenzio durò parecchi secondi. Fu il dottor Page che parlò, con difficoltà, biascicando un poco le parole: "Spero che vi troverete bene qui. E che il lavoro non vi spaventerà, siete cosí giovane."

"Ho ventiquattr'anni," rispose Manson, imbarazzato, "è il mio primo impiego, sí, signore, ma non son io che ho paura di lavorare."

"Cosí va bene!" esclamò Mrs Page. "Vero, Edward? Non lo dicevo, io, che avremmo avuto fortuna col nuovo assistente?"

Il viso del malato espresse un'ancor piú rigida immobilità. Posò gli occhi su Manson come per studiarne la fisionomia, ma il suo interesse svaní subito. Disse, con voce stanca: "Spero che vi tratterrete con noi."

"E sfido io! Cosa ti salta in mente?" gridò sua moglie, e, rivolta a Manson, con un sorriso di scusa: "Oggi è un po' giú di corda, ma fra poco lo rivedremo in piedi." E al malato: "Vero, tesoro?" Si chinò per baciarlo, calorosamente, sulla fronte: "Sicuro. Ora noi andiamo a tavola e ti mando su Annie con la cena."

Il vecchio non rispose. La rigidità della guancia morta gli deviava la linea del labbro. La mano sana cercò a tastoni il libro sul comodino. Manson ne lesse il titolo, *Uccelli esotici in Europa*, e si sentí congedato prima ancora che il paralitico prendesse a leggere. Scendendo la scala, percepí una disagevole confusione di idee. Aveva ottenuto l'impiego rispondendo a un'inserzione sul *Lancet*, ma nelle sue lettere Mrs Page non aveva fatto alcun riferimento alla malattia di suo marito. Non si poteva mettere in dubbio la gravità dell'emorragia cerebrale che lo aveva reso invalido. Occorrevano parecchi mesi, nel migliore dei casi, prima che fosse in grado di riesercitare la professione. Con uno sforzo di volontà, Manson scacciò l'enigma dalla sua mente. Era giovane, forte, e non temeva l'eccesso di lavoro che la malattia del suo principale doveva riversare su di lui. Anzi, nel suo entusiasmo, si augurava una valanga di chiamate.

"Fortuna che Jenkins sbriga lui l'ambulatorio stasera," osservò Mrs Page, gaia e vispa, accomodandosi a tavola, "cosí potete senz'altro sedervi a pranzo con me."

"Jenkins?"

"È il nostro dispensiere, un omino servizievole, volenteroso. C'è chi lo chiama persino dottor Jenkins, per quanto naturalmente non sia nemmeno da paragonarsi con mio marito. Ma ha fatto lui l'ambulatorio, questi dieci giorni: non solo, ma anche qualche visita."

Manson le lanciò un'altra occhiata di sorpresa. Cominciava a vederci chiaro. Gli tornò alla memoria tutto quanto aveva sentito dire sulle pratiche, molto discutibili, che erano tollerate in quei remoti monti del Wales. Fece un nuovo sforzo per star zitto.

Appena seduta con la schiena al fuoco, Mrs Page tirò un sospiro di compiaciuta aspettativa ed agitò il campanello che aveva dinanzi a sé. Annie, una fantesca di mezz'età, dal viso pallido e pulito, non tardò a comparire con la cena, ed entrando scoccò un'occhiata al nuovo assistente. Mrs Page, imburrando una fetta di pane, si credette in dovere di presentarglielo. Annie fece un cenno del capo e pose davanti a Manson un osso di pollo freddo, scarsamente munito di polpa, ma alla padrona serví una bistecca calda, guarnita di cipolline, e un quartuccio di birra. Mrs Page spiegò: "Non ho mangiato quasi niente a colazione; e seguo un regime, sono un poco anemica. Carni rosse e bevande toniche."

Manson attaccò con decisione la polpa secca, e bevve acqua fresca. Il suo senso umoristico aveva fortunatamente arrestato il primo moto d'indignazione che lo aveva fatto fremere. La florida cera della padrona di casa rendeva cosí patente l'invalidità della scusa che aveva addotto che egli dovette fare uno sforzo per non ridere.

Mrs Page manducò laboriosamente, ma parlò poco. Finita la bistecca, pulí diligentemente il piatto con la mollica di pane, e dopo l'ultimo sorso di birra fece schioccare le labbra, s'appoggiò soddisfatta allo schienale, le paffute gote lucide e accese, il respiro leggermente affannoso. Pareva ora disposta a indugiare a tavola, propensa alle confidenze, con la manifesta intenzione di prender le misure al nuovo assistente. Studiandone il viso, vedeva un giovanotto asciutto e semplicione, dai capelli scuri, dall'espressione ingenuamente entusiastica, con zigomi pronunciati, la mandibola forte e gli occhi celesti; occhi che, quando li alzava, erano, nonostante la nervosa tensione della fronte, straordinariamente fermi e inquisitivi. Era insomma, senza peraltro che Blodwen Page se ne rendesse conto, un tipo prettamente celtico. Pur indovinando nell'ospite un ingegno pronto e vigoroso, era compiaciuta, piú di tutto, dalla buona grazia con cui egli aveva accettato l'osso freddo spolpato. Pensava che, sebbene capace di molto appetito, doveva essere facile da nutrire.

"Son certa che s'andrà benissimo d'accordo noi due," dichiarò affabilmente, stuzzicandosi i denti con una forcina, "e me lo merito, per cambiare!" Raddolcita, gli accennò i propri crucci, e abbozzò una vaga pittura della situazione medica del luogo. "È stato un inferno, v'assicuro; con mio marito in quello stato, e una sequela di assistenti incapaci ed arroganti, e un mucchio di spese e sempre meno entrate, andate là, caro dottore, ho avuto i guai dei guai, non ne avete un'idea. E le pene che mi son data per tenermi buona la direzione della miniera! È di lí che percepiamo le nostre rendite. Vedete, è cosí: la miniera ha tre medici, per quanto mio marito sia infinitamente superiore agli altri, senza contare che è in servizio qui da piú di trent'anni; comunque, dicevo, i medici possono tenere uno o piú assistenti per conto loro; mio marito tiene voi, da oggi, il dottor Nicholls tiene Denny, e cosí via, ma gli assistenti non dipendono dalla miniera, la miniera deduce dalle paghe degli uomini un tanto che serve a pagare i medici in proporzione del numero dei clienti di ciascuno. Capito?"

"Capisco."

"Bene; dunque tutto quel che dovete fare voi è di tenere a mente che lavorate per mio marito, e per vostro conto, questo è l'essenziale; se lo tenete a mente, son certa che s'andrà benissimo d'accordo io e voi."

Manson riportò l'impressione che la moglie del suo principale, sotto una parvenza d'affabilità, non mirava che a stabilire la propria autorità su di lui. E n'ebbe la conferma quando Blodwen Page, data un'occhiata alla pendola, s'alzò e concluse, con un cambiamento di voce, che suonò quasi perentoria: "A proposito, c'è una chiamata, che è venuta verso le cinque, dal numero 7 di Glydar Place. Sarà bene andarci subito."

II

Manson uscí subito, e con un senso di sollievo, per recarsi a visitare il malato; lieto, anzi, dell'occasione che gli si offriva di sottrarsi alle curiose e contrastanti emozioni suscitate in lui dal suo arrivo a Bringower. Aveva già il barlume di un sospetto circa la situazione: la moglie del suo principale rivelava un'indubbia inclinazione a sfruttare al massimo le attività del nuovo assistente durante la forzata inattività del titolare. Era una situazione assai diversa da quella che aveva immaginato nei sogni della sua fantasia. Ma, dopo tutto, l'essenziale era di lavorare; tutto il resto era secondario, e aveva fretta di cominciare. Senz'accorgersene, accelerò il passo, esultando al pensiero che si recava per la prima volta a visitare un malato in casa sua.

Pioveva ancora quando traversò nel fango lo sterrato cosparso di pozzanghere e infilò la via principale. Il villaggio prendeva gradatamente forma ai suoi occhi: botteghe, chiesa, anzi varie chiese, circa una dozzina, ciascuna col suo nome scritto accanto alla targhetta del numero: Zion, Capel, Hebron, Bethel, Bethesda; poi una grossa cooperativa, e là una succursale della Western Counties Bank; ogni casa bene allineata con le altre sui due lati della strada che correndo al fondo della valle incassata dava un senso di oppressione. C'era poca gente a quell'ora. Perpendicolari alla via si schieravano innumerevoli, in molte file, le casupole dal tetto azzurro dei minatori. Di fronte, lontano, sotto un riverbero che si estendeva a ventaglio nel cielo opaco, c'era la rinomata miniera di ematite di Blaenelly, con le sue fonderie.

Arrivò ansante al numero 7 di Glydar Place, bussò alla porta e venne immediatamente introdotto in una cucina, dove il paziente giaceva a letto in un angolo buio. Avvicinatosi, trovò che era una donna, giovane, la moglie d'un minatore chiamato Williams; e il battito del proprio cuore lo avvisò che il momento — punto di partenza della sua vita professionale — era solenne. Quante volte aveva tentato di raffigurarselo, mentre in mezzo ai suoi compagni del policlinico aveva assistito alle visite didattiche del professor Lamplough nell'ospedale! Ma qui era solo, dinanzi ad un'inferma colpita da un male che si trattava di diagnosticare e curare senza l'assistenza di alcuno. Una fitta interna lo rese consapevole della sua nervosità, della sua inesperienza, della sua impreparazione.

Mentre il marito stava in disparte, egli esaminò la paziente con scrupolosa attenzione. Malata lo era, non c'era dubbio. Si lagnava di forti dolori al capo. Temperatura, polso, lingua, tutto concorreva ad indicare che il male era grave. Ma che male era? Difficile, rispondere lí per lí alla domanda. La sua prima visita. Era preoccupato, sia pure, ma comunque, se dovesse riconoscersi incapace a pronunciare una diagnosi, o, peggio, se dovesse prendere una cantonata... Non aveva omesso il minimo particolare; ma aveva un bel riandare ad uno ad uno tutti i sintomi che aveva osservato, non riusciva a raggrupparli sotto il nome di un qualsiasi malanno conosciuto. Alla fine, sentendo che non poteva prolungare indefinitamente le sue investigazioni, si raddrizzò lentamente, ripiegò lo stetoscopio, e cercò le parole. Domandò al marito: "Ha cominciato con un raffreddore?"

"Sí," rispose Williams, con fare zelante: durante la lunga visita si era sentito assalire dalla paura. "Tre giorni fa, no, quattro: un raffreddore coi fiocchi, signor dottore."

Manson approvò con un cenno del capo, studiandosi penosamente di generare quella fiducia che a lui purtroppo faceva totalmente difetto. Bofonchiò: "La guariremo presto. Venite all'ambulatorio tra mezz'ora, vi darò una boccetta."

Si congedò e tornò a casa a testa bassa, meditando disperatamente. Nell'ambulatorio, — una baracca di legno presso il cancello di Bringower, — accese il gas e prese a camminare avanti e indietro, occhieggiando torvo le boccette verdi e turchine allineate in varie file sulle mensole, rovistando accanitamente in fondo al suo cervello, ma seguitando a brancolare nel buio. Non c'era un sintomo definito. Era, sí, doveva essere un forte raffreddore, non poteva essere altro, ma dentro di sé sapeva benissimo che non lo era. Sgomento, s'adirava della propria incapacità.

14

Non poteva fare altro che temporeggiare, suo malgrado. Il professor Lamplough, nei casi dubbi, applicava sul muro, al disopra del letto del paziente, un nitido cartellino con le iniziali S.O.S., sepsi di origine sconosciuta: dicitura esatta, e non compromettente, ed aveva un suono scientifico meraviglioso.

Finí per afferrare, con mossa irascibile, una boccetta di sei once, e con un cipiglio di profonda riflessione prese a preparare una mistura antisettica. Nitrato, salicilato di sodio, dove diavolo era il salicilato? oh, eccolo qui. Tentava di persuadersi che erano ottimi rimedi, e non potevano non abbassare la temperatura, non potevano non far bene. Il professor Lamplough diceva sempre che non esisteva un rimedio piú prezioso del salicilato.

Aveva appunto finito la preparazione, e stava scrivendo, con blanda soddisfazione, le istruzioni sull'etichetta, quando la porta s'aprí, ed entrò un uomo basso e tarchiato, d'una trentina d'anni, con la faccia rossa, seguito da un setter bastardo, e vestito d'una giacca di fustagno verdognolo sotto la mantellina impermeabile, calzettoni da miniera e stivaloni chiodati. Avanzò squadrando Manson e, quando parlò, la sua voce suonò ironicamente, provocativamente garbata: "Ho visto il lume acceso, passando, e ho pensato di venire ad ossequiarvi. Sono un collega: Denny, l'assistente dell'esimio dottor Nicholls, L. S. A.; iniziali che, se non lo sapete, indicano la sua qualità di licenziato dalla Società degli Apotecari, la piú onorifica delle qualifiche note agli uomini come agli dei."

Manson guardò l'intruso con occhi dubbiosi. Denny s'accese una sigaretta, gettò il fiammifero in terra e prese a passeggiar su e giú da padrone. Fermandosi davanti a Manson, si chinò a leggere l'etichetta, stappò la boccetta, l'annusò, e parve approvare: "Benone. Avete dunque già cominciato l'opera buona. Un cucchiaio da minestra ogni tre ore. Fa piacere rilevare la persistenza delle vecchie tradizioni. Ma ditemi: non vi vien mai fatto di pensare a quei cucchiai da minestra che scendono negli esofaghi tre volte al giorno? E cosa ci avete messo? Nitrato, a giudicare dall'odore. Eccellente. Stimolante, carminativo, diuretico, e suscettibile d'essere ingurgitato a scodelle. Come dice il libriccino rosso: se in dubbio, somministrate nitrato..., o iod. di pot., non so piú. M'accorgo ahimé che comincio a dimenticare le regole fondamentali." Poi, notando l'impressione di studiata imperturbabilità della faccia di Manson, scoppiò inaspettatamente a ridere e domandò: "Scienza a parte, dottore, toglietemi una curiosità. Perché diavolo siete venuto a cacciarvi qui?"

Manson stava per perdere la pazienza. Rispose sarcasticamente: "Mi proponevo di convertire Blaenelly in una stazione climatica."

Denny affettò una risata cordiale, che però suonò come un insulto, tanto che a Manson venne la voglia di tirargli uno schiaffo per farlo smettere. "Spiritoso, dottore, spiritosissimo! Il vero spirito travolgente del vero scozzese. Disgraziatamente non posso raccomandare l'acqua della regione come eminentemente, idealmente idroterapica. Quanto ai luminari della nostra professione, in queste dolci vallate sono semplicemente scandalosi."

"Voi compreso?"

"Io in prima linea." Poi cambiò bruscamente di tono. "Sentite, Manson, mi rendo benissimo conto che siete qui per una breve sosta prima di avviarvi verso piú nobili mete, ma frattanto ritengo utile illuminarvi su due o tre punti importanti. Prima di tutto, non aspettatevi di trovare le cose qui conformi alle idee moderne. Non c'è ospedale, non un'ambulanza, niente raggi X, niente di niente. Se s'ha da operare, s'usa la tavola della cucina, e ci si lava le mani nell'acquaio. In tempo di siccità i bambini muoiono come mosche, di diarrea infantile. Page, il vostro principale, era un ottimo medico ai suoi tempi, ma amareggiato da Blodwen e, comunque, oramai spacciato. Nicholls, il mio, è una levatrice, solo avido di lucro. Quanto al terzo, Bramwell, soprannominato non so perché Silver King, non sa far altro che recitare pezzi sentimentali e i Canti di Salomone. Io, poi, — meglio prevenire le lusinghiere informazioni altrui, — bevo come un pesce. Oh, e Jenkins, il vostro addomesticatissimo droghiere, fa per conto suo un proficuo piccolo commercio di pillole sovrane nei malanni della donna." Fece una breve pausa, poi aggiunse, come parlando tra sé: "Credo di avervi messo al corrente su quasi tutto." E rivolto al cane gridò: "Andiamo, Hawkins!" Il bastardo, svegliato di soprassalto, si trasferí pigramente verso la porta. Denny l'aprí e prima di uscire impartí, d'un tono totalmente disinteressato, un ultimo ragguaglio: "Ancora una cosa. Se fossi voi, penserei all'enterite, in quel caso di Glydar Place. Non tutti son tipici, i casi d'enterite." E, prima che Manson potesse rispondere, Denny e Hawkins sparirono nelle tenebre.

III

Non fu la durezza del materasso, bensí la crescente ansietà al riguardo della sua prima cliente che impedí a Manson di riposare, la notte del suo arrivo a Blaenelly. Era possibile che fosse davvero enterite? L'ipotesi suggerita da Denny aveva fatto nascere nella sua mente già malcerta un'addizionale corrente di dubbio e di diffidenza. Temeva d'aver omesso di rilevare qualche sintomo importante; non se ne dava pace, e si accusava di supina ignoranza.

Era, per natura, incline ad esagerare la morbosa intensità dei suoi stati d'animo; difetto che probabilmente aveva ereditato da sua madre, scozzese. Suo padre, modesto e laborioso agricoltore del Fifeshire, non era stato favorito dalla fortuna, e quando morí, ucciso nell'ultimo anno della guerra, aveva lasciato la fattoria in un deplorevole stato di passività. La vedova, dopo aver tentato pateticamente di trasformare l'azienda in una latteria, era morta di tubercolosi quando il figlio Andrew, appena diciottenne, era stato ammesso, per virtú d'una borsa di studio, meritatasi nelle scuole secondarie, all'università di St. Andrews.

Quella borsa, istituita per lascito testamentario da Sir Andrew Glen, era stata la salvezza del giovane studente, perché lo aveva messo in grado di proseguire gli studi. Con tipica provvidenza scozzese, il lascito prescriveva, nella sua ingenua terminologia, che "gli studenti meritevoli e bisognosi, battezzati col nome di Andrew, potevano concorrere all'assegnazione di un prestito di 50 sterline all'anno per la durata di 5 anni, alla condizione che fossero coscienziosamente intenzionati a rimborsarlo dopo la laurea". Il Lascito Glen aveva dunque permesso ad Andrew Manson di ultimare i corsi di St. Andrews e quelli ulteriori delle Scuole Mediche nella città di Dundee; cosí che, appena laureato, sospinto dal puntiglio dell'onestà e della gratitudine, aveva accettato con entusiasmo l'oscuro impiego nel South Wales, che assicurandogli un onorario di 250 sterline all'anno gli permetteva di rimborsare le somme ottenute in prestito,

E adesso eccolo a Blaenelly, indicibilmente conturbato dalla difficoltà del problema che gli toccava di risolvere. Quando scese nell'ambulatorio, il mattino seguente, vi trovò già Jenkins, il dispensiere. Era un vispo omiciattolo dal viso scarno, dalle guance cave istoriate di venette porporine, dagli occhi mobilissimi, dalle gambette stecchite inguainate in pantaloni incredibilmente attillati. Salutò il dottore con piglio propiziatorio: "Non occorre, signor dottore, che vi alziate di cosí buon mattino; provvedo io alla distribuzione dei certificati di esenzione. Li firmo con questo timbro, vedete, fac-simile della firma del dottor Page, che la signora ha fatto fare espressamente, da quando è successa la disgrazia."

"Grazie, ma intendo rendermi conto personalmente dell'andamento del servizio." Il dispensiere aveva ripreso a manipolar boccette. "Che cosa state facendo?"

Jenkins strizzò l'occhio. "L'acqua è e sarà sempre il migliore dei buoni rimedi antichi, vero o no? Naturalmente non posso riempirne le boccette alla presenza dei clienti, perché essi non credono nelle sue virtú terapeutiche..."

E avrebbe continuato per un pezzo ad esternare le sue volubili confidenze se non fosse stato interrotto da una voce acuta che lo chiamò ripetutamente: "Jenkins! Jenkins! Ho bisogno di voi! Sbrigatevi! Svelto!"

L'omiciattolo sobbalzò come un cane ammaestrato sotto lo schiocco di frusta del padrone. "Permettete, dottore, è Mrs Page che mi chiama... E non le piace aspettare..."

Per fortuna i clienti erano poco numerosi quel mattino, cosí che verso le dieci e mezzo Manson, munito dell'elenco delle visite preparatogli da Jenkins, poté partire nel calessino ordinando a Tom di condurlo dapprima al numero 7 di Glydar Place. Vi si trattenne una ventina di minuti ed uscendo eseguí un'altra visita al numero 11, che era anche sull'elenco. Dal numero 11 traversò la via ed entrò al numero 18. Dal numero 18 svoltò l'angolo e visitò altri quattro malati che abitavano in Radnor Street e che Jenkins aveva già esaminati la vigilia. Cosí, nello spazio di un'ora ebbe modo di persuadersi che, dei sette malati visitati in quel quartiere, cinque rivelavano indubbi sintomi di enterite. E da dieci giorni Jenkins li curava con carbonato di calce ed oppio. Con un brivido d'apprensione si rese conto che si trattava di un'autentica epidemia di tifo.

Ultimò il suo giro, con la massima rapidità, in uno stato di panico. A colazione, — che consisteva unicamente d'un piatto di cervella fritta, giustificato dalla padrona di casa col pretesto che costituiva il cibo prediletto da suo marito, — egli meditò sulla situazione nel piú assoluto silenzio, convinto dell'impossibilità di ricevere utili informazioni o valida assistenza da Mrs Page. Decise, fra sé e sé, di chieder consiglio al suo principale.

Subito dopo colazione andò subito a bussare alla sua porta e fu ammesso nella camera semibuia. Il paralitico giaceva prostrato da una violenta emicrania, la fronte spaventosamente accesa. Manson non ebbe il coraggio di comunicargli la notizia dello scoppio dell'epidemia, e si limitò a domandargli, dopo qualche minuto di conversazione: "Nel caso di malattie contagiose, signor dottore, quale sarebbe, date le circostanze, la miglior linea di condotta da seguire?"

Dopo una pausa, il malato rispose, con gli occhi chiusi, e senza muoversi, dato che il solo sforzo di parlare bastava già ad aggravare la sua sofferenza: "È sempre stato il nostro guaio grave. Non abbiamo ospedale, e nemmeno un locale per quarantena. L'unica è di telefonare al medico provinciale, il dottor Griffiths, a Toniglan, che è a 20 chilometri." Altra pausa, piú lunga. "Ma anche lui può far poco."

Rinfrancato da quest'informazione, Manson s'affrettò abbasso, andò al telefono e chiamò Toniglan. Mentre aspettava, notò che Annie, dalla cucina, lo guardava con curiosità.

"Pronto! Pronto! Parlo col dottor Griffiths di Toniglan?"

Una voce mascolina rispose, guardinga: "Chi lo desidera?"

"Il dottor Manson di Blaenelly: l'assistente del dottor Page. Ho cinque casi di tifo in paese. Desidero al piú presto un sopralluogo da parte del medico provinciale."

La replica venne su d'un tono canterino, di scusa, tipicamente gallese: "Mi dispiace, signor dottore, ma il dottor

Griffiths è partito per Swansea; per importanti ragioni professionali."

"A che ora sarà di ritorno?" gridò Manson. La trasmissione era poco chiara.

"Non saprei, mi spiace."

"Nemmeno approssimativamente?" Aspettò invano la risposta. La comunicazione era stata tolta. "Giurerei," brontolò Manson sottovoce, "che era lui stesso, Griffiths, che parlava..."

"E probabilmente non sbagliereste," dichiarò Annie, dalla cucina. "Non è mai disponibile, a quest'ora il medico provinciale. Nel pomeriggio va quasi sempre a giocare a golf, a Swansea. Io al vostro posto, signor dottore, non perderei il mio tempo..."

Manson rivisitò i suoi malati nel pomeriggio, e quando tornò era già l'ora della visita serale nell'ambulatorio. Per un'ora e mezzo esaminò i clienti nello sgabuzzino retrostante alla baracca, che era cosí piccolo che le pareti sudavano del vapore dei corpi madidi. Eran tutti minatori, affetti dai soliti mali tipici del mestiere e denominati, con una terminologia incomprensibile: *nystagmus, beat knee, beat elbow*; qualche caso di artrite, di contusioni, di ferite. E anche le loro mogli, i loro bambini, affetti da tosse, raffreddori, sforzi muscolari...; le piccole indisposizioni della umanità. In tempi normali Manson avrebbe atteso alla bisogna con serenità, anzi con zelo, pago di mostrare le proprie capacità ai suoi nuovi clienti; ma oggi, ossessionato dal problema dell'epidemia, la meschinità delle lagnanze dei presenti lo disanimava, quando non lo esasperava. Tutto il tempo veniva rimuginando sulla necessità in cui si trovava di consultarsi, nonostante la sua riluttanza, con quell'odioso suo collega, Denny, che, volere o no, gli aveva aperto gli occhi alla realtà.

Alle nove e mezzo adottò dunque la decisione eroica di chiedere a Jenkins l'indirizzo di Denny. Il minuscolo manipolatore di droghe, che stava abbassando le serrande con la sollecitudine di chi paventa l'arrivo di qualche ulteriore ritardatario, si voltò a guardarlo con un'espressione di orrore cosí intensa che risultava comica. "Non avete mica intenzione, signor dottore, di bazzicare con quel farabutto? Mrs Page lo detesta."

Manson domandò con impazienza: "E perché lo detesta?"

"Lo detestano tutti. È un villano." Poi interpretando l'atteggiamento di Manson, aggiunse, ma contro voglia: "Del resto, se avete proprio bisogno di saperlo, abita al numero 49 di Chapel Street."

Manson vi si recò subito. Lo trovò in casa. L'affittacamere, vedova d'un minatore, lo introdusse nella sua stanza. Nel vederlo, Denny non dimostrò sorpresa; si limitò a chiedergli, senza alzarsi, e dopo un'occhiata ostile: "Ebbene, già ammazzato qualcuno?"

Manson si impose di tacitare il proprio orgoglio ferito e rispose senza preamboli: "Avete ragione, Denny. È proprio enterite. Non posso perdonarmi di non averlo nemmeno sospettato. Ho cinque casi. Mi trovo in difficoltà, capirete, essendo arrivato solo ieri. Ho telefonato al medico provinciale, ma non ho potuto mettermi in comunicazione con lui. Son venuto a chiedervi consiglio."

Denny masticava la pipa, con l'evidente intenzione di non smascherare i propri sentimenti. "Non state lí sulla soglia come un parroco presbiteriano in procinto di scagliare scomuniche. Accomodatevi. Un bicchierino? No? Ero certo." Non pareva aver fretta. Gli offrí da fumare. "Date un'occhiata a questo microscopio, v'interesserà."

"Ditemi, Denny, avete dei casi anche voi?"

"Quattro. Tutti nello stesso quartiere vostro." Pausa. "L'infezione viene dal pozzo di Glydar Place. Un giorno o l'altro scoppia la bomba, state sicuro. Colpa della fogna. Infetta tutti i pozzi nella parte bassa del paese, e nessuno pensa a ripararla. È da tanto che insisto, con Griffiths appunto, e inutilmente, che sono arcistufo. Probabilmente non vi ha risposto perché sapeva già di che si trattava. È un asino, del tutto incompetente, e, quel ch'è peggio, un ignobile scansafatiche. Per paura che gli riducano gli onorari, si guarda bene dal causar fastidi al Consiglio."

Manson meditò a lungo prima di replicare, e Denny non si curò di rompere il silenzio. Finalmente s'alzò, e congedandosi disse: "Ad ogni modo vi sono grato del ragguaglio circa l'origine dell'infezione. L'unica cosa da fare è di dare ordini severi per ottenere che d'ora innanzi l'acqua venga sempre fatta bollire."

Anche Denny s'era alzato. Diede un grugnito e dichiarò:

"È Griffiths che bisognerebbe far bollire. No, grazie, niente strette di mano, se non vi dispiace. Venite pure a vedermi tutte le volte che vi pare. La società di Blaenelly offre poche distrazioni," e contemplando il suo cane aggiunse, con un'inattesa riesibizione della sua arguzia grossolana: "Cosí poche, che perfino la visita d'un medico scozzese può riuscir gradita, vero, Sir John?"

Sir John Hawkins mostrò con derisione la lingua rossa a Manson e scodinzolò in segno di assentimento.

Tuttavia, mentre rincasava, Manson si rese conto che non sentiva per Denny tutta quell'antipatia che aveva creduto di avvertire la sera prima.

IV

Manson si lanciò nella campagna antitifica con tutto l'ardore della sua natura impetuosa. Amava la professione, e si reputava fortunato d'aver incontrato, proprio all'inizio della sua carriera, quest'occasione favorevole all'esplicazione delle sue attività. Durante le prime settimane lavorò come uno schiavo, ma gioiosamente. Aveva sulle braccia tutta la clientela ordinaria, e trovava ugualmente il modo di attendere, con esultanza, ai casi d'enterite.

In capo a un mese tutti i suoi malati erano in via di miglioramento, e il contagio pareva domato. Quando pensava alle cautele adottate, e cosí vigorosamente imposte, per far bollire l'acqua, per badare alla disinfezione ed all'isolamento, derivava un segreto, seppure un pochetto maligno, compiacimento dal fatto che i propri infermi si rimettevano piú presto di quelli di Denny.

Denny continuava a intrigarlo, a esasperarlo. Si vedevano, per forza di cose, abbastanza sovente e sebbene Denny persistesse ad accennare ironicamente ai risultati dei loro sforzi paralleli, alle volte Manson si sentiva perfino propenso a volergli bene, a causa di quella sua burbera ma schietta semplicità, della quale quel sistematico denigratore d'ogni virtú pareva quasi vergognarsi. Manson, consultando l'Annuario del Corpo Sanitario allo scopo di ragguagliarsi sullo stato professionale del suo indisponente collega, aveva scoperto, non senza sorpresa e ammirazione, che era un *honours scholar* di Cambridge and Guy's e M̄.S. of England,[1] e aveva inoltre la carica onoraria di chirurgo nella città ducale di Leeborough.

Il 10 novembre Denny lo chiamò inaspettatamente al telefono: "Manson, ho bisogno di parlarvi, potete venire alle tre? È importante."

"Va bene. Sarò da voi alle tre."

A colazione, Mrs Page lo interrogò· "Chi era al telefono?"

"Denny."

"Denny? E che bisogno avete, dottore, di tener rapporti con quel brutto figuro?"

Manson fece fronte al nemico con fredda fermezza: "M'è stato di grande aiuto, in questi giorni."

"Via, dottore!" Come sempre quando contrariata, Blodwen sprizzò faville di dispetto. "Il meno che si possa dire di lui è che è un pazzoide. Mai medicine, per principio. Quando la mia amica, Rhis Morgan, che ha sempre, tutta la sua vita, dovuto rimpinzarsi di medicine, andò a consultarlo, lui le ordinò di smettere d'inghiottire tante porcherie — precise parole — e le consigliò di fare invece tutti i giorni cinque chilometri a piedi. Povera Rhis, manco a dirlo, per consolarsi venne da noi, e da quel giorno Jenkins le ha venduto centinaia di ottime boccette. Oh, v'assicuro che Denny è uno sconcio. Ha moglie, sapete; ma naturalmente vivono separati, chi potrebbe sopportare un uomo cosí villano? Sempre ubriaco, per giunta. Farete bene, dottor Manson, a lasciarlo dov'è, credete a me. E ricordate che siete al servizio del dottor Page."

Nel sentirsi impartire, e su quel tono perentorio, la già troppo nota ingiunzione, Manson stentò a reprimere il moto di stizza che l'indignazione gli suggerí. Faceva quanto era in lui per contentare "la padrona", ma cominciava a dover ammettere che le sue esigenze erano smodate. E quell'atteggiamento che assumeva verso di lui, cosí nella lusinga come nel rimbrotto. pareva sempre unicamente diretto allo scopo di cavarne il massimo rendimento in cambio della minima rimunerazione. Era già scaduto da tre giorni il suo primo mese di servizio, e nessuno pensava a corrispondergli lo stipendio: forse una semplice dimenticanza,

[1] *Master of Surgery.* È, in chirurgia, il grado piú alto dei titoli professionali.

sia pure, ma oltremodo seccante, umiliante, un'indelicatezza, cose che non si fanno insomma. A veder la matrona troneggiare a tavola, lucida, paffuta e ben pasciuta, in atto di denigrare Denny, Manson perdette la pazienza. Disse, con subito calore: "Mi riuscirebbe piú facile ricordarmene, Mrs Page, se mi pagaste i miei servigi."

Ella arrossí cosí bruscamente ch'egli fu convinto che l'omissione non era stata fortuita, e che anzi occupava il primo piano nella mente di lei, perché Blodwen rispose, con una mossa del capo secca e provocatrice: "Ve li pagherò quest'oggi, non dubitate. Che insolente!" E per il resto della colazione stette sulle sue, senza guardarlo, come se fosse stata insultata.

Ma subito dopo colazione gli fece segno di seguirla in salotto ed affettando un umore conciliante e giulivo gli disse: "Sedete lí, e non fate il brusco. Ecco qui lo stipendio. Con le buone si va sempre d'accordo con me."

Estrasse dalla borsetta un mazzo di biglietti da una sterlina e cominciò a contarli lentamente rimettendoli ad uno ad uno nella mano di Manson, "uno, due, tre, quattro...," rallentando ostentatamente man mano che progrediva il versamento, e quando arrivò a diciotto lo sospese, e con un sospiro di autocommiserazione ed una scherzevole strizzatina d'occhi osservò: "Ma sapete che è un bel mucchio di denaro, in questi tempi difficili? Dare e ricevere, è sempre stato il mio motto. Posso trattenermi gli ultimi due, per vedere se mi portano fortuna?"

Manson non fiatò, né esternò la minima espressione. Giudicava semplicemente abominevole tanta esosità: la padrona ricavava introiti vistosi dalla clientela curata dall'assistente. Per un minuto intero ella ebbe la faccia tosta di rimanere immobile, scrutando in viso, ma senza leggervi il piú piccolo segno d'una risposta qualsiasi, finché, smessa ogni speranza, con un gesto offensivo gli gettò, quasi, gli ultimi due biglietti, dicendogli seccamente: "Be', allora vedete di guadagnarveli!"

S'alzò di scatto e fece per uscire dal salotto, ma Manson le sbarrò il passo: "Un minuto, Mrs Page, se non vi dispiace."

La sua voce era risoluta, ma fremente di sdegno. "Mi avete dato solo 20 sterline, pari a 240 all'anno, mentre il nostro contratto specifica 250. Quindi mi dovete ancora 16 scellini e 8 pence."

Ella allibí di rabbia. "Esigete anche gli spiccioli!" gridò. "Non per niente siete scozzese! To' prendete, ecco l'argento ed ecco il rame, contento adesso?" I suoi occhi lo schiaffeggiavano, mentre gli contava le monete in mano. Uscí sbattendo la porta.

Manson era indignato piú che tutto dall'ingiustizia del procedimento. Comunque, non lui, da quel cocciuto settentrionale che era, non lui Blodwen poteva illudersi d'infinocchiare. Solo quand'ebbe spedito, mezz'ora piú tardi, il vaglia di 20 sterline agli amministratori del Lascito Glen, trattenendo per sé solo *l'argento e il rame*, solo allora si sentí rinfrancato.

All'uscita, mentre s'accendeva una sigaretta sui gradini dell'Ufficio Postale, vide avvicinarsi il dottor Bramwell. Tutto vestito di nero, la figura eretta, la bianca chioma spiovente sul colletto sudicio, camminava d'un passo lento e maestoso, leggendo un libro. Quando fu all'altezza di Manson, ch'egli aveva già adocchiato da una ventina di passi, imitò la mossa di un attore in scena che incontri inaspettatamente un amico: "Oh, caro Manson. Ero cosí immerso nella lettura che ho rischiato di non vedervi; come va, figliolo?"

Manson sorrise. Era già in buoni termini col dottor Bramwell, che, a differenza del dottor Nicholls, lo aveva cordialmente accolto al suo arrivo a Blaenelly. Era il solo, dei tre medici stipendiati dalla società mineraria, che non tenesse un assistente, perché la sua clientela era poco numerosa; ma aveva una grandiosità di modi che gli conferiva almeno la parvenza di un certo qual prestigio personale. Chiuse il libro, non senza inserire meticolosamente l'indice sporco tra le pagine per segnare il punto dove aveva sospeso la lettura, e infilò, con mossa napoleonica, l'altra mano tra le bottoniere del logoro soprabito. Era cosí teatrale che pareva un fantoccio: Manson capí l'allusione implicita nel soprannome Silver King appioppatogli da Denny.

"E ditemi, Manson, vi piace la vita nella nostra piccola comunità? Come v'ho detto il giorno che siete venuto a far visita alla mia signora, non è poi quella vitaccia che a prima vista si potrebbe credere. Abbiamo una nostra cultura, e io e la mia signora facciamo del nostro meglio per coltivarla, per tener la fiaccola accesa, caro Manson, anche nelle nebbie dei nostri monti... Dovete tornare a vederci, ci farete sempre piacere. Voi non cantate?"

Manson aveva voglia di ridere, non rispose, ma l'altro non s'aspettava risposta. Seguitò: "Abbiamo inteso lodar la vostra attività, nel curare questi incresciosi casi di tifo; Blaenelly è fiera del suo nuovo dottore, sicuro, caro figliolo. Se posso esservi di qualche utilità, contate su me, Manson, contate su me!"

Un senso di compunzione, di fronte all'anzianità del suo collega, sospinse Manson a replicare prontamente: "Grazie, dottore; ho appunto un caso di mediastinite, molto insolito, che vi sarei grato se voleste esaminare con me."

"Davvero?" domandò Bramwell in un tono meno entusiastico. "Non vorrei distogliervi dalle vostre occupazioni..."

"È solo qui alla svolta," insisté Manson, "ed ho un'ora di tempo, prima di recarmi da Denny, con cui ho un impegno. Ci si arriva in due minuti."

Bramwell esitò, era lí lí per rifiutare, poi fece di mala voglia un gesto di assentimento. Andarono insieme a visitare il malato. Il caso presentava, come aveva detto Manson, un interesse particolare, implicante un raro esempio di ipertrofia della ghiandola timo. Manson era, con ragione, soddisfatto di aver pronunciato una diagnosi giusta, e avvertiva un senso di comunicativo ardore invitando il collega a spartire con lui l'emozione della scoperta.

Ma Bramwell, pur avendo accettato l'invito, sembrava scarsamente attratto dalla rarità del caso. Seguí Manson con reticenza nella camera dell'infermo, studiandosi di non respirare con la bocca ma con le sole narici, e s'avvicinò al letto con manifesta repulsione. Eseguí il piú superficiale degli esami, e da una prudente distanza. Solo dopo la visita, quando furono di nuovo nella strada ed ebbe inalata una profonda boccata d'aria pura, ritrovò la sua eloquenza. "Mi compiaccio d'aver osservato il caso alla vostra presenza, figliolo, anzitutto perché il dovere ci vieta di temere i pericoli delle infezioni, e in secondo luogo perché da questi casi eccezionali s'impara sempre qualche cosa. Credete a me, è il piú tipico caso d'infiammazione del pancreas che io abbia osservato finora."

Strinse frettolosamente la mano a Manson, e lo lasciò esterrefatto. Pancreas!, pensò Manson, stordito. Non era stato un *lapsus linguae*, tutto il suo contegno aveva tradito la sua ignoranza, anche la sconclusionata dichiarazione con cui aveva espresso il suo compiacimento. Manson si grattò una tempia. Pensare che un professionista anziano, al quale erano affidate centinaia di vite umane, ignorava la differenza tra il pancreas e il timo, quando l'uno è situato nell'addome e l'altro nel torace sotto lo sterno..., c'era davvero da sbalordire.

Si avviò lentamente verso la casa di Denny, rilevando ancora una volta come tutta la sua preordinata concezione della medicina pratica si sgretolasse d'attorno a lui. Sapeva di essere alle sue prime armi, e quindi capacissimo di commettere errori per inesperienza, ma Bramwell esercitava la professione da lunghissimi anni, e perciò la sua ignoranza non era scusabile. Aveva ragione Denny di deridere la Facoltà. S'era scandalizzato, sulle prime, a sentir Denny sostenere ch'eran migliaia, in tutta la Gran Bretagna, i medici incompetenti che si distinguevano solo per la loro abilità nell'infinocchiare i clienti; ma ora cominciava a domandarsi se le accuse di Denny non contenessero un fondo di verità. Decise di riaprire quel giorno stesso la discussione col suo collega.

Ma quando entrò nella sua stanza, capí subito che il momento non era propizio ad una discussione accademica. Denny lo accolse con un silenzio ignominioso, la fronte aggrottata e l'occhio torvo. Dopo un momento annunciò: "Jones è morto stamattina alle sette. Perforazione." Dal suo tono si capiva che cercava di contenere la collera che lo agitava. "E ho due casi nuovi di enterite."

Manson abbassò gli occhi, senza saper cosa dire.

"Inutile far quella faccia compunta," seguitò l'altro, con amarezza, "per esternarmi la vostra accorata simpatia. Siete capacissimo di gongolar di gioia, dentro di voi, vedendo i miei crepare mentre i vostri guariscono tutti. Ma aspettate che quella maledetta fogna vi porti i bacilli nella vostra zona, e poi vedrete!"

"Via, Denny, smettete il sarcasmo, sapete benissimo che sono spiacente quanto voi. Dobbiamo agire, dobbiamo scrivere al Ministero..."

"Che? Anche scrivendo dozzine di lettere, tutto quello

che potremmo sperarne sarebbe l'ispezione di un ciuco di Commissario tra sei mesi. Niente Ministero. Ci ho riflettuto su, e son venuto alla conclusione che c'è un modo solo per deciderli a rifar la fognatura."

"Quale?"

"Minare la vecchia."

Per un attimo Manson dubitò che il collega fosse impazzito. Poi ebbe un barlume dell'oscuro proposito che meditava. Lo guardò costernato. "E se ci scoprono?"

Denny gli lanciò con disprezzo un'arrogante occhiata. "Non ho chiesto la vostra complicità!"

Tuttavia Manson, punto sul vivo, prima di andarsene gliela promise.

Alle undici, la sera stessa, Manson, Denny e il setter Hawkins si avviarono alla volta di Chapel Street. Era una notte molto scura, pioveva e tirava vento. Denny aveva diligentemente elaborato il piano d'azione. L'ultima squadra di turno alla miniera era scesa da un'ora sotto terra: la strada era deserta. I due uomini e il cane avanzavano senza tema d'essere disturbati. Nella tasca del pastrano Denny aveva sei spezzoni di dinamite, espressamente rubati quel giorno dal figlio della sua affittacamere nella cava di pietra. Manson portava sei scatole di latta, che avevano, in attività di servizio, contenuto cacao; una lampadina tascabile, e un rotolo di miccia.

Prima di arrivare in Glydar Place raggiunsero il tombino, pesante e arrugginito, della tubazione maestra, e dopo un alacre lavoro riuscirono a rimuoverlo. Mentre Manson rischiarava con la lampadina le fetenti profondità, Denny applicava gli spezzoni nei fori, appositamente praticati, dei coperchi delle latte. Poi li legò alla miccia, ad intervalli d'una dozzina di metri, li calò ad uno ad uno nella melmosa corrente, e badò che galleggiando via si distanziassero a dovere l'uno dall'altro. Finalmente, accesa la miccia, entrambi rimisero il tombino a posto, e correndo si allontanarono di una trentina di passi. Si erano appena fermati che il primo spezzone esplose. Poi, sorde, regolari, disciplinate, seguirono le altre esplosioni, due, tre, quattro, cinque, e finalmente la sesta, che rintronò circa trecento metri piú in basso.

"Ecco fatto," disse Denny sottovoce, come se tutta la segreta amarezza della sua vita avesse trovato uno sfogo in quelle due parole. "Un marciume soppresso, per cominciare."

Immediatamente si verificò un trambusto generale. Finestre e porte s'aprivano, gettando raggi di luce sulla strada. La gente usciva di corsa dalle case. In un minuto la via fu affollata. Sulle prime circolò la voce che si trattava di un'esplosione nella miniera, ma fu tosto contraddetta: il suono era provenuto da valle. Si accesero le discussioni, s'incrociarono le congetture, una squadra di uomini, munita di lanterne, partí in esplorazione. Il subbuglio e la confusione animarono la notte. Protetti dal chiasso e dalle tenebre, Denny e Manson si ritirarono alla chetichella nelle loro rispettive abitazioni.

Prima delle otto l'indomani arrivò sulla scena in automobile il dottor Griffiths, grasso, con una faccia di vitello spaventato. Si era dovuto alzare all'alba, in seguito ad una vigorosa chiamata telefonica del Consigliere Glyn Morgan. Il medico provinciale poteva non rispondere alle chiamate dei suoi dipendenti sparsi nel circondario, ma ignorare gli irati comandi di Glyn Morgan non poteva. E Glyn Morgan aveva le sue buone ragioni per essere in collera: tutt'attorno al suo villino nuovo, situato in fondo al paese, si era, durante la notte, formato un pantano stercorario che lo isolava in uno squallore medievale. Per una buona mezz'ora il Consigliere, coadiuvato da due suoi colleghi, aveva detto all'ufficiale sanitario della provincia, in accenti percepiti da molti astanti, esattamente quello che pensava sul suo conto.

Dopo aver impartito le istruzioni del caso, Griffiths si avvicinò a Denny, che, con Manson, stava tra la folla edificata e incuriosita. Manson si sentí pungere da un senso di colpevolezza al pensiero di dover conferire col medico provinciale. Ma Griffiths non era in uno stato d'animo tale da concedersi il lusso di accusare il prossimo. Si rivolse a Denny: "Questa volta l'avrete, la vostra fogna nuova!"

Denny rispose, imperturbabile: "Da vari mesi vi stavo preavvisando del pericolo, vero o no?"

"Certo, certo. Ma chi s'immaginava che sarebbe esplosa a questo modo? È un mistero..."

"Niente mistero, a mio giudizio. Non sapete che i gas delle fognature sono eminentemente infiammabili?"

29

I lavori per la costruzione della nuova fognatura cominciarono il seguente lunedí.

V

Tre mesi dopo. Era un bel pomeriggio di marzo. La promessa della primavera profumava la brezza che giocava sui monti, dove tenui chiazze di verde sembravano sfidare a tenzone le brulle plaghe di cave e di scorie. Sotto l'azzurro cristallino del cielo perfino Blaenelly era ridente.

Mentre si recava a piedi a visitare un malato che abitava in Riskin Street, all'altra estremità del villaggio, Manson sentiva il suo cuore palpitare all'unisono col risveglio della natura. Si era oramai acclimatato alla località, isolata e primitiva, sepolta tra le pieghe delle montagne, che non offriva la minima distrazione, nemmeno un cinematografo, nulla, fuorché la sua tetra miniera, le sue cave, le fonderie, la sua dozzina di cappelle e le sterminate file delle bieche casupole dei minatori. Ed anche alla popolazione, per quanto eccentrica, Manson si era affezionato. Salvo i pochi commercianti, i molti predicatori e i professionisti, tutti gli altri abitanti dipendevano direttamente dalla Società che eserciva la miniera. Al principio ed alla fine di ciascun turno le silenziose vie del villaggio si animavano, echeggiando il rumore dei passi di tutto un esercito di sagome in marcia. Gli abiti, gli scarponi ferrati, le mani, e persino le facce dei minatori erano impregnati della polvere rossa dell'ematite. Gli operai delle cave portavano abiti di fustagno con ginocchiere mobili, e nel sedere rinforzi di cuoio fissi. I fonditori si riconoscevano dai pantaloni di traliccio blu.

Parlavano poco, e quasi unicamente in gallese. Nel loro distacco autarchico parevano una razza a parte. Però erano civili. Le loro gioie erano semplici, e le trovavano primariamente in casa, poi nelle cappelle, e finalmente sul campo di rugby. La loro passione predominante era forse la musica, ma non quella leggera in voga, bensí la musica seria, la musica classica. Non di rado accadeva a Manson, la sera, passando nelle vie, di sentire, all'interno d'una rustica casetta, un pianoforte rendere con sentimento d'arte un preludio di Chopin o una sonata di Beethoven.

Egli vedeva ormai chiaramente la posizione del suo principale, nei riguardi della clientela. Edward Page non poteva illudersi di riesercitare mai la professione, ma gli uomini ch'egli aveva fedelmente "servito" per oltre trent'anni rifuggivano da farsi inscrivere sulla lista d'un altro dottore; e quella volpe di Blodwen, avendo ormai definitivamente ottenuto, mediante l'astuzia e l'adulazione, da Watkins, il direttore della miniera, che il paralitico continuasse a venir considerato in attività di servizio, incassava un piú che lusinghiero importo annuo di onorari, riservandone a Manson, che eseguiva tutto il lavoro, uno stentato 15 per cento.

Manson era sinceramente addolorato delle condizioni del suo principale. Ottima persona, quel Page; di animo semplice e gentile; il solo errore che aveva commesso era stato quello di sposare la vispa e paffuta Blodwen, togliendola dalla pasticceria in cui serviva il tè. Ora, condannato al letto e affranto dai patimenti, si vedeva irremissibilmente soggetto al regime impostogli dalla consorte: un trattamento in cui s'amalgamavano in modo curioso gli epiteti teneri e una giuliva arroganza. Non che Blodwen non gli volesse bene, gli era anzi devota, al suo modo stravagante: ma il dottor Page era suo marito, quindi apparteneva esclusivamente a lei. Se entrando nella sua camera vi trovava Manson al capezzale, avanzava con un sorriso geloso esclamando: "Ehi, voi due, contro chi state congiurando?"

Era impossibile non voler bene a Edward Page, tanto erano manifeste le sue qualità spirituali, il suo altruismo, la sua abnegazione. Giaceva impotente a letto, rassegnato alle chiassose attenzioni di sua moglie, vittima della cupidigia, della sfrontatezza, dell'indelicatezza di cui ella si rendeva, forse inconsciamente, colpevole.

Non era affatto indispensabile, nelle sue condizioni di salute, che il paralitico rimanesse a Blaenelly; e anzi egli vagheggiava di potersi un giorno trasferire in un clima piú caldo, in un paese piú ridente. Una volta che Manson gli domandò: "Non avete bisogno di niente?" l'altro aveva risposto, sospirando: "Avrei bisogno d'andar via di qui, figliolo. Ho letto che il Governo italiano vuol fare di Capri un santuario per gli uccelli..."

Poi aveva voltato la faccia dall'altra parte. L'accento nostalgico della sua voce era stato molto triste, penoso da sentire.

Non alludeva mai alla professione, se non per ammettere, incidentalmente, con un filo di voce: "Io ne capivo ben poco, ma ho sempre fatto del mio meglio." Ma era capace di restare immobile per ore ed ore spiando il davanzale della finestra che Annie ogni mattina devotamente guarniva di briciole di pane e di noci di cocco. E se veniva una coppia di passeri, o il pettirosso, era un giorno di festa per il paralitico.

Una persona che a Manson riusciva cordialmente antipatica, e che veniva frequentemente a Bringower, era Aneurin Rees, il direttore della succursale della Western Counties Bank, un calvo spilungone che non guardava mai negli occhi nessuno. Faceva al malato una visitina convenzionale di cinque minuti, e poi si rinchiudeva per piú di un'ora ogni volta con Blodwen nel salotto. Erano interviste perfettamente lecite, l'argomento in discussione essendo il denaro. Manson riteneva che Blodwen ne possedesse un bel gruzzolo investito al proprio nome, e che sotto la illuminata guida di Rees ne aumentasse di quando in quando la entità mediante fortunate operazioni. In quel periodo Manson attribuiva al denaro scarsa importanza. Gli bastava la possibilità di scalare periodicamente il suo debito verso il Lascito Glen, e la disponibilità di qualche scellino per le sigarette. Si dedicava unicamente al suo lavoro.

Cominciava anche a veder chiaro nelle proprie attività cliniche. Influenzato da Denny, veniva rivedendo e modificando molte delle nozioni che aveva imparato nelle scuole. Uscendo dall'università aveva fatto fronte al futuro con la solida fiducia che aveva attinto nei libri di testo, che gli avevano anche procurato un'infarinatura di fisica, di chimica e di biologia: almeno aveva sezionato e studiato il lombrico. Dogmaticamente nutrito delle dottrine accettate, aveva creduto di conoscere tutte le malattie, coi loro sintomi catalogati e i relativi rimedi. La gotta, per esempio. Si curava col colchico. Sentiva ancora la melliflua voce del professor Lamplough: "*Vinum, Colchici*, dose minima da 12 a 30, specifico infallibile per la gotta". Lo era? Ora cominciava a dubitarne. Un mese prima aveva provato il colchico, ordinandone la dose massima in un caso grave e penoso. Il risultato era stato un fallimento obbrobrioso.

E che dire della metà, dei tre quarti degli altri "specifici" della farmacopea? A questo riguardo udiva la voce del dottor Elliot, conferenziere di *Materia Medica* nell'Istituto. "Era ora, signori, passiamo all'elemi, gomma resinosa la cui fonte botanica, che alcuni ritengono indeterminata, è probabilmente il *Canarium commune*, precipuamente importato da Manila, usato sotto forma di unguento, uno in cinque, meraviglioso disinfettante e stimolante da usarsi nelle ferite e nei flemmi."

Storie! Ora ne era certo. Aveva Elliot mai provato l'*unguentum elemi*? Manson giurava di no. Tutta quell'erudizione proveniva da un libro, che a sua volta procedeva da un testo, e questo da un terzo, e cosí via, probabilmente fino al medioevo. Bastava la parola "flemmi" per confermare questo punto di vista.

Denny lo aveva deriso, la prima sera, osservandolo preparare la boccetta per il suo primo cliente di Blaenelly; Denny derideva tutte le spezierie. Riteneva che esistesse al massimo una mezza dozzina di farmaci benefici; tutto il resto lo classificava cinicamente tra le "boiate".

A questo punto delle sue solitarie meditazioni, Manson arrivò al numero 3 di Riskin Street; e trovò che il paziente era un ragazzo di nove anni, Joe Howell, affetto da un leggero attacco stagionale di morbillo. Ma era un grave fastidio, per la mamma. Suo marito, operaio nelle cave, era da poco guarito d'una pleurite che era durata tre mesi, malattia che non dava diritto a una indennità da parte dell'impresa; lei stessa, delicata com'era, s'era fatta assegnare il servizio della pulizia della cappella Bethesda, per racimolare qualche soldino; ed ecco che ora doveva provvedere a curarsi quest'altro malato.

Alla fine della visita, Manson osservò: "Mi spiace per voi. Sarà un grave disturbo doverli tenere in casa anche il fratellino; non potete piú mandarlo a scuola."

La donna, in tutta la sua umiltà e rassegnazione, tuttavia protestò: "Miss Barlow ha detto che posso."

"Chi è Miss Barlow?"

"La maestra. È venuta stamattina. Ha visto le mie difficoltà, e ha detto che Idris poteva continuare a andar a scuola. Io non so come farei se dovessi averlo tutto il giorno sulle braccia."

Manson represse l'impulso di ordinarle di ubbidire alle

sue istruzioni, e non a quelle d'una pettegola maestrina; perché aveva capito che la donna non aveva colpa. Non fece commenti e venne via, ma era accigliato. I regolamenti vietavano nel modo piú assoluto di ammettere nelle scuole gli alunni nelle cui famiglie si fosse verificato un caso di malattie contagiose. Decise di andar subito a parlare alla maestra. Risalí Bank Street, e dopo cinque minuti entrò nella scuola; fattosi indicare la direzione dal bidello, bussò alla porta della prima elementare.

Era un locale spazioso e ben ventilato, con un bel fuoco acceso nel camino. Tutti i bambini erano sotto i sette anni, e poiché era l'ora della merenda ognuno aveva dinanzi a sé la sua scodella di latte, opera assistenziale introdotta dalla succursale della M.W.U. La maestra era alla lavagna, intenta ad incolonnare i termini d'una somma; e non si voltò immediatamente. Egli domandò: "Siete voi Miss Barlow?"

"Sí." Era una bella figurina. Camicetta, gonna di *tweed* giallognolo, calze grosse di lana, e scarpe solide. Su per giú dell'età sua, gli parve, forse un paio d'anni di meno. Lo guardò, un poco dubbiosa, ma con l'ombra d'un sorriso, quasi che, tediata dall'aritmetica infantile, gradisse la distrazione dell'inopinata visita in quel bel pomeriggio di primavera. "Voi non siete il nuovo assistente del dottor Page?"

"Appunto," rispose lui, duro. "Ho saputo che c'è qui, fra i vostri bambini, il fratello d'un malato di morbillo, un Howell."

Pausa. Gli occhi della maestra, sebbene ora esprimessero un po' di contrarietà, continuavano ad essere amichevoli. Si ravviò una ciocca di capelli e rispose: "Infatti."

Non pareva attribuire molta importanza alla funzione del dottore. Manson se ne impermalí. "Non vi rendete conto che è contrario al regolamento?"

Al suo tono lei si fece rossa; e sparí dalla sua faccia l'espressione di cameratismo. Egli non poté fare a meno di notare la chiarezza e la freschezza della sua carnagione, e il neo, dell'identico colore dei suoi occhi marrone, che aveva sotto lo zigomo destro. Aveva l'aria cosí fragile nella sua camicetta bianca; e allegramente giovane. Adesso respirava con un poco d'affanno, tuttavia parlò con assoluta lentezza: "Sua madre è tanto occupata, povera donna. Quasi tutti i miei scolari hanno avuto il morbillo. Chi non l'ha avuto l'avrà. Se Idris fosse rimasto a casa non avrebbe ricevuto la sua razione di latte, che gli fa un mondo di bene."

"Non si tratta della razione di latte," ribatté lui, brusco. "Idris deve venir isolato."

Ella replicò con fermezza: "L'ho isolato, non vedete?" Il marmocchietto di cinque anni, insediato tutto solo in un banco in disparte, pareva straordinariamente compiaciuto della vita; i suoi occhietti celesti lucevano di gioia sopra l'orlo della scodella.

La vista del bambino infuriò Manson. Rise in atto di scherno: "Lo chiamate isolamento? Io no, e devo invitarvi a rimandare immediatamente il bambino a casa."

Gli occhi della signorina sprigionarono faville. "Non vi rendete conto, signor dottore, che sono io la padrona nella mia classe? Voi potete dare ordini ai vostri dipendenti, ma questo è il mio regno."

Lui la guardò di sotto in su, con un'espressione di dignità offesa. "È contrario alla legge. Non potete tenerlo qui. Devo far rapporto."

Nel breve silenzio che seguí, egli notò che il gesso le si spezzò tra le dita; e questo sintomo di emozione aumentò la sua aggressività. La signorina disse: "Fate pure rapporto. O se vi dà maggior soddisfazione fatemi magari arrestare."

Conscio d'essersi messo in una posizione falsa, lui non rispose. Si raccolse, fissò la maestrina con sguardo fermo per farle abbassare gli occhi, ma non vi riuscí; anzi, ora scintillavano come ghiaccio al sole. Per un attimo stettero di fronte immobili in silenzio, cosí vicini, cosí vicini ch'egli le vedeva nel collo il palpito dell'arteria, e il luccicar dei denti tra le labbra socchiuse. Fu lei che disse: "Non c'è altro da aggiungere, vero?" Si voltò verso i bambini: "Bambini, in piedi! Dite tutti insieme: 'Grazie della visita, signor dottore, e buon giorno.'"

Gran rumore di sgabelli smossi. I bimbi in piedi canterellarono l'ironica acclamazione.

Gli bruciavano gli orecchi quando lei lo accompagnò verso la porta. Avvertiva un esasperante senso di sconfitta e lo spiacevole sospetto d'essersi comportato male, perdendo la propria serenità, mentre ella aveva cosí meravigliosamente mantenuto la sua. Cercò, per commiato, una frase

35

tagliente, una battuta almeno intimidatoria. Ma prima di trovarla si vide chiudere delicatamente la porta sulla faccia.

VI

Dopo una serata burrascosa, nel corso della quale compose e distrusse ben tre severe lettere dirette all'Ufficio Sanitario Provinciale, Manson tentò di dimenticare l'incidente. Il suo senso umoristico, che aveva provvisoriamente smarrito in Bank Street, ora lo tormentava, convincendolo che aveva avuto torto di assumere un atteggiamento cosí incomprensibilmente meschino; e dopo un'aspra lotta, vittoriosa, contro il proprio scabroso orgoglio scozzese, finí per ammettere che la signorina dopo tutto aveva avuto ragione, e che sarebbe stato ridicolo richiamare sull'episodio l'attenzione delle autorità, soprattutto quando queste erano rappresentate dall'ineffabile dottor Griffiths, medico provinciale. Tuttavia, nonostante i suoi eroici tentativi in questa direzione, trovò che non gli riusciva facile scacciare dalla mente la figura di Miss Barlow.

Era assurdo che una maestrina di prima elementare dovesse con tanta insistenza occupare i suoi pensieri, o che egli si dovesse interessare tanto a quello che poteva pensare di lui. Si ripeteva che era un caso futilissimo di suscettibilità ferita. Sapeva d'essere timido con le donne. Tuttavia, nessun ragionamento logico poteva alterare il fatto che ora egli si sorprendeva ripetutamente ad essere irrequieto, perfino irascibile. In certi momenti in cui non si sorvegliava, come ad esempio quando stava per prendere sonno, rivedeva, ogni volta con rinnovata vivezza, la scena che s'era svolta nella prima classe elementare di Bank Street; e alla visione aggrottava la fronte. Rivedeva le dita della signorina spezzare il gesso, i suoi occhi sfavillare d'indignazione, i tre bottoni a forma di perla che aveva sul davanti della camicetta. Era sottile, slanciata: una linea pura, che rivelava la pratica degli esercizi fisici coltivati nell'adolescenza. Non si domandava nemmeno se l'avesse trovata carina o no; gli bastava di vederla persistere, diritta come un fuso e piena di vita, sullo schermo della propria fantasia.

Un paio di settimane dopo, passava distratto per Chapel

Street quando incontrò inaspettatamente la moglie del dottor Bramwell sull'angolo di Station Road. Non l'avrebbe nemmeno riconosciuta se la signora, tutta sorridente, non lo avesse fermato. "Oh, dottor Manson, pensavo appunto a voi! Do una delle mie festicciuole in casa, stasera; promettete di venire?"

Gladys Bramwell era una compíta bionda dorata, trentacinquenne, con occhi celesti da bebè e vezzi da ragazzina, ma con una corporatura solida e vestita un po' chiassosamente. Le piaceva immaginarsi *woman a man's*, dotata cioè degli attributi maggiormente apprezzati dal maschio, sebbene le cattive lingue di Blaenelly usassero un'altra dicitura. Suo marito le voleva un gran bene, e si diceva che solo la sua cieca devozione gli impediva di notare l'inclinazione che la consorte avvertiva, senza curarsi di dissimularla, per il dottor Gabell, di Toniglan, soprannominato "il medico di colore" a causa della sua carnagione scura.

Mentre la scrutava in faccia, Manson cercò nervosamente una scusa per declinare l'invito: "Mi spiace, Mrs Bramwell, temo che stasera mi sarà proprio imposs..."

"Via, venite, troverete tutta gente simpatica: i Watkins della miniera, marito e moglie, e..." si lasciò sfuggire un sorriso pudico "...il dottor Gabell, e... stavo per dimenticare la persona piú importante, almeno per voi!, la nostra cara maestrina, Cristina Barlow."

Manson sentí un brivido nella schiena. Sorrise come un cammello. "Oh?... Grazie dell'invito, Mrs Bramwell, grazie mille..." Riuscí, prima di accomiatarsi, a sostenere alla meglio un minuto di banale conversazione. Ma per il resto della giornata non fu capace che di pensare al fatto incredibile che la sera stessa avrebbe riveduto Miss Barlow.

La festicciuola di Mrs Bramwell cominciava alle nove, per dar modo ai signori medici di attendere al servizio serale nei rispettivi ambulatori. Manson, trattenuto da un consulto, arrivò alle nove e un quarto, l'ultimo dei cinque invitati. Mrs Bramwell lo accolse gaiamente e subito aprí la marcia verso la sala da pranzo.

Era una cena fredda, allestita su tovagliolini di carta velina posati in bell'ordine sul tavolo di quercia opaca. Mrs Bramwell si piccava di "saper ricevere", si considerava l'"arbitra dello stile" in Blaenelly, il che le permetteva di scandalizzare l'opinione pubblica dipingendosi le labbra e le guance e gli occhi; e la sua idea di "render animata la riunione" era di parlar molto e rider forte. Lasciava capire, ripetutamente, che prima di sposare il dottore era stata avvezza a una vita di lusso.

Manson, ancora ansante per la corsa, si sentí sulle prime molto impacciato. Per piú di dieci minuti non osò guardare dalla parte di Cristina, ma tenne gli occhi bassi, acutamente conscio tuttavia ch'ella sedeva all'altra estremità del tavolo, tra il dottor Gabell, un magnifico giovanotto bruno in ghette, e Mr Watkins, uomo attempato, che coi suoi bei modi di un'epoca tramontata le prodigava cortesi attenzioni. Solo quando udí il direttore della miniera domandarle in tono faceto: "Ebbene. Miss Cristina, siete sempre la mia *Yorkshire lass*?", solo allora Manson si decise ad alzare gelosamente gli occhi; e la vista della signorina, nel suo modesto vestito grigio con polsi e baverino bianchi, gli risultò cosí familiare che ne rimase colpito, e si affrettò a distogliere gli occhi per paura che lei vi leggesse chissà quali consacrati segreti.

Difensivamente, senza quasi sapere ciò che diceva, prese a dedicarsi alla sua vicina, Mrs Watkins, una sbiadita signora che s'era portata con sé il lavoro di uncinetto. Per il resto della cena sostenne intrepido il tormento di chi conversa con una persona mentre vorrebbe intrattenersi con un'altra. Sospirò di sollievo quando il padrone di casa occhieggiò benevolo i piatti vuoti dinanzi a ciascuno dei commensali e rivolto alla consorte propose, con un gesto napoleonico: "Vogliamo passare di là, mia cara?"

In salotto, non appena gli invitati si furono accomodati, divenne evidente che la festicciuola doveva essere un trattenimento musicale. Bramwell vestí sua moglie d'una tenera occhiata e la condusse al pianoforte: "Che cosa ci dai come primo numero del programma?"

"*Temple Bells*, Mrs Bramwell, per favore," suggerí il dottor Gabell, "non mi stanco mai di quella canzone."

Gladys aveva una limpida voce di contralto, e alzava il mento per espettorare le note profonde. S'accompagnava da sé, mentre suo marito in posa teatrale voltava i fogli con mosse solenni. Dopo le *Love Lyrics* cantò *Wandering By* e *Just a Girl*. Gli invitati applaudirono generosamente.

"Non c'è che dire; è in voce, stasera" mormorò il padrone di casa, compiaciuto.

Il medico di colore si lasciò bonariamente persuadere a cantare la sua. Lisciatisi gli unti capelli indisciplinati, abbozzò un inchino affettato a Gladys, giunse le mani dinanzi a sé per mettere in mostra le dita inanellate e muggí saporitamente *Love in Sweet Seville*. Non concesse il bis, ma come secondo pezzo cantò *Toreador*.

"Bisogna riconoscere," commentò la sbiadita Mrs Watkins, "che le canta alla perfezione queste deliziose canzoni spagnole."

"Ho sangue·spagnolo nelle vene," rispose Gabell sorridendo con modestia e rimettendosi a sedere.

Manson sorprese un lampo sibillino negli occhi del direttore della miniera. Il vecchio gallese s'intendeva di musica, aveva l'anno prima aiutato le maestranze ad allestire la rappresentazione di una delle meno note opere di Verdi, e ora pareva, dietro il fumo della sua pipa, dilettarsi dello spettacolo in un modo enigmatico tutto suo. Forse pensava alla faccia tosta dei due complici dilettanti apparentemente persuasi di aggiungere lustro alla cultura del loro paese natío spifferando nenie sentimentali del tutto prive di valore. Quando Cristina declinò sorridendo l'invito a prodursi, Watkins le bisbigliò: "Siete come me, suppongo, mia cara: troppo amante della musica per massacrarla."

Allora brillò l'astro della serata: il dottor Bramwell occupò il centro dello scenario. Schiarendosi la gola, avanzò un piede, levò gli occhi al soffitto, infilò le dita della destra fra i bottoni del panciotto e annunciò: "Signori e signore: *The Fallen Star*, monologo musicale." Gladys attaccò subito le prime battute dell'accompagnamento e Bramwell cominciò.

Èra la storia, viscosa di sentimentalità, delle patetiche vicissitudini di un'attrice già famosa ora ridotta alla miseria; e Bramwell l'illustrò con un sentimento, con una potenza affascinanti. Quando la drammaticità s'accentuava, Gladys premeva i tasti alti. Al punto culminante, quando la stella precipitava ignominiosamente nella pozzanghera, la voce dell'artista ruppe efficacemente in singhiozzi: "*There she was...*" pausa "*...starving in the gutter...*" pausa prolungata "*only... a fallen... star!*"

Mrs Watkins lasciò cadere a terra il lavoro d'uncinetto e con occhi lucidi mormorò: "Che pena, che pena. Oh, dottor Bramwell, la cantate sempre con tanta passione!"

L'arrivo dei rinfreschi creò un gradito diversivo. Erano ormai quasi le undici, e nel tacito assunto che qualunque pezzo, dopo il mirabile sforzo compiuto dal padron di casa, sarebbe risultato scialbo, la brigata si accinse a sciogliersi. Ghigni di soddisfazione, espressioni di ringraziamento, e un movimento generale verso l'anticamera. Mettendosi il pastrano, Manson rifletté che in tutta la sera non aveva scambiato una sola parola con Cristina.

L'aspettò al cancello: aveva assolutamente bisogno di parlarle. Il pensiero di aver perduto questa splendida, quest'unica occasione per far ammenda, conformemente a quanto aveva disegnato, conformemente al suo piú elementare dovere, lo annichiliva. Lei, è vero, non aveva dimostrato di volergli parlare, ma toccava a lui, era chiaro... "Dio, che salame," pensava, "sono peggio della *fallen star*. Dovrei andare a nascondermi."

Ma non andò. Restò lí, e stupí nel sentirsi il cuore battere cosí forte quando Cristina scese, sola, la gradinata. Raccolse tutto il suo coraggio e le mosse incontro. "Miss Barlow, mi permettete d'accompagnarvi a casa?"

"Ho promesso di rientrare coi Watkins."

Gli caddero le braccia. Non c'era che da ritirarsi, la coda tra le gambe. Ma restò lí. Sebbene pallido, la sua mandibola aveva assunto la linea di resistenza ad oltranza. Le parole uscirono inciampando a frotte l'una sui tacchi dell'altra. "Volevo solo dire che mi spiace... del fatto dell'altro giorno... di quella meschina esibizione d'autorità... ho meritato la lezione... avete ragione voi, meglio osservare lo spirito che la lettera delle leggi. Perdonatemi, signorina, ma avevo assoluto bisogno di dirvi tutto questo. Buona notte."

Non aspettò nemmeno una parola di risposta, fece un brusco dietrofront e s'incamminò a passi decisi. Per la prima volta da vario tempo in qua, era soddisfatto di sé.

VII

L'amministrazione della miniera aveva eseguito il versamento semestrale degli onorari, dando a Blodwen materia di riflessione e nuovi argomenti da discutere col suo banchiere. Il conto segnava un sensibile aumento degli introiti; dall'arrivo di Manson a Blaenelly, la lista del dottor Page aveva acquistato una settantina di nomi in piú.

Esultante per l'aumento del suo assegno, Blodwen nondimeno era turbata da foschi pensieri. Spesso, a tavola, Manson la sorprendeva a guardarlo sospettosa. Il mercoledí successivo alla festicciuola di Mrs Bramwell, Blodwen esibí a colazione un'allegria insolita. "Stavo pensando," osservò tutta giuliva, "che son quasi quattro mesi che siete con noi, dottor Manson, e vi siete fatto onore, direi, in questo tempo; non posso lamentarmi. Non che si possa parlare di confronti con mio marito, intendiamoci; oh, Dio mio, questo no! Solo l'altro ieri Watkins mi diceva che s'auguran tutti in miniera il ritorno del dottor Page; nessuno di noi, mi assicurava, si sognerebbe di sostituirlo con un altro medico."

Proseguí descrivendo, con particolari pittoreschi, la straordinaria abilità di suo marito. "Non lo credereste," esclamò, spalancando gli occhi. "Ma non c'è niente che non sappia fare o che non abbia fatto. Operazioni? Avreste dovuto vederle! Una volta, sentite questa, una volta ha estratto il cervello d'un malato; e lo ha rimesso a posto! Davvero, sapete, guardatemi pure con quegli occhi, ma mio marito ha proprio tolto un cervello da un cranio per ripararlo, e poi l'ha rimesso dov'era."

S'appoggiò allo schienale, scrutandolo negli occhi per leggervi l'effetto delle sue parole, poi abbozzò studiatamente un sorriso di fiducia: "Sarà una festa per tutti quando Edward riprenderà servizio. E sarà presto. Quest'estate, ho promesso io a Watkins, quest'estate sarà ristabilito."

Rincasando un pomeriggio alla fine della stessa settimana, Manson allibí vedendo il paralitico sprofondato in una poltrona sotto il portico d'ingresso, interamente vestito, con una coperta sulle gambe e un berretto posato di traverso sulla testa vacillante. Tirava un'arietta importuna, e il raggio di sole che cadeva sulla tragica figura dell'invalido era pallido e freddo.

"Vedete qui," gridò Blodwen a Manson, in tono di trionfo, muovendogli incontro, "il dottore è in piedi, ho telefonato or ora a Watkins la grande notizia. Tra poco riprenderà servizio, vero, tesoro?"

Manson sentí il sangue salirgli alla fronte. "Chi l'ha portato quaggiú?" domandò.

"Io," ribatté Blodwen in accento di sfida. "Che c'è di male? È mio marito. E sta molto meglio."

"Non è in condizione d'alzarsi; e voi lo sapete meglio di me." Manson le gettò in faccia le parole, sottovoce. "Date retta, aiutatemi a riportarlo subito a letto."

"Ma sí!..." approvò Page, con un filo di voce, "riportatemi a letto... ho freddo... non sto bene..." E, con sgomento di Manson, prese a gemere come un bambino.

Immediatamente Blodwen diede la stura a un fiume di lacrime. Gli s'inginocchiò al fianco, gli gettò le braccia al collo, contrita, singhiozzante: "Coraggio, amore, sí, sí, sta' tranquillo, ti portiamo a letto, ti porto io, la tua mogliettina ti cura lei, ti vuol tanto bene, lo sai, vero, tesoro?" Gli schioccava umidi baci sulla guancia rigida.

Mezz'ora piú tardi, dopo aver rivisto il malato comodamente sistemato in letto, Manson scese in cucina, ancora furibondo. Annie era ormai per lui un'amica, si erano scambiati tante confidenze in quel locale, dove Blodwen compariva di rado, e dove la circospetta popolana gli preparava di nascosto uno spuntino quando le razioni a tavola erano insufficienti. Alle volte, anzi, dava una capatina nella pescheria di Tom il cocchiere, e ne tornava con un paio di trote sopraffine con cui banchettavano insieme alla luce della candela. Annie era in casa da quasi vent'anni. Aveva molti parenti in paese, tutta gente rispettata, e il solo motivo della sua lunga permanenza in servizio era la sua sincera devozione al dottor Page.

"Dammi il tè qui, Annie, al momento non mi sentirei di tollerare la presenza di Blodwen in salotto."

Poi s'accorse che Annie intratteneva due persone in visita: la sorella e il cognato, i coniugi Hughes. Manson li conosceva già. Hughes era uno degli specialisti nel posar le mine. "State, state, signor dottore," pregò la sorella di Annie, "non badate a noi, si parlava appunto di voi."

"E che cosa si diceva, se è lecito?" domandò Manson accomodandosi cordialmente con loro.

La donnetta scoccò un'occhiata ad Annie. "Inutile guardarmi cosí, Annie, dirò quel che ho da dire. Tutti in miniera dicono che non hanno mai avuto un medico cosí premuroso come voi, signor dottore, domandate a mio marito se non è vero. E sono furiosi contro Mrs Page, che non vuole saperne di cedervi la clientela, come sarebbe suo dovere. E la signora è al corrente di questi discorsi dei minatori, sapete; per questo ha voluto far alzare suo marito, oggi, per far credere che ormai è in via di guarigione, poveraccio."

Bevuto il suo tè, Manson si ritirò. Sebbene si sentisse lusingato dal concetto che gli operai avevano di lui, le schiette dichiarazioni che aveva udito lo mettevano a disagio.

E considerò come un omaggio speciale la visita che di lí a qualche giorno ricevette da parte di John Morgan, caporeparto nella miniera di ematite, che venne a consultarlo in compagnia di sua moglie.

I Morgan erano una coppia di mezza età, assai stimata nel contado, coniugata da quasi vent'anni. Dovevano tra poco espatriare, perché a Morgan era stato offerto un buon posto nelle miniere di Johannesburg, nel Sud Africa, dove le paghe erano piú alte.

"Be', dottore," disse Morgan, "ce l'abbiam fatta, pare. La moglie è gravida. Dopo diciannove anni, pensate! Siamo contentoni, si capisce, e abbiam deciso di rimandare la nostra partenza fino a dopo l'evento. Perché abbiamo pensato che non vogliamo avere a che fare con altri medici all'infuori di voi. Sarà un caso difficile, è prevedibile. La moglie ha quarantatré anni. Sicuro. Ma abbiamo piena fiducia in voi, signor dottore."

Manson si sentí onorato della loro fiducia. Provò un'emozione strana, di conforto, e ne derivò un senso di sicurezza. Da qualche tempo si sentiva smarrire nel labirinto delle idee contrastanti che procedevano dal conflitto tra la teoria e la pratica della professione, e la sua incertezza si era fatta piú acuta, piú scoraggiante, da quando aveva scoperto di essere innamorato.

Era la prima volta in vita sua. All'università era troppo povero, troppo mal vestito, e d'altronde troppo preoccupato degli esami per cercare distrazioni tra il gentil sesso. A St. Andrews, poi, bisognava addirittura essere un sangue blu, come il suo compagno ed amico Freddie Hamson, per essere ammessi al circolo in cui si davan balli e trattenimenti all'alta società. Tutte cose che a lui erano state negate. Era in realtà appartenuto a quella folla di esclusi che quando piove tiran su il bavero della giacca, e vanno a cercarsi i sollazzi non all'Unione ma nei biliardi dei suburbi.

È vero che aveva accarezzato anche lui, come tutti, i suoi sogni romantici. A causa della sua estrema povertà, questi si proiettavano di solito su uno sfondo di inarrivabile opulenza. Ma adesso, a Blaenelly, contemplava con occhi annebbiati il nero e tetro bastione delle scorie delle fonderie, e con tutti i suoi sensi bramava la prossimità fisica della fragile maestrina di prima elementare. La situazione minacciava di diventare comica, a forza d'essere patetica.

Si era sempre piccato d'essere un uomo pratico, imbottito di una buona dose di astuta previdenza scozzese, e si sforzava, con violenta ed egoistica decisione, a farsi una ragione, per salvarsi da quel pelago di emozioni che lo affascinava. Con logica freddezza enumerava i difetti del suo amato bene. Bella non era; era piccolina. magra. E quel neo in faccia; e quella piega del labbro quando sorrideva. E poi, probabilmente non poteva soffrirlo.

Si diceva, irascibilmente, che era uno stupido a affidarsi per debolezza alla propria sentimentalità. Aveva il suo lavoro, non gli bastava? Era ancora un semplice assistente. Di che razza d'imbecilli era per osar d'inseguire il sogno di formare, agli inizi della sua carriera, un vincolo che poteva nuocere all'avvenire di lei, e certamente doveva intralciare, come le intralciava già, le proprie attività?

Nello sforzo che faceva per padroneggiarsi, creava valvole di distrazione. Immaginandosi di sentir l'assenza dei suoi antichi compagni di St. Andrews, scrisse una lunga lettera a Freddie Hamson, che aveva da poco preso servizio in un ospedale di Londra. Bazzicò piú spesso da Denny. Ma il suo collega, sebbene cordiale talvolta, era piú freddo, sospettoso, e lo accoglieva con l'amarezza di chi è stato ferito dalla vita.

Per quanto facesse, non riusciva ad estirpare Cristina dalla sua mente, né dal suo cuore la tormentosa brama di lei. Sebbene percorresse sovente Bank Street con gli occhi ben aperti, non l'aveva mai rivista dopo la festicciuola dei Bramwell. Che cosa pensava di lui? Pensava a lui?

Inaspettatamente, il 25 maggio, sabato, quando aveva quasi rinunciato ad ogni speranza, ricevette il seguente biglietto:

Caro Dottor Manson,

I Watkins vengono a cena da me domani sera domenica. Se non avete di meglio, volete venire anche voi? Alle sette e mezzo.

Sinceramente.   Cristina.

Diede un grido che attirò Annie fuori della dispensa. "Ma, dottore," era allarmata, "alle volte si direbbe che siete matto."

"Lo sono, Annie. Senti cara: mi puoi stirare i pantaloni per domani sera? Li appendo fuori del mio uscio quando vado a letto stasera."

L'indomani si presentò, tutto fremente, in casa di Cristina. Affittava un paio di stanze che facevano parte dell'alloggio di una Mrs Herbert, vicino all'Istituto. Era in anticipo. Lo sapeva, ma non avrebbe potuto aspettare un minuto di piú. Gli aprí Cristina stessa, sorridente. Ma un sorriso vero, affabile, ed amichevole; e lui s'era immaginato d'esserle antipatico! Era cosí sopraffatto che poteva appena parlare. "È stata una bella giornata, vero?" bofonchiò, seguendola in salotto.

"Magnifica. Ho fatto una lunga passeggiata tutta sola in campagna, ho trovato dei ranuncoli, immaginatevi."

Si misero a sedere. Egli stava per informarsi se le piacevano le passeggiate, ma misurò a tempo la banalità della domanda e se ne astenne.

"Mrs Watkins," continuò Cristina, "ha telefonato poco fa per scusarsi se tarderanno: suo marito ha dovuto recarsi in direzione. Non vi importa aspettare qualche minuto?"

Figurarsi! Era tanto che aspettava, solo, e nel dubbio, e in preda alle piú pessimistiche premonizioni, che aspettare qui, con lei, senza piú paure, era un paradiso. Si guardò attorno furtivamente. Il mobilio era evidentemente di sua proprietà: aveva l'impronta personale. Niente velluti o rasi o cuscini o pelli di fiere, come in casa Bramwell; il pavimento era nudo ma lucido, con solo un tappeto piccolo davanti al camino. Al centro della tavola, già apparecchiata, c'era un gran piatto bianco, della massima semplicità, in cui galleggiavano come minuscole ninfee i ranuncoletti d'ogni colore che aveva colto quel giorno. Sul davanzale della finestra stava una vecchia scatola da droghiere, ora ripiena di terra, dove buttavano sottili steli verdi. Sopra il camino notò un quadro, singolarissimo, che rappresentava nient'altro che una piccola sedia da bambino, dipinta di rosso, e, gli parve, disegnata assai male. Cristina rilevò la sorpresa con cui lo adocchiò, e disse sorridendo: "Non è un quadro d'autore, sapete; è solo una copia."

Imbarazzato, egli non afferrò l'arguzia, e non sapendo come rispondere, cambiò argomento. La interrogò su di lei. Ella rispose con tutta semplicità.

Era del Yorkshire. Aveva perso la madre a quindici anni. A quel tempo suo padre era vicedirettore di una delle grandi Bramwell Main Collieries, e anche suo fratello John era ingegnere nella stessa miniera. Cinque anni dopo, suo padre era stato nominato direttore della Porth Pit, qui, a una trentina di chilometri; la famiglia si era dunque trasferita nel South Wales; John coadiuvava suo padre, e lei teneva la casa. Sei mesi dopo il loro arrivo, in un'esplosione della Porth Pit, John, che era sotto terra, era stato ucciso sul colpo, e suo padre, che si era immediatamente calato sul luogo del disastro, era rimasto asfissiato dal gas. I due cadaveri erano stati rinvenuti la settimana seguente.

"Per fortuna tutti sono stati gentilissimi con me," seguitò Cristina, con sobria semplicità, "e specialmente Watkins. Fu lui che mi procurò l'impiego nella scuola." Fece una pausa, e il suo viso si schiarí. "Però sono ancora, come voi, una forestiera in questo paese. Occorre molto tempo per abituarsi al genere di vita di queste montagne."

Egli cercò inutilmente qualche frase capace di esprimere, anche solo debolmente, la sua simpatia. Disse: "È vero; ci si sente terribilmente soli, qui; ne faccio l'esperienza sovente. Alle volte non so cosa darei per poter fare quattro chiacchiere con qualcuno."

Ella sorrise. "Su quali argomenti sentite il bisogno di parlare?"

Egli arrossí, sotto l'impressione ch'ella avesse voluto metterlo con le spalle al muro. "Oh, il mio lavoro, per esempio." Esitò, poi credette di doversi spiegare. "Certe volte mi sembra di brancolare nel buio, e di inciampare da un problema in un altro."

"Alludete ai casi difficili da curare?"

"Non precisamente questo." Cercò le parole. "Ero arrivato qui con la testa piena di formule, di nozioni che tutti credono o fingono di credere dogmatiche: che le articolazioni gonfie sian segno di reumi, per esempio, che i reumi richiedano il salicilato; sapete, le regole ortodosse. Be', sto scoprendo che alcune sono sbagliatissime. Le medicine. Credo che buona parte di esse faccia piú male che bene. Un malato viene all'ambulatorio. S'attende la sua brava boccetta, e generalmente la ottiene, anche se contiene solo zucchero o bicarbonato o acqua fresca. Ma non è giusto; non è scientifico. E un'altra cosa: troppi medici trattano i mali empiricamente, voglio dire che curano i sintomi per sé, non si curano di esaminarli come facenti parte di un gruppo di sintomi, cosí da poter enunciare una diagnosi giusta. Dicono, in fretta, perché di solito hanno premura: 'Mal di capo? provate questa polverina', oppure: 'Siete anemico, prendete del ferro' invece di domandarsi quale è la causa del mal di capo o dell'anemia." S'interruppe bruscamente. "Mi spiace, Miss Barlow, rischio di farmi dare del seccatore."

"Niente affatto," smentí lei calorosamente, "è interessante; continuate."

"Io sono alle mie prime armi," riprese lui, rinfrancato dall'attenzione che gli palesava, "lo so, ma, da quel poco che ho visto finora, comincio onestamente a credere che i testi sui quali è stata fondata la mia istruzione siano un pochino antiquati: sintomi scoperti chissà da chi nel medioevo, rimedi che non servono a niente. Si dirà che questo ha poca importanza per il G.P. [1]. Ma perché dovrebbe il medico generico essere nient'altro che un manipolatore di polte o un dosatore di veleni? È tempo che la scienza passi in prima linea. Un mucchio di gente è persuasa che la scienza sta in fondo ai provini. Io no. Io credo che i G.P. hanno tutte le migliori occasioni per rilevare fatti concreti, e piú degli specialisti la possibilità di osservare e studiare i primi sintomi d'un morbo nuovo; quando il malato entra in clinica, generalmente ha oltrepassato i primi stadi."

[1] G. P. abbreviazione di General Pratictioner corrispondente al nostro "medico generico".

Ella stava per replicare quando squillò il campanello. Rinunciando a ciò che voleva dire, rispose invece, col suo vago sorriso: "Mi promettete di riprendere il discorso un'altra volta?"

I Watkins si scusarono del ritardo, e quasi subito tutt'e quattro presero posto a tavola. Era un pasto del tutto diverso da quella cena fredda che li aveva ultimamente riuniti; minestra calda, arrosto di vitello con purée di patate, e una torta di rabarbaro fresco con la panna; formaggio e caffè. Sebbene semplicemente servita, ogni portata aveva ottimo sapore, era appetitosa anche alla vista, e le porzioni erano abbondanti. Alla stregua dei pasti quaresimali lesinatigli da Blodwen, Manson pensava che questo era un banchetto luculliano. Sospirò: "Avete una gran buona cuoca, Miss Barlow; sarebbe per caso la stessa padrona di casa?"

Watkins, che aveva osservato di nascosto, e non senza diletto, l'attività delle posate di Manson, rise forte: "Questa è buona!" Rivolto alla moglie: "Hai sentito? Mrs Herbert, una buona cuoca!"

Cristina si fece un tantino rossa e disse: "Grazie del complimento, dottor Manson, anche se è stato involontario. Cucino io. Ho 'l'uso della cucina' della mia padrona di casa. Mi piace far cucina; e ci sono abituata."

Questa risposta contribuì a rendere ancora più gioviale il direttore della miniera. Non era più il taciturno invitato che aveva stoicamente sopportato il trattenimento di Mrs Bramwell. Un po' ordinario, ma tipo bonaccione, metteva i gomiti sulla tavola, faceva schioccar le labbra sulla torta, e raccontava storie da far ridere.

La serata passò presto. Quando Manson guardò l'ora, stupì di vedere che erano quasi le undici; e aveva ancora una visita da fare. Come s'alzò, di mala voglia, per congedarsi, Cristina lo accompagnò alla porta. Nello stretto corridoio le loro braccia si toccarono. Egli si sentì percorrere da un brivido di dolcezza. Questa figliola era così diversa da tutte le donne che aveva conosciute! La sua posatezza, la sua fragilità, i suoi occhi intelligenti. E lui, babbeo, avevo avuto la faccia tosta di enumerarne i difetti!

Respirando con un po' d'affanno, borbottò: "Non trovo parole, Miss Barlow, per esprimervi la mia gratitudine. Posso sperare di rivedervi? V'assicuro che non sempre parlo di bottega. Dite, Cristina, vi piacerebbe qualche giorno venire al cinema, a Toniglan?"

I suoi occhi gli sorrisero, per la prima volta un tantino provocanti: "Provate a invitarmi."

Un lungo minuto silenzioso sulla soglia sotto le alte stelle. Sulle gote ardenti era fresca la carezza dell'aria profumata di rugiada, ma alle narici ancor piú gradito il trepido olezzo del fiato di Cristina. Manson aveva una voglia matta di baciarla, tremando le serrò la mano con effusione, fece dietrofront e s'incamminò affrettatamente, coi pensieri che danzavano una vertiginosa tarantella, su quel viottolo che milioni di individui hanno seguito e seguono e seguiranno, credendosi, ciascuno, unico al mondo, predestinato, favorito dalla sorte, eternamente beato.

Che meravigliosa bambina! Aveva afferrato subito le sue intenzioni, quando le spiegava le difficoltà pratiche della professione. Ragazza intelligente; molto piú di lui. E che cuoca! Oh, è vero!, l'aveva chiamata Cristina!

VIII

Sebbene Cristina ora occupasse piú che mai i suoi pensieri, tutto il contesto di questi pensieri aveva cambiato carattere. Non si sentiva piú sperso, ma felice, ilare, pieno di speranza. Il cambio di prospettiva si rifletté nel suo lavoro. Era abbastanza giovane per poter creare di sana pianta nella sua fantasia una situazione, costante, nella quale Cristina lo osservava nell'atto di esercitare la sua professione, rilevava la diligenza del suo metodo, lo scrupolo dei suoi esami, lo lodava per la meticolosa accuratezza delle sue diagnosi. Quando sentiva la tentazione di sbrigare una visita, di arrivare ad una conclusione senza aver auscultato il petto del paziente, la respingeva pensando: "Dio, no! Cosa penserebbe Cristina se mi vedesse!"

Piú di una volta trovò su di sé l'occhio di Denny, ironico, chiaroveggente; ma non gliene importava. Nel suo idealismo collegava Cristina alla propria ambizione, faceva di lei un addizionale incentivo del grande assalto che sferrava contro le posizioni dell'ignoto.

Ammetteva, tra sé, di sapere, all'atto pratico, ben poco, ma si ingegnava a pensare col proprio cervello, a guardare

al di là dell'ovvio, nell'intento di trovare la causa immediata. Mai prima s'era sentito cosí potentemente attratto
dall'ideale scientifico. Si prometteva di non diventare mai
trasandato, mercenario, di non saltare mai a conclusioni affrettate, di non scrivere mai "la ricetta dell'altra volta".
Si proponeva di indagare sempre, di "essere scientifico",
d'essere insomma degno di Cristina.

Di fronte a tanto zelo, purtroppo all'atto pratico il suo
lavoro gli risultò d'un tratto uniformemente noioso. Aspirava a scalare le vette, e non trovava che insignificanti
tumuli di talpa. Per alcune settimane tutti i suoi casi si
rivelarono d'una meschinità esasperante: una banale successione di sforzi muscolari, di ferite lacero-contuse, di raffreddori di testa. Il colmo fu quando dovette andare a
visitare, a quattro chilometri, una vecchietta ingiallita che
lo pregò, occhieggiandolo di sotto alla cuffia di flanella, di
tagliarle un callo.

Si sentiva uno stupido, sentiva la mancanza di ogni opportunità di mettere alla prova il suo buon volere, anelava
qualche perturbamento atmosferico capace di sovvertire
quella bonaccia cosí sfibrante.

Cominciò a mettere in dubbio la sua fede, a domandarsi
se era realmente possibile che in quella eccentrica località
un dottore riuscisse a rivelarsi al disopra dei comuni me-
dicastri. Ed ecco, proprio mentre stava per toccare il fondo
del suo piú nero pessimismo, verificarsi un incidente che
fece di nuovo scoccare al cielo il mercurio del suo entusiasmo.

Verso la fine di giugno, mentre passava sul ponte della
stazione, incontrò il dottor Bramwell. Il Silver King usciva
furtivo dalla porta laterale del buffet della stazione, asciugandosi le labbra col dorso della mano. Aveva il vezzo,
tutte le volte che Gladys, gaia e pomposamente vestita,
partiva per Toniglan, per eseguire una delle sue enigma-
tiche spedizioni per acquisti, di consolarsi alla chetichella
con un paio di grandi bicchieri di birra.

Un tantino imbarazzato nel vedersi sorpreso da Manson,
nondimeno sostenne la situazione con disinvoltura. "Oh,
Manson, piacere di vedervi. Sono stato a visitare Pritchard;
m'aveva telefonato."

Pritchard era l'esercente del buffet, e Manson lo aveva
incontrato cinque minuti prima, che portava a spasso il

cane. Ma lasciò correre. Aveva simpatia per il Silver King, che, poveraccio, dopo tutto, neutralizzava il colorito linguaggio e la comica epicità con la sua umanissima timidezza, e, a voler esser maligni, coi buchi nelle calzette che Gladys dimenticava di rammendargli.

Mentre camminavano insieme, presero a parlare di bottega. Bramwell era sempre pronto a discutere sui suoi casi e oggi, con molta gravità, disse a Manson che Hughes, il cognato di Annie, era in cura da lui. Da qualche tempo, disse, si comportava in modo strano, perdeva la memoria, creava confusioni in miniera, s'era fatto attaccabrighe, violento. "Non mi persuade, Manson. Ho visto altri casi di disturbo mentale. E questo pare entrare nella categoria."

Manson espresse il suo rincrescimento. Aveva sempre ritenuto Hughes un uomo normale. Rammentò che Annie aveva da qualche giorno l'aria preoccupata, e che alle sue domande aveva risposto evasivamente: era reticente a cicalare sugli affari di famiglia. Separandosi da Bramwell gli augurò che il caso si risolvesse presto per il meglio.

Ma il venerdì seguente venne svegliato alle sei da Annie che bussava concitatamente alla sua porta. Tutta vestita, e con gli occhi rossi, gli consegnò un biglietto. Era del dottor Bramwell e diceva: "Potete venir subito da me? Ho bisogno di voi per compilare un certificato: si tratta d'un pazzo pericoloso."

Annie si sforzava di trattenere le lacrime. "È mio cognato, signor dottore. Potete venire subito?"

Manson si vestì in tre minuti. Cammin facendo, Annie gli narrò quanto sapeva. Hughes era malato, da tre settimane non era più lui, ma stanotte aveva dato in smanie violente, perso interamente la ragione, s'era gettato sulla moglie col coltello del pane. Olwen, la moglie, sorella di Annie, era scappata in camicia nella strada. Il racconto era tragico, come lo espose Annie tutta sconvolta: e c'era poco da dire, per consolarla, e nulla che servisse a cambiare lo stato delle cose. Arrivarono alla casa di Hughes. Nella prima stanza Bramwell, non rasato, senza colletto né cravatta, era seduto al tavolo, con la penna in mano, e aveva davanti a sé un foglio di carta protocollo, in buona parte scritto.

"Ah, Manson, avete fatto presto, vi ringrazio d'essere accorso. Gran brutto affare. Ma non vi tratterrò a lungo."

"Di che si tratta, esattamente?"

"Hughes è impazzito. Ve ne avevo parlato la settimana scorsa, ricordate? Avevo ragione di temere il peggio. Mania omicida acuta," e fece rotolare le parole sulla lingua con tragica grandiosità. "Dobbiamo spedirlo immediatamente a Pontynewdd; il che richiede due firme sul certificato, la mia e la vostra. Sono i parenti che m'han detto di chiamarvi. Conoscete la procedura, vero?"

"Certo," disse Manson, "che cosa avete scritto nel rapporto?"

Bramwell si schiarí la gola e cominciò a leggere. Era un forbito e fluente resoconto degli atti ultimamente compiuti da Hughes, dichiarati sintomi inequivocabili di disturbo mentale grave. Alla fine della lettura Bramwell alzò fieramente la testa: "È chiaro, non vi pare?"

"Affare serio," disse Manson, lentamente. "Be', vado a dargli un'occhiata."

"Bravo, Manson, poi tornate da me." E prese ad aggiungere altri particolari alla sua relazione.

Hughes era a letto, e ai due lati eran seduti due robusti manovali della miniera, pronti ad intervenire in caso di necessità. Ai piedi del letto stava la moglie, col pallido viso, normalmente cosí vivace, ora devastato dal pianto. Il suo atteggiamento era cosí affranto, e l'atmosfera della stanza cosí tesa, che Manson avvertí come un brivido di paura. Si avvicinò al letto, e sulle prime stentò a riconoscere il malato, tanto s'erano alterate, quasi cancellate, le sue fattezze. La faccia era tumefatta, le narici piú marcate, la pelle cerea, salvo una chiazza rossastra che si stendeva orizzontalmente a cavallo del naso. Era come intontito, in quel momento, apatico. Manson gli rivolse la parola; l'altro bofonchiò una risposta inintelligibile, poi, serrando le mani a pugno, spifferò un'aggressiva tirata del tutto sconclusionata, che, aggiunta al resoconto di Bramwell, rendeva purtroppo indispensabile il suo immediato ricovero nel manicomio.

Ma Manson sentiva di non essere convinto; non era soddisfatto. Perché, si domandava, perché Hughes era ridotto in quello stato? Non si perde la ragione senza un motivo. Era sempre stato un uomo pacifico, bonario, senza fastidi, facile da trattare, socievole. Come aveva potuto cambiare cosí radicalmente tutto d'un tratto?

Una ragione ci doveva essere. Non v'è sintomo senza determinante. Scrutando i lineamenti enfiati, in cerca di una possibile soluzione dell'enigma, Manson allungò istintivamente la mano e palpò il gonfiore, notando, nel subcosciente, come la pressione delle dita non lasciasse alcun segno sull'edema. Di botto un lampo gli traversò il cervello. Per quale ragione il gonfiore non cedeva sotto la pressione del dito? Intravide la risposta, e il cuore gli diede un gran balzo: perché non era un edema, ma un mixedema. Certo, perdio, certo! Un momento. Andar coi piedi di piombo. Non far le cose a precipizio. Con fermezza si dominò.

Si chinò, sollevò la mano del paziente. La pelle arida, sicuro, e ruvida; le dita leggermente gonfie alle estremità; la temperatura subnormale. Finí metodicamente il suo esame, respingendo ad una ad una le ondate d'entusiasmo che lo assalivano. Ogni singolo indizio aveva una stretta rispondenza con tutti gli altri, come i singoli pezzetti di legno d'un rompicapo. L'eloquio balordo, la pelle secca, le dita a spatola, la faccia gonfia, inelastica, la perdita della memoria, l'irascibilità ch'era culminata in una esplosione di violenza omicida... tutti insieme, questi elementi componevano un quadro completo che Manson ora vedeva lucidamente.

Si raddrizzò e tornò in sala, dove Bramwell in piedi con la schiena al camino lo accolse con un: "Ebbene? Persuaso? Se volete firmare il rapporto..."

"Sentite, Bramwell," Manson evitava di guardarlo in faccia, e si sforzava di eliminare dalla propria voce l'entusiasmo che la sua scoperta gli suggeriva, "credo che dobbiamo pensarci su due volte, prima di enunciare quel verdetto."

"Che? Come sarebbe a dire?" esclamò Bramwell, attonito. "Hughes è pazzo da legare!"

"Non condivido questo parere," rispose Manson con voce uguale, ancora intento a frenare la propria eccitazione. Non gli bastava d'aver diagnosticato il caso, doveva per giunta trattare Bramwell con riguardo, astenersi dal contrariarlo. "A mio parere, Hughes è malato di mente poiché è malato di corpo. Deficienza della tiroide. Un caso, assolutamente certo di mixedema."

Bramwell guardò il giovane collega con occhi vitrei.

Era ammutolito. Fece vari sforzi per parlare, e non riuscí che ad emettere suoni sordi, simili a quelli che fa la neve cadendo dall'orlo d'un tetto.

"Dopo tutto," seguitò Manson, con accento persuasivo, gli occhi sul tappeto, "Pontynewdd è un buco immondo. Una volta dentro, Hughes non n'esce piú, e se anche ne uscisse ne porterebbe le stimmate per il resto della vita. Supponete che proviamo ad iniettargli l'ormone."

"Ma, dottore," borbottò Bramwell, "non vedo come possa..."

"Pensate al credito che acquisterete se riusciamo a guarirlo," suggerí Manson, parlando concitatamente, "non vi pare che valga la pena di tentare? Lasciate che io faccia venir qui la moglie; non si dà pace, pensando che suo marito deve entrare in manicomio. Le parlerete voi, le potete spiegare che vogliamo tentare una cura nuova..." E cosí dicendo s'affacciò alla porta della stanza del malato e chiamò Olwen.

Il Silver King s'era ripreso. Piantato a gambe larghe davanti al camino, informò la donna, nei termini piú forbiti, che "ci poteva ancora essere un raggio di speranza"... Manson nel frattempo faceva una pallottola del rapporto e lo gettava nel fuoco; poi andò a telefonare a Cardiff per ordinare il farmaco.

Seguí un periodo di ansia, molti giorni d'una tormentosa sospensione, prima che Hughes cominciasse a reagire alla cura. Ma una volta cominciato, il processo seguitò magicamente. In meno di quindici giorni il malato lasciò il letto, e dopo due mesi aveva ripreso servizio.

Una sera venne a trovare Manson nell'ambulatorio, accompagnato dalla moglie. La donnetta gli disse: "Dobbiamo tutto a voi, signor dottore. Abbiamo deciso di farci cancellare dalla lista di Bramwell e di farci inscrivere sulla vostra. Senza di voi, quel vecchio scimunito avrebbe fatto rinchiudere mio marito nel manicomio."

"No, cari amici, non vi fate trasferire sulla mia lista; sarebbe un insulto a Bramwell, dopo tanti anni che siete suoi clienti. Se non mi date retta, Olwen, vi minaccio col coltello del pane."

Bramwell, incontrandolo per strada, disse: "Hellò, Manson! Visto com'è guarito bene, Hughes? Ah, sono tutt'e due molto riconoscenti. Devo dire che non ho mai avuto un caso piú fortunato."

Annie disse: "Quel vecchio Silver King si vanta parecchio, ma non capisce niente. E sua moglie, poh! Non una serva che le resti in casa piú d'un mese."

Blodwen Page disse: "Non dimenticate, dottor Manson, che siete al servizio di mio marito!"

Il commento di Denny fu: "Manson, al presente sei troppo superbo perché ti si possa sopportare."

Ma Manson, entusiasta del trionfo... non suo, ma del metodo scientifico, serbò per Cristina tutto quello che aveva da dire.

IX

Nel luglio di quell'anno il raduno annuale della British Medical Union ebbe luogo a Cardiff. L'Unione, alla quale — come il profesor Lamplough non mancava mai di dichiarare nel suo discorso di chiusura dell'anno scolastico — ogni singolo medico che si rispetta doveva farsi un vanto di appartenere, andava giustamente orgogliosa dei suoi raduni annuali. Perfettamente organizzati, questi raduni offrivano ai soci, nonché alle loro famiglie, conferenze scientifiche, trattenimenti sociali e sportivi, prezzi ridotti nei migliori alberghi, escursioni automobilistiche gratuite a tutte le rovine archeologiche dei dintorni, un numero unico, edito con criteri d'arte, agende-ricordo fornite dai fabbricanti d'apparecchi ortopedici, e facilitazioni di residenza e di cura nella stazione termale piú vicina. L'anno precedente, alla fine della settimana di vacanza, ogni singolo medico e relativa consorte aveva ricevuto in dono una scatola-campione di biscotti "Non-Adipò".

Manson non era socio dell'Unione, perché la quota di cinque ghinee era per ora al disopra dei suoi mezzi, e forse avvertiva un pochino d'invidia verso i colleghi piú fortunati che avevano libero accesso al raduno annuale. Le fotografie che comparivano sui giornali domenicali, rappresentanti l'arrivo di un gruppo di dottori sulla banchina della stazione imbandierata, solennemente accolti dalle autorità, oppure sul ponte del vaporetto che li portava in gita di piacere a Weston-Super-Mare, oppure su qualche campo di golf, contribuivano a intensificare in lui la sensazione di essere escluso dalla generalità.

Ma nel mezzo della settimana ricevette una lettera, intestata col nome d'un grande albergo di Cardiff, che gli causò una sensazione piú piacevole. Era il suo amico Freddie Hamson, che, manco a dirlo, partecipava al raduno, e che lo invitava a dare una capatina a Cardiff per trascorrere una serata con lui. Proponeva l'appuntamento per sabato, all'ora di pranzo.

Manson mostrò la lettera a Cristina. Gli era istintivo, ormai, comunicarle confidenzialmente tutto quanto lo riguardava. Da quella sera di due mesi addietro in cui aveva cenato in casa sua, era innamorato cotto. Vedendola spesso, e rassicurato dall'evidente piacere ch'ella traeva dai loro incontri, era piú felice di quanto fosse mai stato in vita sua. Cristina esercitava su di lui una benefica influenza stabilizzatrice. Era una donna pratica, supremamente positiva e alla buona, del tutto priva di civetteria. Sovente andava da lei in uno stato di irritazione o di preoccupazione, e ne veniva via calmo e sereno. Sapeva il modo di ascoltare, tranquillamente, attentamente, quello ch'egli aveva da dirle, e di fare poi i suoi pacati commenti, che di solito erano intonati, non solo, ma anche divertenti. Aveva un senso umoristico frizzante. E non lo adulava mai.

Alle volte, nonostante la placidezza che non la abbandonava mai, bisticciavano, perché lei era una donnina che ragionava con la sua testa, e attribuiva, anzi, ad una sua nonna scozzese la sua tendenza all'argomentazione e l'indipendenza delle proprie vedute. Egli le riconosceva, tra le molte sue virtú, soprattutto un coraggio non emulabile, che lo intenerva, lo spronava a proteggerla, perché era propriamente sola al mondo. Salvo una zia infermiera che viveva a Bridlington, non aveva parenti.

Quando faceva bello al sabato e alla domenica, partivano insieme per una lunga passeggiata. Una volta andarono a vedere Chaplin nella *Febbre dell'oro*, e un'altra volta a un concerto, anche questo a Toniglan. Ma piú che tutto egli amava le serate che Mrs Watkins veniva a trascorrere da lei, perché la presenza dello *chaperon* lo autorizzava a godere della compagnia di Cristina nel suo proprio ambiente domestico. Erano quelle sere in cui s'accendevano di solito le loro fiere discussioni; con Mrs Watkins, intenta al suo lavoro d'uncinetto, ridotta alla funzione d'un rispettabile stato cuscinetto tra i due contendenti.

Adesso, con la prospettiva della gita a Cardiff, Manson sperava che Cristina accettasse di venire con lui. La chiusura delle scuole era stabilita appunto per la fine della settimana in corso, e Cristina si recava a passar le vacanze da sua zia a Bridlington. Egli sentiva il bisogno di offrirle un festeggiamento speciale prima della separazione.

Dopo averle letto la lettera di Freddie, Manson le domandò, aggressivamente, di andare a Cardiff con lui. "Venite anche voi, è inteso. Solo un'ora e mezzo di ferrovia. È certo che ci sarà qualche trattenimento, e ad ogni modo vorrei farvi conoscere il mio amico."

Cristina acconsentí di buon grado.

Esultante per la sua accettazione, egli ora puntò le sue batterie contro Blodwen, per conquistare la sua libertà. Non era disposto a tollerare resistenze. Entrò in casa pieno di burbanza. "Sentite, Mrs Page, conformemente alla mia interpretazione delle Norme di Servizio Interno per gli Assistenti Medici Proletari, io ho diritto ad una mezza giornata di libertà all'anno. Desidero e intendo avvalermene sabato venturo. Vado a Cardiff."

"Nientemeno, dottore!" Arricciò il naso alla sua richiesta, rilevando tra sé che il suo tono era stato arrogante; lo scrutò con diffidenza, ma poi dichiarò, con un broncetto d'indulgenza: "Oh, be', credo che possiamo concedervi un permesso." E, ad un subitaneo pensiero piacevole, allo scopo di indennizzarsi della propria liberalità, fece schioccare le labbra e aggiunse: "A condizione però che mi portiate da Cardiff una scatola di dolci di Parry, siamo intesi?"

Al sabato, alle quattro e trenta, Cristina e Manson presero il treno. Manson era eccitato, rumoroso, salutava facchino e bigliettario chiamandoli col nome di battesimo. Cristina portava un costumino blu che aggiungeva serietà alla sua compitezza abituale. I suoi occhi, come tutto il suo aspetto, rivelavano un'espressione di gioia anticipata; sfavillavano. A guardarla, seduta composta di faccia a lui, si sentí assalire da un'ondata di tenerezza e di desiderio. Era una bellissima cosa, pensò, la loro amicizia, ma voleva di piú. Voleva prenderla tra le braccia, stringersela al petto, ardente e amorosa. Disse, senza volerlo: "Mi sentirò solo come un cane, quando sarete partita." Le si accesero leggermente le gote, e guardò fuori del finestrino; lui fu preso da uno scrupolo. "Perdonatemi. Non avrei dovuto dir questo?"

"Comunque, mi fa piacere che l'abbiate detto," replicò lei, senza voltare la testa.

Egli fu lí lí per dichiararsi, per chiederle, nonostante l'assurda precarietà del suo stato professionale, di sposarlo; perché vedeva lucidamente che il matrimonio era l'unica, l'inevitabile soluzione che conveniva ad entrambi. Ma qualcosa, forse l'intuizione che il momento non era propizio, lo trattenne. Decise di differire la dichiarazione fino al viaggio di ritorno.

Quindi seguitò: "Spero che ci divertiremo stasera. Hamson vi piacerà, vedrete. Era un asso, al Royal Institute. È un ragazzo in gamba. Ricordo una volta ad una festa di beneficenza a favore dell'ospedale di Dundee, dove si producevano veri artisti di professione. Hamson ha avuto la faccia tosta di esibirsi in pubblico sulla scena, e ha conseguito un successone."

Ella osservò, sorridendo: "Una bravata da attore, piú che da dottore."

"Non siate cosí severa, via; quando lo conoscerete cambierete parere, vedrete."

Il treno arrivò a Cardiff alle sei e un quarto e andarono direttamente al Palace Hotel. Hamson aveva promesso d'essere lí alle sei e mezzo; non c'era ancora quando entrarono nel vestibolo. Stettero a osservare con curiosità la scena. La sala era gremita di medici e di signore che cianciavano forte, ridevano, generando un'atmosfera di rumorosa cordialità. Amichevoli inviti s'incrociavano in tutte le direzioni: "Dottore! Voi e la vostra signora pranzate con noi stasera!" "Ehi, dottore, li avete avuti i biglietti per il concerto?" Un animato andirivieni di giovanotti eleganti col distintivo rosso all'occhiello, le mani cariche di programmi da distribuire. In un passaggio praticato ai piedi della scala un funzionario declamava con voce monotona e cavernosa: "Reparto otorinolaringoiatria, da questa parte." Al sommo dell'inquadratura d'un corridoio si leggeva su un cartello: "Esposizione della Medicina." C'erano molte palme in vaso; e un'orchestra.

"Prettamente *sociale*, vero?" osservò Manson, avvertendo un senso di isolamento nella cordialità generale. "Freddie è in ritardo come sempre. Vogliamo dare un'occhiata all'esposizione?"

La visitarono. Non tardarono a trovarsi le mani piene di artistici cartoncini di pubblicità. Manson ne mostrò uno a Cristina. Diceva: "Dottore, è vuoto l'ambulatorio? Siamo in grado di arredarlo." Contò diciannove biglietti, tutti diversi, che offrivano i piú recenti sedativi ed analgesici. All'ultimo stallo si vide accaparrato da un giovane che gli mise sotto il naso un lucido arnesino a forma d'orologio: "Signor dottore, ecco il nostro nuovo indexometer, non può non interessarvi. Ha una straordinaria molteplicità di usi. Assolutamente moderno. Produce grande impressione sui pazienti, e costa solo due ghinee. Mi permettete di dimostrarvelo, signor dottore. Sulla facciata, come vedete, c'è l'indice dei periodi d'incubazione; si imprime al quadrato un quarto di giro, e si trova l'indice del grado d'infezione. Nella parte interna," fece scattare il coperchio inferiore, "abbiamo un eccellente indice colorato del grado di emoglobina, mentre sul rovescio del coperchio c'è questo diaframma che..."

"Mio nonno," interruppe Manson brutalmente, "possedeva uno di questi giocattoli, ma lo regalò a un suo nemico."

Cristina sorrideva quando tornarono nel vestibolo. "Poveraccio," osservò, "nessuno ha mai osato burlarsi del suo indexometer."

In quel punto arrivò Hamson. Saltò giú dal tassí ed entrò seguito da un fattorino dell'albergo che gli portava le mazze da golf. Li vide subito e avanzò verso di loro con un largo sorriso da conquistatore. "Ehi! eccoci riuniti, dopo tanto tempo. Mi spiace d'essere in ritardo. Sono in gara nella Lister Cup, dovevi vedere la fortuna del mio avversario. Che piacere di rivederti! Sempre lo stesso vecchio Manson, ah, ah! Ma perché non ti compri un cappello nuovo, figliolo?" Il suo sguardo sorridente abbracciava anche Cristina. "Presentami, macaco; a cosa stai sognando?"

Presero posto ad una delle tavole rotonde. Hamson decise che dovevano tutti prendere l'aperitivo. Al suo schiocco di dita un cameriere accorse. Degustando lo sherry, descrisse minutamente la partita di golf, assicurandoli che avrebbe vinto lui se l'altro non avesse avuto una fortuna così insolente.

Con la sua carnagione accesa, i capelli dorati impomatati, l'abito ben tagliato e i gemelli d'opale nei polsini, Freddie, se non decisamente un bel giovane, perché i suoi tratti erano un poco volgari, aveva nondimeno un'apparenza elegante e allo stesso tempo affabile. Vanitosello, forse, ma con modi avvincenti, se si dava la pena di esibirli. Era uno specialista per stringere amicizie con individui incontrati lì per lì. All'università, il cinico professore di patologia gli aveva, a causa di questa sua specialità, profetizzato un brillante avvenire nonostante le sue patenti manchevolezze.

Andarono a pranzo nel *grill-room*, perché nessuno dei tre era in abito da sera sebbene Freddie avesse già informato gli altri due che dopo pranzo doveva mettersi in marsina. C'era un ballo, una seccatura di prim'ordine, e non poteva esimersi dal farvi almeno una comparsa.

Dopo avere ordinato con una disinvoltura da conoscitore il pranzo in base alla lista — una lista rigorosamente professionale: *Potage Pasteur, Filets de Sole Madame Curie, Tournedos à la Conférence Médicale*, e così di seguito, — si dedicò a rievocare con drammatico ardore i bei tempi della gioventù. "Non avrei mai immaginato, allora, che questo boia d'un Andrew sarebbe andato a seppellirsi nelle montagne del South Wales."

"Lo credete sepolto?" domandò Cristina, con un sorriso un poco forzato. Hamson non rilevò l'osservazione, ispezionò la sala affollata, ghignò a Manson. "Cosa ne dici, del nostro raduno?"

"Penso che è un utilissimo sistema per tenersi al corrente del progresso."

"Progresso? Per Giorgio, mi guardo bene dall'andare alle conferenze. No, mio caro, il progresso non ha niente da fare qui. Si vien qui per prender contatti. Non hai l'idea della quantità di persone influenti che s'incontrano qui. Io ci son venuto solo per questo. Appena di ritorno a Londra posso telefonare al tale o al tal altro e combinare una partita di golf, o invitarlo a teatro, e così via. È solo così che si può far strada."

"Cosa vuoi dire?"

"Non vedi? Ma è la cosa più semplice di questo mondo.

Ora ho un discreto impiego a Londra, ma sospiro un bell'alloggetto mio particolare nel West End, con la sua brava targa lucida, e le magiche parole *Freddie Hamson, M. B.* Appena riesco a metter su la targa, tutta questa brava gente che ho conosciuto qui, e che colmerò di cortesie a Londra, mi manderà dei clienti. Sai com'è. Reciprocità. Grattami la schiena che ti gratto la tua." Degustò un sorso di *hock*. "E, a parte questo, conviene sempre essere in buoni termini coi pezzi grossi. Il tutto sta nel crearsi le basi di uno 'stabile' elegante. Sta' a vedere, vecchio mio, che tu stesso tra un paio d'anni mi recapiterai a Londra qualche invalida carcassa dal tuo Bla... Ble... com'è che si chiama l'attuale paradiso dei tuoi sollazzi?"

Cristina gli scoccò una rapida occhiata, fece per parlare, ma poi si trattenne. Abbassò gli occhi sul suo piatto.

"Raccontami di te, Andrew," seguitò Hamson, "cosa t'è successo di bello in tutto questo tempo?"

"Niente di straordinario. Il mio ambulatorio è una baracca di legno; vedo in media una trentina di clienti al giorno, per lo più minatori e le loro famiglie."

"Poco piacevole la prospettiva, così a occhio e croce." Scuoteva il capo, in atto di dissenso.

"Oh, perché? il lavoro m'interessa," ribatté Andrew, placidamente.

Cristina interpose: "Ed è *lavoro*."

"Infatti," riprese Manson. "Ultimamente ho avuto un caso interessante. L'ho spiegato in poche parole, in uno scritto che ho mandato al *Journal*." Accennò in succinto il caso di Hughes.

Hamson simulò un grande interessamento, ma i suoi occhi continuavano a perlustrare la sala. "Certo è stato un bel caso. Io credevo che i gozzi si trovassero solo in Svizzera, o da quelle parti. Comunque, avrai calcato la parcella, immagino. A proposito, non più tardi di ieri un tale mi spiegava che il miglior modo per risolvere la questione degli onorari..." E si dilungò, illustrando un metodo, che gli era stato suggerito da un collega, inteso ad introitare gli onorari per contanti. Avevano già finito di pranzare e la volubile dissertazione non era ancora terminata. Freddie s'alzò, deponendo il tovagliolo. "Andiamo a prendere il caffè nell'atrio; finirò là il discorso."

Alle dieci meno un quarto, esaurita temporaneamente la

sua scorta di barzellette, Hamson soffocò uno sbadiglio e consultò l'orologio di platino sul polso. Ma Cristina lo prevenne; diede a Manson un'occhiata d'intesa e disse: "Non è l'ora che ci avviamo alla stazione?"

Manson stava per protestare e dire che avevano un'altra mezz'ora di tempo, ma Freddie dichiarò: "E io devo andare a vestirmi per il ballo. Scocciatura, ma non posso sottrarmi agli impegni."

Li accompagnò fin sulla porta girevole e li accomiatò affettuosamente. "Be' caro Andrew, appena ho messo su la targa nel West End, mi ricorderò di mandarti il recapito."

Manson e Cristina si avviarono a piedi ed in silenzio nel tepore della notte estiva. Egli si rendeva vagamente conto che la serata non era stata quel successo che s'era aspettato, e che Cristina ne era delusa. Aspettò ch'ella parlasse, ma inutilmente. Alla fine si decise a dire, con diffidenza: "Ho paura che vi siate seccata, Cristina vero? Freddie non v'ha entusiasmata, dite la verità."

Ella si volse di scatto, gli occhi lucidi d'indignazione. "Non posso approvare che quel princisbecco, coi suoi capelli impiastricciati e il suo perpetuo sorriso, si permetta di trattare voi con condiscendenza."

"Princisbecco? Condiscendenza?"

Ella annuí ripetutamente con vivacità. "Intollerabile! 'Un tale mi spiegava il miglior modo per risolvere la questione degli onorari...', questo, come commento alla descrizione del caso di Hughes... E la faccia tosta di chiamarlo un gozzo!... E di sollecitare clienti da voi... V'assicuro che ho fatto uno sforzo per non lasciargli capire quello che pensavo di lui."

"Ammetto che stasera si dava delle arie, chissà perché, ma è un buon diavolo, v'assicuro. Eravamo amici intimi, si alloggiava insieme."

"Forse era perché voi gli eravate utile, lo aiutavate nei lavori, no?"

"Non dite malignità, adesso, cara Cristina."

"Ma no! Bisogna essere ciechi come voi per non vedere che tipo è. E ha guastato tutta la nostra festa. Senza di lui, avremmo potuto andare al concerto nella Victoria Hall; adesso è troppo tardi."

Alla fine del percorso non camminavano piú a contatto

di gomito. Era la prima volta che vedeva Cristina stizzita. Aveva ragione, poveretta; le aveva offerto una serata quanto mai noiosa. Era stato un fiasco coi fiocchi.

Entrarono nella stazione. D'un tratto, mentre attraversavano i binari, Manson adocchiò sulla banchina opposta, un'altra coppia, che riconobbe subito. Erano Gladys Bramwell e il dottor Gabell. In quello stesso momento il loro treno arrivava: un treno locale, diretto a Porthcawl, "la spiaggia" del circondario. I due presero posto sorridenti nello stesso scompartimento. Il treno fischiò e partí.

Manson avvertí un senso di vero sgomento. Lanciò un'occhiata a Cristina, sperando che non avesse visto i due colombi. Solo la mattina aveva incontrato Bramwell, che, lodando il bel tempo e fregandosi allegramente le mani, lo aveva incidentalmente informato che sua moglie andava a passar la domenica da sua madre a Shrewsbury. Manson era cosí solennemente innamorato che la scena intravista or ora, con tutto quanto implicava, lo urtava, gli causava quasi un dolore fisico. Non ci voleva altro, per rendere la serata ancor piú deprimente.

Avrebbe voluto, con tutta l'anima, aprirsi a Cristina, tenere con lei una lunga e pacata conversazione per cancellare il ricordo della loro piccola controversia; bramava, sopra tutto, star solo con lei. Ma il loro treno era gremito. Dovettero accontentarsi di due posti scomodi in mezzo a una diecina di minatori che discutevano animatamente la partita di calcio del pomeriggio...

Era tardi quando arrivarono a Blaenelly, e Cristina aveva l'aria molto stanca. Anche lei, pensò Manson, aveva dovuto vedere Gladys e il medico di colore. Non c'era altro da fare che accompagnarla a casa e augurarle mestamente la buona notte.

X

Benché fosse quasi mezzanotte quando arrivò a casa, Manson trovò Morgan che ve lo aspettava, camminando avanti indietro a passetti concitati tra l'ambulatorio e l'ingresso del villino. Appena il minatore lo vide venire, gli mosse incontro manifestando grande sollievo. "Oh, dottore, grazie al cielo! Son qui da un'ora. È mia moglie... prima del tempo..."

Bruscamente distratto dai suoi pensieri, Manson disse a Morgan d'aspettarlo, entrava in casa solo per prendere la borsa. Si affrettò a raggiungerlo. L'aria notturna era stranamente immobile. Di solito cosí pronto nell'intuire la prossimità d'un pericolo, Manson ora si sentiva ottuso, apatico. Non aveva per niente il presentimento che il parto dovesse risultare un caso grave, o potesse comunque influenzare il suo avvenire. I due uomini non pronunciarono una sola parola finché giunsero a destinazione. Sulla soglia della sua casa Morgan si fermò. "Io resto qua fuori, dottore, ma so che farete tutto il possibile per noi."

Manson salí la scaletta ed entrò nella camera, piccola, poveramente arredata, illuminata da una sola lampada a petrolio, ma pulita. La puerpera era assistita dalla grossa levatrice e dalla suocera, una vecchietta d'oltre settant'anni, di alta statura. Le due donne in piedi seguivano tutte le mosse del medico mentre disponeva i suoi oggetti sul comò.

"Vado a farvi una tazza di tè," disse la vecchia, dopo qualche momento.

Manson sorrise; aveva capito che la madre di Morgan, esperta e saggia, desiderava soprattutto evitare che il dottore si proponesse di ritirarsi dicendo che sarebbe tornato piú tardi. "Non temete, buona donna, non scappo."

Ma lei lo persuase ugualmente a scendere in cucina e gli fece il tè. Nervoso com'era, Manson non avrebbe potuto godersi un'ora di sonno nemmeno se fosse andato a coricarsi a casa. Aveva già capito che il caso richiedeva tutte le sue attenzioni; e aveva deciso di rimanere finché tutto fosse finito.

Dopo un'ora tornò su, prese nota del ritmo dei progressi verificatisi, ridiscese abbasso e sedette al fuoco. Tutto era silenzio, salvo lo scricchiolio dei pezzetti di carbone ardente contro la graticola del caminetto e il ticchettio della pendola. No, si sentiva ancora un altro rumore: i passi del marito sul marciapiede. In faccia a Manson sedeva la vecchia, immobile nel suo vestito nero, gli occhi stranamente sani e vivi, che non abbandonavano mai la faccia del dottore.

I suoi pensieri erano confusi, oppressivi. Il ricordo della scena intravista alla stazione di Cardiff continuava ad ossessionarlo. Pensava a Bramwell, cosí ingenuamente devoto alla moglie che lo tradiva; a Edward Page, legato mani e piedi a quella strega di Blodwen; a Denny, che viveva infelice separato dalla moglie. Tre matrimoni miseramente falliti. La constatazione, nel suo stato presente, lo sgomentava. Per lui, il matrimonio doveva essere uno stato idillico; non poteva essere altro, per lui che aveva negli occhi la sola immagine di Cristina. Il conflitto tra la sua mente, equilibrata ma dubbiosa, e il suo cuore traboccante di tenerezza lo rendeva scettico, risentito. Appoggiò il mento sul petto, allungò le gambe, fissò il fuoco rimuginando.

Restò in quella posizione cosí a lungo, e con la mente cosí piena del pensiero di Cristina, che sobbalzò quando la vecchia, le cui meditazioni nel frattempo avevano seguito un'altra rotta, gli rivolse la parola. "Susanna ha detto che non vuole il cloroformio se può far male al bambino. Non pensa che alla sua creatura."

Egli fece uno sforzo per raccogliersi. "L'anestetico non nuocerà," disse, con dolcezza. "Tutto andrà bene."

In quel punto la levatrice chiamò. La pendola segnava le tre e mezzo. Manson salí. Vide subito che il momento era venuto.

Passò un'ora. Fu una lotta lunga ed aspra. Quando le prime luci dell'alba penetrarono tra le stecche delle persiane, la creatura venne al mondo, priva di vita.

Guardando il corpicino inerte, Manson, memore delle sue assicurazioni ottimistiche, fu assalito da un brivido d'orrore. La sua faccia, accaldata dagli sforzi compiuti, s'agghiacciò. Rimase esitante, lacerato tra il desiderio di tentar di risuscitare il neonato e il dovere di accudire alla madre ch'era lei stessa in uno stato disperato. Il dilemma era cosí pressante che non lo risolse coscientemente. Alla cieca, con mosse istintive, consegnò il bambino alla levatrice e si dedicò alla puerpera, che giaceva ancora insensibile, e quasi senza polso. Agí con una premura di disperato per ravvivare in lei le forze che svanivano. Impiegò pochissimi secondi per spezzare la fiala, riempire la siringa, s'applicò senza risparmio a ridare la vita alla morente. Dopo alcuni minúti di sforzi febbrili notò che il cuore le si rafforzava e capí che poteva senza pericolo lasciarla stare.

Si voltò di scatto. In maniche di camicia, coi capelli incollati sulla fronte sudata: "Dov'è il bambino?" gridò.

La levatrice fece un gesto di sgomento. Indicò che lo aveva messo sotto il letto. Egli si buttò in ginocchio, lo trasse via di lí. Un maschio perfettamente formato. Il caldo corpicino inerte era molle come la cera. Il cordone, tagliato frettolosamente, pendeva come uno stelo rotto. La pelle era liscia, tenera. La testa pencolava sul collo esile. Gli arti sembravano privi di ossa.

Sempre in ginocchio, Manson osservava la creatura con un cipiglio d'allucinato. La bianchezza non poteva che significare una cosa: asfissia pallida. Nella straordinaria ipertensione dei suoi nervi, rievocò nondimeno un caso, al quale aveva assistito in un ospedale, e che l'ostetrico aveva risolto ricorrendo ad un trattamento speciale. Si raddrizzò di scatto. "Due catinelle," ordinò alla levatrice, "una brocca d'acqua fredda e una pentola d'acqua bollente. Presto!"

"Ma, dottore..." ella balbettò, accennando cogli occhi al corpicino inerte.

"Prestooo!" egli urlò.

Arraffata una coperta, vi depose il neonato e cominciò ad applicare il metodo speciale per farlo respirare artificialmente. Arrivarono le catinelle, la brocca, la grossa pentola di ferro. Con mosse frenetiche egli versò l'acqua fredda in una catinella, e nell'altra mescé fredda e calda in modo che non scottasse. Poi, come un giocoliere impazzito, prese a tuffare alternatamente il corpicino ora nell'una ora nell'altra.

Passò un quarto d'ora. Il sudore entrandogli negli occhi lo accecava. Una delle maniche della camicia, lacerata, pendeva come uno straccio. Ansava. Ma la creatura, dal canto suo, non respirava.

Assalito da un senso di sconfitta, di un'impotenza che pareva volerlo ammattire, si sentiva addosso gli occhi increduli della levatrice costernata, e della vecchia, che, rincantucciatasi in fondo alla stanza, si premeva la gola con una mano come per strozzarvi i suoni che volevano erompere. Il pavimento era un guazzabuglio indescrivibile. Inciampando in una salvietta inzuppata, Manson quasi lasciò cadere a terra il bambino, che gli scivolava tra le mani come un pesce.

"Per carità, dottore," gemeva la levatrice, "ma se è nato morto!"

Manson non le diede retta. Battuto, disperato, nondimeno persisteva con ostinazione in un ultimo sforzo: strofinava energicamente il corpicino con un ruvido tovagliolo, e poi con entrambe le mani ne comprimeva ed alternatamente rilasciava il piccolo torace.

E d'un tratto, come per virtú d'un miracolo, il minuscolo torace diede un sobbalzo convulsivo. Un secondo. Un terzo. Manson vacillò per l'emozione. Il senso della vita, scaturitogli improvvisamente di sotto alle dita dopo tanti sforzi ch'eran sembrati dover essere vani, gli tornò cosí gradito che fu lí lí per svenire. Raddoppiò febbrilmente gli sforzi. Il bambino ora boccheggiava, aspirando ogni volta piú profondamente. Una bolla di muco gli si formò all'orifizio d'una narice, una gioiosa bollicina iridescente. Gli arti non erano piú privi di ossa. La testa non s'arrovesciava piú. La pelle si tingeva lentamente di rosa. Poi, squisito, squillò il primo strillo.

"Dio onnipotente!" singhiozzò isterica la levatrice, "l'ha risuscitato!"

Manson le consegnò il bambino. Si sentiva debole, intontito. Attorno a lui la camera pareva una lettiera buttata all'aria: coperte, salviette, catinelle, i ferri in disordine, la siringa infitta per la punta nel linoleum, la brocca rovesciata, la pentola in una pozza. Nel letto sossopra la madre continuava a sognar placida sotto l'effetto dell'anestetico. La vecchia, sempre nel suo cantuccio, ora aveva le mani giunte e muoveva le labbra senza emettere suoni; pregava.

Meccanicamente Manson strappò via il lembo della camicia lacerata e si rimise la giacca. "Tornerò piú tardi a prendere la borsa," disse alla levatrice.

Scese dabbasso, aveva gran sete. Bevve due bicchieroni d'acqua. Prese cappello e soprabito. Fuori, trovò il marito, con la faccia tesa dall'ansia. "All right, Joe," gli disse festosamente, "madre e bambino in perfetta salute."

Era completamente giorno. Quasi le cinque. Qualche minatore era già per strada: il primo turno si avviava al lavoro. Frammischiatosi a loro, Manson udiva i propri passi echeggiare con quelli degli altri sotto il cielo mattutino, e pensava. "Ho finalmente compiuto qualche cosa anch'io."

XI

Dopo il bagno si rasò, e si sentí meno stanco. Ma Blodwen, che aveva scoperto il letto intatto, a colazione si permise di punzecchiarlo sarcasticamente, con tanto maggior gusto in quanto egli riceveva i suoi strali in silenzio e senza reagire. "Avete l'aria stancuccia, dottore, stamattina. Che occhiaie, uh! Siete rientrato solo stamane eh? E avete dimenticato i dolci di Parry, eh? Vi siete divertito almeno? A me non la fate, caro dottore. Volevo ben dire che eravate troppo esemplare per essere genuino. Tutti uguali, voialtri assistenti. Non uno, ne ho trovato, che non bevesse o comunque non andasse a male."

Dopo l'ambulatorio e le visite esterne, Manson tornò a rivedere la puerpera e il neonato. Era appena passato il mezzodí. Presso gli usci aperti delle case, le comari riunite in gruppetti smettevano di parlare quand'egli passava, e gli sorridevano amichevolmente. Avvicinandosi alla casa di Morgan, gli parve di vedere una faccia dietro una delle finestre. E infatti lo stavano aspettando. Appena varcò l'uscio, la vecchia, raggiando da ogni ruga un'incredibile chiarità, gli diede il benvenuto nella casa. Era cosí ansiosa di fargli onore che non riusciva a pronunciare le parole che s'era preparata. Egli capí che lo pregava, prima d'andar su, prima di tutto, d'accettare un rinfresco che gli avevano apparecchiato in sala; e poiché egli declinò l'invito, dicendo che aveva premura di andar su, la donna si rassegnò, temporaneamente, e disse: "Come volete, signor dottore, forse avrete tempo quando uscite, una fetta di torta e una goccia di vino."

Egli stentò a riconoscere la stanza, che poco prima era paragonabile ad un ammazzatoio; ora, lavata, prosciugata e strofinata, luccicava. Tutti i suoi ferri, impeccabilmente allineati, sfavillavano sul comò. La borsa era stata accuratamente ripulita con grasso d'oca, e le guarnizioni metalliche, lucidate con la polvere di mattone, sembravano d'argento. Sul letto rifatto con biancheria di bucato giaceva la madre, col bimbo al seno. La sua faccia, non piú giovane e non bella, quando riconobbe il dottore, espresse un'ottusa beatitudine.

La grossa levatrice smascherò una batteria di sorrisi. "Hanno davvero l'aria di star bene adesso, vero, dottore?

Non sanno i fastidi che ci hanno dato, e si direbbe che non abbiano nemmeno rimorso."

Inumidendosi le labbra, la puerpera tentò di esprimere la sua gratitudine.

"Dici bene, dici bene," annuí la levatrice, ansiosa di rivendicare la sua parte di credito nel successo delle operazioni, "e non dimenticare, figliola, che non potrai mai averne un altro, alla tua età. Era per questa volta, o mai!"

"Questo lo sappiamo," interpose la vecchia, in un tono significativo, dalla soglia. "Tutto merito del signor dottore."

"Joe è già venuto a vedervi, signor dottore?" domandò la puerpera, timidamente. "No? Be', verrà stasera, state sicuro. È felice. Però diceva, come faremo all'estero senza di voi?"

Venendo via, debitamente rifocillato dalla torta fatta in casa e dal vinetto generoso (la vecchia si sarebbe offesa se avesse rifiutato di bere alla salute del nipotino), Manson finí il suo giro avvertendo un senso di calore attorno al cuore. Non m'avrebbero potuto trattar meglio, pensava, se fossi stato il re d'Inghilterra.

Il caso gli serviva di antidoto all'episodio della stazione di Cardiff. Doveva esserci qualche cosa da dire, dopo tutto, a favore del matrimonio, se era capace di procurare la felicità che oggi regnava nella casa di Morgan.

Una quindicina di giorni piú tardi, Joe Morgan venne a vederlo nell'ambulatorio. Il suo modo di fare era portentosamente solenne. Dopo un lungo ed astruso fervorino, perdette la pazienza e sbottò: "Al diavolo le parole, dottore, io non sono un oratore. Ma vogliamo dirvi che non c'è denaro che possa ripagarvi di tutto quello che avete fatto per noi. Tuttavia, ad ogni modo, io e mia moglie vi preghiamo di accettare da noi questo piccolo regalo." E con un impulsivo gesto balordo gli cacciò un foglietto di carta tra le mani.

Era un assegno di cinque ghinee, che Manson stette, pensieroso, a contemplare qualche secondo. I Morgan, pur considerati come una coppia temperante ed ordinata, eran ben lungi dall'essere agiati. Questa somma, alla vigilia del loro espatrio, con le ingenti spese da fronteggiare, rappresentava senza fallo un grave sacrificio da parte loro; una nobile generosità. Commosso, Manson disse: "Non posso accettarlo, Joe."

"Dovete, dottore, dovete!" insisté Joe, con gravità, richiudendo la sua mano su quella del medico, "se no ci offendete mortalmente. È un dono che facciamo personalmente a voi; non è per il dottor Page. È da anni che Page percepisce le mie quote, e non l'ho mai disturbato una volta. Page è molto ben pagato. Questo è un regalo esclusivamente per voi, mi capite?"

"Sí, Joe, ho capito," disse Manson, sorridendo.

Piegò l'assegno, lo mise nel taschino del panciotto e per qualche giorno non ci pensò piú. Poi, il martedí seguente, passando davanti alla banca se ne ricordò, rifletté un momento, ed entrò. Siccome Blodwen lo pagava sempre in biglietti, ch'egli inoltrava per raccomandata agli amministratori del Lascito Glen, non aveva ancora avuto l'occasione di valersi dei servizi della banca. Ma adesso, padrone di una sostanza propria, pensò di aprirsi un conto corrente, depositando l'assegno di Morgan. Allo sportello lo firmò, riempí un modulo e lo consegnò al cassiere dicendo, con un sorriso: "È pochino, ma è un principio."

Nel frattempo si era accorto che Aneurin Rees, nello sfondo, lo stava osservando con curiosità. Come stava per venir via, il dolicocefalo direttore si fece avanti al banco. Teneva in mano il vaglia di Morgan, e lo lisciava gentilmente, guardando Manson lateralmente al disopra delle lenti. "Buon giorno, dottor Manson, come state?" Pausa. Facendo fischiar l'aria tra i denti gialli, soggiunse: "Allora, desiderate che questo importo sia versato sul vostro nuovo conto corrente?"

"Sí," rispose Manson, leggermente sorpreso, "è troppo esiguo?"

"Oh, no; no, dottore." Sorrise mellifluo. "Solo mi domandavo... Volevo esser sicuro... Bel tempo, vero? Buon giorno, dottore, buon giorno."

Manson uscí dalla banca perplesso, domandandosi che cosa avesse inteso insinuare quel mefistofelico direttore col cocuzzolo pelato. Passarono parecchi giorni prima che trovasse la risposta a questa domanda.

XII

Cristina era partita per le vacanze da una settimana, e prima della sua partenza Manson era stato cosí occupato dal caso di Morgan che non aveva potuto effettuare il suo proposito di tenere con lei quella conversazione che aveva differito il giorno della loro gita a Cardiff. E adesso ch'era partita, la desiderava ardentemente. L'estate era eccezionalmente afosa in paese. I resti della primavera si venivano ingiallendo, le montagne avevano l'aria febbricitante e le quotidiane esplosioni delle mine rintronavano nella vallata come sotto una cupola di bronzo. Tom il cocchiere aveva l'itterizia e Manson era costretto a far le visite a piedi. Camminando faticosamente per le vie pensava a Cristina. Che cosa faceva? Pensava anche lei a lui, alla fulgida prospettiva della loro unione?

Un giorno ricevette un biglietto, del tutto inaspettato in cui Watkins lo pregava di venire a trovarlo in direzione. Fu accolto cordialmente. Watkins lo fece accomodare, gli offrí da fumare. "Sentite, dottore," disse in tono amichevole, "è da qualche tempo che volevo parlarvi, e tanto vale che mi decida a farlo prima della chiusura del bilancio annuale." Fece una pausa, per rimuovere dalla lingua un frammento di tabacco. "Parecchi dei miei uomini, capitanati da Hughes e da Williams, insistono perché la Società vi offra di assumervi direttamente al suo servizio."

Manson, pervaso da un senso di soddisfazione, anzi di eccitazione, rettificò il suo atteggiamento. "Intendete propormi che io... rilevi la clientela del dottor Page?"

"Non precisamente questo," replicò Watkins, scandendo le parole, "la situazione è delicata, vedete; devo andar cauto, in tutte le questioni che riguardano la mano d'opera. Non posso liquidare Page; gran parte delle maestranze si opporrebbe a una misura di questo genere. Meditavo, invece, e ciò nell'interesse di tutti quanti, di assumere voi in soprannumero, per dar modo a chi lo desidera, di farsi trasferire dalla lista del dottor Page sulla vostra."

La contentezza svaní dal viso di Manson. Aggrottò la fronte. "La soluzione non mi tenta, signor direttore. Son venuto qui come assistente del dottor Page, avrei l'aria di rubargli la clientela."

"Vi pare? Ma è questione che non vedo nessun altro modo..."

"Perché non permettermi di rilevarla, invece, acquistandola regolarmente: la pagherei sugli introiti."

Watkins scosse la testa con convinzione. "Blodwen non accetterebbe mai. Le ho già ventilato la proposta. Sa che la sua posizione è saldissima. Tutti i vecchi sono per Page; son persuasi che tornerà in servizio. Avrei uno sciopero sulle braccia, se solo provassi a liquidarlo." Fece una pausa: "Pensateci su, dottore, fino a domani."

Per qualche attimo Manson fissò il pavimento, poi abbozzò un gesto di diniego. Le sue speranze, cosí alte un momento fa, erano rovinosamente precipitate. "Inutile riflettere, signor direttore. Non me la sentirei, quand'anche ci meditassi su una settimana." Questa decisione gli era costata cara, ma la mantenne nonostante le pressioni in contrario di Watkins.

Era arrivato a Blaenelly come assistente di Page. Prender posizione contro il suo principale, sia pure nelle eccezionali ed inattese circostanze che vi aveva trovato, era un'indegnità. Supponendo che per virtú d'un miracolo Page potesse riassumere il servizio attivo, che figura ci farebbe lui, a combatterlo per sottrargli la clientela? No. Non poteva, e del resto non voleva, accettare.

Ma continuò per tutta la giornata a sentirsi a disagio, e piú del solito sdegnato contro Blodwen; conscio di trovarsi in una posizione falsa, si rammaricava quasi, che Watkins gli avesse formulato quell'offerta. Dopo cena andò a trovar Denny. Non lo vedeva da qualche tempo e sperava che una buona chiacchierata con lui, procurandogli eventualmente la conferma di aver agito bene, lo avrebbe rinfrancato. Arrivò verso le otto e mezzo, ed entrò, come al solito ormai, senza bussare.

Denny era sdraiato sul sofà. Sulle prime, nella penombra, Manson pensò che stesse riposando dopo un'ardua giornata di lavoro. Ma Denny non aveva lavorato affatto quel giorno. Era ubriaco fradicio. Giaceva scomposto sulla schiena, respirando pesante, un braccio piegato sulla faccia.

Voltandosi, Manson si trovò al fianco la padrona di casa, che lo guardava di traverso con apprensione. "V'ho sentito entrare, dottore. È in questo stato da ieri. Non ha mangiato. Non so cosa fare."

E Manson non sapeva cosa dire. Continuava a guardare il corpo immobile, rievocando, la prima visita che Denny gli aveva fatto la sera del suo arrivo.

La donna riprese: "Eran dieci mesi che non prendeva piú una sbornia di questo genere. Non toccava piú una goccia. Ma quando ricomincia, esagera. È un affare serio, con Nicholls in vacanza; avrei il dovere di telegrafargli."

"Chiamate Tommy, per favore, lo mettiamo a letto."

Con l'aiuto del figlio dell'affittacamere, un pezzo di giovanotto che aveva l'aria di trovar divertente la situazione, spogliò Denny, gli infilò il pigiama e lo portò, inerte e pesante come un sacco, sul letto. "L'essenziale è di sorvegliarlo," raccomandò alla padrona, "per impedire che torni a bere, capite? Chiudetelo a chiave, se occorre. Intanto, potete consegnarmi l'elenco delle chiamate?"

Dalla lavagnetta appesa al muro copiò sul suo taccuino i nomi dei malati che Denny avrebbe dovuto visitare quel giorno. Poi uscí. Se si sbrigava, poteva vederli tutti prima di mezzanotte.

L'indomani mattina, subito dopo l'ambulatorio, tornò da Denny. La padrona gli venne incontro, piú desolata ancora della vigilia. "Non so com'abbia fatto, non capisco dove nasconda il whisky, ma ha bevuto di nuovo e sta peggio di ieri."

Dopo prolungati scuotimenti, e dopo il tentativo di fargli ingurgitare una tazza di caffè forte, che finí per spandersi sul letto, Manson si fece di nuovo consegnare l'elenco delle chiamate. Imprecando contro il caldo, le mosche, l'itterizia di Tom, e soprattutto contro Denny, ma pensando sovente a Cristina, fece anche quel giorno doppio lavoro.

Ritornò verso sera, stanco ma irascibilmente determinato a far passare la sbornia a quel fannullone. Lo trovò cavalcioni, su una sedia, in pigiama, ancora ubriaco, intento a sciorinare un sermone a Tommy e a sua madre. Vedendo arrivare Manson, si interruppe bruscamente, per guardarlo in atto di scherno. "Ah, ecco qui il buon samaritano. Mi dicono che hai fatto tu le visite per me. Estremamente nobile. Ma perché? Che diritto ha Nicholls di andarsene a spasso e lasciar qui noi a sudare?"

Manson stava per perdere la pazienza. "Devo dire che sarebbe solo giusto se tu, almeno, facessi la tua parte di lavoro."

"Io? Io sono un chirurgo. Non sono un fetente GP. GP! Cos'è? Te lo sei mai domandato? No? Be', te lo dico io. È il piú recente e il piú stereotipato degli anacronismi, il peggiore, il piú stupido dei sistemi ideati dall'uomo creatura di Dio. Caro, il nostro GP. E il BP? Questo, se non lo sai, è il British Public. Ah-ah-ah!" Il suo riso voleva suonare diabolico. "È il BP che ha creato il GP, e lo ama, e s'intenerisce su di lui, versa lacrime su lui." Barcollava pur nella sua posizione a cavallo della sedia, i suoi occhi infiammati schizzavano veleno; ma si dava le arie d'un conferenziere. "Come può, il povero diavolo, difendersi in questo stato di cose? Il GP non è che un medicastro, laureato da una ventina d'anni, cosa volete che sappia di biologia, di ostetricia, di batteriologia e di tutti i recenti progressi della medicina e della chirurgia? Chirurgia! Parliamone appunto. Gli capita ogni tanto di tentare un'operazioncella in qualche catapecchia. Ah-ah! Una mastoidite, diciamo. Due ore e mezzo d'orologio. Se trova il pus, è un salvatore dell'umanità; se non lo trova, ordina di sotterrare il paziente." Adesso urlava peggio d'un selvaggio alcolizzato. "All'inferno, Manson. E seguita cosí da quattro secoli, con nessuno che si sogni di cambiar sistema. A che pro? A che pro, ti domando. Dammi un po' di whisky. Siamo tutti marci. E per mio conto credo di essere anche un po' brillo."

Dopo un silenzio Manson disse: "Meglio andare a letto. Vieni che t'aiuto."

"Smettila. Lasciami in pace. Non far sfoggio con me dei tuoi sballati modi da psichiatra modello. Li ho praticati anch'io, sai, ai miei tempi. Li conosco troppo bene." S'alzò di scatto, barcollò, agguantò la padrona per una spalla, la forzò brutalmente a sedere sulla seggiola e affettando una blanda soavità motteggiò: "E come vi sentite quest'oggi, cara signora? Un pochiiino meglio? Difatti, difatti, il polso è un tantiiino piú forte. Avete riposato bene? Oh! Uhm. Allora prescriveremo un piccolo calmante." C'era una nota macabra, allarmante, nel grottesco della sua figura, mentre col suo pigiama tutto spiegazzato, la smorfia sardonica del suo viso da ergastolano non rasato, i gesti balordi con cui scimmiottava il fare del medico di società, s'inchinava con servile deferenza alla riluttante vedova del minatore. Tommy lasciò sfuggire una risata nervosa. "Ridi, gaglioffo, smascèllati, ma son dieci anni della mia vita che io ho sprecato così. Dio! Quando ci penso, vorrei sparire dalla faccia della terra." Arraffò un vaso di terracotta che stava sulla mensola del camino e lo scaraventò a terra, poi afferrò uno sgabello che sbatté contro il muro, pareva assalito dalla smania della distruzione.

"Misericordia," gridava la donna, "tenetelo, o scassa tutto quanto!"

Manson e Tommy gli furono addosso e nonostante le sue difese da forsennato lo ridussero all'impotenza. Allora cedette di botto e diventò sentimentale. "Manson," scherzava, appoggiandosi amorevolmente alla sua spalla, "ti amo più di un fratello, io e te, insieme, potremo redimere tutta la schifosa Facoltà..." Poi chinò la testa, s'accasciò e lasciò che lo portassero a letto. Dimenando dolorosamente la testa sul cuscino, profferì un'ultima lacrimosa raccomandazione: "Manson, promettimi una cosa. Per l'amor di Dio, se ti sposi non sposare una donna per bene."

L'indomani era più ubriaco che mai. Manson lo abbandonò al suo destino. Gli era venuto il sospetto che Tommy lo rifornisse di whisky in segreto, per lucro, o, chissà, per malizia, perché il giovanotto si divertiva nel vederlo in quello stato.

Ma la domenica tornò dopo colazione, e lo trovò, vestito e rasato, apparentemente normale, seppure ancora torvo e vacillante. "Ho saputo che m'hai sostituito nel lavoro, Manson." I suoi modi erano forzati, glacialmente rigidi.

"Oh, roba da poco," rispose Manson, imbarazzato.

"Al contrario, dev'essere stato un grande disturbo."

Un tono ironico, arrogante. Non una parola di ringraziamento. Manson s'indispettì. "Ebbene, se vuoi proprio saperlo, è realmente stato per me un gravissimo disturbo."

"Non ne dubitavo. Stai tranquillo, sarai giustamente ricompensato."

Questa volta Manson s'impermalì. "Ehi là, credi proprio di essere da tanto da prendermi per il bavero? Tieni a mente che, senza di me, la tua padrona di casa avrebbe telegrafato a Nicholls, e a quest'ora tu saresti in mezzo alla strada. E lo meriteresti, insieme a una buona dose di legnate."

Denny accese una sigaretta, con la mano che gli tremava tanto che non riusciva a tener fermo il fiammifero. "Coraggioso, da parte tua, scegliere questo momento per sfidarmi a particolar tenzone. È il vero tatto scozzese. Ma in qualche altra occasione mi farei un piacere di accettare la sfida."

"Va' là che fai meglio a star zitto. To', il tuo elenco. Quelli segnati con la croce, devi vederli domani". E se ne andò furibondo.

Vada un po' al diavolo, pensava, camminando concitato, si crede un padreterno, pretendeva d'avermi fatto un favore permettendomi di fare il lavoro per lui.

Ma cammin facendo il suo risentimento evaporò a poco a poco. Era, dopo tutto, sinceramente affezionato a Denny, e ormai ne conosceva il carattere difficile, complesso: timido, incredibilmente sensibile, suscettibilissimo. Era per questo che secerneva attorno a sé la bava con cui fabbricarsi una dura conchiglia difensiva. In questo momento stesso doveva, senza dubbio, esser esulcerato dal ricordo della sbornia e dell'indegna esibizione che aveva fatto di se stesso.

Ancora una volta Manson rilevò il paradosso che quell'uomo rappresentava. Era un ottimo chirurgo. Manson, somministrando l'anestetico, lo aveva visto compiere, su un tavolo da cucina, col sudore che gli colava sulla faccia rossa e sugli avambracci pelosi, la rimozione d'una vescica biliare: un modello di destrezza e di accuratezza. Era giusto concedere le attenuanti ad un professionista di quell'ordine.

Nondimeno, arrivando a casa, Manson fremeva ancora d'indignazione al ricordo della freddezza con cui Denny lo aveva ricevuto. Cosí che non era proprio dell'umore adatto per tollerare con equità lo stridore della voce di Blodwen, che dal salotto lo chiamò mentre egli appendeva il cappello all'attaccapanni. "Siete voi, dottore? Dottor Manson! Devo parlarvi!"

Egli rifiutò netto di accedere a quella forma di chiamata. S'avviò tranquillamente su per la scala. Ma mentre posava la mano sulla ringhiera, la voce squillò di nuovo, piú stridula ancora, e piú perentoria: "Dottore! Dottor Manson! Venite da me, subito!"

Egli si voltò di scatto e la vide uscire concitata dal salotto, gli occhi sfavillanti di un'oscura ma violenta emozione contenuta. Avanzò verso di lui. "Siete sordo? Non avete sentito che vi ho chiamato?"

"Cos'è?" brontolò lui, intenzionalmente laconico.

"Cos'è!" scimmiottò lei, ansante di collera. "Bel modo. Vi permettete d'interrogare me. Sono io che ho bisogno d'interrogare voi, signor dottorino."

"Be', dite," sbottò Manson.

La sua ruvida concisione pareva eccitarla oltre il sopportabile. "Si tratta semplicemente di questo," e agitò minacciosamente in aria un pezzetto di carta che aveva tratto dal seno, e Manson riconobbe immediatamente il vaglia di Morgan. Dietro a lei, sull'uscio del salotto, s'era affacciato Aneurin Rees. "Lo riconoscete? Sí, eh? Mi volete spiegare perché avete incassato questa somma che spetta di diritto al dottor Page?"

Manson sentí il sangue salirgli al cervello. "Perché è mia. Un regalo di Morgan."

"Un regalo!!! Oh, oh! Questa è marchiana. Perché non è piú qui, Morgan non può smentire."

"Scrivetegli, se dubitate della mia parola."

"Ho altro da fare, io, che scrivere a Morgan." E perdendo l'ultimo freno, strillò: "Dubito sí della vostra parola. Vi credete un dio. Arrivate fra noi e v'immaginate di potervi beccare la clientela del vostro principale invece di servirlo fedelmente. Ora vi siete smascherato. Non siete che un ladro, nient'altro che un ladro!" Gli sputò l'ingiuria, invocando cogli occhi a proprio sostegno il concorso di Rees, il quale, con la faccia piú terrea che mai, dalla soglia del salotto emetteva strozzati suoni di deprecazione.

Manson capí che era lui l'istigatore dell'incidente: dopo alcuni giorni d'esitazione s'era deciso a venire da Blodwen e denunciarlo. Serrò i pugni e scese i tre scalini; avanzò verso la coppia fissando Rees con minacciosa intensità. Era livido di rabbia e pronto a menar le mani. "Mrs Page," disse, rivolto a lei, in un tono contenuto, "voi avete pronunciato contro di me un'accusa disonorante. Se non la ritirate e non mi chiedete scusa, badate che vi do due minuti di tempo, vado immediatamente a darvi querela per diffamazione, e v'avverto che chiederò i danni. Anche chi vi ha fornito l'informazione dovrà comparire in corte. E non dubito che il consiglio d'amministrazione della banca sarà edificato nel constatare la segretezza, la discrezione del suo direttore."

"Io non ho fatto che il mio dovere," bofonchiò Rees, facendosi ancora piú pallido.

"Sto aspettando, Mrs Page. E se non vi sbrigate, il vostro banchiere qui rischia di prendersi la piú solenne sculacciata che abbia mai ricevuto in vita sua."

Allora Blodwen capí d'esser andata troppo oltre, di aver detto piú, molto piú di quanto aveva inteso. Ebbe paura soprattutto della minaccia relativa ai danni; poteva costarle un mucchio di quattrini. Quasi contro la sua volontà, le parole, sia pure in sordina, uscirono affrettatamente dalla sua bocca: "Be', ritiro, chiedo scusa."

Fu quasi comica la vista della paffuta megera cosí subitamente ed inaspettatamente domata. Ma Manson non aveva voglia di ridere, né di contemplare il lato umoristico della situazione. Si era reso conto, d'un tratto, di aver raggiunto i limiti della tolleranza. Era impossibile che si riducesse a convivere piú a lungo con quella odiosa creatura. Tirò un profondo sospiro e disse, gustando una gioia selvaggia nel formulare i suoi pensieri: "Mrs Page, ho due o tre cose che ho bisogno di farvi sapere. Anzitutto so con certezza che voi incassate un migliaio e mezzo di sterline all'anno grazie al lavoro che faccio io, e a me ne date solo 250, facendo per giunta tutto il possibile per lasciarmi morire di fame. Forse v'interesserà sapere che la settimana scorsa la direzione della miniera mi ha proposto di assumermi direttamente ai suoi servizi, e che io ho rifiutato, per ragioni morali che voi non siete assolutamente in grado di apprezzare. In conclusione debbo dirvi, Mrs Page, che sono disgustato e stufo di voi; penso che siete una meschina ma volgarissima cagna. Un vero caso patologico. Prendete nota che mi licenzio."

Ella lo guardava boccheggiando, e gli occhi a testa di spillone parevano schizzarle fuori dalla testa. Solo dopo qualche secondo trovò fiato per reagire. "Si licenzia, sentilo! Sono io che vi scaccio, vi scaccio, vi scaccio, avete capito? Chi ha mai visto un assistente licenziarsi? L'impudenza, l'insolenza di parlare a quel modo a me! Tutte fandonie, la storia della miniera. L'ho scacciato io, sono stata io la prima a scacciarlo ignominiosamente dal mio servizio..." La sfuriata, da donna isterica, era degradante.

Fu interrotta dall'inattesa, macabra comparsa di Page, in camicia da notte, al sommo della scala. La megera ammutolí, e tutt'e tre, rabbrividendo, stettero a guardare il fantasma lassú. "Non potete lasciarmi in pace?" La sua voce era severa. "Di che si tratta?"

Blodwen riprese l'aire e si lanciò in una lacrimosa diatriba contro Manson, concludendo: "Cosí ho dovuto licenziarlo." Manson sdegnò di contraddire la sua versione.

Il paralitico, scosso da un tremito, le domandò: "Vuoi dire che ha deciso di lasciarci?"

"Se ne va," rispose ella sbuffando, "ad ogni modo tu sarai tosto in grado di lavorare."

"No," borbottò il malato, "lo sapete benissimo tutti che non guarisco piú." Si voltò a fatica, reggendosi al muro, e scomparve nella sua stanza.

XIII

Rammentando la pura gioia che il caso Morgan gli aveva procurato, e che Blodwen aveva macchiata con poche parole sordide, Manson ruminava rabbiosamente sulla opportunità o meno di portar avanti la faccenda, sollecitare da Morgan una dichiarazione scritta, esigere da Blodwen qualcosa di piú che una semplice ritrattazione verbale. Ma rinunciò all'idea, come piú degna di Blodwen che di lui. Finí che, in un momento di amara decisione, inviò al segretario della piú futile tra le caritatevoli istituzioni locali un obolo di cinque ghinee, con preghiera di recapitare la ricevuta ad Aneurin Rees. Dopo di che si sentí meglio. L'unico suo rimpianto era di non aver potuto vedere il grifo di Rees nell'atto di leggere la ricevuta.

E adesso, rendendosi conto che alla fine del mese restava senza impiego, cominciò immediatamente a cercarne un altro, rastrellando all'uopo diligentemente i piccoli avvisi del Lancet, e offrendo i suoi servizi tutte le volte che il caso sembrava dare qualche affidamento. Erano numerose le inserzioni che cominciavano con le parole "Cercasi assistente". Inoltrava, con la domanda, copia dei suoi certificati e delle sue qualifiche, nonché la fotografia, frequentemente richiesta. Ma alla fine della prima settimana, e di nuovo alla conclusione della seconda, non aveva ricevuto nemmeno una risposta. Era deluso, e sorpreso. Fu Denny che gli svelò ironicamente, l'arcano: "Sei stato a Blaenelly, caro mio."

Allora capí, con sgomento, che l'aver praticato in quella remota regione mineraria gli nuoceva. Nessuno voleva assistenti reduci dalle montagne: avevano troppa cattiva reputazione. Quando spirò la prima quindicina del suo periodo di congedamento, Manson cominciò ad inquietarsi sul serio. Cosa fare? Doveva ancora piú di cinquanta sterline al Lascito Glen. L'amministrazione, va bene, gli avrebbe concesso senza dubbio una sospensione nei pagamenti ma, anche facendo astrazione da questo particolare, se non trovava lavoro, non aveva da vivere. Possedeva in tutto meno di tre sterline in contanti, non aveva equipaggiamento professionale, nessuna riserva. Non s'era nemmeno fatto un vestito da quando era a Blaenelly, e quelli già vecchi che aveva con sé all'arrivo erano oramai logori.

Tra le difficoltà di tante incertezze pensava a Cristina con acuta nostalgia. Scriverle non serviva; non possedeva il dono di esprimersi per iscritto; checché scrivesse era suscettibile di produrre un'impressione erronea. E Cristina tornava solo ai primi di settembre. Diede un'ansiosa occhiata al calendario, contando i giorni interposti. Dodici! E il peggio era che con tutta probabilità alla fine dei dodici giorni si sarebbe trovato esattamente ancora nell'identica irrimediabile posizione di adesso.

La sera del 30 agosto, tre settimane dopo d'aver notificato a Blodwen il suo congedamento, e mentre cominciava già a contemplare la triste eventualità di cercarsi un posto da farmacista, incontrò Denny sull'angolo di Chapel Street. Poiché nelle ultime settimane i loro rapporti erano stati improntati alla piú formale delle urbanità, Manson si meravigliò di vedere che Denny s'era fermato. Picchiatasi la pipa contro il tacco d'uno scarpone, Denny la ispezionò come se richiedesse tutta la sua attenzione, dicendo al tempo stesso: "Mi spiace che te ne vai, Manson." Esitava. "Ho saputo oggi che la Medical Aid Society di Aberalaw cerca un assistente. Aberalaw è a una cinquantina di chilometri. La Società è passabilmente bene organizzata, al confronto delle sue consorelle. Il medico titolare, Llewellyn, è un uomo in gamba, dicono. Ed essendo una cittadina del circondario, non può ragionevolmente far obiezione a chi è reduce dalle montagne. Perché non provare?"

Manson lo guardò dubbioso. Non aveva piú fiducia nel successo delle sue ricerche. "Provare?" Era doveroso. "E perché no?"

Pochi minuti piú tardi, rincasato frettolosamente, inoltrava la sua domanda.

Il 6 settembre il Comitato della Medical Aid Society di Aberalaw fu convocato in assemblea plenaria allo scopo di nominare un successore al dottor Leslie che si era dimesso per assumere le sue nuove funzioni in una piantagione di caucciú della Malesia. I sette candidati alla successione erano stati tutti pregati di tenersi a disposizione del Comitato. Era un magnifico pomeriggio d'estate e il mastodontico orologio della Cooperativa Centrale segnava quasi le quattro. Passeggiando nervoso avanti e indietro sul marciapiede in piazza davanti alla sede della Società, e lanciando occhiate apprensive agli altri sei candidati, Manson aspettava con impazienza il rintocco dell'ora. Adesso che era qui in carne ed ossa, in attesa del responso, osava sperare di poter rilevare erronee le proprie vedute pessimistiche, e si augurava con tutto il cuore di conseguire la nomina.

In base a quel poco che ne aveva visto, Aberalaw gli piaceva. Situata allo sbocco della Gethly Valley, la cittadina, piú che giacere nella valle, la dominava. Notevolmente piú grande di Blaenelly, una ventina di migliaia d'abitanti, ad occhio e croce; dotata di buone strade e di negozi decenti, di ben due cinematografi, Aberalaw dava una impressione di spaziosità, dovuta forse agli estesi prati ondulati che la circondavano, che, dopo il senso d'oppressione suscitato invece dalla situazione di Blaenelly in fondo alla sua buca, pareva d'essere in paradiso.

Su e giú, avanti e indietro, testa bassa e mani in tasca, Manson si tormentava domandando che cosa Cristina avrebbe pensato di lui se fosse stato respinto. Cristina doveva rientrare a Blaenelly oggi o domani; nelle sue lettere non aveva potuto precisare. Le scuole si riaprivano lunedí prossimo. Sebbene egli si fosse astenuto dal comunicarle che aveva deciso di concorrere al posto vacante di Aberalaw, se comunque non riusciva ad assicurarselo, doveva tornarsene a casa con la coda tra le gambe, o, peggio, simulando allegria, proprio nel momento in cui avrebbe voluto sopra ogni cosa al mondo mostrarsi degno di meritare l'intimità di colei che considerava già come la sposa riservatagli dal destino.

Finalmente le quattro. Come s'avviò verso il portone, un'elegante *limousine* sbucando da un angolo saettò attraverso la piazza e venne a fermarsi silenziosa davanti alla sede della Società. Ne discese un vispo signore di bassa statura, che diede ai sette candiddati un affabile sorriso cumulativo, e salutò, in particolare, l'un di essi che conosceva personalmente, sussurrandogli: "Come va, Edwards? Auguri, e speriamo bene."

"Grazie, grazie mille, dottor Llewellyn," bisbigliò Edwards, con ossequiosa deferenza.

Addio, brontolò Manson tra sé e sé, il posto è bell'e promesso a un altro.

La sala d'aspetto era piccola, nuda e mal odorante, situata all'imbocco d'un breve corridoio che metteva nella sala delle riunioni. Manson fu il terzo ad essere chiamato; entrò nell'aula nervoso, scontroso. Se il posto era già assegnato in precedenza all'Edwards, a che scopo presentarsi? Assunse un'aria vacua, assente, quando si sedette al posto che gli venne indicato.

Era presente una trentina di persone, tutti minatori, tutti membri del Comitato, e tutti che fumavano, scrutandolo con franca ma non ostile curiosità. Ad un tavolino a parte sedeva un omino pallido e tranquillo, dalla faccia intelligente, che aveva l'aria d'essere stato anche lui un minatore ai suoi tempi. Era il segretario, Owen. Allo stesso tavolo, ma seduto di sbieco e a qualche distanza, stava il dottor Llewellyn, che rivolse a Manson un compíto ma studiato sorriso d'incoraggiamento.

Cominciò l'interrogatorio. Owen, con voce pacata, spiegò le condizioni del servizio. "Funziona a questo modo, dottore. Ai termini del nostro statuto, le maestranze di Aberalaw — abbiamo nella regione due miniere di antracite, una di coke, e un'acciaieria — versano una quota del salario alla Società, la quale provvede ad organizzare tutto il servizio sanitario: amministra un grazioso ospedaletto, procura gli apparecchi ortopedici, le medicine, e via dicendo, e stipendia inoltre il personale sanitario, che consiste nel dottor Llewellyn, qui presente, medico e chirurgo, capo di tutti i servizi, quattro assistenti e un chirurgo dentista.

Gli stipendi sono calcolati proporzionalmente al numero degli individui iscritti sulla lista di ciascuno. Il dottor Leslie, che ci ha testé lasciati per attendere ad altre funzioni, mi risulta che introitava circa cinquecento sterline all'anno." Fece una pausa. "Troviamo che il sistema risponde alle esigenze." Mormorio d'approvazione da parte dei trenta membri del Comitato. "E ora, signori, cedo la parola a chi desidera rivolgere domande al candidato presente."

Manson si trovò d'un tratto sotto un fuoco di fila di domande, che venivano da tutte le direzioni. Rispose senza scomporsi, senza esagerare, conforme a verità. A un tale, sbruffone, chiamato Chenkin, che gli domandò: "Parlate gallese, dottore?," rispose: "No, gaelico," e poiché l'altro borbottò, ironicamente: "Molto utile da queste parti!," egli ribatté con arguzia: "L'ho sempre trovato utilissimo per imprecare contro i pazienti"; e gradí l'ilarità che suscitò, perché gli parve suonasse ostile a Chenkin.

Finalmente fu rilasciato, coi ringraziamenti del segretario, e tornò in sala d'aspetto con un vago senso di mal di mare. L'attesa gli parve interminabile. Ma alla fine la porta s'aprí, e fuori da una nuvola di fumo sbucò Owen, il segretario, con un foglio di carta in mano. I suoi occhi, frugando in giro, si fermarono compiaciuti su Manson. "Vogliate favorire ancora un minuto, dottor Manson. Il Comitato desidera vedervi ancora una volta."

Con le labbra smorte e il cuore che gli batteva forte, Manson lo seguí. Era possibile che il Comitato s'interessasse a lui? Daccapo sul banco degli accusati, vide ovunque sorrisi e rassicuranti cenni del capo. Solo il dottor Llewellyn non guardava nella sua direzione.

Owen cominciò: "Dottor Manson, vogliamo esser franchi con voi. Il Comitato è in dubbio. In base alle raccomandazioni del dottor Llewellyn, il Comitato era propenso a favorire un altro candidato, che ha già una notevole esperienza del servizio sanitario nella nostra regione."

"È troppo grasso, quell'Edwards," disse uno, nel fondo. "Voglio vederlo ad arrampicarsi dalle parti di Mardy Hill."

Manson era troppo nervoso per sorridere. Trattenendo il fiato, aspettava il seguito del fervorino di Owen.

"Ma oggi," riprese il segretario, "devo dire che il Comitato ha riportato una buona impressione sul vostro conto, dottor Manson. Il Comitato ha bisogno di uomini giovani, come Tom Kettles ha or ora pittorescamente insinuato," (ilarità; voci "Bravo, Tom!") "inoltre, dottor Manson, devo dire che il Comitato ha preso in grande considerazione due referenze, e voglio aggiungere due referenze *non da voi sollecitate*, il che naturalmente le rende piú valide ancora agli occhi del Comitato stesso; due referenze, dicevo, che ci sono pervenute solo stamattina. Provengono entrambe da Blaenelly. L'una è del dottor Denny, insignito dell'M.S., che è un titolo assai pregiato, come difatti ci assicura il dottor Llewellyn che è un competente in materia. L'altra, che era annessa alla prima, è firmata dal dottor Page, che se non erro è attualmente il vostro principale. Ebbene, dottor Manson, il Comitato sa che cosa valgono queste referenze, e queste due sono redatte in termini per voi cosí lusinghieri che il Comitato ne ha riportato, come dicevo, una favorevolissima impressione."

Manson, sorpreso, abbassò gli occhi e si mordicchiò il labbro, profondamente grato a Denny per il suo atto generoso. Era stato lui, senza ombra di dubbio, a procurargli la raccomandazione di Page.

"C'è però una difficoltà, una sola, dottor Manson," seguitò Owen, maneggiando la riga con mosse imbarazzate. "Se da una parte il Comitato è ora unanimemente disposto a vostro favore, dall'altra l'ufficio che offriamo è, a rigore, piú adatto ad un uomo ammogliato che ad un celibe. Vedete, a parte il fatto che le maestranze preferiscono sempre far curare le loro famiglie da un uomo ammogliato, insieme con l'ufficio diamo anche la casa di residenza per il dottore; ed è un villino, grande, che si chiama Vale View, e che sarebbe sprecato per un uomo solo."

Nel silenzio che seguí, Manson tirò un profondo sospiro e i suoi pensieri s'appuntarono luminosi sulla immagine di Cristina. Tutti, Llewellyn compreso, aspettavano la sua risposta. Indipendentemente dalla sua volontà le parole gli si formarono da sé sulle labbra. Udí se stesso dichiarare con la massima calma: "Se si tratta di questo, signori, io sono fidanzato. Non aspettavo che un buon impiego, come appunto è quello che mi si offre, per sposarmi."

Owen depose la riga con un gesto di approvazione. Un forte scalpiccío di suole chiodate espresse la soddisfazione generale. E Tom Kettles, l'incorreggibile, esclamò: "Bravo, dottore, vedrete che bel posto, Aberalaw, per passarvi la luna di miele."

La voce di Owen dominò il trambusto. "Posso dunque concludere, signori, che siete tutti d'accordo. Il dottor Manson è nominato all'unanimità."

Tra il vigoroso mormorio d'assentimento che accolse queste parole, Manson provò un brivido di trionfo.

"Quando potete cominciare il servizio, dottor Manson? Piú presto è, meglio è, per quanto ci riguarda."

"Potrei cominciare al principio della settimana entrante," disse Manson, e subito provò un altro brivido, di sgomento questa volta, al pensiero 'e se Cristina non mi vuole? devo perdere lei, e con lei anche quest'ottimo impiego?'.

"Allora è deciso. Grazie, dottor Manson. Sono sicuro di rendermi interprete dei sentimenti di tutto il Comitato augurando a voi, e alla futura signora Manson, ogni successo nella nuova carica."

Applausi. Adesso gli eran tutti intorno, addosso, congratulandosi con lui, i minatori, Llewellyn, e, con una cordialissima stretta di mano, Owen. Poi, quando si ritrovò nella sala d'aspetto, fece del suo meglio per non manifestare la sua contentezza e per fingere di non vedere la faccia attonita, incredula, stizzita, di Edwards. Ma gli riuscí difficile.

Mentre s'affrettava alla stazione, il suo cuore era gonfio di eccitazione per la vittoria riportata. Il suo passo era rapido ed elastico. Sulla sua destra verdeggiava ridente il giardino pubblico, con la sua brava fontana, e col suo podio per l'orchestra. Perfino il padiglione della musica, nientemeno! L'unica bellezza in tutto il panorama di Blaenelly era il bastione delle scorie. Ed ecco un cinema. E bei negozi. E non aveva accennato Owen ad un ospedale, un grazioso ospedaletto?

Stentava a contenere la sua gioia quando si gettò in una carrozza vuota del treno di Cardiff.

XIV

Sebbene fosse poca, in linea retta, la distanza fra Aberalaw e Blaenelly, la ferrovia, seguendo la pedemontana, faceva un largo giro. Manson era già d'un altro umore.

Sprofondato nel suo angolo, impaziente, ansioso d'essere di ritorno, era tormentato dai suoi pensieri.

Per la prima volta s'accorgeva d'esser stato parecchio egoista, gli ultimi mesi, nel considerare solo il *suo lato* della questione. Tutti i suoi dubbi relativi al matrimonio, la sua esitazione a parlare a Cristina, erano stati unicamente imperniati sui suoi propri sentimenti, e sull'assunto che ella lo avrebbe senz'altro accettato per marito... E se si fosse sbagliato? Se Cristina non lo amava? Vedeva se stesso respinto, intento a scrivere al Comitato per spiegare che "in seguito a circostanze che sfuggivano al suo controllo" si vedeva nella necessità, nella crudele necessità di rinunciare all'ufficio. E ora vedeva Cristina cosí chiaramente come l'avesse dinanzi agli occhi. Come la conosceva bene, in tutti i minimi particolari! Quel suo tenue sorriso interrogativo, il modo con cui appoggiava il mento sulla palma, la limpida innocenza dei suoi occhi color nocciola. Si sentí come investire da un'ondata di bramosia carnale. Cara Cristina! Se era scritto che dovesse rinunciare a lei, non gli importava piú niente di quello che poteva accadergli.

Alle nove, strisciando come una lumaca, il treno finalmente arrivò a Blaenelly. In un attimo egli fu sulla banchina e si avviò per Railway Road. Sebbene non aspettasse Cristina di ritorno fino al mattino, c'era tuttavia una smilza probabilità che fosse già arrivata. Imboccò Chapel Street. Svoltò l'angolo dell'Istituto. Un lume nella facciata del suo alloggio gli comunicò una fitta di speranza. Dicendosi che doveva controllarsi, che era probabilmente solo la padrona di casa che le preparava la stanza, si precipitò entro la casa e irruppe nel salotto.

Sí, era lí! Era inginocchiata presso lo scaffale intenta a ordinare alcuni libri sulla mensola inferiore. La valigia, con la giacca e il cappello, era ancora su una sedia. Doveva esser arrivata allora allora.

"Cristina!"

Ella si voltò di scatto, senza alzarsi, una ciocca pendente sulla faccia, e diede un piccolo grido di sorpresa e di gioia.

"Andrew!" Si alzò e gli corse incontro. "Che bravo, passare a vedere se ero arrivata!"

Egli le prese entrambe le mani nelle sue e le tenne strette strette. Dall'alto della sua statura stette a divorarla con occhi amorosi. Gli piaceva piú di tutto in quella camicetta e sottana che appunto portava; dava risalto alla snellezza della sua personcina, alla dolcezza del suo aspetto giovanile. Di nuovo il suo cuore prese a palpitare tumultuosamente.

"Cristina, ho da raccontarvi una cosa."

I suoi occhi espressero apprensione. Gli scrutò, con sincera ansietà, la faccia pallida e stanca del viaggio. "Cos'è successo? Altri fastidi con Blodwen? Partite?"

Egli scosse la testa, stringendole le mani ancora piú forte. "Cristina, ho trovato un magnifico impiego. A Aberalaw. Sono stato oggi a presentarmi al Comitato. Cinquecento sterline all'anno e la casa, Cristina! O cara, cara Cristina, se solo voleste, se solo poteste sposarmi!"

Ella si fece bianca come la sua camicetta. Ma i suoi occhi luccicarono ancor piú vivi nel pallore della sua faccia. Parve respirare con affanno. Disse, con un filo di voce: "E io credevo... credevo si trattasse d'una cattiva notizia."

"Tutt'altro, cara, al contrario, è meravigliosa. Oh, come vorrei, Cristina, che aveste visto la cittadina con me. Spazio, aria, tutto pulito, un bel giardino pubblico, e le botteghe e le strade asfaltate, e, oh, perfino un ospedale! Sapete già il bene che vi voglio, Cristina, se mi sposate possiamo andarci subito."

Le sue labbra erano morbide, tremule, e i suoi occhi gli sorridevano con quel loro lustro stranamente luminoso. "Caro, caro! Io ti ho amato dal primo momento che t'ho visto comparire in classe, brutto cattivo, come eri brusco quel giorno, ma adesso sei tanto dolce..."

PARTE SECONDA

I

Il decrepito furgoncino di Gwilliam John traballava mugghiando e bollendo su per i fianchi delle montagne, e aveva per strascico un lembo del suo logoro telone impermeabile che disegnava artistici ghirigori nel polverone. I parafanghi, vedovi della maggior parte delle loro viti, sbattevano allegramente in misura con l'ansito del motore antidiluviano. E sul davanti, serrati giocondamente come acciughe accanto a Gwilliam John, sedevano il dottor Manson e la sua signora.

S'erano sposati quel mattino. Era questo il loro cocchio nuziale. Il resto del telone, la parte cioè che non serviva da strascico, nascondeva i pochi pezzi che costituivano il mobilio di Cristina, oltre ad un tavolo da cucina acquistato il giorno innanzi di seconda mano per venti scellini, a vari nuovi padellotti e pentolini, e alle valigie degli sposi. Poiché non erano ambiziosi né l'uno né l'altra, avevano pensato che il modo piú economico per trasferire se stessi e la somma dei loro beni temporali ad Aberalaw era di valicare i contrafforti nel macinino di Gwilliam John.

La giornata era bella, e spirava un'arietta fresca che rendeva incredibilmente terso l'azzurro del cielo. Si erano fatti un mondo di risate, alle quali aveva preso parte anche Gwilliam John, che ogni tanto esibiva la sua bravura nell'eseguire sulla tromba a mano il *Largo* di Haendel, come inno nuziale. S'erano fermati all'osteria solitaria lassú sulla montagna, al Colle Ruthin, per accontentare Gwilliam John, il quale voleva a tutti i costi brindare alla loro salute. Gwilliam John, un ometto dagli occhi strabici e dal cervello balzano, elevò parecchi bicchieri di birra alla salute degli sposi, e li coronò con un grappino alla propria. Dopo di che, s'erano pazzamente gettati giú per la demoniaca discesa dalle svolte strapiombanti sugli abissi.

Finalmente, scavalcata l'ultima cresta, galleggiarono barcollando verso Aberalaw. Fu un momento di pura estasi. La città — con le sue ondulate schiere di tetti, i suoi negozi, le sue chiese e i suoi uffici tutti accatastati nella parte alta dell'abitato, e nella parte bassa le sue miniere e i suoi forni perpetuamente attivi — si adagiava voluttuosamente sotto i loro occhi e sembrava far cenni allettanti d'invito.

"Guarda, Tina, guarda!" bisbigliava Andrew premendole il braccio, "non è un bel posto? Vedi la piazza. Da questa parte si entra in città sul rovescio. E guarda! Non piú lampioni col lumino ad olio, qui, vedi là il gasometro? Dove sarà la nostra casa?"

Fermarono un pedone per ragguagliarsi, e in base alle sue indicazioni s'avviarono verso Vale View, che stava, affermò il pedone, proprio su questa strada, alla periferia dell'abitato. In due minuti le furono addosso.

"Oh," gridò Cristina, "ma è magnifica!"

"Vero? Grandiosa," opinò Andrew.

"Perbacco," confermò Gwilliam John, col berretto sulla nuca, "un palazzo."

Vale View era infatti un edificio fuori dell'ordinario. Al primo sguardo lo si sarebbe individuato per qualche cosa tra lo *châlet* svizzero e il padiglione da caccia scozzese, ma con una grande profusione di linee rientranti e salienti, il tutto alla rusticana, nel centro di un mezzo jugero di desolato giardino soffocato dalle ortiche e dalla gramigna e solcato da una roggia semiasciutta e piena di scatole di latta usate, che una passerella in legno varcava verso la metà del suo corso.

Vale View rappresentava un'eloquente manifestazione della multiforme potenza e della variopinta onniscienza del Comitato, il quale, nell'anno d'abbondanza 1919, quando le contribuzioni piovevano a catinelle, aveva stabilito, non senza iattanza, di costruire una palazzina che fosse degna del Comitato stesso e capace di aggiungere lustro alla sua rinomanza. Ogni membro del Comitato possedeva le sue idee sullo stile architettonico da conferire alla palazzina. I membri erano trenta. Vale View fu il risultato.

Qual che si fosse l'impressione che gli sposi riportarono dall'esterno, all'interno furono tosto rassicurati. La casa era solida, ben pavimentata e tappezzata con gusto sobrio. Ma il numero dei vani li allarmò di nuovo. Come arredarli? E con che cosa?

"Vediamo un po', caro," disse Cristina, contando sulle dita, quando si ritrovarono trafelati nell'anticamera dopo una rapida ispezione di tutta la palazzina, "se non sbaglio abbiamo, al pianterreno la sala da pranzo, il salotto, la biblioteca o studio, una quarta stanza, e disopra cinque camere da letto. Giusto il conto?"

"Giusto," sorrise Andrew, "non fa meraviglia che volessero un ammogliato." Il suo sorriso svaní di botto in un broncetto di compunzione. "Davvero, Tina, mi sento colpevole: io, senza un fagiolo al mondo, aver la faccia tosta di rapirti e trascinarti qui con un preavviso di due giorni, senza manco darti il tempo di farti sostituire nella cattedra elementare. Sono un bestione egoista, pericoloso per il mio prossimo. Avrei dovuto almeno almeno precederti, e fare io gli alloggiamenti."

"Andrew Manson! Avresti avuto il coraggio di abbandonarmi sola lassú tra i monti?"

"Comunque, prometto di rimediare. Lasciami fare." La guardò con fiero cipiglio. "Ascolta bene..."

Ella lo interruppe sorridente: "Sai come rimedio io? Vado a farti una frittata, in base alle istruzioni di Madame Poulard, o almeno all'idea che il mio libro di cucina si fa delle istruzioni di Madame Poulard," e corse in cucina.

Interrotto all'esordio della sua progettata declamazione, Andrew era rimasto a bocca aperta. Quando si vide solo, abbandonò il cipiglio come un superfluo ingombro e sorridendo corse a raggiungere la sua piccina. Non poteva stare un minuto senza vedersela accanto. I suoi passi rimbombavano nella casa vuota come sotto la navata d'una cattedrale.

La frittata — avevano spedito Gwilliam John a procurarsi le uova prima che si congedasse — uscí dalla padella, calda, saporita, delicatamente gialla. La mangiarono seduti a contatto di gomito sull'orlo del tavolo da venti scellini. Egli esclamò vigorosamente: "Sei una cuoca di prim'ordine. Carino quel calendario, che ci han lasciato sul muro, non ti pare? Decorativo, non trovi? Hai un altro po' di frittata? Chi era Madame Poulard? Qualche gallinaccia, direi, dal suono del nome. Grazie, cara. Non hai idea di quanto sia impaziente di sistemarmi. Dovrei trovare qui ottime occasioni, vedrai, per farmi strada. Ottime occas..." S'interruppe scoprendo, tra i bagagli deposti in un angolo, una custodia in legno che non conosceva. "Cos'è quella custodia, Tina?"

"Quello?" Diede alla voce un accento di naturalezza. "È il regalo di nozze di Denny."

"Denny?" Il suo viso cambiò espressione. Denny s'era mostrato arcigno e sulle sue, quand'era andato a ringraziarlo delle utili raccomandazioni che gli aveva procurate, e ad annunciargli che sposava Cristina. Stamattina non era nemmeno venuto a salutarli alla partenza. Andrew se n'era risentito, e si era definitivamente persuaso che era troppo complesso, Denny, troppo incomprensibile perché si potesse farsene un amico. Avanzò lentamente, quasi con diffidenza, pensando 'oh, ci sarà dentro una vecchia scarpa, è quella l'idea che Denny si fa di uno scherzo di buon genere'.

Dentro c'era il microscopio di Denny, un preziosissimo Zeiss, con un biglietto che diceva: "A me non serve, in realtà, io sono un macellaio. Auguri."

Non c'era niente da dire. Pensoso, compunto, Andrew finí la sua frittata, continuando a dardeggiare occhiate coperte al famoso microscopio. Finí che andò a prenderlo, con una mossa riverente, e lo portò solennemente nella camera attigua. Lo collocò al centro del pavimento. "Questa, Tina, non è la biblioteca, né lo studio, né la quarta camera; niente di tutto questo. In omaggio all'amicizia del nostro fedelissimo Denny, da questo momento io la battezzo: Il laboratorio."

E, per rendere la cerimonia piú impressionante, baciò sua moglie, e in quel punto trillò il telefono: un trillo persistente che venendo dall'anticamera vuota era singolarmente penetrante. Si guardarono interrogativamente, eccitati. "Già una chiamata? Il mio primo cliente?" Corsero insieme in anticamera.

Non era un cliente, era il dottor Llewellyn, niente meno, che dava loro il benvenuto, da casa sua, che era situata all'estremità opposta dell'abitato. La sua voce, forbita, urbana, era cosí distinta che Cristina, alzandosi sulla punta dei piedi per avvicinare l'orecchio alla spalla di suo marito, udí perfettamente la conversazione.

"Ehi, Manson! Come state? Non affrettatevi, sapete. No, non parliamo di servizio, volevo solo essere il primo a darvi il benvenuto nel nostro paese, a voi e a vostra moglie."

"Grazie, grazie, dottor Llewellyn, molto gentile. Ma se avete ordini, io sono pronto, disponete pure di me."

"No, no, non mi sognerei di disturbarvi prima che siate a posto. E sentite, se non avete niente da fare, volete venire a pranzo da noi, senza formalità, intendiamoci? Alle sette e mezzo. Saremo lieti d'avervi con noi; e io e voi faremo una chiacchierata. Allora siamo intesi. Arrivederci."

Profondamente compiaciuto, Andrew depose il ricevitore. "È gentile, no? Invitarci appena arrivati. È il capo di tutti i servizi, sai. Ottime qualifiche, per giunta, mi sono informato: ospedale di Londra, M.D., F.R.C.S.[1]. Titoloni. E cosí affabile. Credimi, signora Manson, faremo colpo qui." Passandole il braccio attorno alla vita, la fece piroettare attorno in un vertiginoso valzer viennese.

II

Alle sette partirono giulivi a piedi, percorrendo le strade movimentate ed allegre, alla volta della residenza del dottor Llewellyn. Andrew guardava i suoi nuovi concittadini con curiosità e simpatia. "Hai sentito che tosse? Sarà uno dei miei primi clienti, chissà." Non ebbero difficoltà a trovare la casa che cercavano — un villino imponente, in un giardino ottimamente tenuto — perché Andrew riconobbe dinanzi all'ingresso la *limousine* del dottore, e perché la lucidissima targa d'ottone portava il nome illustre. Un poco impressionati da tanta distinzione, suonarono il campanello e furono ammessi nei sacri recinti.

Il dottor Llewellyn, piú elegante che mai nella sua giacca a code e nei suoi polsini ingemellati d'oro, venne incontro a loro con un'espressione cordialmente raggiante.

[1] *Medicine Doctor, Fellow of the Royal College of Surgery.*

"Lieto di fare la vostra conoscenza, Mrs Manson. Spero che Aberalaw vi piacerà. Non è un brutto posto, credete. Favorite. Mia moglie viene subito."

La signora venne subito, infatti, non meno raggiante di suo marito. Era una donna dai capelli rossastri, tra i quaranta e i cinquanta, col viso bianco costellato di lentiggini, e si rivolse a Cristina con amichevoli boccheggiamenti. "Cara, come siete graziosa! Siamo già amiche, permettetemi di baciarvi." L'abbracciò e la squadrò da capo a piedi con ammirazione. Al fondo del corridoio risuonò il *gong*. Si trasferirono nella sala da pranzo.

Era un pasto eccellente. I padroni di casa parlavano sorridendo agli ospiti.

"Vi impraticherete presto, Manson," Llewellyn veniva dicendo, "prestissimo. Io v'aiuterò per quanto possibile. A proposito, sono stato ben contento che quell'Edwards abbia fatto fiasco. Non lo avrei potuto sopportare, sebbene gli avessi quasi promesso di dire una buona parola per lui al Comitato. Cosa dicevo? Ah, sí, farete presto a mettervi al corrente. Il vostro è l'ambulatorio Ovest, col centenario dottor Urquhart — impagabile, vedrete — e con Gadge il farmacista. Qui, all'ambulatorio Est, abbiamo il dottor Medley e il dottor Oxborrow. Tutta brava gente. Andrete subito d'accordo con tutti, vedrete. Giocate a golf? Possiamo ogni tanto fare una scappatina sul campo di Fernley, che è solo a una quindicina di chilometri. Io, certo, ho molto da fare, si sa. Degli ambulatori non mi occupo, personalmente, non potrei, ma ho l'ospedale, e sono l'ufficiale sanitario del Comune, e ho la società del gas, la casa di ricovero, e per giunta la vaccinazione pubblica. Senza contare, si capisce," un lampo d'orgoglio sfuggí dai suoi occhi innocenti, "una discreta clientela privata."

"Sarete oberato di lavoro," ammise Manson.

"Eh, si deve pur vivere, dottor Manson. Mucchio di spese. La macchinetta che avete vista all'ingresso, per esempio, non sembra niente, ma m'è costata milleduecento sterline. Quanto a... ma lasciamo andare. Non c'è ragione che vieti a voi di incassare profitti assai tondetti, sapete. Diciamo dalle tre alle quattrocento sterline nette se state in gamba e lavorate sodo." Fece una pausa, assunse un'aria confidenziale, umidamente sincera. "C'è una cosa che è bene che sappiate subito. Un'intesa, in vigore già da tempo, e voluta dagli assistenti stessi, in forza della quale essi mi riservano un quinto dei loro rispettivi introiti." Proseguí, in fretta, ma senza la minima soggezione: "Questo, capite, perché li aiuto nei casi gravi; quando si trovano in difficoltà mi chiamano. Son tutti soddisfatti del sistema."

Andrew manifestò un po' di sorpresa. "È una cosa contemplata dal regolamento?"

"Non precisamente questo," rispose l'altro, corrugando la fronte, "è una decisione adottata in privato dagli assistenti stessi vario tempo fa."

"Ma..."

"Dottor Manson!" chiamò, con soavità, Mrs Llewellyn, "stavo dicendo a vostra moglie che dovremo vederci sovente. Bisognerà che veniate qualche volta a prendere il tè; voi me la lascerete a disposizione ogni tanto, nevvero? E un giorno la porterò con me in vettura a Cardiff, contenta, cara?"

"Dovete sapere, Manson," riprese Llewellyn, mellifluo, "che è un vantaggio per voi l'aver avuto come predecessore il dottor Leslie, perché era un fior di poltrone. Come professionista valeva poco; ed era un famoso schiappino nel somministrare l'anestetico. A proposito, voi siete pratico in questo campo, spero? Ma non ne parliamo ora, Dio mio. Siete appena arrivato, non è lecito."

"Idris!" gridò sua moglie, "figurati che si son sposati solo stamattina! Che cara sposina! Chi lo crederebbe? Che deliziosi innocenti!"

"Ma guarda, ma guarda!" raggiava Llewellyn alla sua volta.

Sua moglie accarezzò la mano di Cristina: "Quando penso a tutto il lavoro che vi aspetta in quel casone di Vale View. Voglio venire a darvi una mano di quando in quando."

Manson tentò di raccogliere le sue idee, che danzavano una ridda turbinosa. Erano ridotti, lui e Cristina, a due gomitoli, che i padroni di casa si palleggiavano a vicenda con molta destrezza. Tuttavia tirò profitto dell'ultima osservazione e disse, con nervosa risoluzione: "Mrs Llewellyn ha ragione, dottore, mi domandavo... mi spiace chiedere un permesso ancor prima di cominciare il servizio, ma se avessi un paio di giorni di libertà, potrei accompagnare mia moglie a Londra ed aiutarla a scegliere il mobilio per la casa."

Vide Cristina spalancare gli occhi dalla sorpresa. Ma Llewellyn annuiva ragionevolmente. "Sicuro, sicuro. Meglio assentarsi prima che dopo. Domani e dopodomani, vi basta? Vedete, è in queste faccende che posso tornar utile ai miei dipendenti. Parlerò io al Comitato."

Andrew pensò che non avrebbe avuto alcuna soggezione a parlar lui stesso al Comitato, o al segretario Owen, ma lasciò correre.

Presero il caffè nel salotto, in tazze "dipinte a mano", assicurò Mrs Llewellyn. Il dottore offrí sigarette dal suo astuccio d'oro, dicendo: "Un regalo, da un cliente privato. Pesante; provate. Vale venti sterline."

Verso le dieci consultò l'orologio, con uno sguardo affezionato, perché sapeva contemplare persino gli oggetti, soprattutto se gli appartenevano, con quella carezzevole cordialità che era il suo tratto piú caratteristico. Per un attimo Manson temette che si accingesse a confidargli altri particolari intimi riflettenti l'orologio, invece lo udí osservare: "Ho ancora una visita all'ospedale. Una gastroduodenite, ho fatto stamattina. Cosa ne dite, venite con me in vettura a dare un'occhiata al nostro ospedale?"

"Mi farebbe molto piacere," replicò Andrew, con vero entusiasmo.

Poiché Cristina era inclusa nell'invito, diedero la buona notte alla padrona di casa, che venne fin sull'ingresso a salutarli con ripetuti cenni della mano, e presero posto nella limousine, che partí con silenziosa eleganza.

"Fari potenti," disse Llewellyn, accendendoli per darne la dimostrazione. "Luxite. Sono un extra, che ho fatto applicare io."

"Luxite!" ripeté Cristina, con accento di ammirazione. "Chissà quanto sono costati."

"Cari," ammise Llewellyn, "trenta sterline."

Andrew si morse il labbro per non ridere e diede una gomitata nel fianco a Cristina.

"Eccoci," annunciò Llewellyn dopo due minuti, "questa è la mia casa spirituale."

L'ospedale era un edificio in mattone rosso, ben costruito, e vi si accedeva per un viale fiancheggiato da siepi di lauro. Appena varcata la soglia, gli occhi di Andrew si illuminarono. Sebbene piccolo, il locale era moderno, e benissimo arredato. Mentre Llewellyn mostrava loro la sala d'operazioni, l'apparecchio dei raggi X, la sala degli apparecchi ortopedici, le due belle corsie aerate, Andrew continuava a pensare "perfetto, tutto magnifico, che differenza da Blaenelly, qui si può lavorare"!

Nel loro giro d'ispezione si annetterono la direttrice, la cosiddetta matrona, una donna ossuta d'alta statura che ignorò Cristina, salutò Andrew senza entusiasmo e si prosternò in adorazione davanti a Llewellyn. "Sí," diceva il dottore, "abbiamo tutto quanto ci occorre, vero, matrona? Non abbiamo che da chiedere al Comitato. Sono, dopotutto, brava gente, in complesso. E come sta la mia gastroenterostomia, matrona?"

"Stato assai soddisfacente," mormorò l'interpellata.

"Ora vengo a vederlo." Scortò Cristina e Andrew fin nel vestibolo. "Sí, Manson, ammetto d'essere un tantino orgoglioso dello stabilimento. Lo considero un po' come una mia creatura. E non mi si può dar torto. Siete capaci, vero, d'arrivare a casa vostra in questo buio? E ricordatevi di telefonarmi mercoledí al ritorno da Londra, posso aver bisogno di voi per un'anestesia."

Incamminandosi, non parlarono né l'uno né l'altra, ma dopo un po' Cristina infilò il braccio sotto quello di suo marito. "Cosa ti pare?" gli domandò.

Egli la sentiva sorridere nel buio. "Mi par simpatico. Anche alla matrona deve fare la stessa impressione, l'hai vista? sembrava lí lí per baciargli i lembi del sacro paludamento. Ma l'ospedaletto è meraviglioso. E che pranzo, di'! C'è una cosa sola che non mi va: quel quinto dello stipendio... Mi pare immorale... E, se devo dire la verità, mi sento un po' come un ragazzo sotto le carezze che gli vengono autorevolmente somministrate solo per tenerlo buono."

"Sei stato davvero un buon ragazzo, nel chiedere i due giorni di permesso. Ma, caro, come facciamo? Dove prendiamo i quattrini per il mobilio?"

"Lascia fare a me."

Avevano già alle spalle i lumi della città e, come s'avvicinavano a casa, cadde tra loro un silenzio strano. Lui pensava alla sua mogliettina, sposata di galoppo in un paesello minerario, trascinata attraverso le montagne in un apocalittico furgone, cacciata in una casa vuota, dove il loro talamo era rappresentato dal suo lettuccio di giovinetta. E sosteneva queste difficoltà ed affrontava questi ripieghi con coraggio e sorridente tenerezza. Lo amava, aveva fiducia in lui. Si sentí travolgere da una potente ondata di decisione. Giurò di mettersi in grado di dimostrarle che la fiducia era giustificata.

Varcarono la passerella di legno. Era dolce agli occhi il mormorio dell'acqua tra le rive nascoste nella molle oscurità. Trasse la chiave di tasca, la chiave di casa loro, e l'introdusse nella toppa. L'anticamera era buia. Quand'ebbe richiuso l'uscio, la raggiunse dove lo stava aspettando. Ella aveva il viso luminoso, e la sua slanciata personcina, senza accennare ad offrirsi, era tuttavia manifestamente senza difesa. Le passò amorosamente un braccio attorno alle spalle e bisbigliò, enigmaticamente: "Come ti chiami?"

"Cristina," rispose ella, sorpresa.

"Cristina chi?"

"Cristina Manson!" Il respiro le veniva rapido rapido e gli scottava le labbra.

III

L'indomani arrivarono a Londra nel pomeriggio. Appena furono sulla banchina, avvertirono un senso di titubanza, sotto la temerarietà che li spingeva ad avventurarsi nell'immensa città che non avevano mai vista né l'uno né l'altra.

"Lo vedi?" domandava Andrew, perlustrando ansiosamente con gli occhi in tutte le direzioni.

"Sarà all'uscita," suggerí Cristina.

Cercavano il signore del catalogo. Durante il viaggio Andrew le aveva illustrato, minutamente, la bellezza e la semplicità del piano che aveva ideato quando erano ancora a Blaenelly, e le aveva rivelato come si fosse messo in rapporti con la Regency Plenishing Company and Depositories of London. E, in altre parole, con un magazzino di mobili chiamato Regency che, senza essere uno stabilimento colossale amministrato da una potente società anonima, si era tuttavia specializzato nel fornire ai professionisti, contro pagamenti rateali, tutto quanto occorreva per ammobiliare le loro case.

"Ah, eccolo!" esclamò.

Un omino dal viso butterato, in bombetta ed abito blu, che teneva ostensibilmente in mano un voluminoso catalogo verde, li individuò, per chissà quale fenomeno di telepatia, tra la folla dei viaggiatori e li avvicinò. "Il dottor Manson e la signora?" Si scoprí con deferenza: "Io rappresento la Regency. Abbiamo ricevuto il vostro telegramma stamattina, signor dottore. Ho la vettura qui fuori. Posso offrirvi un sigaro?"

Mentre saettavano miracolosamente tra gli altri veicoli che rendevano vertiginoso il traffico nelle strade, Andrew, guardando con occhio ostile il sigaro imbonitore che continuava a tenere in mano senza decidersi ad accenderlo, brontolò, indispettito, rivolto a Cristina: "Spendiamo un sacco di quattrini in automobile, in questi giorni. Questa però dovrebbe essere una corsa gratuita. La Casa copre tutte le spese, anche quelle del trasporto dalla stazione e viceversa, oltre, beninteso, le spese di viaggio."

Finalmente arrivarono a destinazione. Era uno stabilimento piú grandioso di quanto entrambi s'aspettassero, a giudicare dalla superficie dei lastroni di cristallo delle vetrine e dalla profusione delle guarnizioni in metallo cromato. Un fattorino aprí lo sportello della vettura e li introdusse, con molti inchini, nel Regency Emporium.

Anche all'interno erano aspettati, e fu veramente regale l'accoglienza con cui li ricevette un signore anziano, in colletto alto e giacca a lunghe falde, che somigliava un poco al defunto Principe Consorte, a causa dell'impressionante probità che i suoi lineamenti esprimevano.

"Da questa parte, signor dottore, di qui, signora Manson, favorite. La Casa è onorata di servire un membro della Facoltà. Ho già avuto l'onore di servire parecchi specialisti di Harley Street, e sono giustamente orgoglioso dei certificati di referenza che m'hanno favorito. E ora, dottor Manson, volete espormi i vostri desideri?"

Percorrendo con incedere maestoso le corsie dell'emporio, presentò la sua merce con una reverente gravità di gesti e d'espressioni. Formulò prezzi che erano sconvenientemente alti. Modulò le parole Tudor, Jacobean e Luigi sedici, ma mostrò solo paccottiglia stereotipata.

Cristina si mordicchiava il labbro con un'aria preoccupata. Si augurava che Andrew non si lasciasse raggirare, che non le riempisse la casa con quei mobili di cosí scadente qualità. "Caro," gli bisbigliò, un momento che il principe consorte voltava loro la schiena, "è roba che non vale assolutamente niente!"

Per tutta risposta egli compresse impercettibilmente le labbra. Visitarono un'altra sezione del magazzino. Poi, tranquillamente, ma con inattesa brutalità, si rivolse al principe consorte: "Sentite, voi. Abbiamo fatto un lungo viaggio per venire qui con l'intenzione di acquistare dei mobili. Fateci vedere *dei mobili.* Non delle imitazioni." Per spiegarsi, premette vigorosamente col pollice la facciata laterale d'un armadio, che, essendo di abete, cedette scricchiolando ignominiosamente.

Il principe consorte credette di sognare. Mai nessuno lo aveva trattato cosí. "Ma, signor dottore, vi ho fatto vedere tutto quello che c'è di meglio nella Casa."

"Allora adesso fatemi vedere il peggio," rimbeccò Andrew con furioso cipiglio. "Fatemi vedere dei buoni mobili vecchi di seconda mano, ma che siano *mobili.*"

L'altro se ne andò, sconsolato, brontolando: "Come si fa a contentare un cliente cosí!," e non fece piú ritorno. Ma mandò in propria vece un impiegatuccio dall'aspetto ordinario, dalla faccia rossa come la cresta d'un galletto, che raggiungendoli disse, con piglio energico e deciso: "Cos'è che desiderano i signori?"

"I signori desiderano dei mobili di seconda mano, roba buona e a buon mercato," rispose Andrew.

L'altro lo squadrò con un'occhiata dura, ma senza ribattere li condusse ad un ascensore, che li portò nel sottosuolo, un locale sterminato e freddo che era, dal pavimento fino al soffitto, ingombro di mobili di seconda mano.

Per non meno di un'ora Cristina rovistò tra la polvere e le ragnatele, scoprendo qui un massiccio comò, là un buon tavolo comune, altrove, sotto una pila di teli da sacco, una poltroncina imbottita, e cosí via, mentre Andrew, pedinandola senza badarle, discuteva con l'impiegatuccio sui prezzi, con un'infaticabile cocciutaggine.

Esaurito finalmente il loro elenco, mentre risalivano nell'ascensore, Cristina, che aveva un'espressione un po' patita ma soddisfatta, pizzicò nel braccio suo marito, con un fervore che rivelava il senso di vittoria che la agitava segretamente, e gli sussurrò: "Proprio quel che volevamo, caro."

L'impiegatuccio dalla faccia rossa li accompagnò in direzione, dove, deponendo sulla scrivania del proprietario il suo taccuino degli ordinativi, con l'aria di un uomo che si è prodigato invano senza risparmio, disse: "Questo sarebbe l'ordinativo completo, Mr Isaacs."

Mr Isaacs si accarezzò il naso con la punta delle dita della mano sinistra. I suoi occhi, liquidi al confronto della sua pelle terrea, erano tristi mentre esaminavano il taccuino del suo dipendente: "Ho paura, dottor Manson, che non possiamo concedervi le rate su un ordine cosí. Tutta roba di seconda mano. Sarebbe un mediocre affare."

Cristina impallidí. Ma Andrew, piú risoluto che mai, s'accomodò su d'una sedia come chi abbia l'intenzione di trattenersi a lungo. "Oh, potete, Mr Isaacs, potete. Almeno, questo è quanto dichiarate nell'intestazione della vostra carta da lettera: Mobilio Nuovo e di Seconda Mano su Pagamento a Rate."

Pausa. L'impiegatuccio, chinandosi verso il suo principale, gli versò nell'orecchio rapidi balbettamenti, accompagnandoli con un'eloquente gesticolazione. Cristina colse distintamente qualche parola francamente sgarbata all'indirizzo dell'ostinatezza di suo marito, della proverbiale caparbietà comune a tutti gli individui della sua razza.

"Be', dottor Manson," sorrise infine il direttore, con un visibile sforzo inteso a superare la sua riluttanza, "sia come volete voi. Non potrete dire che la Casa non vi ha trattato bene. E non dimenticate di farci la propaganda tra i vostri clienti. Smith, fate redigere la fattura e assicuratevi che il signor dottore ne riceva una copia con la prima posta domattina. Affare fatto, dottor Manson. La merce vi sarà recapitata venerdí senza fallo."

Cristina mosse per partire. Ma Andrew continuò a restare inchiodato sulla sua seggiola. Disse, adagio: "Mr Isaacs, e il rimborso delle spese di viaggio?"

Fu come se una bomba fosse esplosa nell'ufficio, e anche le arterie temporali del signor Smith, l'omino dal viso rosso, sembrarono sul punto di scoppiare. "Gran Dio!" esclamò Isaacs, "parlate sul serio? Ma non possiamo fare affari a questo modo! Il lecito è lecito, ma io non sono un cammello. Parlate di rimborsi!"

Inesorabile, Andrew trasse di tasca il suo taccuino; la sua voce, seppure un pochino tentennante, era tuttavia misurata. "Ho una lettera qui, Mr Isaacs, in cui dichiarate, in bianco e nero, che rimborsate le spese di viaggio d'andata e ritorno, da qualsiasi punto dell'Inghilterra e del Wales, a chiunque vi onori di un ordinativo superiore alle cinquanta sterline."

"Ma voi," lamentò Isaacs, "voi avete ordinato solo per 55 sterline, e tutta roba di seconda mano..."

"Nella vostra lettera..."

"Lasciate stare la mia lettera," interruppe Isaacs sollevando le braccia al cielo, "lasciate stare tutto quanto, cancelliamo senz'altro l'affare, non ho mai, in tutta la mia vita, avuto da fare con un cliente come voi, siamo abituati a trattare con persone ragionevoli con le quali si può discutere. Voi avete cominciato con l'offendere il mio Mr Clapp; poi il mio Mr Smith qui presente non è stato capace di combinar niente con voi, e adesso m'arrivate in ufficio con la pretesa del rimborso. Mi spiace, ma con voi non facciamo affari, dottor Manson. Provate pure altrove, se vi riesce, ma con la Regency no!"

Cristina, atterrita, diede un'occhiata implorante a suo marito. Tutto a monte. Bisognava rinunciare a tutti i vantaggi da lei cosí duramente conquistati. Ma Andrew, fingendo di non vederla, con la faccia brusca ancora, si rimise il taccuino in tasca. "Va bene, Mr Isaacs, allora buon giorno. Ma vi garantisco che i miei clienti saranno informati del trattamento che riservate ai vostri, dopo di averli indotti, con le assicurazioni che blaterate nella vostra pubblicità, a servirsi nei vostri magazzini. Promettete di rimborsare le spese di viag..."

"Per carità, basta, basta! Quant'avete speso? Smith, rimborsate il signore, rimborsatelo, pagate, pagate, pagate! Alla condizione però, dottor Manson, che riconosciate onestamente che la Regency è una Casa che non manca alle sue promesse. Va bene cosí? Siete soddisfatto?"

"Grazie, Mr Isaacs, siamo interamente soddisfatti. Aspettiamo dunque la consegna venerdí. Buona sera, Mr Isaacs." Gli strinse cordialmente la mano, ed offrí gravemente il braccio a Cristina; accelerando il passo gradatamente, la trascinò verso l'uscita. Fuori, c'era l'antico *coup* che li aveva portati dalla stazione; e Andrew, come se avesse impartito il piú lauto ordinativo nella storia della Regency, intimò all'autista: "Al Museum Hotel."

L'autista partí immediatamente, senza discutere, nella direzione dell'East End. E Cristina, ancora aggrappata nervosamente al braccio di suo marito, si persuase, a poco a poco, ad allentare la stretta. "Oh, darling," bisbigliò, "sei stato meraviglioso. Proprio quando credevo..."

Egli scosse la testa, la mandibola ancora minacciosa. "È cosí che bisogna fare. Non volevano seccature, capisci. Io avevo in tasca le loro dichiarazioni piene di promesse. Non era che ci tenessi poi tanto a quel meschino rimborso, lo capisci anche tu, vero? ma è il principio della cosa. Bisogna esser di parola. Avevo capito subito, dall'accoglienza alla stazione, dal sigaro, da questo superbo cocchio, eccetera, che ci avevan presi per una coppia di provinciali da spennare..."

"Ad ogni modo abbiamo ottenuto quel che volevamo," ella mormorò per placarlo.

Egli annuí. Era troppo eccitato, troppo indignato ancora per vedere già il lato comico dell'episodio. Ma quando furono nella loro camera all'albergo, cominciò a scoprirlo a poco a poco. Accesasi una sigaretta e sdraiatosi sul letto, osservando Cristina ravviarsi i capelli, prese d'un tratto a ridere. A ridere tanto che anche lei subí il contagio.

"La faccia del vecchio Isacco!" strombettava, contorcendosi. "Un Perú. 'Non possiamo far affari...' 'Mi prende per un cammello?...' Dio, un cammello! Ah, ah, ah!"

Cristina, col pettine alla mano, aveva gli occhi pieni di lacrime; poteva appena articolare. "Ma il colmo era... che continuavi a ripetere che avevi la... lettera in tasca... mentre io sapevo che l'avevi dimenticata a casa!"

"No!" S'alzò a sedere di scatto, verificò la notizia incrèdibile, e ripartí in risate questa volta incontenibili, rotolandosi sul letto; mentre Cristina si teneva con le due mani al tavolo da toletta, implorando di smettere se non voleva vederla soffocare...

Piú tardi, quando riuscirono a ricomporsi, andarono a teatro. Poiché egli le diede carta bianca, Cristina scelse *Santa Giovanna*. Era sempre stato il suo sogno, disse, di sentire un dramma di Shaw.

Seduto accanto a lei nell'affollata platea, egli era meno interessato dal dramma — "Troppo... storico," le confidò piú tardi, "cosa si crede quello Shaw, dopo tutto?" — che dal delizioso colorito acceso della sua faccia intenta, illuminata dagli occhioni meravigliosi. Era la prima volta che assistevano insieme ad uno spettacolo in un teatro. E non era l'ultima, certo, no. Lasciava vagare gli occhi intorno alla sala gremita. Tra qualche anno sarebbero stati in grado di ritornare a teatro, e non in platea, ma in uno di quei palchi là, e con Cristina in abito scollato. Ci badava lui, lasciassero fare a lui. Il pubblico lo riconosceva, la gente si toccava col gomito, indicandolo, quello è Manson, sapete, quel famoso medico che ha scritto sulla tubercolosi quel libro che ha fatto tanto rumore. Si raddrizzò a sedere; e nell'intervallo pagò il gelato a Cristina.

Dopo, si mostrò prodigo come un principe. Appena fuori, abbacinati dai lumi, intontiti dagli autobus, sbattuti tra la folla dei pedoni, si sentirono un poco a disagio. Andrew alzò una mano perentoria. Un tassí accorse, e, mentre li riportava al loro albergo, i due sposini scoprirono che l'ospitale segretezza offerta dai tassí di Londra meritava di esser segnalata come una delle piú singolari curiosità della metropoli.

IV

Dopo quella di Londra, l'aria di Aberalaw era fresca e frizzante. Scendendo da Vale View, al giovedí mattina, per inaugurare il suo servizio, Manson ne gustava sulle guance la carezza rinvigoritrice. Fremeva di sacro zelo; vedeva già se stesso al lavoro, un lavoro che le circostanze gli permettevano di eseguir bene, o almeno passabilmente conforme ai dettami dell'igiene, e sempre in base al suo principio fondamentale, che consisteva nell'applicazione del metodo scientifico.

L'ambulatorio Ovest, che era situato a non piú di quattrocento metri dalla sua abitazione, era un vasto ed alto locale a volta, coi muri rivestiti di piastrelle bianche, con una sala d'aspetto che ne costituiva la parte centrale, e principale. Sul lato opposto all'ingresso, dietro una partizione a vetri smerigliati munita d'uno sportello a saliscendi, c'era la farmacia. Sul lato destro c'erano le due salette di consulto, l'una riservata al dottor Urquhart, l'altra, ridipinta di fresco, a Manson; e il nome di ciascuno era sulla porta. Lesse il proprio con un brivido di piacere; era contento di vedersi già identificato con la sua sala, che, pur piccolina, era tuttavia dotata d'una buona scrivania e d'una solida cuccetta rivestita di cuoio. Era lusingato, inoltre, dal numero degli individui che lo stavano già aspettando; eran tanti che pensò bene di cominciare subito ad esaminarli, senza prima andare, come aveva inteso, a presentarsi al collega e al farmacista.

Sedutosi, fece cenno al primo cliente che avanzasse. Era un minatore, che si limitò a chiedere, con la massima naturalezza, un certificato d'esenzione dal lavoro, specificando, ma come fosse una cosa secondaria, che soffriva di *beat knee*. Manson lo visitò, trovò difatti che la lagnanza era giustificata, e gli diede il certificato. Si fece avanti il secondo; domandò anche lui un certificato, per *nystagmus*. Il terzo certificato, per postumi di bronchite. Il quarto certificato per *beat elbow*.

Manson s'alzò, ansioso di vederci chiaro. Eran visite che gli facevano sciupare molto tempo. S'affacciò alla sala di aspetto e domandò: "Sono molti ancora che chiedono l'esenzione? Si alzino."

C'era forse una quarantina di individui. Sí alzaron tutti. Manson calcolò che gli occorreva una mezza giornata per esaminarli a dovere: assurdo. Poiché rifuggiva dallo sbrigar l'esame alla carlona, stabilí nondimeno, per necessità, di differire a un altro giorno le visite che richiedevano piú tempo.

Ciononostante eran passate le dieci e mezzo quando finí. In quel momento entrò un vecchietto di media statura, con la faccia color mattone e un bel pizzo bianco aggressivo. Camminava leggermente curvo, protendendo innanzi la testa come un ariete. Portava pantaloni a sbuffo, di fustagno, le ghette, e una giacchetta di tweed, dalle tasche straordinariamente imbottite d'ogni sorta di roba: pipa, un fazzolettone, una mela, un catetere di gomma elastica, e via dicendo. Emanava un forte odore di farmachi, di disinfettante e di tabacco. Manson capí, prima che parlasse, che era il dottor Urquhart.

"Corpo d'un diavolo," disse il nuovo venuto, senza presentarsi né stendere la mano, "dov'eravate questi due giorni? Ho dovuto far io il lavoro per due. Fa niente, fa niente, non ne parliamo piú. Grazie al cielo siete arrivato e sembrate sano di corpo e di mente. Fumate la pipa?"

"Sí."

"Dio sia lodato anche per questo. Suonate il violino?"

"No."

"Nemmeno io, ma faccio violini. E bene. E faccio la raccolta di maioliche. Ho il mio nome stampato in un libro. Ve le mostrerò la prima volta che venite a trovarmi. Ora venite che vi presento Gadge il farmacista. Un povero diavolo; ma conosce la sua deficienza."

Manson seguí il collega in farmacia dove Gadge lo salutò con un lugubre cenno di capo. Era un cadaverico spilungone, col cranio sguarnito striato da pochi filacci neri, e con gli scopettoni altrettanto neri. Portava una corta giacchettina d'alpaca stinta dagli acidi e verde per l'uso; che ne metteva in mostra i polsi nocchiuti e le ossa taglienti delle scapole. Aveva l'aspetto annoiato, triste, caustico; l'atteggiamento del piú deluso individuo dell'universo. Stava servendo l'ultimo cliente, gettandogli, come fosse veleno per topi, attraverso lo sportello, una scatola di pillole. "Prendere o lasciare" pareva dicesse, "tanto crepi in ogni caso."

"Adesso che avete conosciuto Gadge," osservò Urquhart con piglio faceto, "avete visto il peggio. Vi avverto che è un uomo che non crede in niente, salvo forse nell'olio di ricino e in Charles Bradlaugh. C'è altro che vorreste sapere?"

"Sono preoccupato dalla quantità di gente che viene solo per farsi esentare. M'è sembrato stamane che, in buona parte, fossero sani come me."

"Già, già. Leslie era troppo indulgente. Si contentava, con tutti, di tastare il polso esattamente per cinque secondi; se ne infischiava."

Manson rispose con calore: "Che figura ci fa un medico che distribuisce certificati come figurine di sigarette?"

Gadge, per la prima ed ultima volta, interpose, in tono cavernoso: "Metà di quelli che marcan visita non han niente. Manica di poltroni."

Per tutta la giornata, mentre visitava i malati esterni, Manson continuò a tormentarsi col pensiero di queste esenzioni. Il suo giro gli riuscí piuttosto faticoso, perché, non pratico dei luoghi, piú d'una volta tornando sui suoi passi dovette far doppio cammino. Il suo settore, per giunta, comprendeva quel rione di Mardy Hill al quale aveva alluso Tom Kettles il giorno dell'assemblea del Comitato; il che implicava la necessità di arrampicarsi da una fila all'altra delle case dei minatori allineate sui terrazzi sovrapposti Prima di sera, le sue meditazioni lo avevano portato alla ferma determinazione di non dar via piú, a nessun costo, un certificato d'esenzione che non fosse giustificato.

All'ambulatorio, per la visita pomeridiana, gli ammalati erano forse ancor piú numerosi che al mattino. E il primo che si presentò era un pezzo d'omaccione, che nuotava nell'adipe, puzzava di birra, e aveva l'aria di chi in tutta la sua vita non abbia mai compiuto una sola giornata intera di lavoro. Era sulla cinquantina, ed aveva due occhietti di porco che ammiccavano guardando il medico dall'alto al basso.

"Certificato," disse, senza curarsi della forma.

"Per cosa?" domandò Manson.

"'Stagmus." Tese la mano per ritirarlo. "Mi chiamo Chenkin. Ben Chenkin."

Il tono arrogante indusse Manson a guardarlo con risentimento. Gli bastò il piú superficiale degli esami per persuadersi che Chenkin era perfettamente sano. Era ormai sicuro, anche facendo astrazione dall'insinuazione di Gadge, che un buon numero dei minatori anziani sbarcava il lunario con l'aiuto del *nystagmus*, incassando debitamente, e chissà da quanti anni, l'indennità di malattia. Comunque, oggi s'era portato l'oftalmoscopio. Ora intendeva appurare le cose. S'alzò.

"Spogliatevi," ordinò.

Fu Chenkin, questa volta, che ribatté: "Per cosa?"

"Per la visita."

Chenkin non se l'aspettava; gli s'allungò la faccia. Non ricordava d'esser stato visitato una volta sola in tutti i sette anni del servizio del dottor Leslie. Contro voglia, facendo il muso, si tolse la giacca, il cravattone di lana, la camicia a righe rosse e blu, ed esibí un torso peloso annegato nella ciccia.

Manson eseguí una visita lunga e minuziosa, particolarmente degli occhi, ispezionando entrambe le retine, con molta accuratezza mediante la sua minuscola lampadina elettrica. Poi disse, secco: "Vestitevi."

Si sedette, prese la penna e cominciò a riempire il modulo del certificato.

"Ah, volevo ben dire," brontolò Chenkin, implicando che sapeva di poter contare sul riconoscimento della sua indisposizione cronica.

"Avanti l'altro," chiamò Manson, consegnando il certificato.

Chenkin glielo arraffò di mano e si avviò trionfalmente all'uscita. E uscí, ma cinque minuti dopo era di ritorno, livido in faccia, mugghiando come un toro, aprendosi il varco tra gli uomini che aspettavano il loro turno. "Vedete qui quel che mi ha fatto! Lasciatemi passare che vado a dirgli quel che gli viene. Ehi! Cosa significa 'sta roba?"

Manson affettò di rileggere quello che aveva scritto: *Si certifica che Ben Chenkin soffre degli effetti di soverchie libazioni di birra ma che è perfettamente abile al lavoro. Firmato Andrew Manson, B.M.* [1] "Ebbene?" domandò.

"'*Stagmus*," abbaiò Chenkin. "Un certificato per '*stagmus*! Credete di prendere in giro? Da quindici anni ho il *nystagmus*."

"Adesso non l'avete," disse Manson. Una folla s'era accalcata sulla soglia. Manson intravide, nello spiraglio della porta del suo ufficio, la faccia incuriosita di Urquhart, e allo sportello della partizione, quella di Gadge, che contemplavano il tumulto con interesse.

"Per l'ultima volta, me lo date o non me lo date?" latrò Chenkin.

Manson perdette la pazienza. "No, e fuori di qui! Se no, vi ci mando."

Chenkin gonfiò il petto. A vederlo, si sarebbe creduto che stesse per precipitarsi sul nemico. Ma invece abbassò gli occhi, fece dietrofront lentamente e se ne andò brontolando profane minacce.

Appena partito lui, Gadge uscí dalla farmacia e strascicando i piedi si trasferí da Manson. Si fregava le mani con malinconica soddisfazione. "Sapete chi è quel Chenkin? Suo figlio è un pezzo grosso nel Comitato."

---

[1] *Bachelor of Medicine.*

Il caso Chenkin creò forte emozione, che si propagò in un baleno in tutto il settore di Manson. C'era una minoranza che diceva che era "ben fatto", — taluni anzi accentuavano "famosamente ben fatto", — implicando che era una buona cosa che Chenkin fosse stato messo al passo, nel frodare l'indennità di malattia, e dichiarato idoneo al lavoro. Ma i piú presero partito per lui, gli assidui, in special modo, quelli che incassavano abusivamente l'indennità da vari anni, erano furibondi contro il nuovo medico. Eseguendo il suo giro quotidiano, Manson notava dappertutto occhiate ostili; e nell'ambulatorio doveva far fronte a manifestazioni anche piú spiacevoli.

Sebbene a ciascun assistente fosse assegnato, nominalmente, un settore, gli operai d'un determinato settore avevano facoltà di farsi curare dall'assistente che preferivano. Ogni operaio aveva la sua tessera depositata nell'ufficio d'un assistente, ma richiedendone la restituzione poteva consegnarla ad un altro. Questa fu l'ignominia che ora Manson dovette subire. Ogni sera di quella settimana, vedeva arrivare all'ambulatorio uomini che non aveva mai visti — se qualcuno rifuggiva dal presentarsi personalmente, mandava persino la moglie, — e che dicevano: "Non voglio disturbare, dottore, ma son venuto per la tessera."

L'indegnità, l'umiliazione di doversi scomodare per cercare la tessera nella teca, era intollerabile. Ed ogni tessera restituita significava la sottrazione di dieci scellini dai suoi onorari.

Sabato sera Urquhart lo invitò a casa sua. Il vecchio, che per tutta la settimana era andato attorno con un'aria di autogiustificazione visibile sui suoi irascibili lineamenti, cominciò col mostrargli i tesori raccolti nei suoi quarant'anni di pratica. Aveva una ventina di violini tutti fabbricati con le sue mani, appesi alle pareti; ma eran nulla al confronto della sua pregiata collezione di vecchie maioliche inglesi.

Era una collezione superba: Spode, Wedgwood, Crown Derby e, meglio di tutti, il vecchio Swansea, erano tutti presenti. Piatti, tazze, scodelle, giare, brocche e brocchetti riempivano tutte le stanze dell'alloggio e straboccavano persino nel camerino da bagno, dove Urquhart poteva, facendo toletta, godersi la vista di un servizio da tè di marca *willow* originale.

Le maioliche costituivano la passione dominante di Urquhart, ed era maestro, astutissimo maestro nell'arte sopraffina degli acquisti. Ovunque vedesse un "buon pezzo", come diceva, nelle case dei pazienti che visitava, moltiplicava le visite con una sollecitudine infaticabile; occhieggiando nel frattempo, con un'aria di palese bramosia, il pezzo sospirato, finché per disperazione la buona massaia esclamava: "Dottore, sembrate innamorato di quel pezzo. Prendetevelo."

Urquhart protestava virtuosamente, poi si portava via il trofeo avviluppato in un giornale e lo collocava teneramente su una delle sue mensole tra gli altri.

Il vecchio era considerato in città come una macchietta. Dichiarava sessant'anni, ma aveva probabilmente superato i settanta e forse non era lontano dagli ottanta. Tosto come un osso di balena, disponendo, per veicolo, unicamente delle suole degli scarponi, copriva incredibili distanze, imprecava micidialmente contro i suoi malati e nondimeno poteva intenerirsi come una fanciulla. Da quando gli era morta la moglie undici anni addietro, viveva da solo, e si cibava quasi esclusivamente di minestre in conserva.

Stasera, dopo aver con fierezza esibito la sua collezione, osservò bruscamente, simulando un'aria risentita: "Accidenti a voi. Non ho nessuna voglia di caricarmi i vostri malati, sapete. Ma cosa posso farci se mi dan l'assedio? Mandarli all'ambulatorio Est, no, diavolo, è troppo lontano." Manson si fece rosso e non seppe cosa rispondere. "Ci vuol prudenza, giovanotto," seguitò il vecchio cambiando tono. "Capisco, capisco, volete abbattere le mura di Babilonia, sono stato giovane anch'io, ma andate pianino, comunque, attento ai salti! Buona notte, complimenti alla signora."

Con le parole di Urquhart negli orecchi, Manson fece ogni sforzo per pilotare con prudenza. Ciononondimeno gli capitò un guaio ancora piú grosso.

Il lunedí seguente visitò un minatore, certo Evans, che si era rovesciato su un braccio una pentola d'acqua bollente. Era una scottatura grave, che copriva una estesa superficie, ed era particolarmente brutta nella regione del gomito. Trovò che l'infermiera del settore aveva spalmato sulla ferita una mistura di olio di lino e d'acqua di calce. Manson esaminò il braccio, e si astenne dal manifestare disapprovazione nei riguardi della scandalosa medicazione fatta dall'infermiera. Con la coda dell'occhio notò sul tavolo la bottiglia della mistura, tappata con un pezzo di giornale, e contenente un sudicio liquido biancastro, in cui s'immaginò di veder galleggiare banchi di batteri.

L'infortunato, un giovane nervoso dagli occhi neri, osservò: "L'infermiera ha fatto bene, eh?" Anche la moglie, vicino a lui, aveva l'aria ansiosa, e non era dissimile da lui nell'aspetto.

"Niente da dire," rispose Manson, "come medicazione di primo soccorso. Ma adesso occorre un'altra cosa, l'acido picrico." Sapeva che, se non usava subito l'antisettico, c'era pericolo che si sviluppasse una infezione, e, in tal caso, la possibilità di un'anchilosi.

I due lo osservarono dubbiosamente mentre eseguiva la scrupolosa lavatura e la susseguente fasciatura con bende imbibite nell'acido picrico. "Ecco fatto, non vi sentite piú sollevato?"

"Non posso dire di sí. Credete che cosí guarirò piú presto?"

"Certo," lo rassicurò Manson, con un sorriso. "Lasciate fare a me e all'infermiera."

Prima di andarsene lasciò una nota, all'indirizzo dell'infermiera, in cui, studiandosi di non urtarne la suscettibilità, ne lodava l'operato come medicazione di primo soccorso e la pregava, per evitare il pericolo di un'infezione, di continuare l'applicazione delle garze inzuppate d'acido picrico. Incollò la busta con cura.

L'indomani arrivando trovò che la sua fasciatura era stata scartata. L'infermiera era appunto in procinto di rifarla a modo suo, e vedendo il dottore sbottò: "Cos'è 'sta novità, mi domando. Non approvate il mio lavoro, dottor Manson?" Era un donnone di mezza età, coi capelli grigi scarmigliati, una faccia affaccendata. Poteva appena parlare tant'era sdegnata.

Manson si sentí disanimato. Ma si consolò e tentò un sorriso. "Via, Nurse Lloyd, non mi fraintendete. Venite di qua," accennando alla camera attigua, "vi voglio dire due parole."

La donna scoccò un'occhiata al minatore e a sua moglie,

la quale aveva una marmocchietta tra le pieghe della gonna, e sinceratasi della loro muta ma palese connivenza rispose: "Ma parlate pure qui, perché tanti segreti? Non ho nulla sulla coscienza, io. Nata e allevata qui, mi son sposata qui, ho partorito qui, son rimasta vedova qui e lavoro qui da trent'anni come infermiera. E nessuno mi ha mai detto di non usare l'olio di lino sulle scottature."

"Sentite, l'olio di lino va benone in certi casi, ma qui c'è pericolo d'infezione, perciò ho prescritto l'acido picrico."

"Mai sentito. Il dottor Urquhart non l'usa. Io son contraria a queste novità, soprattutto quando son raccomandate da chi è qui solo da una settimana."

Manson, pur esitando al cospetto di una nuova *grana*, e delle sue ripercussioni — perché l'infermiera, peregrinando di casa in casa, poteva rivelarsi una pericolosa avversaria — nondimeno non poteva tollerare che il sinistrato venisse esposto al rischio d'un trattamento cosí antiquato. Disse, senza alzare la voce: "Se non volete fare come dico io, verrò io a far la fasciatura mattina e sera."

"Accomodatevi pure, per quel che me ne importa," ribatté la donna con occhi lampeggianti. "E auguro ad Evans di sopravvivere." Uscí precipitosamente dalla casa.

In un silenzio di morte, Manson rimosse la fasciatura, e impiegò quasi mezz'ora nel far bagni e nell'accudire al braccio ferito. Partendo promise di tornar la sera stessa alle nove.

Ma all'ambulatorio la prima persona che vide fu la moglie di Evans, pallida, con occhi che sfuggivano i suoi. "Scusate se disturbo, dottore, ma volete darmi la tessera di mio marito?"

Manson si sentí come travolto da un'ondata d'impotenza. S'alzò senza dire una parola, cercò la tessera e gliela porse.

"Ci scuserete, dottore, ma non vi disturbate piú a venire, voi capite..."

Egli disse, ma con voce malferma: "Capisco, capisco." e mentre l'altra si ritirava aggiunse: "Ditemi, è stata rifatta la fasciatura con l'olio di lino?"

La donnetta fece segno di sí e scomparve.

Dopo l'ambulatorio, Manson, che di solito rincasava a tutta velocità, fece il percorso a un'andatura svogliata. Bel successo, per il metodo scientifico! Che sia un'ingenuità, si domandava, dar retta alla voce della coscienza?

A pranzo parlò poco, ma dopo, in salotto, ora bellamente arredato, mentre sedevano entrambi sul divano davanti al fuoco, appoggiò la testa sulla spalla di Cristina, mormorando: "Ho paura di essermi messo nei pasticci fin dal principio."

Mentre lei lo confortava e gli carezzava gentilmente la fronte, gli occhi bruciavano di lacrime.

VI

L'inverno sopraggiunse inatteso con una forte nevicata. Si era solo alla metà d'ottobre, ma il gelo, rigido e tagliente, addentò la città, che era situata cosí in alto, quasi prima che le foglie cominciassero a cadere dagli alberi. Per tutta la notte i fiocchi scesero errabondi e vellutati in un silenzio da cospiratori, cosí che Cristina e Andrew svegliandosi si trovarono immersi in una sterminata bianchezza abbagliante. Un branco di cavallucci bradi, introdottisi per una breccia della palizzata di cinta, s'era adunato presso la porta posteriore della villa. Tutt'attorno ad Aberalaw, sui pianori appena rivestiti d'una ruvida gramigna, queste selvagge bestiole erravano in libertà a frotte numerose, fuggendo all'avvicinarsi dell'uomo. Ma quando nevicava, la fame le spingeva fin sugli orli dell'abitato.

Per tutto l'inverno Cristina badò a pascere i ronzini. Al principio, timidi, ombrosi ed impacciati, si ritraevano da lei, ma dopo un po' venivano a mangiarle nella mano. Ce n'era uno, tra gli altri, il piú piccolo di tutti, un morellino non piú grosso d'uno Shetland, una carognetta con due occhi da brigante sotto il folto ciuffo dell'arruffatissima criniera, che le si affezionò in un modo del tutto commovente.

Mangiavano di tutto, quei piccoli affamati: croste di pane, bucce di patate, di mele e persino d'arance. Una volta, per scherzo, Andrew offrí al morello una scatola di fiammiferi vuota. Il brigante la masticò, l'inghiottí e si leccò le labbra come un epicureo ghiotto di patè.

Benché ignominiosamente poveri, benché dovessero sopportare parecchie privazioni, Cristina e Andrew conobbero la felicità. In tasca, Andrew non aveva se non monete di rame, ma il Lascito Glen era quasi saldato e le rate del mobilio venivano puntualmente pagate. Cristina, con tutta la sua fragilità ed inesperienza, possedeva tuttavia gli attributi della donna dello Yorkshire: era un'ottima massaia. Col solo aiuto d'una ragazza chiamata Jenny, figlia d'un minatore, la quale veniva quotidianamente a servire per pochi scellini alla settimana, teneva la casa lucida come uno specchio. Sebbene quattro camere continuassero a restare smobiliate e discretamente chiuse a chiave, Cristina fece di Vale View "una casa". Suo marito, rientrando stanco, sfinito da una giornata singolarmente faticosa, trovava sempre in tavola un buon pasto caldo, che lo ristorava presto.

Il suo lavoro era disperatamente duro, non già a causa — ahimè! — dell'abbondanza dei clienti, ma della neve, che moltiplicava la fatica del doversi arrampicare sulla parte alta del settore. Quando sgelò, e le strade furono convertite in una fanghiglia che ogni notte gelava daccapo, il procedere diventò davvero penoso. Rincasava cosí spesso con i pantaloni fradici alle estremità, che Cristina gli comperò un paio di gambali. Cosí che quando rientrava e si lasciava cadere esausto nella sua poltrona, ella gli s'inginocchiava ai piedi, gli toglieva gambali e scarponi e gli porgeva le pantofole. Egli accettava con gratitudine, ora, questi segni di devozione che una volta avrebbe energicamente ripudiato, ritenendoli atti di servaggio.

La clientela continuava ad essere ombrosa, sospettosa. Tutti i parenti di Chenkin, ed eran tanti, perché diffuse nel circondario le unioni tra consanguinei, si erano confederati in un fronte ostile. La piú feroce nemica di Manson era, apertamente, l'infermiera Lloyd; bevendo il tè, in tutte le case che visitava, si faceva un dovere di sbertucciarlo inesorabilmente tra le comari avide di pettegolezzi.

E c'era un'altra cosa, che lo irritava sempre di piú. Llewellyn, per somministrare l'anestetico, lo faceva chiamare piú sovente di quanto gli sembrasse lecito. Era un servizio che detestava; un lavoro meccanico che richiedeva una mentalità speciale, un temperamento tardo e contenuto che certo egli non possedeva. Si fosse trattato di anestetizzare solo i malati del suo proprio settore. non avrebbe fatto obiezione; ma vedendosi requisito tre giorni alla settimana per individui che non conosceva nemmeno di nome, cominciò a percepire che gli si addossava un carico che spettava a qualcun altro. Ma protestare non osava, per tema di perdere l'impiego.

Un giorno di novembre Cristina notò che era preoccupato da qualche cosa d'insolito. Quella sera, rincasando, non la chiamò come le altre sere allegramente per nome e, benché si fingesse tranquillo, la ruga tra i sopraccigli, e una quantità di altri minuti indizi che non sfuggivano alla sua amorosa sollecitudine, le rivelarono ch'egli doveva aver ricevuto un'inattesa mazzata tra capo e collo.

A cena ella s'astenne dall'interrogarlo, e dopo s'indaffarò subito col suo cucito accanto al fuoco. Lui stava mezzo sdraiato, in silenzio, mordicchiando la pipa. Ma improvvisamente sbottò: "Tina. Tu sai che io non sono un brontolone, di quelli che scoccian la moglie col resoconto delle loro piccole miserie..."

L'esordio, dato che tutte le sere infallibilmente egli le apriva il suo cuore, suonò quasi ironico agli orecchi di Cristina, che però si impose di non sorridere, per lasciare che proseguisse. Difatti, egli riprese: "Ma, tu che hai visto l'ospedale con me, ricorderai, vero, il mio entusiasmo all'arrivo, quando speravo nella possibilità di poter finalmente lavorare sul serio, con le comodità indispensabili eccetera. Ebbene, ero un povero illuso! Ho scoperto che l'ospedale non è affatto a mia disposizione; non è l'ospedale di Aberalaw, è l'ospedale di Llewellyn."

Ella palesò interesse, in attesa che si spiegasse. Difatti egli continuò: "Avevo un caso stamattina," ora parlava in fretta, con calore, confusamente, "ho detto *avevo*, bada, perché infatti ora non l'ho piú: una vera polmonite incipiente, in uno dei minatori che lavorano alla perforatrice nella miniera d'antracite; sai quante volte t'ho detto che sto facendo delle indagini sulle condizioni in cui respirano questi disgraziati... sono convinto che c'è un vasto campo di ricerche da esplorare in questa direzione... Ebbene, mi son detto, ecco finalmente, in questo mio primo malato che richiede il trattamento all'ospedale, una ottima opportunità per eseguire dei rilievi interessanti; e ho subito chiamato Llewellyn al telefono per invitarlo ad esaminare il caso con me, questo, capisci, per aver io accesso all'ospedale" S'interruppe per prender fiato e ripartí piú veloce di prima: "Ebbene, Llewellyn arriva, tutto pomposo nella *limousine*, ed esamina il mio malato, con perfetta competenza, debbo dire. È uno che sa il suo mestiere, non c'è che dire: un asso. Be'; confermò la mia diagnosi, accennando, anzi, ad una o due cosette in piú che mi erano sfuggite, e concordò pienamente nel parere di ammettere senz'altro l'individuo all'ospedale. Mi sono affrettato a ringraziarlo, lasciandogli capire quanto mi premesse di approfittare delle facilitazioni offerte dall'ospedale allo studio delle indagini che sto compiendo..."

Fece un'altra pausa e indurí la mandibola. "A questo punto Llewellyn mi scoccò un'occhiata, perfettamente amichevole e cordiale come sempre ma disse: 'Non occorre che veniate voi, Manson; bado io, adesso che è ricoverato. Non potremmo avervi qui, voialtri assistenti,' m'adocchiò i gambali, 'a girare per le corsie con quei chiodoni sotto le suole.'"

Andrew soffocò un'imprecazione, poi scrollò le spalle e concluse: "Bah, a che scopo ripeterti tutto quello che ha detto? Si riduce a questo, in sostanza: io posso, sí, andarmene rovistando nelle catapecchie dei minatori, con l'impermeabile macero e gli scarponi infangati, a visitare malati al buio o quasi, a curarli in condizioni impossibili; ma quando si tratta dell'ospedale, mi si vuole soltanto per somministrare l'anestetico!"

Fu interrotto dal telefono. Dandogli un'occhiata di simpatia, Cristina s'alzò per andare in anticamera a rispondere alla chiamata. La vide tornare esitante. "È Llewellyn che ti vuole, caro, mi spiace... ti vuole domani alle undici per... per un anestetico." Egli non replicò. "Cosa devo dire, darling?"

"Digli che vada all'inferno!" gridò; poi, passandosi la mano sulla fronte: "No, no. Digli che sarò lí alle undici," e precisò, con un sorriso amaro, "alle undici *in punto.*"

Quand'ella tornò, gli portò una tazza di caffè: il piú efficace dei suoi rimedi contro i malumori di suo marito. Bevendo, Andrew le sorrise amaramente. "Son cosí felice qui con te, Tina. Se solo il servizio andasse come vorrei! Ammetto che non c'è niente d'insolito, di personale, nel fatto che Llewellyn m'escluda dalle corsie. Anche a Londra è lo stesso, dappertutto, in tutti i grandi ospedali. Ma è il sistema. Perché dovrebbe essere cosí, me lo dici? Perché dovrebbe un dottore vedersi derubato d'un caso, d'un caso suo, e che lo interessa, solo perché il malato entra all'ospedale? È ingiusto. Ingiusto. Ma scusami, Tina, non voglio seccarti. Abbiamo già noialtri i nostri guai privati... Certo è che, quando penso alle mie rosee speranze, alle illusioni che mi facevo sulle condizioni del mio lavoro qui... vedere, una cosa dopo l'altra, tutto andare allo sfacelo..."

Ma alla fine della settimana ricevette una visita inattesa. Tardi, mentre stavano per andarsi a coricare, il campanello squillò. Era Owen, il segretario del Comitato.

Andrew impallidí. Considerò la sua comparsa come l'evento piú infausto di tutti, l'apice della curva di questa lotta infruttuosa che durava da piú mesi. Il Comitato, certo, lo invitava a dimettersi. Volevan licenziarlo? Metter lui e Cristina in mezzo alla strada? Sentí il cuore contrarsi, quando spiò la faccia stretta e diffidente del segretario, poi, di botto espandersi per sollievo e per gioia, quando Owen produsse una tessera gialla.

"Mi scuso di presentarmi a quest'ora, dottor Manson, ma sono stato trattenuto fin tardi in ufficio e non ho potuto venire all'ambulatorio. Volevo depositare la mia tessera nelle vostre mani. Come segretario avrei dovuto, da un pezzo, valermi del servizio medico provveduto dalla mia Società, ma invece finora son sempre andato a Cardiff quando avevo bisogno di consultare un medico. Ora ho pensato che mi farebbe piacere di figurare sulla vostra lista, dottor Manson."

Andrew non seppe come rispondere. Aveva dovuto restituire, con acerbo risentimento, tante di quelle tessere che gli pareva incredibile di riceverne una, e nientemeno che dal segretario della Società.

Cristina, affacciatasi all'anticamera, chiamò: "Non volete accomodarvi, Mr Owen? Favorite."

Owen disse che non voleva disturbare ma appariva piú che propenso a lasciarsi persuadere di rimanere. Quando fu accomodato davanti al camino, fissò le fiamme con occhi pensosi ma con un'aria di straordinaria tranquillità. Benché nel vestire e nel parlare non risultasse gran che diverso dai semplici operai, possedeva d'altra parte la compostezza contemplativa — nonché la carnagione quasi trasparente — dell'asceta. Per qualche secondo sembrò intento a ordinare i suoi pensieri. Poi disse: "Son lieto di aver trovato questa occasione per dirvi due parole, dottore. Volevo consigliarvi di non lasciarvi sgomentare dalle contrarietà degli inizi. Son gente duretta, da queste parti, ma di buon cuore, in fondo. Dopo un po' s'ammansiscono. Avete sentito la notizia di Evans? Come, non sapete? Il braccio è anchilosato. S'è proprio verificato quel caso appunto contro il quale li avevate messi in guardia voi. Già; è invalido per sempre. Ha perso il posto in miniera. E siccome l'infortunio s'è prodotto in casa, non in servizio, non riscuote un centesimo d'indennità."

Manson mormorò un'espressione di rincrescimento. Non serbava rancore ad Evans; ma lo rattristava la futilità del caso, che si era, senz'alcuna necessità, risolto in una catastrofe.

Owen ripiombò nel suo silenzio meditativo, poi, con la sua voce pacata, prese ad accennare alle difficoltà che aveva incontrate lui agli inizi della sua carriera. Aveva cominciato a lavorare sotto terra a quattordici anni, ma frequentava le scuole serali, "per istruirsi", aveva studiato la dattilografia e la stenografia, e finalmente s'era guadagnato la nomina a segretario della Società.

Andrew intuí che era un uomo che aveva dedicato tutta la sua vita all'ideale del miglioramento dei destini della classe operaia. Amava il suo ufficio perché era, ai suoi occhi, un'espressione di questo suo ideale. Ma non era solo il servizio sanitario che gli premeva. Voleva abitazioni piú sane e piú convenienti, condizioni di lavoro migliori e meglio garantite, non solo per i minatori ma anche per i conviventi a loro carico. Citava gli indici della mortalità tra le partorienti, tra l'infanzia, aveva sulla punta delle dita tutte le cifre, tutti i fatti.

Ma, oltre a parlare, ascoltava. Sorrise quando Andrew gli narrò l'avventura della fogna di Blaenelly. Palesò un profondo interesse nel punto di vista, che Manson gli delucidò, secondo il quale gli operai che lavorano nelle miniere di antracite vanno piú soggetti ai disturbi polmonari che non quelli che lavorano nelle altre miniere.

Stimolato dalla presenza di Owen, Andrew si lanciò nell'argomento con ardore. Gli disse d'essere rimasto colpito, in seguito alle molte faticose indagini che aveva compiute, dall'altezza della percentuale, in quella categoria di minatori, degli individui che soffrono di insidiose forme di mali polmonari. A Blaenelly molti dei trapanatori che venivano da lui, lamentandosi della tosse o "d'un po' di catarro", erano in realtà casi incipienti di tubercolosi polmonare. E riscontrava lo stesso fatto qui. Aveva cominciato a domandarsi se non vi fosse qualche diretta correlazione tra l'occupazione e il male.

"Capite cosa voglio dire?" esclamò concitato. "È gente che lavora tutto il giorno nella polvere, la polvere maligna delle molecole minerali; i loro polmoni ne restano ostruiti. Io sospetto che sia molto nociva. I trapanatori, appunto, son quelli che la respirano in maggior copia, e presentano sintomi sospetti molto piú frequentemente dei caricatori, per esempio. Può darsi che la strada che sto battendo io non sia la giusta, ma ne dubito. E m'interessa tanto piú in quanto rappresenta una linea d'indagine finora poco battuta. Nell'elenco delle malattie industriali, redatto dal ministero degli interni, non c'è nessuna menzione di questo male particolare. Quando questi minatori son ridotti all'invalidità, non ottengono un soldo di indennità."

Owen, eccitato dall'animazione del medico, si chinava innanzi, col volto acceso. "Queste sí son parole, dottore. È da un bel pezzo che non ho sentito un discorso cosí importante."

Si ingolfarono in una vivace discussione. Era tardi quando il segretario s'alzò per andarsene. Scusandosi d'esser rimasto cosí a lungo, sollecitò calorosamente il dottore a procedere nelle sue indagini, promettendogli tutto l'aiuto in suo potere. Quando la porta si richiuse dietro a lui, Owen si lasciò alle spalle una calda impressione di sincerità. E Manson pensò, come già all'assemblea del Comitato: "Quest'uomo è mio amico."

VII

La notizia che il segretario aveva consegnato la sua tessera a Manson si diffuse rapidamente nel settore e contribuí in una certa misura ad arrestare il corso dell'impopolarità del nuovo dottore.

Astrazione fatta da questo piccolo guadagno materiale, sia lui che Cristina si sentirono rinfrancati dalla visita di Owen. Finora la "società" di Aberalaw li aveva ignorati totalmente. Benché Cristina non vi accennasse mai, c'eran dei momenti, durante l'assenza di suo marito, in cui si sentiva molto sola. Le mogli dei funzionari piú altolocati erano troppo gelose della propria importanza per venire a far visita alla moglie d'un semplice assistente medico. La signora Llewellyn, che aveva promesso un imperituro affetto e deliziose giterelle a Cardiff in automobile, lasciava il biglietto di visita quando Cristina era fuori, e non dava ulteriori notizie di sé. Quanto alle mogli degli altri due assistenti dell'ambulatorio Est — l'una, la signora Medley, una sbiadita donnetta che sembrava un coniglio bianco, e l'altra, la signora Oxborrow, una segaligna bigotta che non sapeva discorrere se non sulle Missioni nell'Africa occidentale — si erano rivelate singolarmente prive di qualità ispiratrici. Pareva invero che non esistesse alcun vincolo sociale in Aberalaw, tra le famiglie dei rappresentanti della Facoltà.

Un pomeriggio di dicembre, rincasando per la strada alta che correva sul ciglio del poggio, Andrew vide venirgli incontro un giovane, suppergiú della sua età, dalla figura dinoccolata e tuttavia eretta, che riconobbe subito per Richard Vaughan. Il suo primo impulso fu di traversare la strada per evitare l'incontro faccia a faccia, ma lo represse, domandandosi stizzosamente per qual mai ragione dovesse aver soggezione di lui.

Con gli occhi altrove, si accinse ad incrociar l'altro pedone senza accennare di notarlo, ma con sua sorpresa si sentí interpellare in tono amichevole, anzi faceto: "Hello! Non sareste voi quel degnissimo personaggio che ha cosí perentoriamente rimesso Ben Chenkin al lavoro?"

Manson si fermò, ancora brusco, con un'espressione che diceva "e poi? non l'ho mica fatto per farvi un piacere, cos'è quest'aria di condiscendenza?," ma si contentò di sorridere, annuendo urbanamente. I Vaughan erano, di fatto, i proprietari della Società di Aberalaw, riscuotevano le regalie annesse a tutti quanti i pozzi del contado, eran gente ricca, esclusiva, inaccessibile. Ora che il vecchio Vaughan s'era ritirato in una sua proprietà presso Brecon, Richard, suo figlio unico, aveva assunto la direzione della Società.

Ora, osservando Manson, si carezzava i baffetti. Disse: "Cos'avrei pagato per vedere la faccia di Chenkin!"

"Io non l'ho trovata gran che divertente."

Dietro la mano che carezzava i baffetti, il labbro si contrasse, sotto la scontrosità del rigido scozzese. Vaughan disse, con naturalezza: "Siamo vicini di casa, voi e noi. Mia moglie è tornata dalla Svizzera che è poco, e verrà a vedere la signora Manson, ora che siete sistemati."

"Grazie," ribatté seccamente Andrew, e riprese il suo cammino.

Al tè narrò l'incidente a Cristina, in tono sardonico. "Cosa gli sarà saltato in mente, me lo dici? L'ho visto incrociare Llewellyn per strada, e fargli appena un cenno del capo; perché è cosí mellifluo con me? Che si immagini d'indurmi a ricacciargli in miniera qualche altro assiduo fiaccone?"

"Via, caro, non essere cosí pronto a criticare il prossimo," protestò Cristina. "È un brutto difetto che hai, sei scontroso, sospettoso..."

"Di cosa diavolo vuoi che lo sospetti! Un bellimbusto pieno di sé, che nuota nel denaro, con la sua cravatta dai colori della Scuola... 'mia moglie reduce dalla Svizzera...' mentre tu tiravi la carretta su per i sentieri di Mardy Hill... Va' là, cara mia, mi par di vederla, la reduce dalla Svizzera; dev'esser di quelle che ti guardano non in faccia, ma te la sfiorano e guardano oltre.! E se è di queste, fammi il santo piacere, Tina, di non lasciarti 'proteggere' da lei."

Cristina rispose, con una brevità ch'egli rilevò, perché rappresentava un'assoluta novità tra di loro: "Credo di sapere benissimo come devo comportarmi."

Nonostante lo scetticismo di Andrew, la signora Vaughan venne davvero a far visita a Cristina, e si trattenne molto oltre il limite minimo richiesto dalle convenzioni. Quando Andrew rincasò quella sera, trovò Cristina leggermente eccitata, con tutta l'apparenza di essersi divertita. Ella si mostrò reticente ai suoi punzecchiamenti ironici, ma ammise che l'evento era stato piacevole. Egli la motteggiò:

"Avrai fatto sfoggio dell'argenteria di famiglia, del servizio di Sèvres, del samovar di vermeil, eh? Avevi pensato a ordinare una torta da Parry?"

"No," disse tranquillamente Cristina, "ho usato la teiera di terracotta e abbiam mangiato pane e burro."

Egli alzò i sopraccigli derisoriamente. "E se ne è contentata?"

"Spero di sí."

La conversazioncella destò in Andrew una curiosa ed insolita sensazione, ch'egli, quand'anche ci si fosse provato, non avrebbe saputo analizzare. Dieci giorni dopo, quando la signora Vaughan gli telefonò per invitarli a pranzo, rimase sbalordito. Cristina era in cucina in quel momento, badando a una torta nel forno, e fu lui che rispose al telefono. "Mi spiace," disse, "credo che sia impossibile, l'ambulatorio mi trattiene tutte le sere fino alle nove."

"Ma non la domenica, sentite." La voce era simpatica, sciolta. "Venite domenica ventura a cena, intesi? Vi aspettiamo."

Andrew si precipitò in cucina. "Tina! Ecco che i tuoi olimpici amici ci invitano già a pranzo in casa loro. Non ho nessuna voglia d'andarci. Se non sbaglio, domenica sera ho un parto."

"Ora da' retta a me, Andrew Manson." Le s'erano accesi gli occhi alla notizia dell'invito, ma gli spifferò ugualmente il suo sermoncino: "Smetti di fare il mulo. Siamo poveri e tutto il mondo lo sa. I tuoi vestiti son vecchi e io cucino. Ma non significa niente. Tu sei un professionista, e un professionista di valore, e io son tua moglie." Si rabbonì, provvisoriamente. "Mi senti? I Vaughan sono pieni di quattrini, ma questo è secondario di fronte al fatto che son gentilissime persone, e colte. Siamo meravigliosamente felici qui insieme, darling, ma non si può, via, restare completamente senz'amici. Perché dovremmo respingere quelli che ci offrono la loro società? Non pensare al denaro, allo stato sociale eccetera; impara a giudicare la gente da quello che è."

"Ah... se la pensi cosí..." bofonchiò lui, reticente.

Venuta la domenica, si rassegnò con apparente docilità ad accompagnarla, ma palesava un'espressione vacua ed assente, e mentre risalendo il viale d'accesso alla villa costeggiarono il campo del tennis osservò, da un angolo della bocca: "Sta' a vedere che non ci lasciano nemmeno entrare, visto che non mi son messo in pompa magna."

Invece, contrariamente alle sue previsioni, furono accolti benissimo. La brutta faccia ossuta di Vaughan sorrideva ospitale, al disopra del vaso argentato che egli, per chi sa qual ragione, stava vigorosamente agitando con le due mani. E sua moglie li salutò con naturale semplicità. C'erano due altri invitati, il professor Challis con la consorte, ch'eran venuti a passar la fine settimana in casa Vaughan.

Sorseggiando il primo cocktail della sua vita, Andrew prese nota mentale dell'oblungo salone arredato con bellissimi mobili antichi, adorno di fiori e di libri e guarnito d'un solo tappeto marrone. Cristina s'era messa a chiacchierare disinvolta con i Vaughan e con la terza signora, donna anziana che aveva delle rughe amene attorno agli occhi. Sentendosi isolato e come esposto in vetrina, Andrew avvicinò il professore che era in disparte, e che, con tutta la sua gran barba bianca, stava spedendo a destinazione, con successo e giocondità, il suo terzo cocktail. Il professore gli rivolse subito la parola, sorridendo:

"C'è qualche giovane medico in gamba che sia disposto ad intraprendere un'indagine sull'esatta funzione dell'oliva nel Martini? Badate, v'avverto fin d'ora che io ho già le mie idee al riguardo. Ma cosa ne pensate voi?"

"Veramente," balbettò Andrew, "non mi sono mai posto questo quesito..."

"Be', la mia teoria è questa. È semplicemente una cospirazione degli spacciatori di bibite alleati coi padroni di casa inospitali come il nostro buon amico Vaughan. Sfruttano la legge di Archimede, capite?" strizzò un occhio sotto il nero cespuglio dei sopraccigli, "grazie allo spostamento del liquido, dovuto all'immersione di un corpo solido, mirano a risparmiare sul gin."

Andrew, vergognoso della propria ottusità, non fu nemmeno capace di sorridere. Non era pratico delle raffinatezze del socievole conversare, e non s'era mai trovato in una sala cosí grandiosa. Non sapeva che fare del suo bicchierino vuoto, né della cenere della sua sigaretta, né delle sue stesse mani. Tirò un sospiro di sollievo quando si avviarono verso la sala da pranzo. Ma qui daccapo si sentí in difficoltà.

Era un pasto dei piú semplici, ma apparecchiato con fine eleganza: nient'altro che una tazza di consommè caldo e una *salad chicken*, tutta candidi petti di pollo e cuori di lattuga e strane spezie delicate. Andrew sedeva accanto alla padrona di casa.

"Che cara, vostra moglie," diss'ella, a voce bassa, mentre prendevano posto. Era una figura elegante, alta e slanciata, molto delicata nell'aspetto, niente bella ma con due

125

grandi occhi pieni d'intelligenza, e il fare disinvolto della dama d'alti natali. La sua bocca s'arricciava all'insú, ed aveva una curiosa mobilità che pareva conferire un senso piccante alle sue osservazioni.

Cominciò a parlargli della sua professione: suo marito aveva in piú d'una occasione sentito vantare la sua bravura. Cercava di metterlo a suo agio, consultandolo sulle possibilità di migliorare le condizioni del servizio sanitario nella regione.

"Non saprei dire," rispose Andrew, impacciato con la sua tazza, e spandendo un po' di brodo nel piattino, "per conto mio desidererei vedere l'applicazione di metodi piú scientifici." Nemmeno sull'argomento che era il suo cavallo di battaglia — e sul quale dissertava ore ed ore con Cristina, ipnotizzandola, — gli si sciolse la lingua. Tenne ostinatamente gli occhi fissi nel suo piatto, finché, con suo sollievo, la signora Vaughan si voltò dall'altra parte a parlare col professor Challis.

Il quale, invece, era un parlatore gaio e vivace. Parlava col corpo, con le mani, con la barba, ragionando, ridendo, esplodendo, gorgogliando, senza smettere nel frattempo di gettare grandi quantità di vivande e di bevande dentro di sé, come un caricatore agli alti forni che abbia ricevuto l'ordine di far salire la temperatura. Ma il suo parlare era sodo, e gli altri commensali, parve a Manson, sembravano interessati.

Quanto a lui, non riusciva a riconoscere il minimo valore nella conversazione, e tese ancor piú riluttante l'orecchio quando scivolò nella musica, e in seguito, per virtú d'uno degli acrobatici salti di Challis, nella letteratura russa. Digrignò quasi i denti quando udí menzionare i nomi di Tolstoj, Cechov, Turgenev, Puškin. Tutte affettazioni, diceva rabbiosamente tra sé e sé, vorrei vederlo quel vecchio talpone, col suo Puškin, eseguire una tracheotomia!

Cristina invece si divertiva. Adocchiandola copertamente, Andrew la vedeva sorridere al professore, prender parte nei discorsi, senza sforzo né sfoggio, con perfetta naturalezza. Un paio di volte alluse ai suoi scolari di Blaenelly. Andrew stupiva nel rilevare con quanta prontezza teneva testa al professore, e con quanta sicurezza gli esponeva le proprie vedute Gli parve di veder sua moglie per la prima volta e sotto una tutt'altra luce, strana. Li conosce tutti quei pidocchi russi, brontolava dentro di sé, strano che a me non ne parli mai. E quando sorprese Challis posare una mano in atto di paterna approvazione sulla mano di Cristina, ruminò, stizzosamente, "eh, non può tener le zampe a casa, quell'arlecchino? carezzi sua moglie e lasci stare le altre!"

Un paio di volte colse l'occhiata d'intesa con cui Cristina gli offriva l'estro di introdursi nella conversazione. "Mio marito s'interessa ai lavoratori nelle miniere di antracite, professor Challis. Sta facendo delle indagini in una direzione tutta nuova: l'inalazione della polvere. Vero, darling?"

"Oh... ho appena cominciato... probabilmente non approderò a nulla... non ho ancora dati sufficienti..." Era furioso; contro di sé, naturalmente. Forse quello Challis, come professore di Metallurgia a Cardiff, e conferenziere sulla stessa materia all'università di Londra, poteva tornargli utile; non che lui fosse tipo da abbassarsi a mendicare aiuti da nessuno, ohibò, ma, il fatto soprattutto che il barbone era anche nel Direttorio del Mines Fatigue Board, istituito appunto per indagare sulle condizioni del lavoro nelle miniere, lo metteva in grado di favorirlo, di accordargli, chissà, qualche facilitazione nelle sue ricerche.

Per qualche incomprensibile ragione, la sua stizza si appuntò contro Cristina. Rincasando a piedi con lei, si mantenne gelosamente taciturno. E nello stesso silenzio la precedette nella camera da letto.

Mentre si svestivano, si studiò di non posar gli occhi su di lei. Le altre sere, lo spogliarsi era una procedura piuttosto comunicativa; con le bretelle penzoloni e gesticolando con lo spazzolino dei denti, generalmente Andrew si dilungava illustrando qualche evento della giornata. Stasera, non una parola.

Quando Cristina osservò: "Ci siamo divertiti, vero?" lui rispose, con affettata forbitezza: "Un mondo." A letto si tenne ostentatamente discosto da lei, ignaro d'ogni piú piccola mossa ch'ella accennasse verso di lui.

L'indomani mattina persisté nello stesso atteggiamento contenuto. Partí imbronciato per il suo lavoro, stupidamente recalcitrando contro la sua stessa natura.

Al tè il campanello suonò. Era l'autista dei Vaughan, con una pila di libri, e un gran mazzo di narcisi occhi-difagiano. "*From Mrs Vaughan, madam*," disse, sorridendo, e nel ritirarsi portò la mano alla visiera.

Cristina tornò in salotto con le braccia cariche e la faccia sfavillante: "Guarda, caro," gridò concitata, "come son gentili. Tutto Trollope, perché avevo detto quanto mi sarebbe piaciuto di poterlo leggere da cima a fondo! E che magnifici fiori!"

Lui s'impennò: "Magnifici. Libri e fiori da parte della gentildonna del maniero. L'eletta dama pensa che ti aiuteranno a sopportare la compagnia di quel rusticone di tuo marito. Tuo marito non è un conversatore brillante, non è di quelli che sembravi tanto apprezzare ieri sera. Tuo marito non sa come si dica salame in russo. È solo uno di quei volgari assistenti."

"Andrew!" La faccia le si era improvvisamente scolorita. "Non ti vergogni?"

"Non ho ragione, forse? Non è cosí? Ho visto tutto benissimo, durante il martirio di quel pranzo; ho gli occhi nella testa, io. Sei già stanca di me. Io son solo buono per camminare nel fango, rovistare tra le lenzuola sporche e prelevar pulci..."

Gli occhi le si oscurarono di pena nella faccia pallida, ma disse con fermezza: "Come puoi parlare cosí! È per quello che sei che ti voglio bene; e non vorrò mai bene a nessun altro."

"Probabile," ringhiò, e uscí sbattendo la porta.

Per cinque minuti ella rimuginò in cucina, mordicchiando le labbra, camminando avanti indietro. Poi, quando tornò a sedersi in salotto, mentre stava fissando le fiamme, egli d'un tratto ricomparve, si precipitò su lei e la sollevò selvaggiamente tra le sue braccia.

"Tina!" gridava, tutto contrito, "cara, cara, scusami, per l'amor del cielo perdonami, non sapevo quel che dicevo, sono un geloso imbecille, ti adoro..."

Il profumo dei narcisi era nell'aria. "Sai bene," Cristina, felice nelle sue braccia, singhiozzava, "sai bene che non potrei vivere senza di te."

Un pochino piú tardi, Andrew, mentre sedevano ancora guancia a guancia, allungò il braccio per prendere un libro e disse: "Chi è questo Trollope, comunque, vuoi istruirmi, cara? Hai sposato un ignorantone!"

VIII

L'inverno, se pur piano, passava. Manson era ora animato dal nuovo incentivo delle sue ricerche relative all'inalazione della polvere, che conduceva diligentemente in base all'esame metodico dei singoli lavoratori nelle miniere d'antracite che aveva sulla sua lista. La sera, davanti ad un gran fuoco di carbone — la larga disponibilità di combustibile costituiva forse il vantaggio piú palpabile della loro residenza in quel centro minerario — Cristina lo aiutava a trascrivere i suoi appunti.

Le lunghe e pigre chiacchierate con cui si intrattenevano sovente gli svelavano l'estensione della cultura di Cristina, e la sua familiarità coi libri, sebbene ella si astenesse dal farne sfoggio, nonché la finezza del suo intuito, che rendeva autorevoli i giudizi che esprimeva, non solo in fatto di letteratura o di musica, ma anche sulle persone. "Perbacco, Tina, comincio appena adesso a conoscere mia moglie. Bada però che se m'accorgo che metti su boria, mi vendico a picchetto." Avevano imparato il gioco dai Vaughan.

Via via che le giornate s'allungavano, ella cominciò, senza dirglielo, a far pulizia in quella giungla che era il loro giardino, con l'aiuto di un prozio di Jenny la fantesca, un minatore giubilato che per dieci pence all'ora eseguiva miracoli. Un giorno di marzo Manson, varcando la traballante passerella, li scoprí insieme in fondo alla roggia, intenti a sbaragliare le arrugginite scatole di latta che vi giacevano ammonticchiate. "Ehi laggiú," gridò, "cosa state facendo? Mi spaventate i pesci!"

"Vedrai, vedrai, lasciaci fare," rispose Cristina, sorridendo enigmaticamente.

Entro poche settimane, estirpate le erbacce, ripuliti i sentieri negletti, sgomberato il letto della roggia, fece costruire a ridosso della ripa meglio esposta al sole, mediante macigni artisticamente disposti, la "rocchetta", un'imitazione di costone scosceso in miniatura che il giardiniere dei Vaughan guarní di piante grasse e di bulbi rari, offrendo preziosi consigli. E fu con un'aria di trionfo che lei condusse Andrew per il braccio ad ammirare il suo primo asfodelo.

L'ultima domenica di marzo, senza preavviso, Denny venne a visitarli. Lo accolsero a braccia aperte. Rivederne la faccia rossa e la persona trasandata fu per Manson un piacere, una gioia. Dopo averlo condotto in giro per fargli ammirare la proprietà, lo accòmodarono nella loro miglior poltrona, e gli domandarono avidamente notizie.

"Page è morto," annunciò Denny. "Già, poveraccio; un mese fa. Un'altra emorragia. Meglio per lui." Succhiava la pipa rumorosamente; i suoi occhi affettavano il loro cinismo di prammatica. "Blodwen e il tuo amico Rees sono sul punto di convolare a nozze."

"Nozze d'oro fin dall'origine," brontolò Andrew con insolita amarezza. "Povero Page!" Restò qualche minuto in silenzio meditando sulla triste sorte di quel povero paralitico, cosí amante di Capri e del suo sole e dei suoi uccelli, e che aveva finito la vita tra i bianchi mucchi di scorie di Blaenelly. Poi si riscosse, dedicandosi di nuovo all'ospite. "E parlaci di te, Denny, dei tuoi progetti."

"Io non ne posso piú." Il suo sorriso era triste. "Blaenelly non è piú la stessa cosa, da quando siete venuti via voi due. Medito di partire per un viaggetto, non so dove. Chirurgo di bordo, forse, se trovo un trasporto mercantile che mi voglia."

Andrew non rispose, sgomento daccapo al· pensiero di quest'uomo indubbiamente intelligente, di questo chirurgo veramente bravo, che sciupava la sua vita, deliberatamente, con una specie di sadismo che infliggeva a se stesso. Ma era poi vero che Denny stesse sciupando la vita? Ne avevano parlato sovente, lui e Cristina, cercando di risolvere l'enigma della sua carriera. Sapevano, vagamente, che aveva sposato una donna d'un ceto superiore al suo, la quale s'era immaginata di poterlo plasmare conforme alle esigenze d'una clientela di contado che non apprezzava un chirurgo, per quanto abile fosse, se non partecipava alle cacce alla volpe. Dopo cinque anni di vani tentativi in questa direzione, la smorfiosa lo aveva piantato, per un altro uomo. Non faceva meraviglia che Denny, intollerante d'ogni convenzionalità, d'ogni ortodossia, fosse fuggito a seppellirsi tra i monti.

Discorsero tutto il pomeriggio; trattennero Denny fino all'ultimo treno. Palesò, pur dissimulandolo, un vero interesse nel resoconto che Andrew gli fece sulle condizioni della condotta di Aberalaw. Quando Andrew accennò alla questione delle percentuali che Llewellyn prelevava sugli onorari dei suoi assistenti, Denny profetizzò, con un sorriso: "Non ti vedo rassegnarti per un pezzo a questo stato di cose."

Partito Denny, Manson si rese gradatamente conto che a Blaenelly il lavoro gli aveva procurato maggiori soddisfazioni che non qui, ad Aberalaw, perché aveva, sia pure solo nel subcosciente, ma costantemente avvertito la presenza del vincolo che lo legava a Denny e di un proposito che era comune ad entrambi. Qui, invece, nulla lo accomunava ai suoi colleghi.

Urquhart, nonostante il suo carattere collerico, era in fondo un buon diavolo, ma vecchio: un automa, assolutamente incapace d'ispirare un affetto, un senso di cameratismo. Sebbene la lunga esperienza lo mettesse in grado di subodorare una polmonite nell'attimo stesso in cui ficcava il naso nella camera del malato, sebbene fosse abile e spedito nell'applicazione dei cataplasmi e nel trattamento cruciforme dei foruncoli, sebbene ogni tanto gli capitasse di dimostrare che era bravo in qualche operazioncella, nondimeno si rivelava, in molte cose, disperatamente antiquato. Rappresentava tipicamente, agli occhi di Manson, la macchietta tanto vilipesa da Denny; il buon vecchio medico di famiglia, praticone, sbrigativo, "sentimentalizzato" dai suoi clienti e dal pubblico in generale; ma da vent'anni non aveva consultato un libro di medicina. Andrew era sempre disposto ad intavolare una discussione con lui, ma il vecchietto aveva poca inclinazione a parlar di bottega. Finita la sua giornata di lavoro, trangugiava la sua minestra in conserva, preferibilmente di pomodoro, smerigliava il suo nuovo violino, ispezionava le sue collezioni di maioliche, e poi se ne trotterellava verso la sua Loggia massonica per giocare a dama.

I due assistenti dell'ambulatorio Est erano non meno scoraggianti. Il dottor Medley, il piú anziano dei due, sulla cinquantina, era sfortunatamente quasi del tutto sordo. Senza tale afflizione, che per qualche ragione la gente volgare trovava buffa, Medley sarebbe stato molto piú che un semplice assistente nelle vallate del bacino minerario. Come diagnostico, era eccezionalmente perspicace. Ma non sentiva una parola. Certo, aveva imparato a leggere il movimento delle labbra, ma era timido, perché gli capitava sovente di prendere delle cantonate ridicole. E a causa di questa sua timidezza, nella paura di commettere qualche grave errore nell'ordinare le medicine, prescriveva solo le dosi minime. I fastidi e le spese che aveva incontrati nell'allevare la famiglia avevano fatto di lui, al pari della sua sbiadita consorte, un individuo inefficiente, che andava in giro nel costante terrore del dottor Llewellyn e del Comitato, arbitri del suo destino, perché potevano bruscamente licenziarlo.

L'altro assistente, il dottor Oxborrow, era cordialmente antipatico a Manson. Era uno spappolone dalle dita a spatola che, se avesse avuto piú sangue nelle vene, avrebbe potuto fare una discreta figura tra gli allibratori. Cosí com'era, Oxborrow, accompagnato dalla consorte che suonava l'armonica, si trasferiva tutti i sabati nel vicino comune di Farnley — le convenzioni sociali gli impedivano di prodursi in Aberalaw — e lí sulla Piazza del Mercato, drizzava il suo podio ricoperto da un tappetino e teneva un comizio religioso all'aria aperta. Era un evangelista. Manson, nel proprio idealismo, con la fede che aveva in un'arcana forza suprema rinvigoritrice della vita, avrebbe dovuto ammirare il fervore del suo collega; ma lo trovava ahimè, emotivo fino ad un punto imbarazzante. Era un uomo che inaspettatamente si metteva a piangere, o a pregare, in un modo che sconcertava. Una volta, nell'occasione di un parto difficile, s'era di botto accasciato in ginocchio presso il letto, implorando il Signore di fare un miracolo per salvare la vita alla disgraziata.

Quanto piú Manson osservava i suoi colleghi e il loro metodo di lavorare, tanto piú sentiva il bisogno di fare qualche cosa per riuscire a metterli d'accordo. Non si consideravano colleghi tra di loro, ma piuttosto concorrenti, sospettosi l'uno dell'altro, pieni di ridicole animosità. Andrew aveva visto Urquhart, per esempio, quando un cliente di Oxborrow era venuto a consegnargli la propria tessera, arraffargli di mano la boccetta di medicina, stapparla, annusarla con disprezzo ed esplodere: "È questa porcheria che Oxborrow vi prescriveva? Maledetto lui, è un veleno!"

Ma la vera indegnità che lo faceva uscir dai gangheri tutte le volte che ci pensava era quel quinto dello stipendio che Llewellyn olimpicamente prelevava dai suoi assistenti. Naturalmente Manson, essendo l'ultimo arrivato sul posto, ed a causa degli spiacevoli incidenti che aveva in qualche modo provocati fin dall'inizio del suo ufficio, doveva andar cauto. Fu solo quando scoprí Con Boland che si decise a dar battaglia.

IX

Un giorno d'aprile, dovendo farsi otturare un molare, andò in cerca del dentista ufficiale della Società. Non lo conosceva ancora personalmente. Arrivato in piazza, trovò che il gabinetto dentistico era chiuso, e sulla porta, appuntato con uno spillo, c'era un foglietto di carta sul quale era scritto a mano, in inchiostro rosso: "Uscito per estrazione. In caso d'urgenza, rivolgersi all'abitazione."

Dopo un istante di riflessione Andrew decise, dato che era venuto fin lí, di andare a cercare il dentista in casa sua, se non altro per fissare un appuntamento; e ragguagliatosi presso un gruppo di ragazzetti che incontrò nelle vicinanze, si avviò nella direzione che gli indicarono.

Mentre percorreva un viottolo accidentato alla periferia dell'abitato, nel quartiere orientale, udí su un lato della strada un forte martellare e vide, tra i battenti spalancati di una decrepita rimessa in legno, un uomo dai capelli rossi, in maniche di camicia, che s'accaniva a picchiare violentissimi colpi di martello sul telaio smontato di un'automobile. Nello stesso istante l'uomo lo adocchiò.

"Salve."

"Salve," rispose Andrew.

"Chi cercate?"

"Il dentista. Sono il dottor Manson."

"Avanti, avanti," ed agitò ospitalmente il martello.

Era lui il dentista, Con Boland in persona.

La baracca era ingombra di un'incredibile profusione di pezzi staccati di automobile. Al centro c'era il telaio, posato su vecchie cassette per uova, e segato, nel mezzo, in due sezioni.

"È questa l'estrazione?" domandò Manson.

"Sicuro," ammise Boland. "Quando mi sento la fiacca addosso, me ne vengo in 'garage', e mi dedico alla mia macchinetta." A parte l'accento irlandese, cosí spesso da potersi tagliare col coltello, parlava di "garage", alludendo alla baracca che stava in piedi per miracolo, e di "macchinetta", riferendosi al veicolo ridotto in pezzi, con un tono di immenso orgoglio. "Non v'immaginereste mai quello che sto facendo adesso," seguitò, "a meno che abbiate come me la mentalità meccanica. L'ho da cinque anni, questa macchinetta, e aveva già tre anni, badate, quando l'ho acquistata. Ebbene, a vederla cosí non lo credereste, ma va come una spia. Ha però un difetto; è piccolina, Manson, piccolina, per le proporzioni della mia famiglia, che van sempre crescendo. Cosí la sto... estendendo. L'ho tagliata, come vedete, proprio nel mezzo, e qui nel vuoto inserirò un telarino supplementare, d'una sessantina di centimetri"; cercava la giacca, "aspettate di vederla finita, sarà abbastanza lunga per un reggimento." Trovata la giacca l'infilò e prese Manson per il braccio. "Ma adesso andiamo a vedere questo dente."

E rifecero la strada per ritornare in piazza, nel gabinetto che era quasi altrettanto in disordine quanto il "garage" e, a esser franchi, ugualmente sporco. Boland otturò il dente senza smettere un momento di ciarlare. Parlava tanto, e con tanto ardore, che aveva i baffi cespugliosi sempre imperlati di rugiada. La zazzera color nocciola, che aveva urgente bisogno del barbiere, continuava a cader sulla fronte... non del suo proprietario, ma del paziente, mentre il dentista si chinava per introdurgli in bocca l'amalgama che era venuto manipolando tra i polpastrelli unti di grasso. Non s'era curato di lavarsi le mani. Con Boland aveva ben altri pensieri per la testa. Era un tipo impetuoso, rumoroso, entusiasta. Era lí da sei anni, ma non aveva da parte il becco d'un quattrino. Era pazzo per la meccanica, fabbricava continuamente qualche aggeggio automatico, e idolatrava il suo macinino. Il solo fatto che Boland possedesse una vettura era in se stesso uno scherzo marchiano. Ma Boland amava gli scherzi, anche se fatti a sue spese. Narrò a Manson che una volta, chiamato ad estirpare una radice ad un pezzo grosso del Comitato, che s'era messo a letto, s'era portato in tasca una chiave inglese, invece della tenaglia professionale.

Finita l'operazione, Boland gettò i ferri in un barattolo di marmellata ora ripieno di lysol — l'unico antisettico che Boland conoscesse — e invitò Andrew a venire da lui a prendere il tè. "Non accetto scuse, devo presentarvi la famiglia, è l'ora giusta, le cinque in punto."

La famiglia Boland era infatti adunata per il rito quotidiano, ma ovviamente troppo avvezza alle eccentricità del capofamiglia per commuoversi all'inattesa comparsa di un estraneo. Nella pittoresca confusione della camera la signora sedette a capotavola, col pupo al seno; poi veniva Mary, quindicenne, timida, modestina, "la cocca di papà e la sola della nidiata che abbia i capelli neri", e che si guadagnava già una paga decente come segretaria dell'allibratore locale; poi veniva Teresina, dodicenne, poi, in ordine sparso, gli altri tre, che gridavano tutti insieme per farsi ascoltare dal babbo.

Aleggiava attorno alla famiglia una serenità cosí impressionante che Andrew ne restò affascinato. I muri stessi della casa parlavano con l'accento irlandese. Sopra il camino, sotto un'oleografia di Pio X adorna d'un ramo d'ulivo secco, stavano a asciugare gli intimi pannolini del pupo. La gabbia del canarino, non ripulita ma scoppiettante di trilli, stava sul comò tra un cartoccio lacero di galletta e il busto arrotolato della padrona di casa; se l'era tolto poco fa per star piú comoda. Sei bottiglie di birra, appena arrivate dal droghiere, riposavano precariamente su un treppiede accanto al flauto di Terentius; e nell'angolo opposto, in terra, fraternizzavano i giocattoli rotti, le scarpe scompagnate, un pattino arrugginito, un ombrello giapponese, due libri da messa e una copia del *Photobits*.

Ma mentre sorseggiava il tè, Andrew era come ipnotizzato dalla muta presenza della madre della nidiata; non poteva distoglierne gli occhi. Sbiadita, sognante, imperturbabile, sedeva senza dire una parola, ingurgitando innumerevoli tazze di tè nero e poltiglioso, mentre la prole le saltellava d'attorno e il pupo apertamente spillava alla generosa fonte il suo sostentamento. Ella sorrideva, annuiva, tagliava fette dalla pagnotta e le distribuiva, riempiva tazze in giro, beveva e dava la poppa: il tutto col piú placido distacco, come se gli anni di mediocrità e di sudiciume — e di bollori maritali — la avessero alfine esaltata su un piano di celeste lunaticità sul quale stava isolata ed immune.

Andrew rischiò di rovesciare la tazza quando sobbalzò sentendosi interpellare, in tono di scusa, dalla lunatica divina: "Avevo intenzione, dottor Manson, di venire a far visita a vostra moglie, ma ho sempre tanto da fare."

Suo marito scoppiò a ridere. "Tanto da fare, questa è

135

buona! Niente da mettere, ecco quello che ha! M'ero ben racimolato i soldi per farle un vestito, ma ho dovuto spenderli per le scarpe di Terentius, cosa farci? Fa niente, mamma, fa niente. Appena ho aggiustato la macchinetta, ti porto io in gran pompa a Vale View." Si volse a Manson con perfetta naturalezza: "Siamo tremendamente al verde, caro collega. Da mangiare non ce ne manca, grazie al cielo, ma sono i baiocchi che son rari. Cosí tirchio, quel Comitato. Senza contare il prelevamento del signor caposervizio."

"Chi è?" domandò Andrew, stupito.

"Chi? Quel caro Llewellyn, s'intende! S'intasca il suo quinto da me esattamente come da voi."

"Possibile?! Ma a che titolo?"

"Oh, qualche rara volta gli capita di dover visitare un mio cliente. In questi sei anni ha estirpato due cisti per me. E fa lui la radiografia, quando indispensabile. Ma è un b..."

E lasciò elegantemente sfuggire una parolaccia, perché frattanto la famiglia aveva traslocato in cucina, e Boland poteva sfogarsi. "Al diavolo lui e la sua boria: tutta vernice. Sentite questa, Manson: un giorno ch'ero in macchina, in salita, raggiungo il suo 'bus e mi salta il ticchio di premere l'acceleratore. Gesú! Aveste visto il suo grifo, quando gli ho fatto mangiare la mia polvere!"

"Sentite, Boland," disse Andrew d'impulso, "è un'odiosa imposizione, questa ritenuta a favore di Llewellyn. Perché non ci opponiamo?"

"Eh?"

"Perché non ci opponiamo?" ripeté Andrew alzando la voce, e sentiva salirgli il sangue alle tempie. "È una esosità. Siamo anche al verde, come dite, e ci arrabattiamo a far strada... Sentite Boland, siete proprio la persona che cercavo. Se mi promettete il vostro concorso, faremo ragionare gli altri assistenti, agiremo uniti e..."

Una luce andò via via divampando negli occhi di Boland. "Volete dire che avete l'intenzione di mettervi contro Llewellyn?"

"Precisamente."

Il dentista tese in alto una mano aperta, in un gesto solenne ed impressionante. "Manson, figliolo, sono con voi fin dal principio."

Andrew rincasò quasi di corsa, eccitatissimo al pensiero dell'imminente dichiarazione di guerra a Llewellyn.

"Tina! Tina! Ho trovato un tesoro d'uomo. Un dentista, coi capelli color carota, un vero pazzo, sí, come me, sapevo che avresti detto cosí. Ma senti, cara, stiamo per proclamare la rivoluzione." Ghignava, tutto eccitato. "Dio! Se Llewellyn s'immaginasse quello che gli sta sospeso sulla testa!"

Non aveva bisogno dei consigli di Cristina, per agire con cautela. Era determinato a procedere coi piedi di piombo. Il primo passo che fece, fu nella direzione di Owen.

Il segretario lo ascoltò con simpatia, anzi con gioia contenuta. Gli disse che l'intesa in vigore esorbitava dalle mansioni del Comitato; era una questione che s'eran discussa e risolta di perfetto accordo il caposervizio e gli assistenti. "Vedete, dottor Manson," concluse il segretario, "il dottor Llewellyn è un uomo capace, e molto solido, a causa dei suoi titoli. Ci reputiamo fortunati d'averlo alle nostre dipendenze. Ma la Società gli corrisponde un bell'onorario, un cospicuo onorario, direi, per i suoi servizi. Siete voi assistenti che vi siete messi in testa che meriti di piú."

Ah, siamo noi, corpo d'un cane? pensò Andrew. Ma se ne andò soddisfatto.

Andò a telefonare a Medley e ad Oxborrow, li persuase a venire a casa sua la sera stessa. Urquhart e Boland avevano già promesso di trovarcisi. Sapeva, in base a precedenti discorsi sull'argomento, che eran tutt'e quattro dolentissimi di doverci rimettere il quinto della loro paga. Se solo riusciva a riunirli, si ripeteva, era cosa fatta.

L'ultimo passo che fece, fu nella direzione di Llewellyn. Quel pomeriggio era di servizio all'ospedale per la somministrazione d'un anestetico. Mentre osservava Llewellyn durante l'operazione, un complicato caso addominale, non poteva reprimere la sua ammirazione. Owen aveva perfettamente ragione. Llewellyn era indubbiamente un bravo chirurgo, non solo abile, ma anche versatile. Era l'eccezione, il caso unico: che confermava la regola generale, avrebbe aggiunto Denny. Non gli sfuggiva nulla, nulla lo perturbava. Dall'Amministrazione della Pubblica Igiene, di cui conosceva a mente ogni singolo decreto, giú giú fino all'ultimo ritrovato della tecnica, l'intero repertorio delle sue multiformi funzioni trovava il dottor Llewellyn esperto, mellifluo e preparato.

Dopo l'operazione, mentre Llewellyn si lavava le mani, Andrew spogliandosi del camice con mosse nervose, lo avvicinò.

"Scusate la libertà, dottore, ma non ho potuto fare a meno di ammirare la vostra abilità nel maneggio di quel tumore."

La pelle opaca di Llewellyn si tinse di soddisfazione e sfavillò d'affabilità. "Son lieto del vostro giudizio, Manson. Ora che ci penso, fate dei progressoni, voi, nel somministrare l'anestetico."

"Troppo indulgente, dottore, non sarò mai una celebrità sotto questo riguardo."

Pausa. Llewellyn continuava ad insaponarsi tranquillamente. Andrew, all'altezza del suo gomito, si schiarí nervosamente la gola. Ora che il momento era arrivato, non poteva risolversi a parlare. Nondimeno vi riuscí.

"Ancora una parola, dottore, se permettete. Sento il dovere di comunicarvi che tutti noi assistenti riteniamo ingiusta la rinuncia al quinto dello stipendio. Mi spiace doverlo dire, ma... ho stabilito di proporre che l'usanza sia abolita."

E prima che Llewellyn potesse rispondere, e senza guardarlo in faccia, Manson fece dietrofront e uscí precipitosamente. Si era espresso male, sia pure, ma aveva parlato. Ricevuto l'ultimatum, Llewellyn non poteva accusarlo d'averlo pugnalato nella schiena.

La riunione a Vale View era per le nove. Andrew tirò fuori qualche bottiglia di birra e pregò Cristina di preparare i panini imbottiti. Ciò fatto, ella mise il soprabito e andò a passar la sera dai Vaughan. Nervoso, Andrew andava avanti e indietro nel vestibolo, intento a riordinare le sue idee. Gli altri cominciarono ad arrivare. Prima Boland, poi Urquhart, e finalmente gli altri due insieme.

Nel salotto, mescendo la birra e porgendo i panini, Andrew mirava ad inaugurare la seduta pizzicando una nota cordiale: si rivolse dapprima ad Oxborrow, perché gli era antipatico.

"Servitevi, Oxborrow, ce n'ho dell'altra in cantina."

"Grazie, Manson," la voce dell'evangelista era fredda,

"non tocco l'alcool sotto nessuna forma. È contrario ai miei principi."

"In nome di Dio!" borbottò Boland, sotto i baffi bianchi di schiuma.

Come esordio, non era promettente. Medley, rosicchiando i panini, teneva tutto il tempo gli occhi all'erta, con dipinta in faccia la lapidea ansiosità dei sordi. La birra stava già accendendo la bellicosità di Urquhart; dopo aver biecamente guatato Oxborrow per qualche istante, sbottò: "Ora che ci troviamo in compagnia, *dottor* Oxborrow, volete spiegarmi per quale opera di magia Joe Tudor è passato dalla mia lista sulla vostra?"

"Non ho presente di chi si tratti," rispose Oxborrow, senza quasi schiudere le labbra.

"Ma l'ho presente io!" incalzò Urquhart. "E non è il solo cliente che Vostra Eminenza m'ha rubato."

"Signori!" interpose Andrew. "Per favore! Come possiamo agire uniti se cominciamo col bisticciare? Tenete presente lo scopo che ci ha adunati qui stasera."

"Vorrei appunto sapere qual è questo scopo," disse Oxborrow, "io per mio conto dovrei visitare un malato."

Andrew prese la palla al balzo. Era in piedi davanti al camino con un'espressione seria e tesa. "Si tratta di questo, signore. Io sono il piú giovane dei presenti, ed è poco che esercito, ma spero che queste manchevolezze mi saranno perdonate. Forse è appunto perché sono nuovo tra voi che posso vedere la situazione con occhi diversi dai vostri, vedere cose che voi tollerate da troppo tempo. Mi pare in primo luogo che il sistema, in generale, che seguiamo qui sia tutto sbagliato da cima a fondo. Non facciamo che procedere annaspando alla cieca in un modo che è antidiluviano, combattendoci a vicenda come ordinari concorrenti, e non già comportandoci come altrettanti membri d'uno stesso consorzio medico, che avrebbero tutte le possibilità, tutte le condizioni piú propizie per collaborare. Ogni singolo dottore che ho incontrato giura che la vita del medico è una vita da cani. Sempre in giro, mai un minuto di tranquillità, nemmeno all'ora dei pasti, sempre a disposizione di qualunque chiamata. Questo perché? Perché nella nostra professione non si fa alcun tentativo per organizzarci. Consideriamo ad esempio le chiamate notturne. Tutti ci corichiamo sempre con la paura di venir disturbati e chiamati fuori durante la notte. Dormiamo male solo a causa del timore di non essere lasciati in pace. Supponete che fossimo certi, invece, d'essere lasciati in pace. Supponete che ci accordassimo per inaugurare un servizio notturno in cooperativa. Se uno solo di noi si addossa l'incarico di sbrigare tutte le chiamate notturne di una settimana, ecco che sarebbe libero di dormire tranquillamente le altre quattro settimane del mese. Non sarebbe meglio per tutti? Pensate come vi sentireste freschi al mattino..."

Ma, notando lo scarso entusiasmo che suscitava, si interruppe.

"Il sistema non funzionerebbe affatto," dichiarò Urquhart. "Maledizïone! Preferirei vegliare tutte le notti del mese piuttosto che fidarmi di Oxborrow in visita presso uno dei miei clienti. Ha-hà!"

Andrew ribatté prontamente: "Be', allora lasciamo andare tale questione, rimandiamola ad una prossima seduta, visto che non c'intendiamo. Ma ce n'è un'altra, sulla quale siamo tutti d'accordo; ed è quella che, in realtà, ci ha riuniti stasera. La questione delle percentuali di Llewellyn."

Fece una pausa. Tutti, toccati nella tasca, ora avevano gli occhi su di lui, e pieni di visibile interesse. Egli seguitò: "Siamo tutti d'accordo nel ritenerla esosa. Io ho già parlato con Owen. Dice che è una questione che dobbiamo risolvere tra di noi, e che non ha niente a che vedere col Comitato."

"Ha ragione," disse Urquhart, "ricordo benissimo quando fu istituita. Nove anni fa. Avevamo allora due schiappini di assistenti. Uno all'ambulatorio Est e l'altro nel mio. Davano a Llewellyn un mondo di grattacapi coi propri casi. Finché un bel giorno Llewellyn ci convocò e disse che cosí non si poteva andar avanti e che bisognava venissimo a qualche intesa con lui, se volevamo continuare a servirci di lui. È cosí che la cosa è cominciata. Ed è cosí che ha continuato."

"Ma gli onorari che percepisce Llewellyn dal Comitato coprono già a iosa tutto il lavoro che fa!" protestò Andrew con calore. "Senza contare tutte le prebende che rastrella dalle altre sue numerose funzioni."

"So bene, so bene," disse Urquhart, "ma badate, Manson, Llewellyn ci è, volere o no, molto utile, a noialtri assistenti. E lui lo sa. Se gli vien l'estro di trattar male, potrebbe metterci tutti in una situazione poco opportuna."

"Ma questo non giustifica la cessione da parte nostra del quinto dei nostri stipendi," rimbeccò Andrew, inesorabile.

"Perfettamente vero!" interpose Boland riempiendosi il bicchiere.

Oxborrow fulminò il dentista con un'occhiata di disprezzo. "Se posso mettere una parola. Concordo col dottor Manson nel riconoscere che è ingiusta la sottrazione di una parte del nostro onorario. Ma il fatto sta che il dottor Llewellyn è un uomo di elevata posizione sociale, e che conferisce lustro alla nostra Società. Ed inoltre si dà molte pene per toglierci dalle spalle non pochi casi gravi."

Andrew lo guatò di traverso: "E voi siete contento che ve li tolga?"

"Certo," protestò Oxborrow, "chi non lo sarebbe?"

"Io, per esempio," gridò Manson. "Io desidero tenerli per me, curarli fino alla fine!"

"Ma avete torto, Manson," mormorò Medley inaspettatamente, "ed ha ragione Oxborrow. Liberarsi dei casi gravi, liberarsene, liberarsene! È questa la prima regola della pratica professionale. Lo constaterete anche voi con gli anni, Manson."

La discussione continuò per tre quarti d'ora. Alla fine di questo tempo, Manson, molto accaldato, alluse incidentalmente al fatto che aveva già comunicato a Llewellyn la sua intenzione di proporre l'abolizione dell'illecita usanza.

"Che?" esclamarono in coro Urquhart, Medley e Oxborrow.

"Volete dire," balbettò Oxborrow, alzandosi a metà e chinandosi verso Andrew con occhi che sembravano volergli schizzar fuori dalla testa, "che avete detto al dottor Llewellyn...?"

"Certo, gliel'ho detto, sarebbe pur venuto a saperlo un giorno o l'altro. Non vedete? Basta che ci uniamo, che presentiamo un fronte unico, e siam sicuri di vincere."

"Maledizione!" Urquhart era livido. "Che faccia tosta! Voi non avete idea della potenza di Llewellyn. Ha uno zampino dappertutto. Sarà un miracolo se non perdiamo l'impiego. Mi vedete, alla mia età, andare in giro a mendicarne un altro?" Si stava avviando verso l'uscio. "Siete un simpatico giovane, Manson, ma *siete troppo giovane*. Buona notte."

Medley s'era alzato anche lui. Il suo sguardo diceva che andava difilato a telefonare a Llewellyn, per dirgli, con intonazione di scusa, che lui, Llewellyn, era un medico illustre, e che lui, Medley, sentiva benissimo quello che diceva.

Oxborrow dileguò senza compromettersi con l'aggiunta di altre osservazioni avventate.

In un minuto la sala si vuotò. Rimanevano solo Boland, Andrew e il resto della birra.

Lo finirono in silenzio. Poi Andrew rammentò che aveva sei altre bottiglie nella dispensa. Finirono anche queste sei. Poi cominciarono a discorrere sul serio. Dissero tante cose, concernenti l'origine, la parentela e la moralità di Oxborrow, di Urquhart e di Medley. Indugiarono soprattutto su Oxborrow e sull'armonica di sua moglie. Non s'accorsero nemmeno del ritorno di Cristina, che del resto s'affrettò a rifugiarsi in camera sua. Discorsero con l'anima, come fratelli vergognosamente traditi dai fratelli.

L'indomani mattina Andrew compí la sua ronda con la fronte aggrottata sotto una crudele emicrania. In piazza incontrò la *limousine* di Llewellyn. Mentre alzava la testa in atto di sfida, vide Llewellyn sorridergli col piú affabile gesto di saluto.

X

Per tutta la settimana Andrew attese alle sue funzioni borbottando e friggendo sotto il peso della disfatta. Fu solo al mattino della domenica, mattino di solito consacrato a un pigro e pacifico riposo, che la pentola esplose.

"Non è il denaro, Tina! È il principio della cosa! Quando ci penso mi sembra d'ammattire. Dovrei lasciar correre, dirai, ma non ci riesco. Mi sai dire tu, francamente, qual è la ragione che m'impedisce di tollerare quel Llewellyn? Son geloso, o cos'è?"

La risposta di Cristina lo strabiliò. "Appunto, caro, credo che tu sia geloso di lui."

"Che?"

"Ih! Non rompermi gli orecchi, caro. M'hai chiesto d'esser franca. Sei geloso, morbosamente geloso. E che male c'è, del resto? Non ho mica preteso di sposare un santo."

"Continua pure, sai, attribuiscimi pure tutti i difetti, mentre ci sei. Sospettoso! Geloso! Non è la prima volta che mi accusi. *Troppo giovane*, ha detto Urquhart l'ottuagenario." Fece una pausa, nella vana attesa ch'ella reagisse, poi, irascibilmente: "Perché dovrei esser geloso di Llewellyn?"

"Perché riconosci che è un competentissimo professionista, e fors'anche a causa dei suoi titoli."

"Mentre io non ho che l'MB concessomi da una meschina università scozzese, eh? Benone. Adesso so quello che pensi di tuo marito."

Furioso, si lanciò fuori dal letto e si mise a camminare avanti e indietro, in pigiama. "Cosa vuoi che significhino i titoli! Vernice. È il metodo che conta, l'abilità clinica. Io non mi fido di tutte le panzane che stan scritte nei testi, credo solo a quello che sento attraverso al mio stetoscopio. E, se vuoi saperlo, sento tante cose, sissignora! Comincio a scoprire un mucchio di realtà, nelle mie ricerche sull'antracite. Un giorno o l'altro ti faccio restare a bocca aperta, mia cara smorfietta. Maledizione! Bell'affare svegliarsi alla domenica e sentirsi dire dalla moglie che non si capisce niente!"

Ella s'alzò a sedere sul letto, prese sul comodino l'astuccio degli arnesi da manicure, e cominciò tranquillamente a farsi le unghie in attesa che lui finisse di sfogarsi. "Non ho detto niente di simile, Andrew." La pacatezza del suo tono ragionevole lo inviperí ancora di piú. "Ma il fatto è che non resterai mica per tutta la vita nella situazione attuale. Sei di quelli che hanno qualche cosa da dire e che vogliono farsi ascoltare, che vogliono far prendere in considerazione le loro idee, sai cosa voglio dire. Se avessi anche tu un titolo, come l'MD, o l'MRCP [1], ti servirebbe."

"L'MRCP!" fece eco lui, sbalordito. Poi cambiò tono. "Se l'è studiata tutta da sé alla chetichella, la furbacchiona. L'MRCP, niente meno! A uno che fa l'assistente nel bacino minerario!" S'immaginava che la sua ironia dovesse schiacciare Cristina. "Non sai che è un titolo riservato unicamente alle teste incoronate?"

Scomparve nel camerino da bagno per radersi, e sbatté

[1] *Member of the Royal College of Physicians.*

143

la porta. Cinque minuti dopo era di ritorno, con una guancia liscia e l'altra ancora insaponata. Era contrito, ma concitato. "Credi comunque che ce la farei, Tina? Non avevi poi mica tutti i torti, sai. Certo qualche maiuscola, in coda al nome, sulla targa, farebbe la sua figura. Ma l'MRCP, nientemeno! È il piú difficile esame di tutta la carriera medica! È un'impossibilità assoluta. Però... a ripensarci... aspetta che voglio vedere una cosa..."

Si precipitò giú dalla scala, per consultare l'Annuario medico. Quando ritornò, col librone in mano, aveva la faccia lunga, per il disinganno patito. "Rovinati," borbottò, "rovinati fin dal principio. T'avevo ben detto che son esami impossibili. Innanzitutto c'è il problema delle lingue. Quattro! Latino, francese, greco e tedesco; e due sono obbligatorie. Ciò solo per aver diritto a concorrere a tutto il resto. Io non le so, le lingue. Tutto quel che so di latino è *mist, alba, mitte decem...* Quanto al francese..."

Lei non rispondeva. Cadde un silenzio, durante il quale egli si trasferí alla finestra, ad ammirare il panorama deserto. Poi si voltò, e aveva un ruga verticale tra i sopraccigli. "Ma perché non potrei, Tina, per qual ragione non potrei *studiare* queste lingue, solo per poter tentare gli esami?"

Mandando all'aria tutti i suoi arnesi, ella saltò dal letto per gettarglisi nelle braccia. "Era questo che volevo sentirti dire! Qui ti riconosco. Chissà che io non possa aiutarti in questo. Non dimenticare che la tua vecchia è una maestra giubilata."

Discussero tutta la giornata, abbozzando piani di azione. Sgombrarono il salotto, relegando Trollope, Cechov e Dostoevskij in una delle camere chiuse. E quella sera Andrew andò a scuola da Cristina. Cosí la sera seguente. E le successive.

Alle volte aveva l'esatta nozione della sublime pateticità del suo tentativo, udiva da lontano il riso di scherno degli dei. Al tavolo accanto a sua moglie, in quel remoto paesello minerario del Wales, bofonchiando a rimorchio *caput capitis, Madame, est-il possible que?...*, o guadando affannosamente tra le declinazioni di barbari sostantivi e le coniugazioni d'impossibili verbi irregolari, leggendo Tacito ad alta voce, gli veniva fatto ogni tanto di sobbalzare sulla seggiola ad un pensiero che gli appariva estremamente buffo: "Se Llewellyn ci vedesse, di', Tina, come si burlerebbe di noi! non credi?"

Verso la fine del secondo mese cominciarono ad arrivare, dalla International Medical Library di Londra, periodici pacchi di libri. Andrew prese a leggerli dal punto dove aveva smesso a scuola. E scoprí che aveva smesso molto presto. Scoprí inoltre, non senza sgomento, l'estensione dei progressi terapeutici compiuti dalla biochimica. Scoprí sbocchi renali, uree sanguigne, il metabolismo basale, le fallacie dell'esame dell'albumina; e ne fu sconcertato, soprattutto, da quest'ultima scoperta. Quando vide infranta quella pietra filosofale dei suoi giorni scolastici, proruppe in alti lagni: "Tina! Non so niente di niente! Questa roba m'ammazza."

Di giorno, la pratica assorbiva tutto il suo tempo; aveva solo la notte per studiare. Con l'aiuto d'una salvietta bagnata attorno alle tempie, e di innumerevoli tazze di caffè, sgobbava fino alle ore piccole. Quando finalmente si cacciava, esausto, nel letto, spesso non poteva prender sonno. E se s'addormentava, gli capitava di svegliarsi tutto sudato nel mezzo d'un brutto sogno, la testa scoppiettante di termini tecnici, di formule, di stereotipate frasi del suo assurdo francese.

Fumava all'eccesso, perdeva peso, diventava magro in faccia. Ma Cristina era lí, silenziosa, fedele, perseverante, a vederlo scarabocchiare diagrammi, ad ascoltarlo spiegare, con una nomenclatura che gli metteva le convulsioni nella lingua, la straordinaria, affascinante azione selettiva dei tubuli renali. Gli permetteva inoltre di urlare, di gesticolare, e magari — quando i nervi gli si sfrangiavano addirittura — di insultarla. Alle undici, per esempio, quando gli portava dell'altro caffè, spesso egli ringhiava: "Non puoi lasciarmi in pace? Cos'è questa droga, comunque? Caffeina, un veleno. Sai benissimo che mi sto uccidendo. E per chi, se non per te? Sei crudele. Maledettamente crudele. Sei la mia carceriera, che va e viene somministrando pappe infette. Non me la caverò mai in questo guazzabuglio. Son centinaia gli individui del West End di Londra, addetti ai grandi ospedali, che si presentano al concorso, e io!... L'assistente di A-be-ra-law!" Il suo riso era isterico. "L'assistente della Medical Aid Society di Aberalaw.

All'inferno! Stanco come sono, fra poco, sta a vedere, mi chiaman fuori per quel parto..."

Per parte sua Cristina era "piú buon soldato" di lui. La sua posatezza aveva una qualità che li teneva entrambi in equilibrio in tutte le crisi. Aveva anche lei il suo temperamento, ma lo teneva sotto controllo. Faceva anche lei i suoi sacrifici, rifiutava gli inviti dei Vaughan, smise di andare ai concerti della Temperance Hall. Per quanto agitata la notte, era sempre in piedi di buon'ora, nitidamente vestita, con la colazione sempre pronta per lui quando scendeva abbasso senz'essersi rasato e con già tra le labbra la prima sigaretta del giorno.

Era già da sei mesi che lavorava, quando inaspettatamente la zia di Cristina si ammalò di flebite, e le scrisse per pregarla d'andar su, a Bridlington, a tenerle compagnia. Passandogli la lettera, Cristina dichiarò immediatamente che le era impossibile lasciarlo solo. Ma lui, masticando torvo la sua fetta di *bacon*, grugní: "Ma vai, invece! Studio meglio senza di te. Da qualche giorno ci diamo sui nervi a vicenda, mi spiace dirlo. È la miglior cosa, Tina, credi: vai!"

E Tina andò contro voglia, alla fine della settimana. Prima che fossero passate ventiquattr'ore, lui era già pentito. Era un tormento, senza Cristina in casa. Jenny, sebbene si conformasse scrupolosamente alle severe istruzioni ricevute, si rivelava per una perpetua aggravante della situazione. Ma non era colpa della cucina di Jenny, né del caffè tiepido, né del letto mal fatto. Era colpa dell'assenza di Cristina. Sapere che non era in casa; non essere in grado di chiamarla; sospirarla con nostalgia. Spesso si sorprendeva intento a fissare distrattamente le parole stampate nei libri, sprecando ore, per pensare a lei.

In capo a due settimane ricevette il telegramma che ne annunciava il ritorno. Piantò lí ogni cosa e si apparecchiò ad accoglierla. Per celebrare la loro riunione, non bisognava badare a spese. Il tempo a disposizione era poco, perché il telegramma era arrivato tardi; dunque bisognava agir subito. Rifletté in fretta, poi partí per la sua spedizione di prodigalità. Comprò prima di tutto un gran fascio di rose. Dal pescivendolo ebbe la fortuna di trovare un'aragosta fresca. Se l'accaparrò immediatamente, se no i Vaughan, ai quali era indubbiamente destinata dal pescivendolo, gliel'avrebbero sottratta per telefono. Poi comprò ghiaccio a profusione, visitò il mercato per sceglíervi le piú rare insalate, e finalmente acquistò, tutto trepidante, una bottiglia di mosella, che gli fu garantita per genuina.

Dopo il tè mise Jenny in libertà, perché sentiva su di sé i punti interrogativi dei suoi occhi giovanili, e si accinse subito ad allestire l'insalata d'aragosta. La secchia di zinco, ripiena di ghiaccio, faceva bellissima figura con la mosella che protendeva fuor dagli orli il collo già incravattato di bianco. Solo i fiori presentarono un'inattesa difficoltà, perché Jenny aveva rinchiuso nell'armadio del sottoscala tutti i vasi e, ad ogni buon fine, nascosto la chiave. Ma sormontò anche questo ostacolo, collocando metà delle rose nella brocca, e il resto sparso in vari bicchieri. Una decorazione floreale *sui generis* che conferiva all'insieme una nota di varietà.

Finalmente ultimò tutti i preparativi: i fiori a posto, il vino in ghiaccio... Ispezionò la scena con occhi sfavillanti d'intensità. Dopo l'ambulatorio, alle nove e mezzo, prese la corsa per arrivare in tempo alla stazione.

Fu come un innamorarsi per la seconda volta. Meraviglioso. Teneramente scortò la sua fanciulla al festino d'amore. La sera era calda e serena. La luna splendeva su di loro. Andrew dimenticò le complicazioni del metabolismo basale. Le disse che era come se fossero sulla Costa Azzurra e si recassero in un castello incantato sulle rive d'un lago. Le disse che s'era comportato peggio d'un lacchè con lei, ma che per il resto della sua vita voleva far di sé un tappeto per i suoi piédini. Le disse molto di piú. Alla fine della settimana le diceva di portargli le pantofole.

Arrivò l'agosto, polveroso e scottante. Ora che si avvicinava il termine dei suoi studi teorici, si vedeva fronteggiato dalla necessità di rivedere e rifinire le sue nozioni pratiche. Particolarmente nei riguardi della istologia, che nella sua presente situazione rappresentava una difficoltà apparentemente insormontabile. Fu Cristina che pensò al professor Challis dell'università di Cardiff. Quando Andrew gli scrisse, Challis rispose immediatamente, con faconda verbosità, dichiarandosi "incantato di mettere a disposizione di Manson la propria influenza presso il Dipartimento di Patologia." Lo assicurò che avrebbe trovato nel dottor Glyn-Jones, il direttore, "un prezioso e servizievole caposervizio." Concludeva con una leziosa ballatella in onore della signora Manson.

"Questo lo devo proprio a te, Tina! Può realmente essere una cosa utile aver amici. E io avevo rischiato di farmene un nemico, quella sera dai Vaughan. Buon diavolaccio. Ma comunque detesto mendicar favori. E cosa son queste svenevolezze 'teneri omaggi alla deliziosa signora'?"

Verso la metà del mese una Red Indian di seconda mano — un quatto ordigno infernale, dall'aria scapestrata e sommamente antiprofessionale, descritto per "troppo veloce" dal suo precedente proprietario — fece la sua comparsa a Vale View. C'erano, nella dissolvente rilassatezza dei cocenti pomeriggi estivi, tre ore quotidiane che Andrew poteva a ragione considerare come riservate esclusivamente a lui. Ogni giorno, immediatamente dopo colazione, un guizzo rosso saettava mugghiando giú dalla vallata nella direzione di Cardiff, distante cinquanta chilometri. E ogni giorno, verso le cinque, lo stesso guizzo rosso ma leggermente piú impolverato, saettava risalendo nella direzione opposta e facendo di Vale View il proprio bersaglio.

Quei cento chilometri nel caldo che scorticava, e quell'ora di studio sugli esemplari e sui bacilli di Glyn-Jones, usando il microscopio con mani tremanti ancora per le vibrazioni del timone della Red Indian, conferirono una febbrile animazione a quel periodo che durò parecchie settimane. Ma per Cristina, che lo guardava scoccar via nel fragore del tubo di scappamento, ed aspettava con ansia il crepitio che da lontano ne annunciava il ritorno, temendo tutto il tempo chissà qual fatale stravaganza da parte di quel satanico ordigno, quel periodo rappresentò la parte piú ansiosa di tutta la pazzesca avventura.

Nonostante la sua precipitazione, Andrew trovava ugualmente il modo di portarle ogni tanto le fragole da Cardiff. Al tè arrivava sempre con gli occhi rossi e con la faccia inamidata di polvere, e si domandava, con sguardo truce, se non avesse per caso perduto il duodeno nell'ultima buca della strada alla svolta di Trecoed, e domandava a lei di dirgli se era umanamente possibile che sbrigasse prima dell'ambulatorio quelle due chiamate ch'eran venute durante la sua assenza.

Comunque, anche il giorno dell'ultimo viaggio a Cardiff venne a suo turno. Glyn-Jones non aveva piú niente da fargli vedere. Andrew conosceva a mente tutti i bacilli, tutti gli esemplari esistenti nel dipartimento di patologia dell'università di Cardiff. L'unica cosa che gli rimaneva da fare era di spedire le cospicue tasse d'iscrizione al concorso.

Il 15 ottobre Andrew partí, solo, per Londra. Cristina lo accompagnò alla stazione. Adesso che il sospirato evento era a portata di mano, si sentiva stranamente calmo. Le sue paure, i suoi frenetici sforzi, i suoi sfoghi quasi isterici eran tutte cose del passato che sembravano molto lontane. La sua mente era inattiva, quasi ottusa. Gli sembrava di non saper niente.

Tuttavia, l'indomani, agli esami scritti che avevan luogo nel College of Physicians, si trovò a rispondere ai quesiti con cieco automatismo. Scrisse tutto il tempo, senza un'occhiata all'orologio, smaltendo pagine interminabili come una pressa litografica, con una stabilità d'andatura che lo confondeva.

Aveva preso una camera in quel Museum Hotel dov'era sceso con Cristina durante la loro prima visita a Londra. Costava poco. Ma il vitto era pessimo, e diede al suo stomaco già sconvolto l'ultimo tocco richiesto per produrre un maligno attacco di dispepsia. Fu costretto a restringere la sua dieta al latte. Un bicchiere di latte in un A.B.C. *tea-room* dello Strand, costituiva tutto il suo pasto meridiano. Tra un esame e l'altro vegetava in una specie di foschia. Non si sognava nemmeno di visitare i luoghi di divertimento. Stentava persino a vedere la gente che incrociava per strada. Ogni tanto, per schiarirsi le idee, faceva una corsa sull'imperiale di un autobus.

Dopo gli scritti, doveva affrontare la prova pratica, e finalmente gli orali, ch'egli paventava piú di tutto. I candidati erano una ventina, tutti piú anziani di lui, e tutti con un'aria inconfondibile di sicurezza. Uno di questi, per esempio, certo Harrison, al quale aveva un paio di volte rivolto la parola, era un B. Ch. di Oxford[1], era esterno all'Ospedale di San Giovanni, e aveva il suo studio di consultazione in Brook Street. Raffrontando i modi disinvolti e gli ovvii attributi di Harrison con la propria goffaggine di provinciale, sentiva che era davvero aleatoria la proba-

---

[1] *Baccalaurens chirurgiae.*

bilità che aveva di produrre una buona impressione sugli esaminatori.

La prova pratica, nel South London Hospital, andò abbastanza bene. Gli avevan dato da esaminare un caso di bronchiectasi in un giovane quattordicenne; un vero colpo di fortuna, date le sue anteriori ricerche sui disturbi polmonari. Sentiva d'aver redatto una discreta relazioncella. Ma quando si trattò dell'orale, la fortuna sembrò voler prendere tutt'altra piega. La procedura era speciale, al College of Physicians. Ogni candidato doveva, in due giorni successivi, subire l'interrogatorio da parte di quattro esaminatori, due per giorno. Se dopo la prima volta risultava insufficiente, riceveva il cortese avviso scritto di non presentarsi alla seconda. Fronteggiato dall'imminenza di questo fatal messaggio, Andrew trovò, con vero orrore, che aveva sorteggiato, come primo esaminatore, un certo dottor Gadsby, di cui aveva udito Harrison parlare con apprensione.

Questo Gadsby era un uomo di statura minima, con due occhietti maligni e un paio di arruffati mustacchioni neri. Da poco insignito della Fellowship, non possedeva nulla dell'indulgenza dei più anziani esaminatori, ma sembrava determinato a bocciare chiunque gli si presentasse sotto le grinfie. Osservò Andrew con una sprezzante alzata di sopraccigli e posò davanti a lui sei bacilli. Cinque di questi Andrew li riconobbe e li nominò correttamente, ma il sesto non fu in grado di nominarlo. Era, come gli risultò in seguito, l'ovulo d'un oscuro parassita dell'Africa occidentale. Fu su quest'ultimo che Gadsby indugiò a bella posta. Per cinque minuti tempestò Andrew di domande, poi, palesando un disappunto privo d'interesse, lo passò all'altro esaminatore, che era Sir Robert Abbey.

Andrew s'alzò, e traversò la sala con la faccia pallida e il cuore che batteva. La stanchezza, l'intontimento, che aveva avvertito al principio della settimana, ora eran passati. Il suo desiderio di spuntarla ora era smanioso. Ma era convinto che Gadsby l'aveva bocciato. Alzò gli occhi su Abbey e vide con sorpresa che lo contemplava con un amichevole sorrisetto umoristico. "Cosa c'è?" si sentí domandare inaspettatamente.

"Nulla, Sir," rispose balbettando, "solo ho paura di non aver risposto troppo brillantemente al dottor Gadsby."

"Non ci badate. Date un'occhiata a questi esemplari, e

poi ditemi tutto quello che sapete al riguardo." Continuava a sorridere in un modo incoraggiante. Era un bell'uomo sui 65 anni, dalla carnagione rossa, il viso totalmente glabro, la fronte spaziosa, il labbro superiore molto lungo. Sebbene fosse ora considerato tra i tre piú distinti medici d'Europa, aveva, ai suoi tempi, conosciuto le privazioni e l'asprezza della lotta, quando provenendo da Leeds, la sua città natale, sorretto unicamente dalla sua reputazione di oscuro medico di provincia, si era urtato contro i pregiudizi e l'incomprensione della capitale... Mentre scrutava, senza averne l'aria, il suo attuale candidato, notandone gli abiti dimessi, il colletto floscio, la cravatta mal annodata e soprattutto l'aspetto di ansiosa tensione della sua faccia seria, forse gli venne fatto di rievocare i giorni grami della propria giovinezza trascorsa in provincia. D'impulso si sentí attratto verso quest'insolito candidato, e il suo occhio, scorrendo l'elenco dinanzi a sé, notò con soddisfazione che i suoi punti di classifica, particolarmente nella prova pratica, erano superiori alla media.

Frattanto Andrew, esaminati gli esemplari presentatigli nei barattoli, aveva proceduto, zoppicando infelicemente, ad esporre i suoi commenti. "Bene," disse Abbey, d'un tratto. Ne prese uno — era un aneurisma dell'aorta ascendente — e cominciò a porre domande su d'un tono indulgente: questioni semplici sulle prime, ma che vennero facendosi gradatamente sempre piú complesse. Tuttavia Andrew, espandendosi sotto i modi cortesi di Abbey, rispose bene.

Finalmente, deposto l'esemplare, Abbey osservò: "Che cosa sapete dirmi sulla storia dell'aneurisma?"

"Ambroise Paré," cominciò Andrew, e subito Abbey annuí per incoraggiarlo, "è ritenuto lo scopritore della condizione."

Abbey espresse sorpresa: "Perché 'è ritenuto?' È lui che effettivamente l'ha scoperta."

Andrew arrossí, impallidí, e s'ingolfò nella spiegazione: "Questo è quanto dicono i testi; io stesso mi son dato la pena di verificarlo consultandone sei. Ma ho, d'altra parte, trovato in Celsus, che ho letto piú che altro per rinfrescare il mio latino, il vocabolo *aneurismus*. Segno che Celsus conosceva già la condizione. L'ha descritta *in extenso*. Ciò, tredici secoli prima di Paré."

Silenzio. Andrew alzò gli occhi, preparato a sentirsi delicatamente motteggiare. Abbey lo guardava con una espressione strana. "Dottor Manson," disse álfine, "voi siete il primo candidato che m'abbia detto in quest'aula qualcosa d'originale, e che ignoravo. Mi congratulo."

Andrew diventò di bragia.

"Ditemi ancora una cosa, l'ultima, per levarmi una curiosità. Qual è secondo voi, il principio supremo, l'idea, diremo basilare, che conviene tener sempre presente nell'esercizio pratico della nostra professione?"

Andrew rifletté disperatamente per qualche istante, poi, conscio che rischiava di sciupare il buon effetto che aveva creato, si decise a rispondere: "Credo... credo che io mi vado ripetendo di... guardarmi da... dal sentirmi troppo sicuro delle mie nozioni."

"Grazie, dottor Manson."

Mentre Andrew lasciava l'aula, Abbey prese la penna. Si sentiva ridiventato giovane e pericolosamente sentimentale. Pensando "se m'avesse risposto che si imponeva di fare del suo meglio per salvare l'umanità, o qualche simile baggianata, l'avrei messo alla porta," vergò, accanto al nome di Andrew Manson, l'inaudito massimo: 100.

Pochi minuti dopo, Andrew si trovava abbasso tra gli altri candidati. Ai piedi della scala, presso la sua garitta, il guardaportone aveva in mano un fascio di buste, e via via che i candidati passavano, ne porgeva una a ciascuno di essi. Harrison, che passò con Andrew, aprí la sua in fretta e furia, e cambiò espressione; disse a mezza voce: "Pare che non son desiderato domani," poi, forzando un sorriso: "E voi?" Ad Andrew tremavano le dita. Non riusciva a leggere. Sentí Harrison rallegrarsi con lui.

Le sue speranze nel successo definitivo erano dunque ancora in vita. Si diresse all'A.B.C. *tea-room* e si offrí un latte. Pensava: se, dopo tutto questo, non la spunto, posso andare a gettarmi sotto un autobus.

L'ultimo giorno, il decisivo, passò in un delirio stritolante. I candidati erano ridotti alla metà, e si diceva che di questi un'altra metà sarebbe stata scartata. Andrew non ebbe nozione dell'andamento degli eventi. Sapeva solo che la testa gli doleva abominevolmente, che aveva i piedi diacci e il cervello totalmente vuoto.

Finito. Alle quattro Andrew uscí dal vestibolo, esausto, malinconico. Infilandosi il pastrano s'accorse che Abbey

152

stava davanti al fuoco del gran camino nell'atrio. Fece per uscire, ma Abbey, chissà perché, alzò la mano. Sorridendo gli disse che era promosso.

Ce l'aveva fatta, perdio! Era vivo daccapo, gloriosamente vivo, senza mal di testa, non piú sfinito, allegro come un fringuello. Il suo cuore cantava una pazza selvaggia canzone. Era promosso, l'aveva spuntata, e senza provenire dal West End, ma da un'eccentrica ignota cittadina mineraria. Non invano aveva sgobbato; non eran state sprecate, dopo tutto, quelle interminabili notti tormentose, quelle pazze fughe a Cardiff in motocicletta, quelle sgominanti ore di studio. Sballottava la folla, difendendosi di gomiti e di spalla, sfiorando i parafanghi di tutti i tassí, inseguendo il solo proposito di arrivare il piú presto possibile al telegrafo per comunicare a Cristina la notizia del miracolo.

XI

Quando il treno arrivò, con mezz'ora di ritardo, era quasi mezzanotte. Risalendo la vallata la locomotiva aveva dovuto lottare contro la tramontana, e appena Andrew fu sulla banchina rischiò d'essere sbattuto in terra, dalla violenza dell'uragano. La stazione era deserta. Fuori, il vento piegava come fuscelli i giovani pioppi del viale, che stormivano rabbrividendo d'orrore. Nel cielo le stelle maggiori sfavillavano.

Andrew s'incamminò di buon animo, con la mente esilarata dalla lotta che il corpo doveva impegnare contro il vento. Ancora eccitato dalla vittoria, e dal contatto che aveva preso con le alte e sofistiche sfere della Facoltà, con ancor negli orecchi l'eco delle parole di Sir Robert Abbey, non vedeva il momento di raggiungere Cristina per raccontarle gioiosamente tutto quanto. Il telegramma le aveva già comunicato la notizia, sia pure, ma sentiva ugualmente il bisogno di narrarle un mucchio di particolari interessantissimi.

Mentre svoltava a testa bassa in Talgarth Street s'accorse che qualcuno lo rincorreva, o almeno faticava per raggiungerlo. Istintivamente si voltò per aspettarlo. Non tardò a riconoscere l'individuo che si avvicinava. Era Frank Davis dell'ambulanza al pozzo d'antracite n. 3.

"Venivo a cercarvi, dottore, venivo a casa vostra. Questo ventaccio mal..." Il ventaccio si portò via l'imprecazione.

"Cosa c'è?" urlò Andrew.

"Una frana al n. 3" con le mani ai lati della bocca per farsi sentire. "Bevan è rimasto sotto, non c'è modo di tirarlo fuori. È un cliente vostro."

Andrew fece un paio di passi con Davis, rifletté e rammentò: "Fate un salto a casa mia, da bravo, fatevi dare la borsa, poi raggiungetemi al n. 3. Ohè, Frank," aggiunse urlando, quando già l'altro si allontanava, "avvertite mia moglie!"

In quattro minuti, quasi portato dal vento in poppa, arrivò al pozzo n. 3. Nella camera di soccorso trovò il vicedirettore e tre uomini che lo aspettavano. Nel vederlo, l'espressione del vicedirettore si schiarí leggermente: "Meno male, dottore. Quassú l'uragano, e là sotto la frana! Nessun morto, grazie al cielo, ma uno è rimasto col braccio in trappola. Non c'è verso di smuoverlo d'un centimetro. E il tetto pericola."

Si avviarono verso la gabbia. Due uomini portavano la barella, e il terzo la cassetta del materiale del primo soccorso. Quando si furono introdotti nella gabbia, videro una figura venire arrancando verso il cortile. Era Frank Davis, trafelato, che arrivava con la borsa. "Avete fatto presto," gli disse Manson, accogliendolo premurosamente nella gabbia.

Davis annuí senza parlare, non poteva dire una parola. La serratura del cancello scattò, e dopo un attimo di sospensione la gabbia sprofondò celermente. Uscendone, i sei uomini s'incolonnarono per uno, il vicedirettore in testa, seguito da Andrew.

Andrew era stato altre volte sotto terra, ma solo nelle gallerie alte e relativamente spaziose di Blaenelly. Qui il pozzo, scavato in tempi remoti, presentava un solo budello lungo e tortuoso, che metteva sul luogo dove ora procedevano i lavori di mina. Era meno una galleria che un cunicolo, sgocciolante e fangoso, nel quale bisognava avanzare curvi, spesso su mani e ginocchi, per un percorso di circa ottocento metri. Quando la lanterna del vicedirettore si arrestò, Andrew capí che erano arrivati a destinazione.

Si fece avanti. Tre uomini, coricati bocconi l'uno a ridosso dell'altro nello spazio insufficiente, s'indaffaravano per richiamare in vita il quarto individuo che giaceva in una posizione di completo abbandono, col corpo disteso per traverso, e il braccio sinistro sepolto sotto i macigni franati. Dietro agli uomini erano sparsi in terra due gavette rovesciate, le giacche e qualche arnese da lavoro.

"Be', ragazzi?" domandò il vicedirettore sottovoce.

"Non c'è modo di smuoverlo." L'uomo che aveva risposto mostrò, voltandosi, un viso impiastricciato di terra e di sudore. "Abbiamo provato di tutto."

"Non provate altro," replicò il vicedirettore, dando un'occhiata d'apprensione al tetto, "c'è qui il dottore. Fatevi indietro, ragazzi, fate posto, piú indietro che potete."

I tre uomini retrocedettero strisciando sul ventre, e Andrew poté avvicinarsi al ferito. In quell'attimo rivide, come in un lampo, la scena degli esami, i progressi della biochimica, l'altisonante terminologia, le diciture scientifiche: tutta roba singolarmente estranea alla situazione presente.

Sam Bevan era cosciente, ma le sue fattezze apparivano allampanate, nella fanghiglia e sotto il tetro lume che le alteravano. Si forzò a sorridere vedendo il dottore, e motteggiò, debolmente: "Credo che dovrò prestarmi ad una esercitazione pratica del servizio di ambulanza." Bevan aveva preso parte al corso invernale d'ambulanza, ed era stato requisito spesso per fare le fasciature.

Al lume della lanterna del vicedirettore, che si proiettava al disopra della sua spalla, Andrew palpeggiò il corpo del ferito. La maggior parte di esso era libera, solo il braccio sinistro giaceva sotto le pietre franate; ma il loro peso enorme lo teneva irremissibilmente prigioniero.

Andrew intuí subito che l'unico mezzo per liberarlo era di amputare l'avambraccio. E Bevan, acuendo gli occhi tormentati dal dolore, lesse in volto al dottore questa decisione nell'attimo stesso in cui fu adottata.

"Fate, dottore," mormorò, "purché vi sbrighiate a togliermi via di qui."

"Coraggio, Sam," disse Andrew. "Adesso vi addormento e svegliandovi vi troverete nel vostro letto."

Disteso sul ventre in una pozza di fango, con non piú di sessanta centimetri di spazio al di sopra di lui, si tolse la giacca, la piegò e la passò sotto la testa di Sam. Si rimboccò le maniche e domandò la sua borsa. Il vicedirettore gliela porse, bisbigliandogli all'orecchio: "Per l'amor di Dio fate presto, dottore, il tetto pericola."

Andrew aprí la borsa. Subito avvertí il puzzo di cloroformio, e ancor prima di ficcar la mano all'interno per sincerarsene, indovinò quello che era accaduto. Frank Davis, nella fretta, doveva aver lasciato cader la borsa in terra. La boccetta del cloroformio s'era rotta, spandendo irrecuperabilmente il suo contenuto. Rabbrividí. Non c'era tempo per mandar su a cercarne dell'altro. Anestetici non ne aveva.

Per mezzo minuto restò come paralizzato. Poi, automaticamente, la sua mano cercò la siringa, la riempí di morfina, la dose massima, ed eseguí l'iniezione. Non poteva aspettarne il pieno effetto. Collocata la borsa in modo che i ferri gli risultassero a portata di mano, si chinò sul ferito e mentre stringeva il turniché gli disse di chiudere gli occhi. La luce era fioca, e le ombre saltellavano in un modo che confondeva. Alla prima incisione Bevan digrignò i denti. Poi diede un gemito. Poi, grazie al cielo, quando la lama stridette sull'osso, svenne.

Andrew sudava freddo. Non era in grado di veder bene quello che faceva. Si sentiva soffocare, in quella tana, a tanta profondità sotto terra, nel fango. Bella sala d'operazioni, senza anestetici, senza lo stuolo d'infermiere pronte ai suoi cenni. E lui non era un chirurgo, dopo tutto. Operava alla cieca. Come doveva andare a finire? Andava a finire che il tetto precipitava e li seppelliva tutti. Gli dava fastidio l'ansito affrettato del vicedirettore dietro a lui, e le gocce fredde che dal tetto continuavano a stillargli nel collo. Lo stridore della sega lo faceva soffrire. E tutto il tempo aveva negli orecchi la voce di Sir Robert Abbey, lontana: "Il progresso della pratica scientifica..." Dio! Non finiva mai?

Finalmente. Fu quasi un singhiozzo il suo sospiro di sollievo. Applicò la garza al moncherino sanguinolento. Alzandosi in ginocchio ordinò: "Tiratelo via."

Cinquanta metri piú indietro, in un posto un poco piú largo. con spazio sufficiente per stare in piedi, finí l'opera alla luce di quattro lanterne. Qui era piú facile. Ripulí, fece le legature, lavò la ferita con antisettico. Bevan era incosciente. Il suo polso era debole ma costante. Andrew si passò la mano sulla fronte. Finito.

"Attenti con la barella. Mettete le coperte. Appena su, avremmo bisogno delle bottiglie calde."

La processione si avviò lentamente su per le ombre del

cunicolo. Non avevan fatto sessanta passi che un sordo boato rintronò nel buio alle loro spalle, simile al rumore dell'ultimo carrozzone d'un treno che s'ingolfi in una galleria. Senza nemmeno voltarsi il vicedirettore mormorò: "Ecco. Il resto del tetto."

Il viaggio d'uscita richiese quasi un'ora. Spesso, nei passaggi stretti, dovevano inclinare la barella per traverso. Andrew non avrebbe saputo dire quanto tempo eran rimasti sotto. Ma alla fine arrivarono all'ascensore.

Su; in pochissimi secondi, con la velocità d'un razzo. Uscendo dalla gabbia gradirono il morso del vento sulle guance. Respirarono a pieni polmoni.

Andrew salí la scaletta reggendosi sulla ringhiera. Faceva ancora scuro, ma nel cortile erano state accese le fiaccole di nafta, che sibilavano e saltellavano mostrando molte lingue contorte. Attorno era radunato un capannello di figure in attesa. Alcune donne, nel gruppo; con le teste negli scialli.

D'un tratto, come la barella lo oltrepassava, Andrew sentí gridare disperatamente il proprio nome e nell'attimo seguente aveva attorno al collo le braccia di Cristina. A capo scoperto, con solo il mantello sopra la camicia, i piedi nudi nelle scarpe, sembrava uno spettro.

"Cosa c'è?" egli domandò stordito, cercando di disimpegnarsi dal suo abbraccio per poterla vedere in faccia.

Ma lei non si staccava da lui. S'aggrappava freneticamente come una donna che annega, mormorando, in rotti accenti: "Dicevano che il tetto era caduto... che non... non venivate piú fuori..." La sua pelle era livida. Batteva i denti per il freddo.

Profondamente commosso, imbarazzato, Andrew la condusse, la portò, quasi, nella camera di soccorso, dove c'era un bel fuoco, ed era stata apparecchiata la cioccolata. Bevvero dalla stessa tazza bollente.

Passò molto tempo prima che l'uno e l'altra pensassero allo strepitoso successo dei suoi esami.

XII

Per un paese che nel passato aveva conosciuto l'orrore di gravi disastri minerari, il salvamento di Sam Bevan non rappresentava un avvenimento d'eccezionale importanza, ma le sue ripercussioni, nel settore almeno di Andrew, giovarono singolarmente a ristabilire la fiducia del popolino nell'abilità professionale del suo medico. Fosse tornato da Londra coi soli allori degli esami, si sarebbe semplicemente tirato addosso altri motteggi diretti a beffeggiare la sua tendenza per "i metodi moderni"; adesso, invece, si vedeva salutare amichevolmente e perfino con affabili sorrisi da individui che prima non ostentavano nemmeno di guardarlo. Il grado di popolarità d'un medico, in Aberalaw, si poteva correntemente misurare in base all'incedere di lui per una delle vie del quartiere dei minatori. Là dove finora le porte s'eran chiuse al passaggio del dottor Manson, ora s'aprivano ospitalmente, e le donne lo pregavano di "favorire", e gli uomini in maniche di camicia e con la pipa in bocca erano sempre pronti e disposti a fare due chiacchiere con lui, e i bambini salutandolo lo chiamavano per nome. Fu il vecchio Gus Parry, capo trapanatore al n. 2 e decano del settore occidentale, che compendiò con una frase scultorea la nuova situazione: "Sarà uno sgobbascartoffie, ma se occorre sa anche fare quel che deve."

Le tessere cominciarono a tornare nelle sue mani, gradatamente dapprima, poi, quando fu evidente che non maltrattava i rinnegati pentiti, con precipitazione. Owen era compiaciuto dell'incremento della sua lista. Incontrandolo un giorno in piazza, gli sorrise: "Non ve l'avevo detto?"

Anche Llewellyn, alla notizia del risultato degli esami, aveva palesato il suo giubilo. Si congratulò effusivamente per telefono; poi gli affibbiò doppi doveri nella sala d'operazioni. "A proposito," osservò, benigno, alla fine d'una lunga operazione, "avete detto agli esaminatori che eravate assistente presso la nostra cooperativa medica?"

"Ho menzionato il vostro nome, dottor Llewellyn," rispose Andrew soavemente, "e questo mi ha senza dubbio favorito."

Oxborrow e Medley dell'ambulatorio Est si esentarono dal dovere delle congratulazioni, ma Urquhart si dimostrò sinceramente lieto del suo successo, pur dando ai propri commenti la forma d'un'esplosione vituperativa: "Maledizione, Manson, vi siete proprio messo in testa di farmi fare brutta figura?"

Per onorare il suo distinto collega, lo invitò inoltre ad

un consulto, in un caso di polmonite, e lo pregò di formulare la sua prognosi.

"Guarirà," dichiarò Manson, e specificò le ragioni scientifiche del suo verdetto.

Urquhart scrollò la testa canuta dubbiosamente. Disse: "Io non ho mai sentito parlare di sieri polivalenti, ma la degente era una Powell, prima di sposarsi; e quando ai Powell colpiti da polmonite gonfia la pancia, muoion tutti prima della settima. È da un pezzo che conosco la famiglia."

Quando la degente infatti morí il settimo giorno, il vecchietto andava in giro con un'aria di lugubre esultanza: aveva avuto ragione lui.

Denny, ora all'estero, non seppe nulla degli esami. Ma Freddie Hamson lesse la notizia sul *Lancet*, e scrisse all'amico una umoristica lettera di congratulazione, invitandolo a venire a vederlo a Londra, e indugiando a lungo sulle glorie che aveva conquistate in Queen Ann Street, dove, come aveva predetto quella sera a Cardiff, ora splendeva sulla porta del suo studio la nitida targa d'ottone illustrante il suo nome.

"Peccato," osservò Andrew a Cristina, "che abbiamo perso il contatto con Freddie. Devo scrivergli piú sovente, ho il presentimento che ce lo ritroveremo tra i piedi qualche giorno. Lettera divertente, vero?"

"Bellissima," ammise Cristina, "ma non parla che di sé."

Verso Natale il tempo si fece freddo: giornate di gelo secco e quiete notti stellate. L'aria limpida era come un vino esilarante. Andrew veniva già ponderando sul piano d'azione che intendeva effettuare nel dare un nuovo assalto al suo problema relativo all'inalazione della polvere d'antracite. Le conclusioni che aveva dedotto dall'esame dei suoi clienti avevano elevato le sue speranze, e adesso aveva ottenuto da Vaughan il permesso di estendere le sue ricerche a tutti gli operai che lavoravano nei tre pozzi d'antracite: occasione meravigliosa! Aveva deciso di cominciare con l'anno nuovo.

La vigilia di Natale, rincasando sotto un insolito senso d'aspettativa spirituale e di benessere corporale, notava dappertutto i segni della festività imminente. Qui, i minatori celebravano il Natale con grandi solennità. Durante tutta la settimana precedente, in ogni singola casupola, la "sala" era rimasta chiusa a chiave, per tenerne esclusi i bambini, ed era stata addobbata con festoni di carta variopinta, e riempita di giocattoli nascosti sotto i mobili e nei cassetti e d'una quantità di buone cose da mangiare: torte, arance, biscotti zuccherati, il tutto comperato coi fondi all'uopo adibiti dalla cooperativa operaia.

Cristina aveva anche lei proceduto alla decorazione della casa, con una profusione di rametti di visco e di leccio. Ma quella sera entrando in casa egli notò subito sul viso di lei un eccitamento maggiore del solito.

"Non dire una parola," si sentí intimare, "non una parola, chiudi gli occhi e vieni con me."

Egli si lasciò bonariamente condurre in cucina. Lí, sul tavolo, giacevano numerosi pacchi, fatti alla buona, taluni solo avvolti in giornale, ma ciascuno munito d'un biglietto. Capí subito che erano doni offertigli dai suoi clienti. Alcuni non erano nemmeno impacchettati. Cristina era eccitata. "Guarda! Un'oca! Una coppia d'anitre. E questa magnifica torta. Una bottiglia di vino. Che brava gente, vero? È commovente che sentano il bisogno di farti dei regali."

Andrew non sapeva cosa dire. Era sopraffatto dalla loro generosità. Segno che avevano finalmente cominciato ad apprezzarlo; anzi a volergli bene. Assistito da Cristina, lesse i biglietti d'accompagnamento, scritti in elaborati caratteri da analfabeti, taluni solo scarabocchiati a lapis sul rovescio di vecchie buste. "Dal vostro grato cliente di Cefan Row, n. 5." "Coi ringraziamenti di Ena Williams." Da Sam Bevan, un gioiello: "Grazie d'avermi rimesso in gamba per Natale." E cosí via.

"Dobbiamo serbarli, darling," disse Cristina, sotto voce. "Li metterò da parte."

Quando ritrovò, con l'aiuto d'un bicchiere di vino, la sua loquacità normale, prese a camminare su e giú, mentre Cristina cominciava ad imbottire l'oca. Delirò grandiosamente. "È cosí che si dovrebbero sempre pagare gli onorari del medico. Non denaro, non le maledette fatture, non quote individuali, non tintinnio di ghinee. Mi capisci, no? Io guarisco un povero diavolo e lui mi manda qualcosa che ha prodotto. Carbone, se vuole, un sacco di patate del suo orto, uova se tiene galline; vedi il mio punto? Allora sí sarebbe una cosa morale! A proposito, quella Williams delle anitre, Leslie l'aveva per cinque anni rimpinzata di pillole, mentre io, con cinque settimane di dieta, l'ho curata della sua ulcera gastrica. Cosa dicevo, Ah, sí; non ho ragione? Se ogni dottore eliminasse la questione del lucro, tutto il sistema sarebbe purificato."

"Sí, caro. Vuoi passarmi il ribes? Lassú, sulla mensola piú alta."

"Maledizione, non ascolti nemmeno. Però, quell'imbottitura mi sembra dover riuscire straordinaria..."

L'indomani, Natale, era una bella e limpida giornata. Nell'azzurrina lontananza le montagne erano di perla, sotto la pelliccia d'ermellino. Dopo l'ambulatorio, con la piacevole prospettiva di non doverri tornare nel pomeriggio, Andrew partí allegramente per compiere la sua ronda. L'elenco era breve, quel giorno. Il lavoro ferveva in tutte le cucine. Egli non si stancava di offrire ed accettare auguri. Non poteva fare a meno di confrontare la sua presente allegrezza alla bieca musoneria con cui aveva percorso quelle medesime vie esattamente un anno prima.

Forse fu questo pensiero che lo indusse a fermarsi, con una strana esitazione negli occhi, davanti al n. 18 di Cefan Row. Di tutti i suoi clienti — escluso Chenkin, ch'egli non voleva riavere — il solo che non fosse tornato da lui era Tom Evans. Oggi Andrew era cosí insolitamente commosso, esaltato forse da un senso di fratellanza umana, che percepí subitamente l'impulso di presentarsi ad Evans per augurargli buon Natale.

Bussò una volta, spinse l'uscio e si diresse senz'altro in cucina. Lí s'arrestò di botto, imbarazzato. La cucina era molto nuda, quasi vuota, e nella graticola ardeva solo la parodia d'un fuoco. Davanti a questo fuoco, su una seggiola dallo schienale rotto, sedeva Evans, col suo braccio anchilosato che pendeva come un'ala spezzata. La linea curva delle sue spalle era sufficiente ad illustrare l'accasciamento dell'uomo rovinato. Teneva su un ginocchio la bimbetta di quattr'anni. Contemplavano entrambi in silenzio, sul tavolo, un rametto di pino piantato in una secchia fuori uso. Su questo albero di Natale in miniatura, che Evans s'era procurato in montagna dopo un'arrampicata di due o tre ore, stavano pencolanti tre candele di sego, non ancora accese. E attorno alla secchia era apparecchiato il festino di Natale, il pranzo di famiglia: tre meschine arance.

Evans si voltò bruscamente e riconoscendo Andrew sobbalzò, e sulla sua faccia si sparse lentamente un fiotto di onta e di risentimento. Andrew intuí che si vergognava d'essere stato sorpreso in quelle condizioni, proprio dal dottore del quale aveva ripudiato i consigli. Sapeva, naturalmente, che Evans era al verde, ma non s'era immaginato una situazione cosí pietosa. Si sentí sconvolto, e fu lí lí per venirsene via. In quella, la moglie entrò in cucina dalla porta posteriore, con un cartoccio sotto il braccio. Fu cosí sorpresa alla vista di Andrew che lasciò cadere l'involto; il quale, sfacendosi a terra, rivelò una porzione di giunta: quei ritagli di carne, d'osso e di grasso che i macellai danno per soprappiú. La bimba, adocchiata la faccia della mamma, prese a piangere.

"Cosa c'è?" azzardò la donna, premendosi il cuore con la mano. "Mio marito ha mica fatto niente?"

Andrew era cosí scosso che una soluzione sola poteva accontentarlo; tenendo gli occhi sul pavimento, parlò alla donna: "Sentite, c'è stato un malinteso fra me e Tom, ma oggi è Natale, e... be', vorrei... oh, sarei felice se tutti e tre accettaste di... venire ad aiutarci a mangiare il nostro pranzo di Natale."

"Ma, dottore..." tentennò la donna.

"Tu stai zitta!" interruppe il marito, in collera, "non andiamo niente affatto. Se non possiamo aver altro che giunta, ce ne contenteremo. Non so che farmene della carità di nessuno. Tutti uguali, loro! Una volta che v'hanno sbattuto in terra, vi gettano anche il letame in faccia. Tenetevi il vostro pranzo per voi, non sappiamo che farcene."

"Via Tom..." protestò la donna, debolmente.

Andrew, piú sgomento di prima, ma ancor risoluto ad effettuare il suo proposito, insisté: "Persuadetelo voi. Mi farebbe davvero dispiacere se non veniste. All'una e mezzo. Badate che vi aspetteremo." E prima che l'uno o l'altra potesse aggiungere una parola si ritirò.

Cristina non fece commenti, quando le spiattellò quello che aveva fatto. "Ti spiace, Tina?"

"No, ma non sapevo d'aver sposato un dottor Barnardo. Davvero, caro, sei un incorreggibile sentimentale."

Gli Evans arrivarono puntualissimi, lavati e pettinati, disperatamente impacciati, fieri e spaventati. Andrew, sforzandosi nervosamente di generare un'aura di ospitale cordialità, aveva l'orribile presentimento che Cristina avesse avuto ragione e che il trattenimento dovesse risultare un fiasco. A tavola, Evans, che lanciava coperte occhiate al padron di casa, si rivelò estremamente compassionevole, a causa del suo braccio; sua moglie era obbligata a rompergli il pane e ad imburrarglielo. Ma poi, per fortuna, mentre Andrew usava il peparolo, il coperchio venne via e tutto il pepe si rovesciò nella sua minestra. Seguí un attimo di silenzio curioso, che la piccina ruppe sbruffando in convulsive risate di gioia. La mamma, scandalizzata, si chinò per redarguirla, ma Andrew la dissuase con una strizzatina d'occhi. Tutti si misero a ridere allegramente.

Liberato dalla paura di vedersi beneficato, Evans si dimostrò dopo tutto un essere umano, tifoso del rugby e amante della musica. Era stato a Cardigan tre anni prima a cantare all'Eisteddfod. Fiero di poter far sfoggio della sua erudizione, discusse con Cristina gli oratorii di Elgar, mentre la bimba si divertiva con Andrew a far esplodere i cartocci.

Piú tardi Cristina si portò mamma e bambina nell'altra stanza, e tra i due uomini rimasti soli cadde daccapo un silenzio imbarazzante. Lo stesso pensiero occupava il primo piano delle loro menti, ma nessuno dei due sapeva come esprimerlo. Finalmente Andrew disse: "Non avete idea quanto mi addolori la vista di quel braccio. Non ho nessuna intenzione di brontolare sul passato, o altro, state sicuro. Volevo solo persuadervi che mi fa un enorme dispiacere vedervi in questo stato."

"Non piú che a me."

Pausa. Poi Andrew riprese: "Voglio parlare con Mr Vaughan. Sono in buoni rapporti con lui, e chissà che non possa impiegarvi alla superficie, come custode, o marcaore, o qualcosa di simlie."

Questa volta il silenzio fu piú lungo. Quando Andrew alzò gli occhi sul viso dell'ospite, li riabbassò subito. Aveva visto una lacrima colargli sulla guancia, e gli era sembrato che tremasse sotto lo sforzo che faceva per impedirsi di sfogarsi. Sforzo vano; perché d'un tratto posò sul tavolo il braccio destro piegato, vi nascose la faccia e scoppiò in pianto.

Andrew s'alzò e andò alla finestra, dove restò qualche minuto. Evans si era dominato. Ma non disse nulla, asso lutamente nulla, e i suoi occhi, che esprimevano una reticenza muta ma piú eloquente di qualsiasi parola, evitarono quelli di Andrew.

Alle tre e mezzo la famiglia Evans partí d'un umore assai diverso da quello con cui era arrivata.

Cristina e Andrew andarono a sedersi in salotto. Andrew prese a filosofare. "Sai, Tina, non ha nessuna colpa, lui, del guaio che gli è capitato. Io ero nuovo, e non poteva aver fiducia in me. Cosa vuoi che sapesse, lui, dell'olio di lino! Ma Oxborrow, che aveva accettato la sua tessera, lui sí avrebbe dovuto sapere. Ignoranza, ignoranza, maledetta ignoranza. Ci dovrebbe essere una legge che obbligasse i medici a tenersi al corrente. È tutta colpa del nostro marcio sistema. Dovrebbero esserci dei corsi obbligatori, ogni cinque anni..."

"Caro," protestò Cristina sorridendo, "ho subíto, finora con rassegnazione esemplare, gli effetti della tua filantropia, t'ho visto spuntar nelle spalle un paio di ali d'arcangelo. Non castigarmi adesso con una conferenza. Vieni a sedere accanto a me, avevo un'ottima ed importante ragione per desiderare che restassimo soli quest'oggi."

"Sí?" dubbiosamente, poi, indignatamente: "Non ti prepari mica a farmi un sermone, spero, credo di essermi comportato abbastanza bene; dopo tutto, nel giorno di Natale..."

Ella rise silenziosamente. "Caro. Sei troppo caro, ecco. Se adesso si mette a nevicare, sei capace stanotte di uscire come un sanbernardo alla ricerca dei sinistrati sulla montagna."

"Be', lasciamo andare, Tina! Io conosco qualcuno che è uscito di notte, scalzo e mezzo nudo, per correre al pozzo n. 3..."

Ella lo interruppe, allungando la mano per afferrarlo per il braccio. "Siedi qui, via, ho da dirti una cosa."

Lui stava per arrendersi, quando un insolentissimo frastuono di clacson echeggiò davanti all'ingresso della casa. C'era un solo clacson, in tutto il paese, che avesse quella voce: quello di Con Boland.

Cristina s'indispettí. "Ti secca," disse Andrew. "Avevano quasi promesso di venire."

"Pazienza," rispose Cristina alzandosi e accompagnandolo nell'anticamera.

Boland era al volante del macinino allungato. S'era messo la bombetta, e un paio di guantoni da moschettiere. Aveva accanto a sé Mary e Terentius; e dietro c'erano gli altri bambini che formavano grappolo attorno alla mamma, la quale, inevitabilmente, teneva il pupo in braccio. D'un tratto il clacson ricominciò tutto solo. Boland, nel levare il contatto, aveva inavvertitamente urtato il bottone, che s'era incagliato. Non smetteva piú. Boland imprecava, contorcendosi da tutte le parti per scoprire le cause del fenomeno, e sull'altro lato della strada apparivano teste a tutte le finestre; ma la placida signora Boland, coi suoi occhi di sogno, sedeva imperturbata come una statua. "Maledizione!" tempestava Boland, "mi scarica tutta la batteria. Cosa diavolo è successo? Un corto circuito?"

"È il bottone," spiegò Mary, senza scomporsi, e col mignolo lo disimpegnò. L'ululo cessò immediatamente.

"Meno male," sospirò Boland. "Come va, Manson? Cosa ti pare, adesso, della macchinetta, eh? L'ho allungata di sessantun centimetri esattamente; grandiosa, eh? C'è ancora qualche cosetta nel cambio, che non va; non ha fatto la salita come m'aspettavo..."

"S'è incantata solo pochi minuti," disse Mary, in tono indulgente.

"Comunque, metteremo a posto anche quello. Come state, Mrs Manson? Siamo venuti tutti per augurarvi buon Natale e prendere il tè con voi."

"Avete fatto bene," Cristina sorrideva, "che magnifici guanti!"

"Regalo di Natale," rispose Boland, ammirandoseli. "Residui dell'Intendenza dell'Esercito; li danno via per niente. Me li ha regalati mia moglie. Cos'ha questo sportello che non s'apre?" Incapace di aprirlo, lo scavalcò con le sue gambe lunghe, poi aiutò i bambini e la moglie a far lo stesso. Girò attorno alla macchinetta per ispezionarla amorosamente, rimosse delicatamente una crosticina di fango dal parabrezza, e finalmente se ne staccò con rammarico per seguire gli altri.

Fu un gioioso trattenimento. Boland scoppiettava di gaiezza. Noi pensava che alla sua creazione. "Aspettate dopo che l'avrò riverniciata. Non la riconoscerete." Sua moglie vuotò sei tazze. I bambini cominciarono coi biscotti al cioccolato e finirono con una battaglia sull'ultima fetta di pane. Vuotarono ogni singolo piatto in tavola.

Dopo il tè, mentre Mary lavava i piatti in cucina, — aveva insistito, dicendo che Cristina aveva l'aria stanca, — Andrew staccò il pupo dalla mamma e si mise a giocare con lui in terra davanti al fuoco. Era il piú grasso fantolino che avesse mai visto, un vero pupo Rubens, con enormi occhi solenni e salsicciotti ai polsi e alle caviglie. Provava ripetutamente a ficcargli un dito nell'occhio. Ogni volta che falliva esprimeva una solenne meraviglia. Cristina sedeva con le mani in grembo senza parlare. Guardava suo marito giocare col bambino.

Ma la famiglia non poté trattenersi a lungo. Cominciava a far buio, e Boland, preoccupato dell'accumulatore, dubitava, senza dirlo, del funzionamento dei fari. Quando s'alzarono per partire, diramò grandiosamente un invito: "Venite tutti a vedere il varo."

Cosí Cristina e Andrew si trovarono di nuovo sulla soglia di casa, intenti ad assistere al caricamento della famiglia. Dopo un paio di sternuti, il motore ubbidí alla manovella, e Boland, con un trionfante cenno del capo ai padroni di casa, calzò i guantoni, s'aggiustò la bombetta ad un angolo da conquistatore, e finalmente si issò superbamente al volante.

In quel punto, l'unità che egli aveva creata con tanto amore si sciolse miseramente, e con uno schianto curioso il veicolo soprallungato si sfasciò e s'accasciò dolcemente a terra, come una vecchia bestia da soma che si rassegni a perire d'esaurimento. Si udí un suono di pezzi metallici che andavano per conto loro, si vide la cassetta attrezzi vomitare tutti i suoi ferri, poi il corpo della vettura restò immobile, smembrato, appiattito al livello del terreno. Nel minuto precedente, c'era stata un'automobile, adesso c'era una sfasciata gondola di cartone. Davanti, Boland continuava a star aggrappato al volante; dietro, sua moglie continuava a star aggrappata al pupo; la sua bocca si era spalancata per la sorpresa, ma i suoi occhi persistevano a fissare l'eternità; la stupefazione sul volto di Boland, alla subitanea perdita di quota, era irresistibile.

Andrew e Cristina si torcevano in risate: una volta partiti, non potevano fermarsi. Risero finché si sentirono mancare le forze.

"Maledizione!" disse Boland, grattandosi l'orecchio, appena si fu ripreso. Vedendo che nessuno s'era fatto male, e che sua moglie, pallida ma impavida, continuava a restar seduta al suo posto, prese a congetturare sulle cause della rovina. "Sabotaggio," dichiarò alfine, guardando con piglio minaccioso le finestre sul lato opposto della strada. "Qualcuno di quei diavoli là sarà venuto qui a frugare mentre noi s'era dentro." Poi la sua faccia si schiarí. Prese Andrew sotto il braccio, e puntando al cofano malconcio, sotto al quale il motore continuava pur sempre ad emetter fiochi palpiti convulsivi, disse: "Lo senti, Manson? Cammina ancora."

Ma anche la famiglia Boland dovette quel giorno camminare per rientrare a casa.

"Che giornata!" esclamò Andrew, quando ritrovarono pace. "Non dimenticherò mai piú l'espressione della faccia di Boland." Silenzio. "Ebbene, cara, contenta del tuo Natale?"

Cristina replicò: "M'ha fatto piacere vederti giocare col bambino."

Andrew le scoccò un'occhiata. "Perché?"

"Ho provato tutto il giorno a dirtelo. Non indovini, caro? E pensare che sei un medico cosí famoso!"

XIII

Di nuovo primavera. Anzi, estate precoce. Visto dall'alto della via pubblica che lo sovrastava, il giardino di Vale View era come un tappeto dai colori teneri, che i passanti spesso si fermavano ad ammirare. Colori provenienti in massima parte dagli arbusti, ora tutti fioriti, che Cristina aveva piantati in autunno; perché adesso Andrew le proibiva qualunque lavoro in giardino. "Il nido te lo sei fatto," le diceva con autorità, "ora goditelo."

Di solito Cristina se lo godeva nell'ansa d'una piccola forra, dove l'acqua cascando borbottava con un dolce mormorio riposante. Un salice piangente offriva riparo dalla vista dei curiosi, che abitavano le case sovrastanti. Era lo svantaggio di quel giardino, l'essere completamente esposto. Bastava che Andrew e Cristina si sedessero sotto il portico perché tutte le finestre si guarnissero immediatamente di facce, e circolasse la voce: "Ecco là i due colombi a tubare; vieni a vedere, Fanny." Ricordavano la volta, nei primi tempi, che Andrew si era azzardato a passare il braccio attorno alla vita di Cristina, mentre stavano sdraiati al sole, ed aveva visto un luccicar di lenti alla finestra dell'oste. "Vecchio porco!" aveva imprecato Andrew a denti stretti, "ha sfoderato il telescopio."

Ma sotto il salice erano riparati, ed era lí che Andrew le teneva i suoi erratici discorsi abituali: "Vedi, Tina, non c'è da aver nessuna paura. Non siam mica gente ordinaria, diamine. Io son medico, e di parti so io quanti ne ho visti. Cose assolutamente normali. Fenomeni di natura, per la perpetuazione della razza, eccetera, capisci? Ora non fraintendermi, cara, sai come son contento e tutto quanto ma... Fatto sta che... sei delicatina, fragile, come una bambina... No, ma senti! Lasciami dire, so benissimo che non dobbiamo fare i sentimentali, che diavolo, sarebbe assurdo da parte mia, nella mia professione, ma comunque..."

Cristina rideva, alle volte fino alle lacrime; tanto che lui s'alzava a sedere, allarmato. "Smetti, via, puoi causare qualche infortunio."

"Quanto sei caro," s'asciugava gli occhi, "come idealista sentimentale, ti adoro."

Lui non si rendeva pienamente conto del senso riposto delle sue parole, ma per riguardo si asteneva dall'indagare. Nel pomeriggio, quando decideva ch'ella "avesse bisogno di fare del moto", se la portava doverosamente a spasso nel giardino pubblico; le passeggiate in collina erano severamente proibite. Nel parco girellavano, ascoltavano la musica, osservavano i bimbi dei minatori che facevano merenda.

Fu ai primi di maggio, mentre erano ancora a letto, che Andrew, nel dormiveglia, avvertí per la prima volta quel dolce e misterioso frullo d'ali che è il primo moto della creatura nell'utero. Non fiatò, non osava nemmeno credere alla sua supposizione, si sentiva travolgere da successive ondate di estatica tenerezza. E allora capí perché, di regola, i medici non assistono la moglie nei parti.

La stessa settimana pensò che era venuto il momento di parlare a Llewellyn, al quale, fin dal principio, avevano entrambi deciso d'accordo di affidarsi. Quando Andrew gli telefonò, Llewellyn si mostrò compiaciuto, e lusingato. Venne subito, ed eseguí un esame preliminare. Poi si portò Andrew in salotto. Accettando la sigaretta offertagli, disse: "Mi assumo l'incarico molto volentieri, caro Manson. Avevo come un'idea che tutt'e due non mi voleste abbastanza bene per chiedere il mio intervento. Credete che farò del mio meglio. A proposito, abbiamo un clima pesantuccio quest'anno ad Aberalaw. Non vi pare che sarebbe bene che la signora, mentre ne è ancora in grado, approfittasse d'un cambiamento d'aria?"

Dopo che Llewellyn se ne fu andato, Andrew ammise, tra sé e sé, che era un uomo simpaticissimo, dopo tutto, e non riusciva a perdonarsi d'aver voluto metterglisi contro, l'anno precedente. "È un uomo di cuore, non c'è dubbio, e anche di tatto, bisogna riconoscerlo; mentre io sono uno scozzone scozzese, scontroso, geloso e schiappino."

Cristina non era propensa a partire, ma lui insisté. "So che non ti sorride l'idea di lasciarmi, Tina, ma è *meglio*, credi. Dobbiamo pensare a tutto. Preferisci andare al mare, o da tua zia? Non badare a spese, ho qualche soldo da parte."

Visto che *era meglio*, Cristina decise di andare da sua zia; e otto giorni dopo egli l'accompagnò alla stazione, e si separò da lei con un commovente abbraccio, e offrendole un cestino di frutta, per sostenerla durante il viaggio.

Ne sentí l'assenza piú di quanto avrebbe creduto possibile. Le loro pacate conversazioni, le loro calorose discussioni, i litigi, i silenzi, l'ansia con cui la chiamava per nome, rincasando, ed aspettava, l'orecchio teso, la gaia risposta... tutte queste cosette ora gli si rivelavano estremamente significative. Senza di lei, la loro camera da letto era una camera d'albergo. I suoi pasti, coscienziosamente allestiti e serviti da Jenny conforme al programma scritto lasciato da Cristina, erano aridi ed affrettati spuntini divorati dietro un libro appoggiato alla bottiglia.

Gironzolando un giorno nel giardino che Cristina aveva creato, fu indignato dalle miserande condizioni del ponticello. Sembrava un'offesa alla memoria di Cristina assente. Aveva già, piú d'una volta, segnalato la cosa al Comitato, per avvertirlo che il ponte minacciava di rovinare; ma il Comitato era lento all'azione quando si trattava di spese di riparazione. Quel giorno, però, mosso dallo sdegno, protestò energicamente per telefono, sollecitando l'ufficio competente a provvedere d'urgenza. Owen era partito per un breve congedo, ma l'impiegato lo assicurò che la questione era già stata discussa, e anzi risolta, e che il riattamento era stato affidato a Richards, appaltatore. Era solo perché Richards era fortemente occupato in altri lavori, che non aveva ancora potuto iniziare la riparazione del ponticello di Vale View.

Passava le sere dai Boland, o anche dai Vaughan, che un paio di volte lo fecero giocare a bridge, e un pomeriggio si trovò, non senza sorpresa, a giuocare a golf con Llewellyn. Riprese contatto, per corrispondenza, con Freddie Hamson, e con Denny, il quale s'era finalmente deciso ad abbandonare Blaenelly ed era in viaggio per Tampico, come chirurgo di bordo su una petroliera. Quanto alle lettere che scriveva a Cristina, rappresentavano modelli di eloquente ritenutezza. Ma le distrazioni le cercava precipuamente nel suo lavoro.

Le sue ricerche cliniche nei pozzi d'antracite erano oramai bene avviate. Non poteva affrettarle perché — a parte le esigenze della sua clientela ordinaria —, dovendo esaminare i minatori all'ora del bagno, rifuggiva dal trattenerli a lungo, in quanto avevan tutti premura di rientrare a casa, dove li aspettava la cena. Cosí sbrigava in media due esami al giorno, tuttavia i risultati erano già soddisfacenti. Rilevava già, senza saltare a conclusioni affrettate, che la frequenza dei disturbi polmonari tra i minatori di antracite era incontestabilmente superiore a quella che si riscontrava nei minatori ordinari.

Pur diffidando prudentemente dei libri, consultò nondimeno tutta la letteratura sull'argomento, soprattutto per non correre il rischio di dover scoprire piú tardi che non aveva fatto che seguire orme già calcate da altri prima di lui. Rimase sbalordito dalla poca entità di questa letteratura. Erano rari gli studiosi che avessero dimostrato di darsi gran pensiero dei disturbi polmonari dipendenti dal genere di lavoro al quale s'applicavano i soggetti. Zenker aveva introdotto un termine altisonante, la pneumoconiosi, comprendente tre forme di fibrosi polmonare dovute all'inalazione della polvere. L'antracosi, l'infiltrazione di polvere nera riscontrabile nei polmoni dei minatori di carbone, era, ovviamente, conosciuta da tempo, e ritenuta da Goldman in Germania e da Trotter in Inghilterra, innocua.

Esisteva qualche trattato sulla prevalenza di disturbi polmonari nei costruttori di pietre da macina, specialmente francesi, e negli arrotini, come anche negli spaccapietre. Qua e là, qualche menzione del fatto che gli operai addetti alla raccolta ed alla lavorazione del lino e del cotone andavano anch'essi soggetti a croniche alterazioni dei polmoni. Ma, a parte questo, nulla.

Ultimata la rassegna, gli occhi di Andrew erano lucidi di un'arcana agitazione. Si sentiva sulle tracce di qualche cosa di realmente inesplorato. Pensava al forte numero di lavoratori sotterranei nelle grandi miniere d'antracite; alla rilassatezza della legislazione concernente i casi di invalidità ai quali i minatori andavano soggetti piú frequentemente degli altri operai; all'enorme importanza sociale che col tempo questa linea d'investigazione poteva rivestire. Sudava freddo al pensiero che qualche altro studioso potesse precorrerlo. Ma lo scacciò dalla mente. Camminando su e giú nel salotto, molto oltre la mezzanotte, arraffò dalla mensola del camino la fotografia di Cristina. "Tina! Credo realmente che sto per fare qualche cosa di grande."

In una teca che aveva acquistata all'uopo classificava i risultati delle sue ricerche. Sebbene non ne facesse gran conto, la sua abilità clinica era ora realmente notevole. Nello spogliatoio, dove gli uomini stavano in fila davanti a lui nudi fino alla cintola, palpava con le sue agili dita e con l'aiuto dello stetoscopio la recondita patologia dei loro polmoni viventi: qui un centro fibroide, là un enfisema, altrove una bronchite cronica. Sui diagrammi stampati sul rovescio delle tessere individuali registrava con somma cura le lesioni riscontrate.

Contemporaneamente prelevava esemplari degli sputi, e lavorava fino alle due o alle tre del mattino sul microscopio di Denny, ed anche questi risultati figuravano sulle tessere. Trovò che la maggior parte di questi esemplari di pus mucoso — localmente denominati "sputi bianchi" — contenevano molecole di silicio. Era sbalordito dal numero delle cellule alveolari presenti, dalla frequenza con cui riscontrava la presenza del bacillo tubercolare. Ma quello che piú di tutto ribadiva la sua convinzione era oltre alla presenza, quasi costante, del silicio cristallino nelle cellule alveolari, quella di fagociti. Non poteva sottrarsi al l'eccitante idea che le alterazioni dei polmoni, forse persino le infezioni coincidenti, dipendessero fondamentalmente da quel fattore.

Era questa l'estensione dei suoi progressi quando Cristina tornò alla fine di giugno. "Fa piacere essere di ritorno. Sí, mi son divertita, ma... oh, non so nemmeno io, e tu sei pallidino, caro, Jenny ti ha affamato."

La vacanza le aveva fatto bene; le sue guance avevano una bella fioritura. Ma si preoccupava di lui, del suo poco appetito, del suo continuo frugarsi in tasca in cerca di sigarette. Gli domandò, seria: "Quanto tempo ancora durerà questo lavoro extra?"

"Non saprei." Era l'indomani del suo arrivo, pioveva, ed era giú di morale. "Un anno, come cinque."

"Be', dai retta a me, Andrew Manson. Non intendo riformarti; un riformatore, nella famiglia, è piú che sufficiente; ma non ti pare che hai il dovere assoluto, poiché è cosí lungo, di lavorare sistematicamente, a ore regolari, invece di star su tardi, e ammazzarti?"

"Bah, io sto benone."

Ma su certe cose Cristina insisteva, e generalmente la spuntava. Fece bruscare con acqua e sapone il pavimento del laboratorio, le cui tavole avevano un dolce odore di pino resinoso che si mescolava col pungente odore dei reagenti che Andrew usava. Vi fece portare una poltrona per sé, e vi passava le sere, cucendo, mentre lui lavorava al tavolo. Chino sul microscopio, egli la dimenticava completamente, ma lei era lí, e tutte le sere alle undici in punto si alzava. "Ora di andare a letto."

"Ma dico..." ammiccava gli occhi stanchi delle lenti, "be', comincia pure a andar su, io vengo subito."

"Andrew Manson, ti sbagli se credi che me ne vada a letto sola, *nel mio stato*!" La frase era diventata un buffo ritornello. Entrambi ne usavano, indiscriminatamente, facetamente, come di un risolvente utile in tutte le discussioni. Smontava d'incanto tutte le resistenze. Ridendo Andrew s'alzava dal tavolo, stirava le braccia, poi riavvitava le lenti, riponeva i vetrini...

Verso la fine di luglio un violento scoppio di morbillo gli creò un forte aumento di lavoro, e il 3 agosto il numero delle visite fu cosí alto che rientrò solo dopo le tre del pomeriggio. Mentre avvicinandosi a casa si domandava se ordinare uno spuntino o contentarsi del solo tè, vide la *limousine* di Llewellyn davanti alla propria porta.

L'insolita presenza di quel veicolo, a quell'ora, in quel posto, gli fece dare un sobbalzo: affrettò il passo col cuore che batteva. Corse su per i gradini del portico, spinse la porta e nell'anticamera trovò Llewellyn. Fissandolo con nervosa intensità, borbottò in gola: "Salve, Llewellyn. Non v'aspettavo cosí presto."

"Già," rispose Llewellyn.

Andrew sorrise. "Ebbene?" Non trovava altre parole, ma la curiosità dipinta sulla sua faccia era abbastanza eloquente.

Llewellyn non sorrideva. Dopo una breve pausa, disse: "Venite di qua un minuto, figliolo," e lo precedette in salotto. "È tutta la mattina che vi cerco." I suoi modi, la sua esitazione, lo strano accento di simpatia nella sua voce, mandarono una fitta fredda nella schiena di Andrew, che balbettò:

"Qualche cosa che non va?"

Llewellyn guardò fuori della finestra, nella direzione del ponticello, come se cercasse la risposta meno crudele. Andrew non poteva sopportare piú oltre la situazione. Non gli riusciva nemmeno di respirare, aveva il petto pieno d'una soffocante agonia di sospensione. "Manson," disse Llewellyn, il piú delicatamente che poté, "stamane, quando Cristina passava sul ponte, una delle tavole marce ha ceduto. Adesso sta bene, assolutamente bene, ma ho paura che..."

Egli capí prima che Llewellyn finisse. Gli parve che il suo cuore stesse per scoppiare.

"State certo," seguitò Llewellyn, sullo stesso tono mite e benigno, "che abbiamo fatto di tutto. Io sono arrivato subito, con la levatrice dell'ospedale; siamo rimasti qui tutto il tempo."

Altro silenzio. Andrew si coprí gli occhi con la mano.

"Coraggio, figliolo, era impossibile prevedere un accidente di questa sorta. Coraggio, andate su... a consolarla."

Con la testa bassa, reggendosi alla ringhiera, Andrew si trascinò su per la scala. Sulla soglia sostò, per raccoglier lena, poi, vacillando, entrò.

XIV

Agli inizi del 1927 il dottor Manson di Aberalaw godeva di una reputazione singolarmente contrastata. La sua clientela non era numerosissima, non era grandemente aumentata da quando i suoi metodi nuovi, e bruschetti, gliene avevano alienato una parte nei primi tempi della sua pratica. Ma ogni singolo individuo che figurava sulla sua lista aveva in lui una fede incrollabile. Era un dottore che prescriveva poche medicine, — anzi, aveva l'incredibile abitudine di sconsigliare le medicine ai suoi clienti —, ma che quando le prescriveva, lo faceva con uno stile tutto suo. Piú d'una volta Gadge, il farmacista, fu visto traversare precipitosamente la sala d'aspetto dell'ambulatorio, con l'aria preoccupata dalla ricetta che teneva in mano. "Dottor Manson, cos'è questa roba per Evan Jones? KBr. in dosi di *sessanta* grani??? Il libro dice cinque!!!"

"Anche il libro dei sogni dice cinque, Gadge. Tirate pure avanti con sessanta. D'altronde, so che sareste contentone di mandare Evan Jones all'altro mondo."

Ma Evan Jones, epilettico, non andò all'altro mondo, anzi, fu visto la settimana seguente passeggiare nei giardini pubblici.

Il Comitato avrebbe, da parte sua, dovuto altamente e teneramente apprezzare il dottor Manson, perché il suo conto medicinali era sempre inferiore alla metà di quelli dei suoi colleghi. Il guaio era che Manson costava al Comitato tre volte di piú per altro verso. Usava, per esempio, vaccini e sieri positivamente rovinosi, sieri e vaccini di cui nessuno — come calorosamente asseriva Chenkin figlio — aveva mai sentito parlare. Quando Owen citò, a difesa di Manson, quel mese d'inverno in cui l'assistente in causa, usando il vaccino Bordet e Gengou, aveva arrestato nel proprio settore il maligno attacco di tosse asinina che negli altri settori continuò ad imperversare per un pezzo, Chenkin replicò: "E chi vi dice che sia merito suo o del nuovo ritrovato? Lui stesso, quando l'ho interpellato al riguardo, mi ha candidamente risposto che nessuno poteva esserne sicuro."

Se aveva molti amici leali, Manson aveva d'altra parte non pochi nemici. Continuavano per esempio a far parte del Comitato quei tali membri che non gli avevano mai perdonato d'averli umiliati, durante l'ultima seduta plenaria, gettando loro in faccia quelle roventi indelebili parolacce a proposito dell'incresciosa rovina del ponticello di Vale View. Il Comitato aveva, naturalmente, espresso ai coniugi Manson le sue piú sentite condoglianze nella crudele sventura che li aveva colpiti; ma non aveva mancato di metter bene in chiaro che non poteva addossarsi alcuna responsabilità dell'accaduto. Il Comitato aveva la testa sulle spalle. Il segretario Owen era in congedo all'epoca della disgrazia, e Richards, che doveva procedere al riattamento della passerella in questione, aveva sulle braccia le nuove costruzioni di Powis Street. Era assurdo accusare il Comitato di negligenza.

E in seguito Andrew era venuto sovente ai ferri corti con lo stesso Comitato, perché aveva, per far valere le proprie ragioni, un modo tutto suo che al Comitato non andava affatto a genio. Doveva inoltre combattere contro certi pregiudizi d'ordine religioso. Sebbene sua moglie andasse in chiesa abbastanza spesso, lui nessuno ve lo vedeva mai; era stato il dottor Oxborrow che per primo aveva menzionato questo fatto, e si sapeva che Manson si era fatto le piú grasse risate alle spalle di Oxborrow in questa occasione. Aveva per giunta, tra il popolino di chiesa, un nuovo acerrimo nemico giurato nella persona del reverendo Edwal Parry, pastore di Sinai.

Nella primavera del 1926 questo degnissimo servo di Dio, coniugato da poco, s'era presentato, sul tardi, nell'ambulatorio di Manson, con un'aria, sia pure perfettamente cristiana, ma tuttavia non scevra d'una certa baldanza libertinesca. "Come state, dottor Manson, passavo per caso, e son venuto a presentarvi i miei doveri. Di regola mi valgo dei consigli del dottor Oxborrow; è uno del mio gregge, capirete, e il suo ambulatorio è dalle mie parti. Ma voi siete un medico eminentemente moderno, sotto tutti gli aspetti, e a tutti i fini, mi dicono, al corrente di tutto quanto è novità. Cosí ho pensato che vorrei..., badate che sono disposto a trattare con generosità... vorrei chiedervi un consiglio, visto che son qui..." affettò un sacro pudor clericale di mondano candore "... voi mi capite, io e mia moglie non vogliamo bambini per qualche altro po', il mio stipendio è magrolino..."

Manson squadrò il ministro di Sinai con glaciale disgusto. Disse, scandendo le parole: "Non vi rendete conto che c'è qualcuno, qui dentro, il cui stipendio non ammonta nemmeno alla quarta parte del vostro, e che darebbe un occhio per avere bambini? Perché mai vi siete sposato?" La sua collera traboccò: "Fuori di qui, sudicio servetto di Dio!"

Il pastore di Sinai s'era ritirato masticando amaro. Forse Andrew aveva parlato con eccessiva violenza. Ma Cristina, dopo quella caduta fatale, non poteva mai piú aver bambini, e ne desideravano entrambi con tanto ardore! Manson si domandava spesso perché non avesse cercato di farsi trasferire in un altro sito dopo l'aborto. La risposta era chiara: a causa dei suoi studi sull'inalazione della polvere che lo tenevano legato alle miniere.

Nel passare in rassegna quello che aveva compiuto, tra le mille difficoltà che gli s'erano presentate per svariate ragioni, si meravigliava d'aver fatto tanta strada in quel tempo relativamente breve. Aveva oramai acquistato la certezza della preponderanza dei disturbi polmonari tra i minatori d'antracite. Trovò, inoltre, che l'indice della mortalità in seguito a disturbi polmonari tra i piú vecchi minatori d'antracite era tre volte maggiore di quello dei minatori ordinari. Compilò una serie di tabelle indicanti la curva di frequenza dei disturbi polmonari in rapporto ai vari impieghi personali dei minatori d'antracite.

Poi si accinse a dimostrare che la polvere di silicio riscontrata nell'esame degli sputi era effettivamente presente nei pozzi. Non solo dimostrò questo fatto conclusivamente, ma, esponendo, per differenti periodi di tempo, in diverse parti d'una miniera, i suoi vetrini spalmati di balsamo del Canada, otteneva cifre che rivelavano svariati concentramenti di polvere, cifre che salivano bruscamente durante le operazioni di perforamento della roccia e di brillamento delle mine.

Aveva cosí stabilito tutta una serie di interessanti equazioni, che svelavano il rapporto esistente tra gli eccessivi concentramenti atmosferici di polvere di silicio e le eccessive incidenze di disturbi polmonari. Ma ciò non bastava. Doveva per sovrappiú positivamente comprovare che la polvere fosse nociva, che distruggesse effettivamente il tessuto polmonare, e non rappresentasse soltanto un innocuo corollario del fatto. Doveva dunque eseguire una serie di esperimenti patologici su porcellini d'India per studiare l'azione della polvere di silicio sui loro polmoni.

E fu qui che cominciarono i guai. Aveva già il suo laboratorio, in una delle camere vuote del villino. Procurarsi i porcellini gli riuscí facile. E gli attrezzi richiesti erano semplici. Ma, pur essendo ingegnoso, non era un patologo. La consapevolezza di questo fatto, indispettendolo, lo rendeva piú cocciuto che mai. Imprecava contro un sistema che lo costringeva a lavorare da solo, e per compenso esigeva il concorso dell'opera di Cristina, insegnandole insomma la meccanica del mestiere, ch'ella del resto, entro pochissimo tempo, imparò meglio di lui.

Poi, costruí molto semplicemente, una "camera di polvere", in cui esponeva, per un certo numero di ore diurne, alcuni porcellini, tenendone altri — "i controlli" — nell'ambiente normale. Era un lavoro esasperante, che esigeva piú pazienza di quanta egli possedesse. Due volte il piccolo ventilatore che usava si guastò. In una fase critica dell'esperimento commise un errore nel suo sistema di controllo e dovette ricominciare tutto da capo. Ma nonostante gli errori e le dilazioni, ottenne ugualmente gli esemplari che cercava, e che comprovavano, in vari stadi successivi, il deterioramento del polmone.

Tirò un lungo sospiro di soddisfazione, smise di sgridare Cristina e per qualche giorno fu sopportabile. Poi, colpito da un'altra idea, si scatenò daccapo.

Tutte le sue ricerche erano state condotte sull'assunto che il danno al polmone fosse prodotto dalla distruzione meccanica operata dai cristalli di silicati inalati. Ma adesso, d'un tratto, si domandò se non esistesse, sotto la mera irritazione fisica prodotta dalle molecole, qualche ulteriore azione chimica concomitante. Non era un chimico, ma era ormai troppo profondamente immerso nelle sue ricerche per potersi rassegnare alla sconfitta.

Si procurò quindi silici colloidali e li iniettò sotto la pelle d'uno dei porcellini. Il risultato fu un ascesso. Trovò che gli ascessi di quella fatta potevano venir provocati mediante l'iniezione di soluzioni acquee di silici amorfi, iniezione che, fisicamente, non era irritante. E trovò d'altra parte, con un fremito di vittoria, che l'iniezione di una sostanza meccanicamente irritante, contenente ad esempio molecole di carbonio, non produceva nessunissimo ascesso. La polvere di silicio era dunque, effettivamente, *chimicamente* attiva.

Era ora quasi fuori di sé per l'eccitazione. Aveva fatto anche più di quanto si era prefisso. Febbrilmente riordinò i dati e raccolse in forma sintetica i risultati di tre anni di lavoro. Aveva deciso, mesi prima, non solo di pubblicare il risultato delle sue ricerche, ma di farne la sua "tesi" per il titolo di dottore in medicina, l'MD. Quando il dattiloscritto arrivò da Cardiff, nitidamente rilegato nella sua copertina celeste, lo rilesse esultante, uscí con Cristina per impostarlo, e poi, incomprensibilmente, sprofondò in un abisso di scoraggiamento.

Si sentiva esausto, inerte. Divenne consapevole, più vividamente che mai, che non era uno studioso da laboratorio, e che la migliore, la più valida parte della sua tesi era quella che concerneva il lavoro fatto durante la fase delle ricerche cliniche. Rammentò, con una fitta di compunzione, quanto spesso s'era ingiustamente arrabbiato con la povera Cristina. Per vari giorni insomma fu inquieto e disanimato. Però malgrado tutto c'erano dei momenti luminosi in cui sapeva d'aver compiuto qualche cosa.

XV

Quel giorno di maggio, quando arrivò a casa, Andrew non notò — forse a causa delle sue preoccupazioni — l'aspetto sgomento della sua Cristina. La salutò distrattamente, andò a lavarsi, e tornò giú per il tè. Ma com'ebbe finito, mentre s'accendeva la sigaretta, s'accorse che c'era in aria qualche cosa che non andava. Allungando la mano per prendere il giornale, domandò: "Cosa c'è, Tina?"

Cristina affettò per qualche istante di esaminare attentamente il suo cucchiaino. "Abbiamo avuto visite, oggi, quand'eri fuori."

"Oh? Chi?"

"Una deputazione del Comitato, cinque individui, tra cui il figlio di Chenkin, e accompagnata da Parry, il ministro di Sinai, e da un tal Davies."

Cadde uno strano silenzio. Egli aspirò una grossa boccata di fumo, e abbassò il giornale per guardarla in faccia. "Cosa volevano?"

Cristina si decise ad affrontare lo sguardo che la scrutava, e rivelò in pieno l'ansietà dei suoi occhi. Parlò affrettatamente. "Son venuti verso le quattro, han domandato di te. Ho detto ch'eri fuori. Allora Parry ha detto che non importava, che avevano ugualmente bisogno di venir dentro. Naturalmente mi sono meravigliata. Non sapevo se volessero entrare per aspettarti, o cosa pensare. Poi Chenkin ha detto che la casa era di proprietà del Comitato, e che loro rappresentavano il Comitato, e che quindi in nome del Comitato avevano il diritto d'entrare e perciò entravano." Fece una pausa, respirando con un po' d'affanno. "Io non mi sono mossa d'un centimetro. Friggevo di rabbia, per l'insolenza dei loro modi. Ma son riuscita comunque a domandare *perché* avessero bisogno d'entrare. Allora Parry ha risposto lui. Ha detto che gli risultava, a lui e al Comitato e d'altronde a tutto il paese, che stavi eseguendo degli esperimenti su animali; vivisezione, ha avuto il coraggio di chiamarli! E per questo eran venuti a visitare il laboratorio, facendosi accompagnare da Davies, della società protettrice degli animali."

Andrew non s'era mosso, e i suoi occhi non avevano lasciato la faccia di lei. "Continua, cara," disse, contenendosi.

"Io ho provato ad oppormi, ma non ho potuto, capirai: eran sette! Sono entrati di prepotenza, hanno attraversato l'anticamera e si sono introdotti nel laboratorio. Ad ogni porcellino che vedevano, Parry emetteva uno squittio di pietà: *Oh, le povere bestiole innocenti!* E Chenkin ha visto in terra la macchia dove ho lasciato cadere la boccetta del reagente, ti ricordi, e ha gridato! *Ecco lí! Sangue!* Han ficcato il naso dappertutto, ti dico, rovistato tra le nostre belle sezioni, han preso in mano il microtomo, tutto... Poi Parry ha detto: 'Non posso permettere che queste creaturine continuino a venir torturate a questo modo. Piuttosto le vorrei veder morte.' Ha arraffato il sacco che Davies s'era portato e li ha messi dentro ad uno ad uno. Ho provato a dirgli che non era affatto questione di far soffrire gli animali, né di vivisezione, o altre storie. E in ogni caso, ho detto, quei cinque porcellini d'India lí non erano destinati ad altri esperimenti, ma li riservavamo ai bambini di Boland. Ma lui non voleva sentir niente. E cosí se ne sono andati."

Silenzio. Adesso Andrew era rosso come un ghiro. Si raddrizzò a sedere. "Che inqualificabile impertinenza! Mi spiace che l'hai dovuta subire tu. Ma me la pagherà!"

Rifletté un momento, poi s'avviò al telefono in anticamera. Proprio nel momento che lo raggiungeva, l'apparecchio suonò. Staccò il ricevitore d'un gesto secco. "Hello," disse adirato, poi la voce si modificò leggermente. Aveva riconosciuto la voce di Owen. "Sí, sono io. Sentite, Owen..."

"So, so, dottore," interruppe Owen, "è tutto il giorno che cerco di mettermi in comunicazione con voi. State a sentire. Dobbiamo aprir bene gli occhi in questa faccenda. È un brutto affare. Non dite niente adesso, al telefono. Vengo io a discorrere."

Andrew tornò da Cristina. "Cosa avrà voluto dire?" si domandava, dopo averle riferito la conversazione. "Come se ci si potesse imputare qualche delitto!"

Aspettarono l'arrivo di Owen, Andrew camminando su e giú in parossismo d'impazienza e d'indignazione. Cristina cercando di tranquillarsi col suo lavoro di cucito, ma con gli occhi allarmati.

Owen arrivò. E la sua faccia non era affatto rassicurante. Prima che Andrew potesse parlare, posò una domanda: "Dottore, avevate la licenza?"

"Quale licenza?"

Ora la faccia di Owen palesò maggiore apprensione: "Ci vuole la licenza dal ministero degli interni, per eseguire esperimenti su animali. Non lo sapevate?"

"Ma all'inferno!" Manson protestò calorosamente, "io non sono un patologo e non lo sarò mai; e non ho, ufficialmente, un laboratorio. Ho solo voluto eseguire qualche esperimento, elementarissimo, per comprovare le risultanze delle mie ricerche cliniche. E non abbiamo mai avuto piú di una dozzina di animali in casa, in una stessa volta, vero, Cristina?"

Owen guardava altrove. "La licenza ci voleva ugualmente. Bisogna che sappiate, dottore, che una parte del Comitato è fermamente decisa a giocarvi un brutto tiro su questa faccenda." Seguitò in fretta: "Vedete, dottore, una persona come voi, che fa lavoro d'avanguardia, e che ha il coraggio di dire quel che pensa, è per forza destinato a... Be', comunque, tenete a mente il fatto che una parte del Comitato medita di farvi qualche grossa porcheria, se può. Ad ogni modo io spero che tutto andrà bene. Monteranno un putiferio del diavolo, voi dovrete comparire come accusato, per modo di dire. Ma non è la prima volta che vi trovate ad aver da dire con quella gente. Come l'avete spuntata le altre volte..."

Andrew tempestò. "Io do controquerela! Li denuncio per violazione di domicilio. No, maledizione, li denuncio, per il furto dei miei porcellini. Ad ogni modo le rivoglio, le mie bestie."

Owen fece una smorfia che esprimeva dubbio. "Non li riavrete. Il reverendo e Chenkin le hanno annegate, con le loro mani." E se ne andò, visibilmente addolorato.

L'indomani Andrew ricevette l'intimazione di comparire dinanzi al Comitato alla fine della settimana. Nel frattempo il caso conflagrò come un deposito di petrolio. Da quando l'avvocato Trevor Dav era stato sospettato d'aver avvelenato la moglie, nessuno scandalo aveva commosso a tal punto la cittadina. Si formarono due partiti in opposizione; presero vita varie fazioni violente. Dal suo pulpito di Sinai il reverendo Parry enumerò i castighi riservati cosí nella vita presente come nella futura a chi tortura gli animali e gli innocenti. All'altro capo della città, il reverendo Malpole, il rubicondo ministro della Established Church, s'ergeva a difensore del progresso, e deprecò l'animosità esistente tra la Scienza e la Libera Chiesa di Dio. Ai suoi occhi Parry appariva come la carne di maiale agli occhi del buon maomettano.

Persino le femmine si intrufolarono nella lotta. Miss Myfanny Bensusan, presidentessa locale della Welsh Ladies Endeavour League, in un affollato comizio tenutosi nella Temperance Hall, scagliò contro Manson tutti i fulmini della sua ira. È vero che Andrew aveva offeso Myfanny, rifiutando di presiedere il raduno annuale della W. L. E. L., ma i moventi di Myfanny erano d'altra parte indiscutibilmente puri. Dall'indomani del comizio, comparvero nelle strade le socie della Lega, affaccendate nel distribuire foglietti di propaganda contro la vivisezione, sui quali appariva una realistica vignetta rappresentante un cane parzialmente sbudellato.

Il mercoledí sera Boland telefonò gioiosamente il resoconto di un episodio memorabile. "Come va, Manson, figliolo? Il morale è alto? Benone. Pensavo che ti poteva interessare un fatto che è capitato oggi. Mary veniva a casa stasera quando si vede fermare da una delle lacrimose venditrici di nastrini, che le offre un foglietto, ah! ah!, sta' a sentire, sai cos'ha fatto quella boietta d'una Mary? Lo accetta, lo prende e te lo fa a pezzi sotto il naso della pettegola beghina, e poi, non contenta, sai cos'ha avuto la faccia tosta di dire la nostra Mary?, ha detto: 'Invece di proteggere gli animali, prova un po' a proteggerti da questa, to'!' e le appioppa una tremenda sberla sugli orecchi, ah! ah! ah!"

Sebbene il settore di Andrew fosse tutto solidale con lui, il settore Est, invece, era il vivaio dell'opposizione. Nei locali pubblici s'accendevano frequenti alterchi tra i partigiani di Andrew e i suoi nemici. Frank Davis venne il martedí sera all'ambulatorio, lui stesso abbastanza malconcio, a informare Andrew che aveva "dato il loro conto a due clienti di Oxborrow che avevano detto che il Manson era un macellaio sanguinario".

Al seguito di che, Oxborrow, incontrando accidentalmente Manson, lo oltrepassava con un'andatura elastica e con gli occhi fissi in lontananza. Era noto che Oxborrow spalleggiava apertamente il reverendo Parry, contro il suo "indesiderabile" collega. Urquhart rientrò dalla Loggia massonica con un sacco di commenti cristianissimi, tra cui forse il piú ghiotto era: "Non è ammissibile che un medico ammazzi le creature di Dio." Urquhart, personalmente, aveva poco da dire al riguardo di tutta la faccenda; ma una volta, fissando con occhi strabici il volto preoccupato di Andrew, esclamò: "Maledizione, quand'avevo la vostra età, mi sarei rallegrato d'una situazione di questo genere. Adesso, invece... devo riconoscere che comincio ad invecchiare..."

Andrew, non che rallegrarsi, era indicibilmente disgustato. Si domandava se era destinato per tutta la vita a dar del capo contro qualche muro di pietra. Ciononostante era ansioso di giustificare il suo operato, parendogli che questo fosse l'unico mezzo onorevole a sua disposizione per vendicarsi dei pettegolezzi cittadini.

Cosí che vide quasi con un senso di liberazione spuntare il sabato in cui il Comitato si riuniva in commissione di disciplina per giudicarlo. Non c'era un posto vacante nella sala delle sedute, e fuori in piazza Andrew dovette aprirsi il varco a gomitate tra la folla dei curiosi. Mentre saliva la scala, il cuore prese a battergli forte. Si ripeteva che doveva mantenersi calmo: mostrare un cuore d'acciaio. Quando però prese posto sulla seggiola stessa che aveva occupata come candidato al concorso, era nervosissimo, quasi febbricitante.

La seduta cominciò con un violento discorso del figlio di Chenkin.

"Esporrò i fatti per esteso, signori," esordí. E procedette, in una pappardella da analfabeta pronunciata con voce tonante, ad enumerare le accuse. Il dottor Manson non aveva il diritto di fare quello che aveva fatto. Era un lavoro che faceva durante il tempo che avrebbe dovuto dedicare a servizio del Comitato, che lo stipendiava appunto per essere servito da lui; e lo faceva in un sito che era di proprietà del Comitato. Per giunta si trattava nientemeno che di vivisezione, o poco ci manca. E tutto senza la licenza, una colpa grave, in barba alla legge.

A questo punto Owen interpose seccamente: "Quanto all'ultima osservazione, avviso il Comitato che se denuncia il dottor Manson per avere omesso di procurarsi la licenza, ogni eventuale azione ulteriore coinvolgerebbe l'intera Società."

"Ma perché questo?" urlò Chenkin.

"Perché essendo il dottor Manson un nostro assistente, la Società è legalmente responsabile dei suoi atti in queste sue attività."

Un mormorio di assentimento accolse queste parole. Allora Chenkin riprese: "Be', allora lasciamo correre 'sta maledetta licenza; le altre accuse sono piú che sufficienti per mandare sulla forca chiunque." Le enumerò, poi passò alla perorazione. "Tutte queste accuse sono gravi, signori. Dimostrano che il dottor Manson non è mai stato un fedele servitore della nostra Società. Oltre di che, posso sottolineare il fatto che rifiuta agli uomini i certificati d'esenzione quando sono necessari. Abbiamo in lui un assistente contro il quale tutta la città insorge per un'infrazione della legge che dovrebbe costituire un'offesa di carattere penale; un uomo che ha convertito un villino di nostra proprietà in un ammazzatoio, giuraddio, signori colleghi, ho visto coi miei propri occhi le macchie di sangue sul pavimento; un uomo che non è altro che un visionario, un pazzoide. Io vi chiedo, signori, se è possibile tollerare piú oltre questo stato di cose, No, risponderete tutti con me, no, no, no! Sono sicuro di interpretare i sentimenti universali chiedendo seduta stante le dimissioni del dottor Manson."

Chenkin diede in giro un'aggressiva occhiata d'orgoglio trionfante e si sedette in mezzo ad un tumulto d'applausi.

"Signori!" gridò Owen, "ora permetterete al dottor Manson di esporre le sue ragioni."

Nel silenzio che seguí, Manson continuò a star seduto per qualche istante. La situazione era peggiore di quanto aveva immaginato. C'era poco da fidarsi del Comitato. Quegli energumeni non parevano piú gli stessi uomini che lo avevano approvato sorridendo, quando lo avevano assunto in carica. S'alzò. Non intendeva affatto dimettersi. Non era oratore, e lo sapeva. Ma sperava di potersi affidare all'indignazione suscitata in lui dall'incredibile stupidità della requisitoria di Chenkin e delle acclamazioni che l'avevano accolta. Cominciò:

"Nessuno finora ha detto una parola sugli animali che Chenkin ha annegati. Questa sí fu una crudeltà completamente inutile; non la mia! Perché permettete che i minatori si portino in miniera i topi bianchi e i canarini? Perché sapete che cosí si premuniscono contro i gas. E quando questi animaletti periscono asfissiati, la chiamate una crudeltà? No, evidentemente, perché vi rendete conto che il sacrificio degli animali ha servito a salvare vite umane. E questo è appunto quello che volevo far io. Eseguivo ricerche sui disturbi polmonari dovuti all'inalazione della polvere d'antracite, disturbi che possono generare la tubercolosi, ma che non vi danno diritto ad alcuna indennità. Da tre anni ho dedicato quasi tutto il mio tempo a questi problemi, e ho scoperto qualche cosa che col tempo potrà servire a migliorare le condizioni del vostro lavoro, assicurarvi un trattamento piú equo, tenervi in buona salute meglio che le boccette di medicinali. Che male c'è, se ho sacrificato a questo scopo una dozzina di porcellini d'India? Non credete che ne valesse la pena? Forse non credete alle mie parole. Avete dei pregiudizi contro di me e siete inclini a pensare che racconto delle frottole, come pensate che sto sprecando, in esperimenti da pazzo, il tempo che secondo Chenkin appartiene al Comitato..." Nella sua indignazione ora dimenticava d'essersi proposto di non drammatizzare la situazione. Frugandosi in tasca ne trasse la lettera che aveva ricevuto due giorni innanzi. "Ma credo che questo documento gioverà a farvi conoscere quello che *altri* pensano di me; *altri*, che sono meglio di voi qualificati a giudicarmi."

Si avvicinò ad Owen e gli porse la lettera. Era l'annuncio, da parte del Senato di St. Andrews, che la sua tesi sull'inalazione della polvere gli aveva fruttato l'MD. Owen lesse ad alta voce, con un progressivo schiarirsi della sua faccia, il documento dattilografato, intestato con lo stemma araldico dell'Istituto, poi lo fece passare di mano in mano, e pregò Manson di favorire nell'altra sala in attesa della votazione.

Aspettando di là, scalpicciava d'esasperazione. Gran bell'ideale, quel gruppo di operai che s'erano arrogati in cooperativa il controllo del servizio sanitario per il beneficio dei loro compagni; ma era solo un ideale. Erano troppo parziali, troppo poco intelligenti per amministrare con successo uno schema di tale importanza. Owen doveva perpetuamente trascinarli a rimorchio dietro di sé. E Manson era persuaso che, in quest'occasione, nemmeno i buoni uffici di Owen potevano salvarlo.

Ma quando rientrò nella sala delle sedute vide che il segretario sorrideva fregandosi le mani. Anche alcuni altri membri del Comitato lo guardavano piú benignamente, o almeno senza ostilità. Owen si alzò premuroso e disse: "Sono lieto di parteciparvi, dottor Manson, che il Comitato ha stabilito a maggioranza di chiedervi di rimanere in carica."

Allora aveva vinto. Dopo tutto, l'aveva di nuovo spuntata. Ma la constatazione, dopo la prima fitta di soddisfazione, non gli causò gioia. Gli altri ovviamente si aspettavano che esprimesse il suo sollievo, la sua gratitudine. Ma non gli venivano le parole. Era stanco, nauseato da tutta la faccenda, stufo del Comitato, di Aberalaw, della professione, della polvere d'antracite, dei porcellini e di sé. Alfine disse:

"Grazie, Mr Owen. Sono contento che il Comitato, dopo tutto quello che ho cercato di fare qui, desideri che io rimanga. Ma, mi spiace, non mi sento di servire Aberalaw piú a lungo. Mi licenzio, e do un mese di tempo al Comitato per sostituirmi."

Pronunciò le parole senza passione, fece dietrofront e uscí dalla sala. Nel silenzio di tomba, Chenkin fu il primo a riaversi. "L'essenziale è che ce ne liberiamo o di riffe o di raffe," gridò alle spalle di Manson.

Allora Owen meravigliò tutti quanti con uno sfogo di collera: il primo che avesse manifestato da quando era segretario: "Chiudi quella bocca, Chenkin," disse sbattendo la riga sul tavolo, "abbiamo perduto il miglior medico che abbiamo mai avuto."

XVI

Nel mezzo di quella notte, Andrew si svegliò brontolando confusamente. "Tina, sono un incosciente. Rinunciare cosí all'impiego, adesso che cominciavo a farmi una clientela privata! E Llewellyn pareva quasi disposto ad ammettermi regolarmente all'ospedale. Anche quel Comitato, a parte la cricca di Chenkin, non è poi mica il diavolo. Capacissimo di riservarmi il posto di Llewellyn, quando andasse a riposo."

Cristina lo confortò, con la sua voce ragionevole: "Non avere scrupoli, caro, non avevi mica intenzione di metter radici qui per tutta la vita, vediamo! Siamo stati felicissimi qui, io e te, ma io non chiedo di meglio che muoverci, andar oltre."

"Ma è questione, Tina, che non abbiamo fondi sufficienti per comperare una condotta."

"Non pensare al denaro. Verrà, vedrai. Per ora, sai cosa facciamo? Spendiamo quello che abbiamo in un viaggetto. Sono quasi quattr'anni che non ci stacchiamo da queste miniere."

Andrew si lasciò facilmente persuadere e l'indomani il mondo gli sembrava un bellissimo posto per viverci. A colazione dichiarò: "Sei davvero una buona figliola, Tina. Invece di montare in cattedra e dirmi che adesso t'aspetti grandi cose da me, mi..."

Lei non l'ascoltava. Con apparente incoerenza lo interruppe: "Puoi fare a meno di spiegazzare il giornale a quel modo? Ho da leggere l'articolo sul giardinaggio. Tratti i giornali come fanno le donne."

"E tu non leggerlo, il tuo articolo," la baciava, andandosene, "pensa invece a me."

Si sentiva temerario, disposto a giocare il tutto per il

tutto. Non poteva astenersi dal contemplare mentalmente le attività del suo bilancio: l'MRCP, l'MD, e piú di trecento sterline in banca. Con tutto questo alle spalle non c'era pericolo di morire di fame. Doveva ad ogni costo mantenersi saldo nella sua risoluzione.

S'era operato un completo voltafaccia nell'atteggiamento della cittadinanza. Adesso che se ne andava di sua libera volontà desideravano tutti che rimanesse. Il colmo fu, verso la fine della settimana, quando Owen capitanò una deputazione del Comitato, che venne a Vale View per pregare Manson ufficialmente di riconsiderare la sua decisione. Da quel momento, il risentimento generale contro Chenkin salí ad altezze inaspettate. Due volte fu pedinato burlescamente fino a casa sua tra gli schiamazzi d'una banda di giovani armati di fischietti: ignominia riservata di solito ai soli crumiri.

A parte queste meschine ripercussioni locali, Andrew trovava strano che la sua tesi avesse sollevato cosí pochi commenti fuori da Aberalaw. Gli aveva procurato l'MD, va bene, ed era stata pubblicata nel *Journal of Industrial Health* in Inghilterra e sotto forma d'opuscolo in America da un'associazione di igiene pubblica; ma, all'infuori di ciò, non gli aveva valso che tre lettere in tutto.

La prima da una ditta farmaceutica di Londra, che lo informava d'avergli inoltrato alcuni campioni del suo Pulmo-Syrup, l'infallibile specifico per i polmoni esaltato da centinaia di testimonianze, fra cui molte sottoscritte da celebri professionisti. Sperava che il dottor Manson volesse raccomandare ai minatori l'uso del Pulmo-Syrup, che curava i reumi, a detta dei fabbricanti.

La seconda del professor Challis: un'entusiastica lettera di congratulazione, che concludeva invitando Manson a presentarsi se possibile nella settimana entrante, all'Istituto di Cardiff per comunicazioni che lo potevano interessare. Come *post scriptum* Challis aggiungeva di suo pugno: *Procurate di venire martedí*. Ma Andrew trascurò l'appuntamento. Dimenticò persino di rispondere.

Alla terza invece replicò immediatamente, tanto era stato commosso nel riceverla. Era un messaggio, insolito e stimolante, che aveva traversato l'Atlantico provenendo dall'Oregon, Andrew lesse e rilesse le pagine dattilografate e le portò concitato a Cristina. "Tina, questa sí è una lettera che fa piacere. È un certo Stillman, tu non l'hai mai sentito nominare ma io sí, e dimostra di apprezzare davvero il mio lavoro. Molto piú di Challis, — a proposito, dove ho lasciato la sua lettera? devo rispondere; fa niente, — questo è uno che capisce le mie finalità, mi dà persino due o tre suggerimenti interessanti. Pare che l'ingrediente realmente distruttivo nei miei silici sia la serecite. Non ero abbastanza dotto in chimica per arrivare fino a questa scoperta. Ma è una lettera che dà soddisfazione. E da Stillman!"

"Chi è? Un medico americano?"

"No. Questo è il fenomeno. Non è laureato. Ma ha una clinica, vicino a Portland nell'Oregon, per gli ammalati di polmoni, to', vedi qua l'intestazione. Non tutti lo vogliono riconoscere per bravo, ma per me è un colosso, a suo modo, su per giú come Spahlinger. Te ne riparlerò, quando ho tempo."

Erano ora molto affaccendati coi preparativi della partenza. Da Blaenelly erano quasi fuggiti, ignorati dal mondo intero; questa volta invece dovettero subire le delizie di vibranti manifestazioni d'addio. Furono festeggiati dai Vaughan, dai Boland, persino dai Llewellyn. Andrew sí buscò quella che chiamò una dispepsia di congedamento, sintomatica conseguenza dei banchetti ai quali avevano dovuto assoggettarsi. Quando arrivò il gran giorno, Jenny la fantesca li sbalordí addirittura, preavvertendoli che tutto il settore si riuniva sulla banchina della stazione per offrir loro una dimostrazione di affetto popolare.

All'ultimo momento, Vaughan arrivò di corsa. "Mi spiace di disturbarvi ancora una volta; ma sentite, Manson, che cosa avete fatto al mio povero Challis? Mi scrive che non solo lui, ma anche la direzione dell'Ufficio metallurgico, sono tutti incantati della vostra tesi. Mi raccomanda di farvi sapere che quando sarete a Londra bisognerà che senza fallo andiate a vederlo, dice che ha da farvi una comunicazione estremamente importante."

Andrew rispose un tantino enigmatico. "Partiamo per un viaggio di piacere, caro signore. La prima vacanza che mi prendo da quando ho cominciato a lavorare; come volete che pensi al professor Challis?"

"Allora lasciatemi il vostro indirizzo. È certo che vi scriverà lui."

Andrew diede un'occhiata incerta a Cristina. Intendevano tener segreta la loro destinazione, per non dover essere disturbati. Ma finí per svelarla in confidenza a Vaughan.

Poi si affrettarono alla stazione. S'ingolfarono coraggiosamente nella folla che li aspettava, distribuirono strette di mano, ricevettero affettuosi colpi sulle spalle, furono persino abbracciati da due o tre e finalmente sollevati di peso ed introdotti nel loro carrozzone mentre le ruote s'erano già messe in moto. Il treno uscí trionfalmente dalla stazione di Aberalaw accompagnato dagli epici accenti del "Men of Harlech" cantato in coro da tutti gli intervenuti.

"Non ci mancava che l'inno!" esclamò Andrew, sgranchendosi le dita ancora intorpidite dalle strette di mano. "Che brava gente. E pensare che un paio di settimane fa, mezzo paese chiedeva la mia testa. E voi, Tina Manson, dovete sapere, per quanto siate ormai una vecchia signora, che questa è la nostra seconda luna di miele."

Arrivarono a Southampton quella sera, trovarono i letti prenotati sul piroscafo e la mattina seguente il sole si levò dietro a Saint-Malo; e un'ora piú tardi facevano il loro ingresso nella Bretagna. Il grano maturava, i ciliegi eran carichi di frutti e le pecore pascolavano in ricchi campi fioriti. Era stata di Cristina l'idea di venir qui, per conoscere da vicino la vera Francia, non quella delle gallerie, dei musei o degli avanzi archeologici o di tutti gli altri siti che la guida turistica sostiene che i forestieri debbano visitare.

Si fermarono a Val André. L'alberghetto era a un tiro di schioppo dal mare e immerso nell'odore dei prati. Nella camera da letto il pavimento era d'abete immacolato, e il caffelatte arrivava fumante in spesse ciotole blu. Oziavano tutto il giorno.

"Che meraviglia," ammetteva Andrew per un nonnulla, "non voglio mai piú sentir parlare di polmoni." Mangiavano *langoustines*, granchietti e ciliegie bianche, e bevevano il *cidre*. La sera Andrew giocava a biliardo col proprietario; alle volte perdeva con 50 punti a 100.

Tutto una meraviglia; una squisitezza. Tutto, salvo le sigarette. Passò cosí un intero mese beato. E poi Andrew cominciò a palpare, piú frequentemente e con maggiore impazienza, la lettera non ancor dissigillata, ora macchiata di cioccolata e del sugo delle ciliegie, che portava in tasca da due settimane.

Fu Cristina che lo autorizzò ad aprirla. "Siamo stati di parola, dopo tutto. Deciditi. Aprila."

Egli strappò la busta con studiata lentezza, lesse la lettera sdraiato nel sole, poi s'alzò per rileggerla da seduto. Finalmente la passò a Cristina senza una parola.

Era del professor Challis. Annunciava che, come conseguenza diretta della sua tesi sull'inalazione della polvere, il C.M.M.F.B., — *Coal and Metalliferous Mines Fatigue Board*, le cui mansioni erano di garantire gli interessi operai nel campo dell'igiene e delle condizioni di lavoro, — aveva stabilito di intavolare finalmente l'intera questione, allo scopo di deferirla al Comitato Parlamentare. A tale intento aveva deciso di nominare alle proprie dipendenze un Ufficiale Sanitario in permanenza, e la direzione aveva, all'unanimità e senza esitazione, scelto Manson per coprire questa carica.

"Splendido," esclamò Cristina, esultante, "non t'avevo detto che qualcosa capitava un giorno o l'altro?"

Lui stava lapidando una latta vuota sulla spiaggia, per darsi un contegno e dissimulare la sua nervosità. Rifletteva ad alta voce. "Lavoro di clinica, non può esser altro, sanno che sono un clinico."

Cristina lo osservava con un sorriso maliziosetto. "Rammenta il nostro patto, Andrew. Sei settimane qui, al minimo, senza far niente, a riposare. Non permettere a Challis di interrompere le nostre vacanze."

"Mai!" Guardò l'orologio. Saltò in piedi, e allegramente la obbligò ad imitarlo, tirandola su. "A ogni modo non c'è nessun male se andiamo fino al telegrafo, che? E chissà... chissà se esiste in questo paese un orario delle ferrovie..."

PARTE TERZA

I

Il *Coal and Metalliferous Mines Fatigue Board*, abbreviato di solito in M.F.B., aveva sede in un grande impressionante caseggiato di pietra grigia che sorgeva sull'Embankment, non lungi dai giardini di Westminster, a conveniente distanza intermedia tra il ministero del commercio e il dipartimento delle miniere, i quali entrambi, a seconda del vento che spirava, talora ignoravano e talaltra accentuavano il fatto che l'M.F.B. era alle loro dirette dipendenze.

Il 14 agosto Andrew, in ottima salute e col morale elevatissimo, salí di corsa i gradini d'accesso al grande caseggiato di pietra grigia, con negli occhi l'espressione di chi muove alla conquista di Londra.

"Io sono il nuovo Ufficiale Sanitario," annunciò al guardaportone.

"*Yes Sir, yes Sir*," rispose l'uomo gallonato, con affabilità paterna. Manson notò con piacere che era aspettato. "Ora vi mando su dal nostro Mr Gill. Jones, accompagnate il nostro nuovo dottore nell'ufficio di Mr Gill."

L'ascensore salí lento, svelando ad ogni piano lunghi e larghi corridoi impiastrellati di verde e frequentati da fattorini in uniforme. Andrew fu introdotto in un ufficio grande e soleggiato dove si trovò a stringer la mano a Mr Gill, il quale, per dargli il benvenuto, aveva deposto il *Times* e s'era alzato in piedi.

"Mi spiace d'essermi fatto aspettare," cominciò Andrew con volubile vigore, "siamo tornati solo ieri dalla Francia; ma sono prontissimo a cominciar subito le mie funzioni."

"Bene." Gill era un simpatico signore d'una certa età, che portava gli occhiali d'oro, un colletto chiuso tipo militare, un serio costume di panno blu e una cravatta d'un blu piú scuro, tenuta a posto da un piatto anello d'oro. Guardava Andrew con deferente approvazione. "Accomodatevi, prego. Gradireste una tazza di tè? O un bicchiere di latte caldo? Io lo prendo sempre verso le undici." Guardò l'ora sul polso. "Eh, è appunto l'ora..."

"Grazie," accettò Manson, dopo un istante d'esitazione.

Entro cinque minuti un fattorino in livrea portò il tè ed un bicchiere di latte, dicendo: "L'ho fatto bollir io, Mr Gill."

"Grazie, Stevens."

Dopo che il fattorino si fu ritirato, Gill si rivolse ad Andrew con un sorriso indulgente. "Tenetelo da conto, quello Stevens; è un uomo servizievole. Specialista nell'abbrustolire le fette sottili di pane. Tanto piú prezioso in quanto il personale qui lascia un poco a desiderare, a causa naturalmente della promiscuità delle nostre dipendenze: dal ministero degli interni, dal dipartimento delle miniere, dal ministero del commercio... Io poi, per mio conto," Gill sorrise di mite orgoglio, "dipendo dall'Ammiragliato."

Sorseggiando il tè, Andrew sollecitò invano qualche informazione circa le sue funzioni. Gill parlò allegramente del tempo, della Bretagna, delle modifiche del regolamento delle pensioni del Civil Service e dell'efficacia della *pasteurisation*. Poi si decise ad accompagnare Andrew nell'ufficio che gli aveva riservato. Anche questo era un locale grande e soleggiato, con un bel tappeto e una superba vista sul Tamigi. Contro un vetro della finestra, un calabrone azzurro produceva un nostalgico ronzio addormentatore:

"L'ho scelto io per voi quest'ufficio," disse Gill amichevolmente, "mi sono dato qualche pena per farlo mettere a posto. Come vedete, c'è il camino aperto, cosí bello d'inverno! Spero che sarete contento."

"È un ufficio magnifico, grazie, ma..."

"Adesso venite che vi presento alla vostra segretaria, Miss Mason." Bussò ad una porta di comunicazione interna. l'aprí e rivelò Miss Mason, simpatica signorina at-

194

tempatella, nitida e composta, seduta ad una scrivania piccolina, intenta a leggere il *Times*.

"Buon giorno, Miss Mason."

"Buon giorno, Mr Gill."

"Miss Mason, questo è il dottor Manson."

"Buon giorno, dottor Manson."

Sotto il ripetuto palleggio di questi nomi e saluti, Andrew si sentí girare la testa, ma si fece coraggio e prese
bonariamente parte alla conversazione. Allora Gill ne ap-
profittò per squagliarsi con un sorriso, dicendo: "Ora vi
mando le circolari."

Le circolari arrivarono, teneramente portate da Stevens.
Oltre a possedere la capacità di allestire speciali crostini
imburrati e di far bollire il latte, Stevens era, di tutto il
personale, il miglior portatore della corrispondenza. Nel-
l'ufficio di Andrew si presentava puntualmente ogni ora,
recando le carte in arrivo che deponeva amorosamente sul
tavolo nel cestino all'uopo destinato, mentre il suo occhio
cercava ansiosamente se ce ne fosse qualcuna da ritirare
dal cestino gemello destinato alla partenza; e quando lo
vedeva vuoto, Stevens si ritirava deluso.

Andrew diede con impazienza una rapida scorsa alle
circolari, che erano, quasi tutte, i verbali delle sedute del-
l'M.F.B., prosa verbosa, pretenziosa, priva d'importanza.
Poi fece appello a Miss Mason. Ma anche costei, che proveniva, come s'affrettò ad annunciare, dal dipartimento
d'inchiesta sulle carni congelate del ministero degli interni,
si rivelò una ben magra fonte d'informazioni. Gli disse
che l'orario era dalle ore 10 alle 16. Gli parlò della squadra di hockey di cui era vicecapitano. Gli domandò se
desiderava dare un'occhiata al *Times*. Aveva uno sguardo
che raccomandava a Manson di non affannarsi.

Ma Manson aveva poca pazienza. Reduce dalla vacanza
e disposto a lavorare, lasciò Miss Mason e tornò da Gill.
"Quand'è che entro in funzione?"

Gill sobbalzò alla linearità della brusca domanda.

"Caro amico, m'avete fatto prendere uno spavento. Io
credevo d'avervi procurato lavoro per un mese, con quelle
circolari." Guardò il polso. "Ora di colazione; andiamo."

Sulla sogliola affumicata, Gill spiegò con molto tatto
ad Andrew che divorava una cotoletta d'agnello, che la
prossima seduta del Consiglio non aveva né poteva aver

luogo prima del 18 settembre al piú presto, perché il professor Challis era in Norvegia, il dottor Gadsby in Scozia, e Sir William Dewar, il presidente, in Germania.

Quella sera, quando Andrew raggiunse Cristina, aveva i pensieri in un'arruffata matassa. Avevano temporaneamente preso in Earl's Court un alloggetto ammobiliato, in attesa di cercarne un altro piú conveniente con maggiore comodità.

"Incredibile, Tina! Non m'aspettavano nemmeno. Per un mese intero non avrò da far altro che bere latte, consultare la corrispondenza e parlare di hockey con Miss Mason."

"Tanto meglio, Andrew. Si sta cosí bene qui, dopo Aberalaw. Oggi son partita in esplorazione. Ho scoperto la casa di Carlyle e la Tate Gallery. Ho anche accarezzato qualche sogno ambizioso, vedendo che il vaporetto per Kiew costa un *penny*; e là posso godermi la vista dei meravigliosi giardini. Poi son venuta a sapere che Kreisler si produce nell'Albert Hall la settimana ventura. Poi ho pensato che dobbiamo tornare a vedere il Memorial per scoprire perché se ne burlan tutti. E quando vogliamo fare colazione insieme in un ristorante, chi ce lo impedisce?" Andrew l'aveva vista di rado cosí allegra. "Vuoi che andiamo stasera stessa a provare il ristorante russo che c'è qui, in questa strada? Ha l'aria buona. Dopo, se non sei stanco, si potrebbe..."

"Ehi, calma, calma; non eri tu, finora, la socia ragionevole della ditta? Ad ogni modo, dopo l'esauriente travaglio di questo primo giorno, è piú che giusto che io mi cerchi qualche distrazione."

L'indomani lesse tutta la corrispondenza, segnando accuratamente ogni singolo foglio con la sua sigla. Poi prese le misure dell'ufficio, a passi, e trovando che era una gabbia troppo piccola, ne uscí, per perlustrare tutto lo stabilimento. Non gli parve piú interessante di una *morgue* senza cadaveri. Ma quando fu all'ultimo piano si trovò inaspettatamente in una specie di grande laboratorio, dove un individuo molto giovane, in un maculato camice bianco, e seduto sopra una cassetta, era intento a tagliarsi le unghie con un'aria sconsolatissima, mentre il fumo della sigaretta gli tingeva di nicotina il labbro superiore.

"Salve," disse Andrew.

Dopo un momento, l'altro rispose, senza voltare la testa né altrimenti svelare interesse: "Se vi siete smarrito, l'ascensore è il terzo a destra."

Andrew si appoggiò contro il banco di prova e scelse una sigaretta dal suo pacchetto. Domandò: "E qui non si serve il tè?"

Per la prima volta il giovane alzò la testa, che aveva capelli nerissimi e lustrati al massimo grado, facenti uno strano contrasto col bavero rialzato del camice poco pulito. Rispose: "Solo ai topi bianchi."

Andrew rise, forse perché il motteggiatore era tanto più giovane di lui. Si presentò: "Sono il dottor Manson."

"Lo temevo. Così siete venuto ad ingrossare lo stuolo degli uomini dimenticati?" Pausa. "Io sono il dottor Hope, potrei aggiungere *hope* [1] delusa."

"Cosa state facendo qui?"

"Dio solo lo sa, e Billy Buttons. Questo è il soprannome del nostro amato presidente. Alle volte siedo qui e medito. Ma il più delle volte siedo. Ogni tanto mi recapitano qualche brandello di minatore decomposto e m'interpellano sulle cause dell'esplosione."

"E voi rispondete?"

Hope rispose con una estrema volgarità, che li rinfrancò entrambi. Ridendo uscirono insieme per far colazione.

A tavola, Hope spiegò altre cose ad Andrew. Lui faceva parte dell'istituto delle ricerche di Cambridge, al quale era forse debitore della sua incresciosa tendenza a beffarsi delle buone usanze; ed era solo stato imprestato all'M.F.B., in seguito alle piagnucolose insistenze del presidente Billy Buttons. Non aveva altro lavoro se non quello meccanico, che qualunque meccanico di laboratorio poteva compiere in vece sua. Supponeva di essere destinato ad impazzire sotto l'indolenza e l'inerzia dell'M.F.B., che era affetto da Deliziose Manie.

L'M. F. B. era il prototipo di tutti gli enti similari escogitati dal sistema di ricerche in vigore in Inghilterra. Diretto da un gruppo di eminenti pitocchi, costoro erano tutti troppo imbevuti delle proprie teorie particolari e troppo affaccendati nel bisticciare tra loro per poter spinger la barca in una qualsiasi direzione. Hope si sentiva tirare di

[1] Speranza.

qua e di là, dire come fare invece d'esser lasciato fare come voleva, ed era continuamente disturbato e interrotto nei suoi lavori.

Abbozzò alla brava qualche schizzo sui Consiglieri delle Deliziose Manie. Sir William Dewar, il vacillante ma indomito presidente nonagenario, era soprannominato Billy Buttons perché incline a lasciarli sbottonati per inavvertenza. Era presidente di quasi ogni singolo Comitato scientifico d'Inghilterra. E per giunta faceva dei radiodiscorsi sulla Scienza per la Gioventú.

Poi c'era il professor Whinney, chiamato il Brocco dai suoi discepoli; il professor Challis, che era sopportabile solo quando rinunciava a drammatizzarsi sotto le spoglie di Rabelais-Pasteur; e il dottor Gadsby. Andrew gli raccontò il modo con cui Gadsby l'aveva trattato agli esami. Hope annuí. "È odioso. S'intrufola dappertutto. È senza dubbio un'intelligente bestiola, ma di ricerche non s'intende affatto. Anche Sir Robert Abbey è Consigliere: l'unico che sia a posto, si può dire. Ma ha troppo da fare per venir sovente."

Fu la prima di molte colazioni che Andrew e Hope fecero insieme. Nonostante i suoi motteggi da matricolino e la sua simpatia per le espressioni volgari, Hope era pieno d'ingegno. La sua irriverenza aveva un accento di salubrità. Andrew sentiva che il ragazzo aveva un avvenire. Nei momenti in cui era serio, Hope spesso si rivelava sinceramente avido di mettersi a lavorare nel campo che aveva scelto: l'isolamento di enzimi gastrici.

Qualche volta Gill veniva a colazione con loro. Hope, caratteristicamente, lo chiamava *un buon piccolo uovo*. Sotto la vernice di trent'anni di Civil Service, Gill era tuttavia un essere umano. In ufficio funzionava come una macchinetta ben lubrificata. Arrivava da Sunbury tutte le mattine in treno, e vi rientrava tutte le sere. A Sunbury aveva una moglie e tre figlie, oltre al giardino in cui allevava rose rare. Alla superficie era cosí fedele al tipo, che avrebbe potuto perfettamente impersonare il Suburbio Puritano; ma, sotto, esisteva un altro Gill, il vero, che amava Yarmouth d'inverno e vi spendeva sempre le vacanze di Natale; che sapeva quasi a memoria una singolarissima Bibbia stampata in un libro intitolato *Hadji Baba*; e che era completamente infatuato dei pinguini dello Zoo.

Una volta Cristina fece la quarta al loro tavolo; e quella volta Gill si sorpassò eccellendo nelle civiltà del Civil Service. Persino Hope si comportò con ammirevole educazione.

I giorni passavano rapidi senza eventi. In attesa della seduta del Consiglio, Andrew e Cristina scoprivano Londra. Andarono a Richmond sul vaporetto. Capitarono in un teatro chiamato The Old Vic. Impararono ad apprezzare la carezza dei venti di Hampstead Heath, l'attrazione affascinante di qualche caffeuccio dopo la mezzanotte. Passeggiavano nella Row e remavano sulla Serpentine. Quando non sentirono piú il bisogno, prima d'ingolfarsi nel Tube, di consultare la carta sotterranea, si autorizzarono a ritenersi londinesi.

II

Il 18 settembre il Consiglio si riuní.

Andrew, seduto tra Gill e Hope, e conscio delle occhiate burlone che quest'ultimo gli scoccava, osservava con curiosità i Consiglieri ad uno ad uno: il professor Whinney, il dottor Lancelot Dodd-Canterbury, il professor Challis, Sir Robert Abbey, il dottor Gadsby e, in coda a tutti man mano che arrivavano, il presidente Sir William Dewar detto Billy Buttons.

Prima dell'arrivo del presidente, Abbey e Challis erano venuti a congratularsi con Andrew per la sua nomina: Abbey gli aveva rivolto due parole in amichevoli accenti, il professor Challis gli aveva ventilato un'ariosa folata di complimenti. Quando il presidente entrò, la prima cosa che fece fu di domandare a Gill: "Dov'è il nostro nuovo Ufficiale Sanitario? Dov'è il dottor Manson?"

Andrew, alzatosi in piedi per farsi vedere, rimase davvero confuso dall'apparenza di Sir William, che trascendeva persino le descrizioni di Hope. Era piccolissimo, curvo, pelosissimo. Vestito di robe vecchie, aveva il panciotto tutto spiegazzato, e una giacca verdognola con le tasche rigonfie di carte e di opuscoli. Billy non aveva attenuanti per essere cosí trasandato, perché era ricco, e padre di ben tre figlie, una delle quali sposata ad un pari milionario; ma aveva sempre l'aria d'un vecchio babbuino negletto.

"C'era un Manson con me al Queen nell'88," squittí in forma di benevolo saluto.

"È lo stesso," mormorò Hope, che non resisteva mai alle tentazioni.

Billy lo udí. "Come potete saperlo voi, dottor Hope?" Lo squadrò soavemente al disopra degli occhiali a molla. "Voi non eravate nemmeno a balia a quel tempo, ih-hí, ih-hí!" Venne via ghignando e strascicando i piedi e prese posto nella poltrona presidenziale. Nessuno dei consiglieri, ch'eran tutti seduti, gli badò. Era di prammatica, in quel Consiglio, ignorare il proprio vicino. Ma di ciò Billy non si sgomentava affatto. Traendo dalle tasche varie carte, bevve un sorso dalla caraffa e picchiò col martelletto un colpo sonoro sul tavolo.

"Signori, signori, ora Mr Gill intraprenderà la lettura del verbale."

Gill, che fungeva da segretario, rapidamente intonò il verbale dell'ultima seduta; mentre il presidente, senza dedicare alla lettura la minima attenzione, consultava carte e continuava a scoccare occhiate benevole nella direzione di Andrew, ch'egli vagamente insisteva ad associare col Manson del Queen nell'88. Quando Gill ebbe finito, Billy immediatamente usò di nuovo il suo martelletto.

"Signori, siamo particolarmente lieti di avere tra noi il nostro nuovo ufficiale sanitario. Io ricordo di aver sostenuto, non piú in là del 1904, la necessità per noi di nominare alle nostre dipendenze fisse un assistente, in aiuto ai signori patologi che ogni tanto preleviamo, ih-hí, ih-hí!, da altri istituti. E dico questo con tutto il rispetto che devo al nostro giovane amico Hope, sui cui... caritatevoli uffici, ih-hí, ih-hí!, facciamo al presente tanto assegnamento. Mi rammento benissimo che, non piú in là del 1889..."

Sir Robert Abbey lo interruppe senza riguardo. "Signor presidente, credo di interpretare i sentimenti di tutti i consiglieri pregandovi di unire alle vostre le nostre personali congratulazioni al dottor Manson per la sua tesi sulla silicosi. Se mi è lecito pronunciare un parere, l'ho giudicata un lavoro di ricerca clinica originale e pazientissimo; un lavoro che, come il Consiglio sa, potrà avere ripercussioni di notevole portata su tutta la legislazione industriale."

"Bravo, bene," esclamò sonoramente Challis, a sostegno del suo protetto.

"Era appunto quello che stavo per dire," ribatté con risentimento il presidente, rivolto ad Abbey. Erano inammissibili le interruzioni di Abbey, che, ai suoi occhi, era ancora un giovanotto, quasi uno studente. "Nell'ultima seduta del Consiglio, quando fu deciso di proseguire su questa linea di ricerca additataci dal dottor Manson, fui io a proporre la nomina di questo giovane studioso. È lui che ha messo la questione sul tappeto, quindi è giusto che gli offriamo tutte le facilitazioni per proseguire nei suoi studi. Proporrò che lo si metta in grado di visitare tutte quante le miniere d'antracite, e magari tutte quelle di coke, assicurandogli cosí la possibilità di sottoporre i minatori ad ulteriori esami clinici, e di valersi inoltre dei preziosi servizi istologici del nostro giovane amico Hope. In breve, signori, non c'è nulla che lasceremo intentato per far sí che il nostro nuovo ufficiale sanitario possa portare questa importantissima questione dell'inalazione della polvere a una definitiva conclusione scientifica ed amministrativa."

Andrew tirò un profondo sospiro di soddisfazione. Era splendido. Meglio di quanto aveva sperato. Gli davano carta bianca. Lo sostenevano con la loro immensa autorità. Lo scatenavano nel campo delle ricerche cliniche. Erano angeli, tutti. E Billy era l'arcangelo Gabriele.

"Ma, signori!" Billy ripartí inaspettatamente in falsetto, traendo dalle tasche un'altra infornata di carte. "Prima che il dottor Manson dia l'attacco decisivo al suo problema, c'è un'altra impresa, importantissima, che secondo me tocca a lui di condurre a termine."

Pausa. Andrew, con una stretta al cuore, credette di sentirsi affondare a poco a poco man mano che Billy proseguiva: "Il dottor Bigsby del ministero del commercio mi ha fatto giustamente rilevare le allarmanti discrepanze che esistono nel materiale di primo soccorso. Sotto i decreti attualmente in vigore, la definizione di questo materiale è deplorevolmente elastica. Non esistono norme precise, ad esempio, né sulle dimensioni né sul tessuto delle bende, come sulla lunghezza o sul materiale o sul tipo delle assicelle per fratture. Ora, signori, questa è una questione importante, e che riguarda direttamente il nostro ente. Io sono decisamente del parere di affidare al nostro ufficiale sanitario la direzione di un'esauriente inchiesta in merito, con l'ulteriore incarico di compilare il relativo rapporto da sottoporre all'approvazione del Consiglio; e ciò prima di dare inizio alle ricerche relative all'inalazione."

Silenzio. Andrew guardò disperatamente attorno al tavolo. Dodd-Canterbury, le gambe distese, aveva gli occhi al soffitto. Gadsby scarabocchiava sulla carta asciugante. Whinney aggrottava la fronte. Challis enfiava il petto come per accingersi a parlare. Ma fu Abbey che disse: "Signor Presidente, mi pare che l'inchiesta spetti o al ministero del commercio o al dipartimento delle miniere."

"Ma noi siamo appunto a disposizione di entrambi!" squittí Billy, "siamo, direi, gli orfanelli di entrambi, ih-hí, ih-hí!"

"So bene, ma, dopo tutto, questa faccenda delle bende è relativamente banale, e il dottor Manson..."

"V'assicuro, Robert, che è lungi dall'essere banale. Verrà tra poco alla Camera. Me l'ha confidato in segreto Lord Ungar non piú tardi di ieri."

Gadsby drizzò gli orecchi. "Se Lord Ungar se ne interessa, non abbiamo scelta, mi pare." Gadsby era di quegli uomini che sono capaci di adulare con una sconcertante franchezza, e Lord Ungar era, fra i potenti, uno di quelli ch'egli desiderava in modo particolare di compiacere.

Andrew non poté astenersi dall'interloquire. "Permettetemi, signor presidente; avevo creduto di capire che il Consiglio intendeva riservarmi, nella mia nuova carica, delle mansioni d'ordine clinico. È piú di un mese che sto in ufficio a far niente, e se adesso..." S'interruppe smarrito cercando in giro sguardi d'incoraggiamento. Abbey venne in suo soccorso.

"Il dottor Manson ha perfettamente ragione. Son quattr'anni che lavora pazientemente nel campo di sua scelta e adesso, dopo che s'è sentito promettere ogni facilitazione per proseguire le sue ricerche, volete spedirlo in giro ad inventariare le bende."

"Se ha avuto pazienza per quattr'anni," gridò il presidente, "può pazientare altri quattro mesi, ih-hí, ih-hí!"

"Sicuro," opinò Challis. "Dopo, avrà tutto il tempo che gli occorre per dedicarsi alla silicosi."

Whinney si schiarí la gola ("il Brocco sta per nitrire," disse Hope ad Andrew): "Signori, io sto, da vario tempo in qua, sollecitando dal Consiglio lo studio della questione della fatica muscolare in rapporto al riscaldamento a vapore; questione che, come sapete, mi interessa grandemente, e alla quale, oso dire, non avete finora devoluto quell'attenzione che indubbiamente merita. Ora mi sembra che, se il dottor Manson dev'essere distolto dalla questione dell'inalazione, lo si potrebbe invitare a dedicare le sue attività a quest'importantissima questione della fatica muscolare..."

"Ho un appuntamento in Harley Street fra 35 minuti," interruppe ad alta voce Gadsby, consultando l'orologio.

Il Brocco voltò stizzosamente la testa nella direzione dell'interruttore, e Challis ne approvò la mossa brontolando a denti stretti: "Intollerabile impertinenza!"

Il mormorio generale che seguí sembrò preludere allo scoppio d'un temporale; ma Billy, coi suoi occhietti incavati in fondo alla faccia gialla, spiava imperturbabile la piega che la discussione minacciava di prendere. Da quarant'anni presiedeva riunioni. Sapeva d'essere detestato, sapeva che tutti volevano che si dimettesse, ma non aveva nessuna voglia d'andarsene. Il suo cranio macrocefalo era pieno di problemi, dati, formule, equazioni, realtà fisiologiche e misteri chimici: una cripta sepolcrale d'incalcolabile capacità, ossessionata dai fantasmi di gatti mutilati del cerebro, e illuminata dal roseo lume polarizzato del sublime ricordo infantile che Lister lo aveva una volta carezzato sui capelli... Dichiarò francamente: "Devo dirvi, signori, che è come se avessi già bell'e promesso a Lord Ungar e al dottor Bigsby di accettare l'incarico. Sei mesi, dottor Manson, saranno piú che sufficienti, e il lavoro non manca d'interesse, credete, giovanotto; verrete a contatto con un mucchio di cose e persone. E tenete a mente l'osservazione di Lavoisier a proposito della goccia d'acqua, ih-hí, ih-hí! Ed ora, passando all'esame patologico eseguito in luglio dal dottor Hope sugli esemplari della miniera di Windover..."

Alle quattro, finita la seduta, Andrew commentò la questione con Gill e con Hope, nell'ufficio di Gill, in termini amari.

"Non sarà poi un inferno," lo consolò Gill. "Un viaggetto può anche riuscir piacevole ogni tanto. Potete portare con voi la vostra signora. A Buton, per esempio, che è il centro del bacino carbonifero del Derbyshire, si sta benone. E dopo sei mesi sarete libero di riprendere i vostri studi."

"Mai!" dichiarò Hope. "Manson è, per tutta la vita, contabile di bende."

"Il guaio con voi, Hope, è che *siete troppo giovane!*" disse Andrew, andandosene. Non s'era sentito dire lui la stessa cosa da Urquhart, in una memorabile occasione?

Tornò da Cristina. E il lunedí seguente, dato che ella si era nettamente rifiutata di rinunciare all'allegra avventura, comperarono una Morris di seconda mano per sessanta sterline e partirono insieme per la prima tappa della Grande Spedizione di Primo Soccorso. Bisogna riconoscere che erano entrambi di ottimo umore, e Andrew, dopo aver dato una scimmiesca personificazione di Billy Buttons al volante, osservò: "Comunque, l'essenziale è di essere insieme io e te, checché abbia detto Lavoisier nel 1832 a proposito della goccia d'acqua."

Le sue mansioni erano da imbecille. Consistevano nell'ispezionare il materiale di primo soccorso nelle varie miniere sparse in tutto il regno: bende, garza, cotone idrofilo, lacci emostatici, antisettici, e via dicendo. Nelle miniere amministrate bene, l'attrezzamento era buono; e in quelle amministrate meno bene, era meno buono. Le visite sotterra non costituivano certo una novità per lui. Ne eseguí centinaia, trascinandosi carponi in cunicoli per vari chilometri fin sul luogo dei lavori in corso, per constatarvi la presenza di una scatola di bende che v'era stata collocata mezz'ora prima del suo arrivo. In certi piccoli pozzi del Yorkshire gli veniva fatto di cogliere ordini bisbigliati dal vicedirettore in questi termini: "Fa' un salto giú, Gordie, e di' ad Alex di correre in farmacia..." e poi si sentiva dire dallo stesso vicedirettore: "Accomodatevi, signor dottore, due minuti e siamo a vostra disposizione."

A Nottingham consolò i pii serventi dell'ambulanza assicurandoli che il tè freddo è uno stimolante superiore al grappino. Altrove invece raccomandava il whisky. Ma per lo piú eseguiva il suo lavoro scrupolosamente.

Ebbero qualche seccatura, di solito provocata dalle locandiere. Strinsero amicizie, primariamente tra gli ispettori minerari. Andrew non era affatto sorpreso che la sua missione suscitasse, in questi onorevoli cittadini dalle teste quadre e dai pugni sodi, incontenibili accessi d'ilarità. È da deplorarsi, d'altra parte, che ridesse anche lui con loro.

E finalmente in marzo tornarono a Londra, rivendettero la Morris per dieci sole sterline in meno di quanto l'avevano pagata, e Andrew s'accinse a compilare il suo rapporto. S'era proposto di fornire al Consiglio una merce adeguata al prezzo offerto: statistiche in abbondanza, tabelle particolareggiate, diagrammi della curva delle bende abbinata con quella del cotone idrofilo eccetera. Era risoluto, disse a Cristina, a dimostrare loro il grado sia della propria capacità, sia dell'intelligenza di cui avevan dato prova facendogli sprecare il tempo.

Alla fine del mese, fu sorpreso di sentirsi invitato a presentarsi al ministero del commercio, dal dottor Bigsby.

"È incantato del rapporto," Gill lo rassicurò, mentre s'avviavano insieme per Whitehall. "Non avrei dovuto dirlo, ma tanto vale. È un ottimo inizio per voi, caro Manson. Non avete idea dell'influenza di Bigsby. Ha in tasca tutta quanta l'amministrazione delle manifatture del materiale."

Impiegarono non poco tempo per arrivare al cospetto di Bigsby. Dovettero fare due anticamere prima d'essere ammessi nel suo ufficio. Ma finalmente ecco lí il dottor Bigsby in persona dietro alla sua scrivania, massiccio e cordiale, in costume grigio scuro e ghette grigio chiaro, panciotto a doppio petto e un'aria affaccendata ma straordinariamente efficiente.

"Accomodatevi, signori. Il vostro rapporto, Manson. Ho visto la bozza, e per quanto possa sembrare prematuro pronunciare un giudizio, lo ritengo buono. Altamente scientifico. Rappresentazioni grafiche eccellenti. È questo che vogliamo, nel nostro Dipartimento. Ma, poiché stiamo uniformando l'attrezzamento, cosí nelle miniere come nelle officine, è bene che voi siate a conoscenza del mio punto, o dei miei punti di vista. Anzitutto vedo che voi raccomandate la benda di tre pollici di larghezza, come la massima larghezza conveniente. Io, per conto mio, preferisco quella di due pollici e mezzo. Non avrete obiezioni da fare a questo riguardo, eh?"

Andrew era irritato, forse solo a causa delle ghette. "Personalmente, e per quanto riguarda le miniere, ritengo opportuno che la benda sia la piú larga possibile. Ma comunque non credo sovranamente importante la discussione al riguardo."

"Come?" Bigsby si fece rosso. "Non importante?"

"Ben poco."

"Ma... non vedete, non vi rendete conto che è in gioco l'intero principio dell'uniformità dell'attrezzamento? Se noi raccomandiamo i due pollici e mezzo e voi suggerite i tre, posson saltar fuori difficoltà."

"Allora suggerisco i tre," disse Andrew, secco.

Bigsby non poté piú dissimulare il suo dispetto. "È incomprensibile questo vostro atteggiamento. È da anni che tendiamo ad uniformare le bende sul modello di due pollici e mezzo, e voi non avete l'aria di rendervi conto..."

"Mi rendo conto benissimo." Andrew aveva perso la pazienza. "Voi vi siete mai cacciato sotto terra? Io sí. Vi ho persino operato, disteso sul ventre in una pozza, al lume d'una sola lanterna di sicurezza. E posso dirvi, autorevolissimamente, credete, che il mezzo pollice non importa un corno d'un fico secco."

Venne via, dall'ufficio e dal palazzo, molto piú celermente di quanto v'era entrato, seguito da Gill, che per tutto il percorso fino all'Embankment deplorò l'accaduto. Quando si ritrovò nel proprio ufficio, si portò alla finestra per contemplare meditabondo il traffico fluviale e stradale, e si persuase che il suo posto era là, e non qui tra le pareti dell'ufficio. Sir Robert Abbey aveva smesso definitivamente di partecipare alle sedute del Consiglio, e Challis aveva disanimato Andrew invitandolo la settimana precedente a colazione per comunicargli che Whinney, il Brocco, s'era messo in testa di fargli assegnare a tutti i costi la direzione dell'inchiesta relativa alla fatica muscolare, prima che riprendesse le ricerche sulla silicosi.

Mentre rincasava, quel giorno, si sorprese piú volte ad adocchiare con invidia le targhe d'ottone, numerose in quel quartiere, affisse all'ingresso dei gabinetti di consultazione medica. Piú d'una volta gli venne fatto di fermarsi per osservare un passante salire i gradini, suonare il campanello, essere ammesso; e poi, riprendendo il cammino, si raffigurava la scena susseguente: le domande del medico, la produzione dello stetoscopio, tutta l'affascinante scienza della diagnosi. Non era un medico anche lui?

Verso la fine di maggio percorreva Oakley Street in uno stato mentale analogo a quello ora descritto, quando vide un capannello di gente attorno a un individuo giacente a terra. Rovesciata sul gradino del marciapiede una bicicletta malconcia sotto uno sbilenco furgoncino abbandonato illustrava eloquentemente l'accaduto. Si aprí il varco tra i curiosi, dichiarandosi medico, e trovò presso il ferito un vigile inginocchiato intento ad arrestare il sangue che sgorgava da una vasta ferita all'inguine. Il vigile lo accolse con visibile sollievo: "Non riesco ad arrestare l'emorragia, dottore."

Andrew capí subito che la lesione arteriale era troppo in alto e che l'emorragia poteva essere fatale. "Alzatevi," ordinò al vigile, "collocatelo piatto sulla schiena." Poi, irrigidendo il braccio destro cacciò, con mossa decisiva, tutto il pugno nella ferita fino a raggiungere l'aorta discendente. Il peso intero del proprio corpo premendo cosí sulla grande arteria arrestò immediatamente l'emorragia. Il vigile si tolse l'elmetto per asciugarsi il sudore. Dopo cinque minuti arrivò l'ambulanza e Andrew vi prese posto col ferito.

L'indomani telefonò all'ospedale. Il chirurgo di servizio rispose, con quell'urbanità che è propria della maggior parte dei suoi simili: "Sí, sí, non c'è male, chi parla?"

"Nessuno," replicò Andrew, dalla cabina pubblica. E pensò, infatti, amaramente, che lui era appunto *nessuno*, che non faceva niente e non andava in nessuna direzione.

Sopportò questo stato di cose fino alla fine della settimana e poi, senza chiasso, consegnò a Gill, perché la trasmettesse al Consiglio, la sua lettera di dimissioni.

Gill si dichiarò sconvolto, pur ammettendo che aveva preveduto l'increscioso incidente. Fece un grazioso discorsetto e concluse: "Dopo tutto, ho già capito, caro Manson, che il vostro posto, se m'è lecito far uso di una espressione di guerra, non è con noi nelle retrovie, ma coi fanti nelle trincee di prima linea."

Hope disse: "T'invidio. Appena finiti i miei tre anni, vengo via anch'io."

Per vari mesi Andrew non udí piú nulla in merito alle attività del Consiglio sulla questione delle inalazioni; ma un bel giorno Lord Ungar sollevò, drammaticamente, la questione nella Camera Alta, citando liberamente le testimonianze mediche procurategli dal dottor Gadsby. Il quale ultimo fu dalla Stampa acclamato come un insigne Medico Umanitario. E fu in quel torno di tempo che la silicosi figurò sull'elenco dei morbi industriali.

PARTE QUARTA

I

Si misero alacremente alla ricerca di una condotta. Era un'altalena: dalle vette gloriose della speranza precipitavano negli ingloriosi abissi del disinganno. Assillato dal senso di ben tre fallimenti, com'egli crudelmente qualificava le sue successive partenze da Blaenelly, da Aberalaw e dall'M.F.B., Andrew aspirava a riabilitarsi. Ma i loro fondi, pur arrotondati dalle economie fatte negli ultimi mesi di ben remunerata sicurezza, non superavano le seicento sterline. Rovistarono tutte le agenzie mediche, e pesarono ogni singola offerta, che compariva nelle colonne pubblicitarie del *Lancet*, solo per persuadersi che le loro disponibilità rappresentavano pochino, come capitale d'acquisto di una condotta in Londra.

Memoranda fra tutte fu la prima intervista che ebbero al riguardo, con un professionista di Cadogan Gardens che si ritirava a vita privata. Offriva, sul giornale, un *Affarone per professionista munito di alte qualifiche.* Per evitare di essere precorsi, presero un tassí che li portò a rotta di collo dal dottor Brent, un ometto modesto, affabile, canuto. "Sí, è infatti un affarone, guardate. Guardate la casa. La casa sola ha un grande valore; il fitto dura ancora quarant'anni, ed è di 300 sterline all'anno; e chiedo solo settemila sterline. Quanto alla condotta, diremo duemila per contanti, va bene, dottor Manson?"

"Perfettamente," annuí Andrew con gravità, "grazie, dottor Brent, ci penseremo."

Ci pensarono prendendo il tè, a tre pence la tazza, nel Lyons di Brompton Road. Manson s'era messo il cappello sulla nuca, e aveva appoggiato i gomiti sul tavolino di marmo; rideva. "Settemila per la sola casa. Roba da chiodi. Non si può niente, Tina, senza denaro. Ma sta' a vedere, d'ora innanzi mi ci metto anch'io a risolvere questa faccenda del denaro."

"Spero di no," sorrise Cristina. "Siamo stati moderatamente felici, senza."

Egli grugní. "Sí, ma quando ci toccherà cantare nelle strade cambierai parere. Il conto, miss."

A causa dei suoi titoli di studio aspirava ad una condotta che non fosse solo di figura, ma solida, e possibilmente senza la farmacia annessa. E voleva essere affrancato dalla tirannia del sistema delle quote individuali d'una collettività. Ma man mano che le settimane passavano, veniva via via rinunciando ad ogni pretesa, e si diceva che doveva contentarsi di qualunque cosa gli capitasse.

E finalmente, dopo due mesi di ricerche infruttuose, d'un tratto il cielo si fece clemente e chiamò a sé il dottor Foy, permettendogli di morire, senza dolore, in Raddington. L'annuncio della sua morte, quattro righe sul *Medical Journal*, attrasse per caso l'occhio di Manson. Si recarono, senza soverchio entusiasmo, al numero 9 di Chesborough Terrace. Visitarono la casa, che era una specie di tetro mausoleo, con ambulatorio annesso, e sul rovescio una rimessa di mattoni. Ispezionarono i libri, che indicavano come il dottor Foy introitasse circa 500 sterline all'anno, con una tariffa di 3 scellini e 6 pence per visita. Videro la vedova, che timida li rassicurò che la condotta era solida. La ringraziarono e se ne andarono con un entusiasmo ancor piú tiepido di quello dell'arrivo.

"Non so cosa dire," rimuginava Andrew sopra pensiero. "Ci sono parecchi svantaggi. Odio la farmacia. La località è brutta. Hai notato come son numerose le pensioni nel quartiere? e che razza di pensioni! Però, però è... sull'orlo, direi, di un quartiere abbastanza decente. Ed è una casa d'angolo. E la via è larga, frequentata. Quanto al prezzo, è l'unico che finora abbia trovato accessibile. Compreso l'arredamento dell'ambulatorio e della sala di consultazione. Appena entrati noi, si può cominciar subito a funzionare. Cosa ne dici, Tina, dobbiamo rischiare?"

Gli occhi di Cristina erano dubbiosi. A quegli occhi, la novità di Londra aveva già perso il suo lustro. Cristina era innamorata della campagna. Ma lui era cosí infiammato dall'idea di rilevare una condotta nella metropoli ch'ella non poteva decidersi a dissuaderlo. Annuí debolmente: "Se credi."

L'indomani egli offrí al legale della vedova 600 sterline invece delle 750 richieste. L'offerta fu accettata. Il vaglia fu steso, firmato e consegnato. Fecero venire il loro mobilio che era rimasto in deposito ad Aberalaw e il sabato 10 ottobre entrarono in casa da legittimi padroni. L'indomani domenica Andrew spifferò uno di quei sermoni, rari ma odiosi, che conferivano alla sua personalità un'incresciosa rassomiglianza con quella del diacono di una cappella nonconformista. "Tina, siamo in cattive acque. Abbiamo dato via fin l'ultimo centesimo che possedevamo. S'ha da vivere su quel che si guadagna, e solo Dio sa quanto sarà. Tocca a te di farci fare bella figura; bada di spendere il meno che puoi..."

Con sgomento la vide impallidire e scoppiare in pianto. "Di che cosa ti lamenti? T'ho mai costato un centesimo?" Singhiozzava. Era depressa dal tetro aspetto e dal lurido soffitto della sala ancor senza tappeto.

"Tina!" esclamò lui, allibito.

"È questa casa. Non m'ero resa conto. Il sottosuolo, la scala, lo sporco..."

"Ma lascia andare, Tina, è la condotta che conta."

"Avremmo potuto rilevare una modesta condotta in campagna."

"Già. Con le rose rampicanti all'ingresso del cottage."

Litigarono. Finí che lui domandò scusa d'aver cominciato con la predica. Fatta la pace, tenendosi ancora abbracciati per la vita scesero nel vilipeso sottosuolo per farsi una frittata. Lí, egli provò a farla ridere sostenendo che non era affatto una cucina, ma una sezione della galleria sotterranea di Paddington, dove i treni potevano irrompere da un minuto all'altro. Al suo tentativo scherzoso ella sorrise blandamente; ma guardava lo smalto ammaccato dell'acquaio.

L'indomani mattina alle nove in punto — aveva deciso di non alzarsi troppo presto, se no la clientela poteva giudicarlo troppo ansioso — Andrew aprí l'ambulatorio. Era molto piú eccitato di quando aveva messo per la prima volta il piede nell'ambulatorio di Blaenelly. Venne la mezza.

L'attesa lo rendeva impaziente. Poiché l'ambulatorio comunicava per un corridoio con la casa, ed aveva il suo ingresso particolare dalla strada, egli poteva contemporaneamente sorvegliare il gabinetto di consultazione, al quale s'accedeva per la porta principale dell'abitazione, e che non era troppo male ammobiliato: c'era la scrivania del defunto dottore, uno stipo e una cuccetta in buonissimo stato. Era in questo salotto che i clienti *solidi*, a detta della vedova Foy, venivano a farsi visitare, presentandosi all'ingresso principale della casa. Cosí Andrew aveva, insomma, ben due reti in funzione, e da buon pescatore aspettava con ansia di irretire qualche cosa e di vedere la qualità delle retate.

Ma non acchiappava assolutamente niente. Erano quasi le undici e non un pesce s'era fatto vedere. Eppure sulla porta, sotto la vecchia ed ammaccata targhetta del suo predecessore, luccicava quella nuova fiammante del dottor Andrew Manson, M.D., M.R.C.P. Tra i tassí stazionari di faccia, gli autisti disoccupati chiacchieravano pacificamente.

Finalmente, quando aveva già lasciato ogni speranza, il campanello suonò ed entrò una vecchia in scialle. Bronchite cronica: prima ancora ch'ella dicesse una parola egli aveva letto la diagnosi in ogni respiro sibilante della buona donna. Con tenera delicatezza la fece accomodare e l'auscultò. Era un'antica cliente di Foy. Parlò affabilmente con lei del piú e del meno. Nella piccola farmacia, un semplice recesso a metà del corridoio, le preparò la medicina. Gliela porse con garbo e mentre s'accingeva, con riluttanza, a chiederle lo sborso della tariffa, vide con sorpresa ch'ella aveva già eseguito il pagamento sul tavolo: 3 scellini e 6 pence.

Non avrebbe creduto che il senso tattile di quelle poche monete gli avrebbe procurato tanta soddisfazione; come se fossero state le prime ch'egli avesse guadagnato in vita sua. Chiuse l'ambulatorio, corse da Cristina, le consegnò il denaro. "Beccata una cliente. Buon principio. Non è da escludersi, dopo tutto, che sia una buona condotta. Ad ogni modo stamattina possiamo comprarci la colazione."

Visite esterne naturalmente non ne aveva, perché Foy era morto da tre settimane e non era stato sostituito, nemmeno provvisoriamente, da nessuno. Nondimeno sperava sempre in qualche chiamata. Per passare il tempo, faceva spesso due passi nelle immediate vicinanze dell'immobile, anche perché aveva capito, dall'umore di Cristina, che lei preferiva lottare in solitudine contro le difficoltà domestiche. Osservava le case screpolate, contava i luridi alberghetti "privati", che erano insolitamente numerosi, contemplava le piazzette fuligginose rattristate da alberi tisici, e alla svolta di North Street scoprí con sorpresa tutta una plaga di catapecchie, agenzie di pegno, carretti di merciai ambulanti, osterie dall'aspetto infamante, vetrine adorne di sospetti dispositivi in caucciú.

Ammise che il quartiere doveva aver degenerato, dai tempi in cui i fastosi equipaggi dei signori erano stati gli unici padroni delle strade. Era tetro e sudicio, ma qua e là apparve, nella fungaia, qualche segno di vita nuova: un nuovo isolato in corso di costruzione, qualche bel negozio, e, in fondo alla Gladstone Place, il palazzone dei magazzini Laurier's. Perfino lui, che di mode femminili non s'intendeva, conosceva la fama di questo nome.

Completò i suoi giri d'ispezione recandosi a far visita ai dottori del vicinato. Solo tre di essi produssero qualche impressione su di lui: il dottor Ince di Gladstone Place, che era molto giovane; Reeder in fondo ad Alexandra Street, ed all'angolo di Royal Crescent un vecchio scozzese chiamato McLean. Il tono con cui tutt'e tre dissero: "Ah, siete voi che avete rilevato la condotta del povero Foy?" lo lasciò alquanto depresso.

Nel pomeriggio del primo giorno i clienti erano stati tre, due dei quali pagarono per contanti e il terzo promise di tornare sabato a pagare; cosí il primo giorno di condotta gli aveva fruttato 10 scellini e 6 pence. Ma l'indomani non incassò nemmeno un centesimo. E il terzo giorno solo 7 scellini. Il giovedí fu una giornata discreta, ma il venerdì irretí un pesce solo, e il sabato niente al mattino, ma nel pomeriggio incassò ben 17 scellini e 6 pence, sebbene il debitore di lunedí si fosse dimenticato di comparire.

La domenica, senza dir nulla a Cristina, passò in rassegna la settimana, e gli venne il dubbio d'aver commesso un errore madornale, forse irreparabile, rilevando quella condotta derelitta ed affondando tutti i loro averi in quella casa sepolcrale. Come aveva potuto fare una simile bestialità? Aveva al suo attivo trent'anni suonati, l'M.D., l'M.R. C P., una certa abilità clinica ed un pregiato lavoro di ricerca clinica. E nondimeno era appena capace di introitare il puro indispensabile per vivere. È il sistema, si diceva, furioso. Bisognerebbe istituire un sistema che desse a chiunque la possibilità... un controllo di Stato, per esempio, perché no? Poi pensò al dottor Bigsby del ministero del commercio, ed all'M.F.B., e scrollò la testa. Macché controllo di Stato! La burocrazia serve solo a soffocare le iniziative private. Qui si tratta di tirarsi su i pantaloni da sé. Mai prima d'ora il lato finanziario della professione gli s'era imposto cosí brutalmente agli occhi. Bisognava diventare materialisti per forza, sotto l'appetito.

A circa cento metri dalla sua casa era una piccola salumeria condotta da una grassa tedesca che si chiamava Smith ma era una Schmidt. Era tipicamente continentale, quella bottega di Frau Schmidt, col suo banco di marmo carico di aringhe in conserva, olive in barattoli, *sauerkräuter*, tutte le qualità di salami e di salsicce, e certe forme di un delizioso formaggio che si chiamava Liptauer. E aveva il pregio d'essere a buon mercato. Poiché il denaro era scarso in casa Manson, e la stufa del sottosuolo era un'antica e fumosa rovina, Andrew e Cristina facevano spesso affari con Frau Schmidt. Nelle giornate grasse si regalavano i *frankfurters* e l'*apfelstrudel*, nelle magre si contentavano delle aringhe salate e delle patate al forno. Spesso la sera davano una capatina da Frau Schmidt, dopo averne contemplato con occhio selettivo le merci esposte nelle sudate vetrine, e di solito ne venivan via con qualche succulenta *delicatesse* nella sporta di corda.

Frau Schmidt non tardò a riconoscerli. Esternò per Cristina una simpatia speciale. La sua lardellata faccia da pizzicagnola si raggrinziva in un sorriso che quasi le chiudeva gli occhi, e sotto l'alto pinnacolo della chioma bionda annuiva amichevolmente ad Andrew: "Vedrete che le cose non tarderanno a sistemarsi. Avete una brava moglie. Piccola, come me, ma brava. Abbiate pazienza. Vi manderò io dei clienti."

L'inverno arrivò brutalmente senza preavviso, e nelle strade la nebbia, alleatasi col fumo della vicina stazione ferroviaria, sembrava un muro incrollabile. Non si davano pensiero del tempo, anzi, pretendevano di trovar divertenti le condizioni in cui dovevano lottare; ma negli anni di Aberalaw non avevano mai conosciuto niente di paragonabile a questo.

216

Cristina mise in valore il suo gelido baraccamento il meglio che poté. Imbiancò i soffitti, fece con le sue mani le cortine per la sala d'aspetto, rinnovò la carta alle pareti della camera da letto.

La maggior parte delle chiamate per telefono, per quanto infrequenti, lo portava nelle pensioni del vicinato. Era difficile farsi pagare per contanti da questa categoria di pazienti. Provò a rendersi simpatico alle tarchiate femmine che tenevano queste pensioni. Faceva conversazione nei tetri corridoi d'ingresso; diceva: "Non avevo idea che facesse tanto freddo, se no mettevo il pastrano," oppure: "Affar serio girare a piedi con questo tempo, ma ho la vettura in riparazione."

Strinse amicizia col vigile che regolava il traffico presso la salumeria Schmidt. Si chiamava Donald Struthers ed era come lui scozzese, di Fife. Come compaesano, il vigile gli promise di fare del suo meglio per favorirlo nella condotta: "Se qualcuno va sotto l'autobus, ve lo porto, dottore, state sicuro."

Un giorno, un mese dopo il loro arrivo, quando Andrew arrivò a casa — aveva visitato i farmacisti del rione alla ricerca d'una siringa Voos da 10 cc. che sapeva benissimo di non trovare in loro possesso, ma voleva solo farsi conoscere per sollecitarne il patrocinio — trovò Cristina insolitamente eccitata. "C'è una cliente nella sala d'aspetto. È entrata per l'ingresso principale."

La sua faccia si schiarí. Era la prima cliente *solida* che gli si presentava. Poteva essere il principio d'un miglioramento della situazione. Si preparò e s'avviò vispo e fiero, verso la sala di consultazione. "Buon giorno, signora, che cosa posso fare per servirvi?"

"Buon giorno, dottore. Mi manda la Schmidt." Si alzò per stringergli la mano. Era paffuta, d'aspetto gioviale ma volgare, con un giacchettino di pelo e una borsetta grande.

A prima vista Andrew la giudicò per una delle numerose nottambule del quartiere. "Oh?" domandò, con meno entusiasmo.

Ella sorrise con diffidenza. "Il mio amico m'ha regalato un bel paio d'orecchini d'oro. E la Schmidt, sono una sua cliente, m'ha detto di venire da voi per farmi forare gli orecchi. Il mio amico m'ha raccomandato di non andare da uno purchessia."

Andrew tirò un lungo sospiro, per fortificarsi. Si era giunti a questo punto. Disse: "Ve li foro volentieri, signorina."

Glieli forò scrupolosamente, sterilizzando l'ago, spruzzando i lobi col cloruro d'etile, e si fece un dovere di introdurre lui stesso i cerchietti nei fori.

"Magnifico, dottore," guardandosi nello specchio della borsa, "e non ho sentito niente di niente, il mio amico sarà contento, quanto dottore?"

Per i clienti *solidi*, per quanto mitici, la tariffa era di 7 scellini e 6 pence. Egli menzionò la somma.

L'altra produsse il suo bravo biglietto da 10 scellini, pensando che il dottore era una persona distinta, e comunque lei aveva un debole per i bruni, e quando incassò il resto le parve che il povero giovane avesse l'aria d'aver appetito.

Dopo che se ne fu andata, Andrew non si sognò nemmeno di accusarsi d'essersi prostituito, come avrebbe fatto in altri tempi. Avvertiva uno strano senso di umiltà. Tenendo in mano il biglietto spiegazzato e sporco, andò alla finestra e con gli occhi seguí a lungo la ragazza che, tutta orgogliosa dei suoi orecchini nuovi, s'allontanava dimenando le anche e dondolando la borsa.

II

Nella lotta che sosteneva da solo, sentiva sempre piú acuto il bisogno di consorziare con qualche collega. Era andato ad una riunione dell'associazione medica locale, ma non s'era svagato. Denny era ancora all'estero; trovando Tampico di suo gusto, c'era rimasto, come chirurgo nella New Century Oil Company; e, per il momento almeno, era come se non esistesse, per Andrew. Hope dal canto suo era in missione a Cumberland, e stava inventariando corpuscoli per conto delle Delizie Maniache, come diceva in una delle sue cartoline dai colori sgargianti.

Molte volte Andrew aveva pensato a riprendere contatto con Freddie Hamson, ed era anzi arrivato fino al punto di consultare il libro del telefono; ma ogni volta ne era stato dissuaso dalla mortificante sensazione di essere un "indesiderabile" sfaccendato. Freddie abitava sempre in

Queen Ann Street, ma aveva cambiato casa. Ricordando le avventure della loro vita da studenti, Andrew si domandava, sempre piú spesso, come diavolo facesse Freddie a tirare avanti; tanto che un bel giorno non poté piú resistere alla curiosità di trovare una risposta a questa domanda.

Gli telefonò.

"Probabilmente mi hai del tutto dimenticato," cominciò, mezzo preparato a sentirsi trattare sotto gamba, "sono Manson, Andrew Manson. Ho una condotta qui a Paddington."

"Dimenticato?! Manson!!! Caro vecchio sgobbone." Freddie era spesso lirico al telefono. "Gran Dio, dimenticato! Perché non m'hai telefonato prima?"

"Ma, vedi, non siam ancora totalmente sistemati," riscaldato dall'accoglienza cordiale, Andrew sorrideva nel ricevitore, "e prima, quando ero nell'M.F.B., ero sempre in viaggio. Sono sposato, sai."

"Anch'io! Senti, vecchio, dobbiamo immediatamente riaprire i nostri rapporti. E subito. Tu qui, che meraviglia! Non mi so raccapezzare. Oh, vediamo... dov'è la mia agenda? Oh, senti: cosa ne dici di martedí? Per pranzo, eh? No, cravatta nera. Benone. Allora a rivederci, dirò intanto a mia moglie che scriva due righe alla tua."

Cristina non manifestò entusiasmo all'annuncio dell'invito. "Vai tu," suggerí.

"Via, Tina! Freddie vuol farti conoscere sua moglie. Hai poca simpatia per lui, va bene, ma possiamo trovare in casa altra gente, altri dottori, che mi converrà di conoscere. Cravatta nera, ha detto. Fortuna che ho comprato quella giacca nera a Newcastle. Ma tu, Tina, cos'hai da metterti?"

"Avrei piuttosto bisogno d'un fornello a gas!" Aveva scrollato una spalla, indispettita. Le ultime settimane le avevano stiracchiato i nervi. Aveva perso parte di quella freschezza di colorito ch'era stata il suo fascino principale. E alle volte, come appunto adesso, le sue repliche erano brevi, disanimate.

Ma il martedí sera, quando partirono per Queen Ann Street, Andrew non poté esimersi dal trovarla carina in bianco, sí, era il vestito che aveva comprato lui per quel pranzo a Newcastle, modificato, ritoccato qua e là, piú moderno. Anche i capelli se li era acconciati in uno stile nuovo, le stavano piú aderenti al capo, e cosí neri le incorniciavano bene la fronte cosí bianca. Notò queste cosette mentr'egli si faceva il nodo della cravatta, e stava per dirle che era molto carina, poi disgraziatamente pensò ad un'altra cosa e se ne dimenticò. Temeva di essere in ritardo.

Ma al contrario arrivarono in anticipo, tanto che dovettero aspettare tre impacciati minuti prima che Freddie comparisse, le due mani distese in avanti, salutandoli allegramente, scusandosi dicendo che era rientrato allora dall'ospedale, assicurandoli che sua moglie non avrebbe tardato mezzo minuto, offrendo aperitivi, battendo affettuosi colpetti sulle spalle di Andrew, pregandoli di accomodarsi.

Freddie era forse aumentato di peso, da quella sera a Cardiff, ma il roseo salamino della collottola gli conferiva un'aria di salute e di prosperità, e i suoi occhietti continuavano a sfavillare come una volta. Non uno dei suoi gialli capelli era fuori di posto. Era cosí azzimato che luccicava tutto. Elevò il bicchiere come in un brindisi. "Fa davvero piacere riessere insieme, questa volta non ci separiamo piú. Cosa ti pare del mio baraccamento? Non te l'avevo detto a Cardiff? Tutta la casa è mia, si capisce, l'ho comprata l'anno scorso, e non dico quanto l'ho pagata." Si palpò la cravatta con un gesto di approvazione. "Non ho bisogno di réclame."

Certo la messinscena era sfarzosa; mobilio moderno tutto liscio, camino monumentale, pianoforte a coda con magnolie artificiali in madreperla. Andrew si preparava ad esprimere il suo apprezzamento quando entrò la padrona di casa; alta, fredda, coi capelli neri spartiti nel mezzo, e un vestito ch'era fatto in modo straordinariamente diverso da quello di Cristina. Freddie la accolse con un deferente: "Vieni avanti, cara," e si affrettò a porgere un bicchierino di sherry, che ella declinò con mossa negligente. Il cameriere annunciò gli altri invitati: Mr e Mrs Charles Ivory, e doctor e Mrs Paul Deedman. Seguirono le presentazioni, in un chiasso di sonori convenevoli scambiati tra gli Ivory, i Deedman e gli Hamson. Poi, senza fretta, andarono a pranzo.

L'allestimento della mensa era sopraffino e fastoso insieme. Identico, con candelabri e tutto, a quello che Andrew aveva visto nella vetrina di Labin e Benn in Regent Street. Quanto al cibo, non si poteva distinguere la carne dal pesce, ma era eccellente. Il vino era champagne. Dopo due bicchieri Andrew prese confidenza. Si dedicò alla signora Ivory, che sedeva alla sua sinistra, una donna sottile in nero, con un'enorme quantità di gioielleria al collo e sul petto, e due grandi occhi celesti a fior di testa che ogni tanto si posavano su lui con una serietà infantile.

Suo marito era il chirurgo Charles Ivory, ma sicuro!, ella rise, rispondendo a questa domanda di Andrew, credeva che tutti conoscessero Charles. Abitavano qui vicino in New Cavendish Street; la casa era di loro proprietà, erano contenti di essere cosí vicini a Freddie e sua moglie. Charles e Freddie e Paul Deedman erano ottimi amici, soci tutt'e tre del Sackville Club. Fu sorpresa quando Andrew ammise di non esser socio. Oh?, credeva che tutti fossero soci del Sackville, e si voltò a parlare con l'altro suo vicino.

Abbandonato, Andrew si dedicò alla signora Deedman, che gli pareva piú malleabile, piú alla buona, con la sua bella carnagione quasi orientale. La fece discorrere su suo marito; era curioso di conoscere questi mariti, che gli risultavano cosí disinvolti ed avevano l'aria cosí facoltosa. Paul, disse la signora, aveva il suo studio in Harley Street, ma abitavano in Portland Place. Aveva una clientela magnifica, — ne parlava con troppo evidente ammirazione perché Andrew potesse sospettarla di millantarsi, — composta quasi esclusivamente degli *habitués* del Plaza, conosceva Andrew il nuovo Plaza di fronte al Park? No? Oh, ma all'ora del *lunch* il *grill-room* era pieno zeppo di celebrità! Paul era il medico ufficiale del Plaza. Non c'erano che milioni al Plaza, tante stelle del cinema, e insomma chiunque avesse denaro andava al Plaza e per suo marito era una bellezza.

Andrew la trovò simpatica. La fece cicalare finché la padrona di casa s'alzò, e allora s'affrettò galantemente a ritirarle la seggiola di sotto il sedere, per facilitarne l'esodo.

"Un sigaro, Manson?" Freddie gli offrí la scatola col gesto dell'intenditore. "Questi ti piaceranno. E ti consiglio di assaggiare questo brandy 1894. Poche storie."

Col sigaro acceso, e una buona dose di brandy nel panciuto bicchierino davanti a sé, Andrew accostò la sua seggiola agli altri. Era questo il momento che aveva sospirato in anticipo: lo scambio di confidenze professionali in privato: pretti discorsi di bottega. Sperava che Hamson e i suoi amici si sbottonassero. Non fu deluso.

"A proposito," Freddie diceva, "ho ordinato oggi la Glickert una di quelle nuove lampade Iradium. Caruccia. Intorno alle ottanta ghinee. Ma le vale."

"Peuh!" concordò Deedman, riflettendo. Era magro, con occhi neri, la faccia dell'ebreo intelligente. "Dovrebbe mantenersi da sé."

Andrew si fece coraggio e disse: "Personalmente non ho che scarsa fiducia in queste lampade, sapete. Avete letto nel *Journal* l'articolo di Abbey contro l'abuso dell'elioterapia male applicata? Le Iradium non posseggono alcunissimo contenuto infrarosso."

Freddie represse un moto di sorpresa e rise. "Posseggono comunque un enorme contenuto di visite da tre ghinee, ha-hà! E per giunta abbronzano meravigliosamente."

"Però, Freddie," disse Deedman, "io non sono favorevole, di massima, agli apparecchi costosi. Devono pagarsi prima di risultar redditizi. E nel frattempo passano di moda. Ad esser franchi, non c'è niente che valga la buona vecchia Ipo."

"A proposito di iniezioni," disse Ivory, cogliendo l'allusione alla siringa ipodermica. Era grosso, piú vecchio degli altri, con pallide guance glabre, e i modi del signore ozioso. "Oggi ho registrato un discreto ordinativo. Dodici. Manganese. E sapete cos'ho fatto? Ve lo dico perché ne prendiate nota: rende al giorno d'oggi. Ho detto al paziente, sentite, ho detto, voi siete un uomo d'affari, le iniezioni vi costeranno cinquanta ghinee, ma se pagate anticipato ve le faccio a quarantacinque. M'ha firmato il vaglia seduta stante."

"Vecchio contrabbandiere," esclamò Freddie. "Ti credevo un chirurgo."

"Lo sono," annuí Ivory. "Domani ho una cataratta allo Sherrington."

"Non c'è piú religione," borbottò Deedman distrattamente, poi, tornando alla sua idea: "No, ma badate che, in fondo, è un'idea interessante. Tra le clienti d'alta classe le medicine per via orale hanno perduto la voga. Se io prescrivessi al Plaza, diciamo, le polveri veripon, non farei una ghinea. Ma se le inietto in soluzione, pizzicando per bene la pelle, sterilizzando, e tutto il resto della faccenda, la paziente pensa che sono un asso."

Hamson dichiarò vigorosamente: "È un gran bene, per noialtri del West End che le somministrazioni orali sian passate di moda. Consideriamo, ad esempio, il caso qui di Ivory. Se avesse consigliato il manganese per bocca, o manganese e ferro, il vecchio farmaco insomma, che probabilmente fa altrettanto bene, tutto quello che avrebbe potuto estorcere al paziente erano tre ghinee. Invece suddividendo la dose in dodici fiale, se ne pappa cinquanta. Cioè quarantacinque, scusa, Ivory."

"Meno dodici scellini," corresse Deedman. "Il costo delle fiale."

"Ma è un'arma a doppio taglio," osservò Deedman. "La paziente non sa che le fiale costan cosí poco. Appena ti vede sul tavolo un plotoncino di fiale, pensa: Gran Dio, mi costerà un patrimonio!"

"Osserverai," Hamson strizzò l'occhio ad Andrew, "come i pensieri di Deedman tendano sempre al sesso debole nel considerare la clientela. A proposito, Paul, ho avuto una risposta ieri, in merito a quella riserva di caccia. Dummett è disposto ad associarsi, se tu e Charles ed io ci stiamo."

Per dieci minuti discorsero di caccia, di golf, che giocavano su vari campi dispendiosi dei dintorni di Londra, di automobili, — Ivory s'era ordinata una carrozzeria speciale su un Rex di tre litri e mezzo, — mentre Andrew ascoltava, fumando e bevendo brandy. Bevettero in tutto una buona quantità di brandy. Andrew aveva la sensazione, un po' confusa, che erano degli straordinari buontemponi. Non lo escludevano dalla conversazione, anzi, riuscivano a fargli capire, mediante un cenno o una parola, che lui era uno di loro. In qualche modo gli facevano dimenticare che per colazione aveva mangiato un'aringa salata. E come s'alzarono, Ivory passò il braccio sotto il suo. "Devo ricordarmi di mandarvi il mio biglietto, Manson. Sarei lietissimo di esaminare un caso con voi, in qualunque momento."

Nel salotto, l'atmosfera sembrò, per contrasto, un po' fredda, convenzionale; ma Freddie, con le mani in tasca, il morale altissimo e lo sparato abbagliante, dichiarò che la sera non era ancora inoltrata e che dovevano finirla tutti insieme all'Embassy.

Cristina lanciò una timida occhiata ad Andrew. "Noi dovremmo rientrare, caro."

"No, Tina," rispose Andrew con un roseo sorriso, "avresti il coraggio di abbandonare la lieta brigata?"

All'Embassy Freddie risultò ovviamente di casa. Il capocameriere li precedette con sorrisi ed inchini ad un tavolo contro il muro. Ordinarono altro champagne. Ballarono. Gente che si tratta bene, pensava Andrew nebbiosamente, senza disapprovare. Che bel motivo, questo! Chi sa se Tina vuol ballare? Era brillo.

Nel tassí al ritorno si proclamò entusiasta. "Bei tipi, eh, Tina? Bella serata, eh?"

Ella rispose con un filo di voce ferma: "L'ho trovata odiosa."

"Che? Come mai?"

"A me piace Denny, dei tuoi amici, e Hope, ma non questi fantocci..."

"Via, Tina, cosa fanno di male?..."

"Oh, ma è possibile che non lo vedi?" rispose lei, glaciale, in tono di furia contenuta. "Tutto. Il cibo, il mobilio, la conversazione: denaro, denaro tutto il tempo, nient'altro che denaro. Tu non hai visto come la Hamson ha guardato il mio vestito. Nel suo sguardo ho letto che pensava che spendeva in una sola seduta dal parrucchiere piú di quanto spendo io dalla sarta in un anno. In salotto, quando scoprí, lei che è figlia del whisky Whitton, che io ero figlia di nessuno, avresti dovuto vedere la sua faccia. Non hai idea di quel ch'è stata la conversazione prima che veniste voi. Le storielle del parrucchiere, l'ultimo aborto di società, il tale che passa il weekend dalla tale, e via dicendo: non una parola onesta. Ha persino dichiarato che il capobanda del jazz del Plaza le dà sulla pelle, per dirla con le sue parole."

Scambiando per invidia il suo rancore, Andrew commise lo strafalcione di consolarla. "Lascia che cominci anch'io a guadagnare, poi ti comprerò dei vestiti piú cari dei suoi."

"Io non so che farmene del tuo denaro, e detesto i vestiti cari!"

"Ma cara!" Esitante, fece per carezzarla.

"Non toccarmi!" La sua voce lo sferzò. "Ti voglio bene, Andrew. Ma non quando sei ubriaco."

Nel suo angolo, egli si sentí annichilito, offeso, e anche adirato. Era la prima volta che Tina lo respingeva. "*All right,*" balbettò, col broncio, "se la pensi cosí."

Pagò il tassí, entrò in casa per primo, senza una parola si diresse alla camera cosiddetta dei forestieri. Tutto sembrava squallido e tetro dopo il lusso dei locali donde venivano. Nemmeno il commutatore funzionava a dovere. "In un modo o in un altro, giuro che si uscirà fuori da questo buco infetto. Le faccio vedere io. Far denaro, è l'unica. Si può viver senza?"

Fu la prima notte che dormirono separati.

III

L'indomani al caffelatte Cristina si comportò come se avesse dimenticato tutto l'episodio. Andrew s'accorgeva benissimo che si imponeva d'esser carina; e ciò, pur gratificando il suo amor proprio, lo rendeva ancor piú scontroso. Fingendo d'immergersi nella lettura del giornale, rifletteva: "Ogni tanto le donne bisogna metterle al loro posto." Ma Cristina, dopo aver serenamente sopportato qualcuna delle sue prediche monosillabiche, smise di far la carina e si ritirò in se stessa, restando seduta al tavolo con le labbra compresse senza guardare dalla sua parte. Egli s'alzò, e andandosene pensò: "Ha la testa dura, le dimostrerò chi è il piú forte."

La prima cosa che fece nell'ambulatorio fu di consultare l'Annuario Medico; voleva procurarsi piú precise informazioni sul conto dei suoi amici di ieri sera. Voltò le pagine rapidamente e si fermò dapprima su Hamson. Ecco, Frederick Hamson, M. B., Ch. B., Queen Ann Street, esterno a Walthamwood.

Aggrottò i sopraccigli in atto di perplessità. Freddie aveva parlato tanto ieri sera della sua carica all'ospedale, niente come una carica d'ospedale, aveva detto, per sostenere un individuo nel West End, il cliente che sa che sei esterno in un ospedale ha subito piú fiducia. E questo Walthamwood, non era un ricovero di mendicità in uno dei suburbi nuovi? Non poteva essere un errore, era l'Annuario ultimo, aggiornato, l'aveva comprato solo un mese prima.

Con minor premura, cercò Ivory e Deedman, si ragguagliò, e poi appoggiò il librone sui ginocchi e si mise a meditare. Paul Deedman era, come Freddie, M. B., ma basta; non era nemmeno esterno in nessun posto. Quanto a Charles Ivory di New Cavendish Street, possedeva solo la piú bassa di tutte le qualifiche chirurgiche, l'MRCS, e nessunissima carica d'ospedale. I cenni a suo riguardo indicavano una certa dose d'esperienza acquistata in tempo di guerra nelle retrovie. All'infuori di ciò, nulla.

Quasi sbalordito, Andrew s'alzò, ripose il libro nello scaffale e la sua faccia palesò una subitanea risoluzione. Non v'era confronto tra le sue qualifiche e quelle dei fiacconi con cui aveva pranzato la sera innanzi. Quello ch'essi potevano fare doveva poterlo fare anche lui. E meglio. Non doveva dar retta a Cristina. Doveva soltanto tener di mira l'imperiosità di farsi strada. Il primo obiettivo da raggiungere era di farsi introdurre in qualche modo in uno degli ospedali di Londra. Certo. Un vero ospedale. Non un ricovero di mendicità; non uno stabilimento di cartapesta. Ma... come raggiungerlo?

Per tre giorni rimuginò, poi andò titubante da Sir Robert Abbey. Era per lui la cosa piú difficile del mondo chieder favori, soprattutto perché Abbey lo accolse con tanta genuina gentilezza. "E come sta il nostro contabile di bende? Non avete vergogna di guardarmi in faccia dopo aver disertato l'M.F.B.? Mi dicono che al dottor Bigsby la pressione sanguigna sia cresciuta di tre gradi dopo l'ultima intervista che ebbe con voi. Siete venuto qui per litigare con me? No? Cos'è che volete da me? Un seggio in Consiglio?"

"No, Sir Robert. Mi domandavo... voglio dire, potreste, Sir Robert, aiutarmi ad introdurmi come esterno in un ospedale?"

"Mm. Molto piú difficile che un seggio in Consiglio. Sapete quanti individui consumano le suole sull'Embankment a caccia di cariche onorarie? È vero che voi... voi avete al vostro attivo quello studio sui polmoni; ciò restringe il campo... Vediamo... Il Victoria Chest Hospital, forse, perché no? Per i malati di petto; sicuro. Dev'essere questo il vostro bersaglio. Uno dei piú vecchi ospedali di Londra. Voglio ragguagliarmi. Non prometto nulla, ma voglio tenere un occhio scientificamente aperto."

Abbey lo trattenne al tè. Alle quattro invariabilmente beveva due tazze di tè della Cina, senza latte né zucchero, e senza mangiare nulla. Era una marca speciale che sapeva di fiordarancio. Discorse piacevolmente e con facilità sui piú svariati argomenti, dalle tazze senza piattino di Kangshi fino alla reazione cutanea di Von Pirquet; poi, accompagnando Andrew alla porta, disse: "Sempre in lotta coi libri? Non smettete. E anche se entrate al Victoria, non assumete le maniere del dottore di società. È questo che mi ha rovinato."

Andrew tornò a casa camminando al disopra delle nuvole. Cosí compiaciuto che trascurò di conservare la sua dignità con Cristina. Sbottò: "Sono stato da Abbey. Ha promesso di cercarmi un posto nel Victoria Chest Hospital." Vedendo la trasparente contentezza degli occhi di Cristina, si sentí piccino, volle far ammenda. "Ero diventato insopportabile ultimamente, Tina, non s'andava piú molto d'accordo. Vuoi... vuoi fare la pace?"

Cristina corse a lui, protestando che era tutta colpa sua. Allora toccò a lui di addossare la colpa interamente sulle proprie spalle. Solo un esiguo settore della sua mente ratteneva ancora la ferma intenzione di confondere Cristina, a suo tempo, mediante il lustro dei suoi clamorosi successi materiali.

Si immerse nel lavoro con rinnovato fervore, fiducioso in qualche non lontano colpo di fortuna. Frattanto la sua clientela aumentava. Non era, no, la classe che desiderava. Ma era lavoro. Le persone che venivano da lui, o che lo facevano chiamare, erano molto, troppo povere per sognarsi di disturbare il dottore se non erano realmente malate. Cosí lottò contro le difteriti in stambugi privi d'aria al disopra d'antiche scuderie convertite in abitazioni, contro febbri reumatiche in umidi sottosuoli riservati alla servitú nei palazzi signorili, contro polmoniti nelle soffitte. Combatté molti malanni in quella che è la piú tragica di tutte le camere: la camera d'affitto in cui un vecchio o una vecchia vivono in assoluta solitudine, dimenticati da amici e parenti, cucinando magre pietanze sul fornello a spirito, ignorati, o rinnegati, o maledetti. Erano numerosi questi casi. Conobbe cosí il padre di una nota attrice il cui nome brillava in lettere di fuoco in Shaftesbury Avenue: un settantenne paralitico che viveva in lurido squallore. Conobbe un'attempata gentildonna, allampanata, patetica ed affamata, che gli mostrò le sue fotografie nel vestito di presentazione a Corte e gli parlò dei giorni in cui si scarrozzava per le vie di Londra in tiro a quattro. Nel mezzo d'una notte richiamò in vita, e poi lo rimpianse, una miserabile creatura, senza un soldo e disperata, che aveva preferito la stufa a gas al ricovero di mendicità.

Molti dei suoi casi erano urgenti, richiedevano l'immediato intervento del chirurgo, esigevano clamorosamente l'ammissione all'ospedale. E fu qui che Andrew incontrò i piú forti ostacoli. Era la cosa piú difficile del mondo ottenere ammissione, anche nei casi piú gravi. Questi di solito si verificavano nelle ore della notte. Rincasando dalla visita, con la giacca e il pastrano al disopra del pigiama, il cravattone di lana al collo, il cappello sulla nuca, s'attaccava al telefono, e chiamava uno dopo l'altro gli ospedali, pregando, insistendo, implorando, minacciando, ma sempre per sentirsi rifiutar netto, e talvolta in modo insolente: "Dottor chi? Chi? No. Niente. Tutto esaurito."

Andava da Cristina, livido di rabbia. "Non è vero che non hanno posti. Al San Giovanni hanno quanti letti vogliono per chi voglion loro. Se non s'è conosciuti s'è messi alla porta. Vorrei aver qui tra le mani il collo di quell'insolente medicastro di servizio. È uno scandalo. Mi trovo sulle braccia un'ernia strozzata, e non posso ottenere un letto in tutta Londra. Nel cuore dell'Impero britannico. Ecco a che cosa si riduce il nostro famoso sistema ospaliero volontario. E quel bastardo d'un filantropo a banchetto l'altro giorno che salta su a dire che è il piú meraviglioso sistema del mondo. Per il povero diavolo non c'è che il ricovero di mendicità. Là gli riempiono un modulo, cosa guadagni?, che religione?, madre coniugata?, e lui con la peritonite..."

A tutte le sue giuste lagnanze la povera Cristina non poteva opporre che sempre la stessa risposta: "Comunque questo è lavoro, Andrew. E in ciò è tutta la differenza."

"Ma la differenza non mi salva dalle cimici," grugniva lui, ritirandosi nel camerino da bagno.

Cristina rideva, perché era di nuovo felice come una volta. L'impresa di sistemare l'alloggio era stata "formi-

228

dabile" ma era ugualmente riuscita a soggiogare la casa. La quale provava ancora qualche volta ad impennarsi, ma nel complesso era pulita, ubbidiente ai cenni. C'era il nuovo fornello a gas, le lampade avevano i paralumi nuovi, i sedili le loro fresche giaconette di cotone. E le spranghe d'ottone sul tappeto della scala splendevano come i bottoni d'un ufficiale della guardia.

Dopo varie difficoltà con le donne di servizio, che in quel quartiere preferivano le pensioni per via delle mance, era capitata su una brava donna quarantenne, pulita e laboriosa, che a causa d'una sua figliola di sette anni non riusciva a trovare un posto fisso. Insieme, le due donne avevano dato l'assalto al sottosuolo. Adesso, ciò che prima era stata una galleria ferroviaria, era un comodo stanzone, arredato con buoni mobili di pochi soldi ridipinti in crema da Cristina, nel quale la fantesca e la figlia, che andava già regolarmente a scuola, si sentivano al sicuro.

I precoci fiori che rallegravano la sala d'aspetto riflettevano la felicità della casa di Cristina. Li comprava al mercato. Molti merciai la conoscevano. Mercanteggiava su tutto, ma con buona grazia. Avrebbe dovuto tener conto della propria posizione sociale come moglie d'un dottore, ma invece non se ne curava. Si fermava spesso da Frau Schmidt a far due chiacchiere e quasi sempre ne veniva via con una fetta del Liptauer che piaceva tanto ad Andrew.

Nel pomeriggio andava sovente a spasso sulle sponde della Serpentine. I noccioli si vestivano di verde e i palmipedi starnazzavano nell'acqua increspata dal vento. Il sito rappresentava un discreto sostituto della campagna, che Cristina amava tanto.

Talora la sera Andrew la guardava con quell'occhio geloso che significava che era arrabbiato con lei perché per tutto il giorno ella non aveva mostrato di accorgersi di lui. "Cos'hai fatto tutto il giorno mentre io ero al lavoro? Se mai riesco a comprare l'automobile, la guiderai tu, cosí almeno resterai sempre vicina a me."

Continuava ad aspettare i clienti *solidi* che non venivano. E la risposta di Abbey circa l'ospedale. Era seccato, e forse segretamente offeso, che la loro visita a Hamson non avesse avuto seguiti.

In queste circostanze, una sera alla fine d'aprile, sedeva nell'ambulatorio. Erano quasi le nove e stava per chiudere quando entrò una giovane donna. Lo fissò incerta. "Non sapevo se entrare per di qui o per l'ingresso principale."

"È lo stesso. Salvo che qui costa la metà. Accomodatevi. Desiderate?"

"Oh, io son disposta a pagare la tariffa intera." Avanzò con una posatezza singolare, e sedette sull'orlo della seggiola. Era sotto la trentina, gli parve, costruita solidamente, vestita di verde oliva con caviglie potenti e una larga faccia bruttina e seria. A vederla si pensava: donna che sa quel che vuole.

"Non parliamo di tariffa, ditemi cos'avete."

"Be', dottore." Pareva ancora voler affermare la sua gravità. "Mi manda Frau Schmidt. Io lavoro da Laurier's. Ma devo dirvi che ho già consultato molti dottori del vicinato. Son le mie mani." Si tolse i guanti.

Egli le esaminò. Le palme eran coperte d'una dermatite rossigna, simile alla psoriasi. Ma non era psoriasi, gli orli non erano serpiginosi. Con subito interesse prese la lente e scrutò più da vicino. Nel frattempo ella continuava a parlare, con la sua voce, seria, convincente.

"Non so dirvi che svantaggio è per me, nella mia posizione. Darei qualunque cosa per liberarmene. Ho provato tutti gli unguenti sotto il sole. Ma non son serviti a niente."

"Infatti, gli unguenti non servono in questo caso." Posò la lente, avvertendo salire l'emozione d'una oscura ma sicura diagnosi. "È una malattia poco comune. Non serve curarla localmente. È dovuta alla circolazione, e l'unico modo per liberarsene è mediante la dieta."

"Niente medicine?" La sua serietà si tinse di dubbio. "Nessun medico m'ha mai detto questo."

"Ve lo dico io adesso." Rise, e sedutosi alla scrivania le prescrisse la dieta, aggiungendo un elenco delle vivande dalle quali doveva assolutamente astenersi.

Ella accettò il foglietto con esitazione. "Be', certo proverò, dottore, proverei di tutto." Meticolosamente pagò la tariffa, indugiò come se fosse ancora in dubbio e finalmente uscì.

Andrew non pensò più a lei.

Ma dopo dieci giorni tornò, per la porta principale questa volta, ed entrò nella sala con tale espressione di contenuto fervore ch'egli non poté astenersi dal sorridere. "Volete vedere le mie mani, dottore?"

"Sí. Spero che non rimpiangerete la dieta."

"Rimpiangere?" Gli consegnò le mani con un atto di dedizione appassionata. "Guardate. Completamente guarite. Non una macchia. Non avete idea di quel che vuol dire per me, nella mia posizione. Vi sono oltremodo riconoscente, ed ammiro la vostra abilità."

"All right," prendeva la cosa con leggerezza, "faccio solo il mio mestiere. Evitate quei cibi che vi ho detto e state tranquilla che non l'avrete mai piú."

Ella s'alzò. "E adesso, dottore, quando vi debbo?"

"Njente. M'avete già pagato." Era conscio d'un piacevole fremito estetico. Gli avrebbe fatto molto piacere d'intascare altri 3 scellini e 6 pence, o magari 7 e 6, ma la tentazione di drammatizzare il trionfo della sua capacità fu irresistibile.

"Ma, dottore..." Contro voglia si lasciava scortare verso la porta; ma lí si fermò, per enunciare la battuta finale, intonata ad una serietà ineguagliabile: "Forse sarò in grado di mostrarvi la mia gratitudine in qualche altra maniera."

Guardandole la facciona rivolta all'insú, gli attraversò il cervello un pensiero ribaldo. Ma non rilevò la frase e chiuse la porta. Non ci pensò piú. Non erano le commesse di negozio che lo interessavano.

Ma s'era sbagliato. Non sapeva chi fosse questa Miss Cramb dei Magazzini Laurier's. E per giunta non teneva conto di una possibilità, illustrata da Esopo, che, come filosofo da strapazzo, avrebbe pur dovuto aver presente alla mente.

IV

Marta Cramb, che le "juniori" dei Grandi Magazzini Laurier's designavano col nomignolo di Half-Back, era una donna assolutamente priva d'attrazione sessuale. A giudicarla dall'aspetto, non la si sarebbe mai creduta idonea a coprire le funzioni di una "seniore" in quel monumentale emporio, unico al mondo nel traffico lussuoso dei piú dispendiosi vestiti, degli oggetti di biancheria piú squisiti e delle pellicce cosí care che il loro prezzo si trattava a centinaia di sterline. Ma la Half-Back era un'ottima venditrice; ed altamente apprezzata dalle sue clienti particolari.

Perché Laurier's, nella sua sublime inimitabile organizzazione, usava un metodo speciale, in base al quale una seniore serviva esclusivamente un suo determinato gruppetto di assidue clienti, studiandole una per una, vestendole da capo a piedi, e mettendo da parte per esse i modelli nuovi man mano che uscivano dal cervello del creatore. I rapporti tra seniori e clienti spesso si prolungavano per vari anni; e la Half-Back era singolarmente idonea ad assicurare la perpetuità dei propri.

Era figlia d'un avvocato di Kettering. Molte ragazze di Laurier's erano figlie di piccoli professionisti dei suburbi o della provincia. Era considerato un onore l'ammissione da Laurier's; un'ambita distinzione l'abitino verde scuro che era l'uniforme del magazzino. Il lavoro affaccendato, le cattive condizioni di vita interna che le ordinarie commesse devono talvolta subire altrove, da Laurier's non si sapeva nemmeno che cosa fossero. Le ragazze erano amministrate, nutrite, alloggiate e sorvegliate. Mr Winch, il solo impiegato maschio del negozio, aveva l'incarico speciale di sorvegliarle. E Mr Winch aveva un altissimo concetto della Half-Back; spesso lo si vedeva pacatamente conferire con lei. Era un roseo materno attempato signore che da quarant'anni bazzicava nell'abbigliamento. Il suo pollice s'era appiattito a forza di palpar stoffe, e la schiena permanentemente incurvata a forza di deferenti inchini. Ma con tutto il suo aspetto materno, Mr Winch, sempre in moto nel mezzo d'un vasto e spumoso pelago di femminilità, era la sola persona dello stabilimento che esibisse, agli estranei che entravano da Laurier's, un paio di pantaloni. Aveva l'occhio francamente ostile verso quei mariti che accompagnavano le consorti ad esaminare i manichini. Conosceva i Reali. Era un'istituzione, quasi altrettanto veneranda quanto i Grandi Magazzini Laurier's.

L'incidente della miracolosa guarigione di Miss Cramb causò una certa sensazione nel personale di Laurier's. E l'immediato risultato fu che per pura curiosità un certo numero di vispe juniori si presentarono da Andrew, lamentando afflizioni ovviamente trascurabili. Si dicevano a vicenda, ridendo, che volevano vedere la faccia del dottore della Half-Back. Verso la fine di maggio non era un'eccezione trovarne una mezza dozzina tutti i giorni nell'ambulatorio del dottor Manson, tutte giovani, molto elegantine, modellate sulle proprie clienti, labbra rosse, l'aspetto lustro. La conseguenza fu un marcato aumento degli incassi, ed una non gelosa osservazione di Cristina: "Cos'è, caro, quel coro di bellezze? Han preso l'ambulatorio per un palcoscenico?"

Ma la fervorosa gratitudine di Miss Cramb — oh, l'estasi di quelle mani guarite! — aveva solo cominciato ad esprimersi. Finora il dottor McLean, sicuro ed attempato, era stato considerato come il medico ufficioso, se non ufficiale, di Laurier's, e veniva chiamato in tutti i casi d'urgenza, come ad esempio quando Miss Twig del reparto sartoria s'era malamente scottata col ferro da stiro. Ma il dottor Mc Lean era sul punto di ritirarsi a vita privata, e il suo socio e successore dottor Brenton non era né attempato né sicuro. Anzi, piú d'una volta l'occhio indiscreto di questo giovanotto, amante delle caviglie sottili, e la sua troppo tenera sollecitudine per le juniori piú carine, avevano indotto Mr Winch ad aggrottare la fronte. Nelle loro conferenze, Miss Cramb e Mr Winch non avevano omesso di discutere questo argomento, indugiando la prima sulla non idoneità di Brenton e sulla presenza invece, in Chesborough Terrace, di un altro professionista, serio ed irreprensibile, che operava miracoli senza sacrificare a Taide; ed annuendo il secondo gravemente, con le mani dietro la schiena. La discussione peraltro non aveva ancora portato ad alcuna conclusione, perché Mr Winch faceva sempre le cose pianino, e troppo spesso veniva disturbato dall'arrivo d'una duchessa, all'incontro della quale si affrettava a galleggiare beccheggiando con impareggiabile eleganza.

Nella prima settimana di giugno, quando già Andrew cominciava a vergognarsi un poco d'aver sottovalutato il valore di Miss Cramb, un'ulteriore manifestazione dei buoni uffici della Half-Back gli piovve in lingue di fuoco sulla testa. Ricevette, cioè, una lettera, molto ben tornita e precisa, che lo pregava di presentarsi l'indomani martedí verso le undici antimeridiane al n. 9 di Park Gardens per visitare Miss Winifred Everett.

Chiuso l'ambulatorio di buon'ora, andò, con un lieto senso di anticipazione, a far la visita. Era la prima volta che lo chiamavan fuori dal suo tetro settore. Park Gardens era il nome d'un palazzone di appartamenti d'affitto che occupava un isolato intero; alloggi non assolutamente moderni, ma vasti e "sostanziosi", con una bella vista su Hyde Park. Suonò il campanello del numero 9.

Un vecchio cameriere lo introdusse. La camera, spaziosa, arredata con mobili antichi e con una profusione di libri e di fiori, gli rammentò il gran salone dei Vaughan in Aberalaw. Appena entrato, capí che il suo presentimento era giusto, e che questa chiamata poteva preludere ad una svolta importante della sua carriera. Quando Miss Everett comparve, egli si voltò e trovò il suo sguardo, orizzontale e composto, fisso su di lui in atto di vagliarlo.

Era una donna ben fatta, sulla cinquantina, capelli scuri e pelle finissima, vestita severamente, con un'aria di completa padronanza di sé. Cominciò subito, in tono misurato: "Ho perduto il mio dottore. Sfortunatamente; perché avevo molta fiducia in lui. Miss Cramb m'ha raccomandato voi. È una creatura molto fedele, Miss Cramb, e me ne fido. Ho cercato sull'Annuario le vostre qualifiche." Fece una pausa, ispezionando apertamente, prendendogli le misure. Aveva l'aspetto della donna ben nutrita e ben curata che non ammette nelle proprie vicinanze un sol dito senza prima debitamente ispezionarne le singole cuticole. Poi, guardinga: "Forse voi fate al caso mio. Tutti gli anni in questa stagione faccio una serie di iniezioni contro la febbre da fieno. Voi siete pratico di questo male, vero?"

"Quali iniezioni, se è lecito?"

Ella nominò un noto preparato. "È il mio antico dottore che me le aveva consigliate. Ho fede in esse."

"Ah." Era sul punto di dirle che il fidato rimedio del suo fedele dottore non valeva niente, e che aveva acquistato popolarità solo grazie ad un'abile pubblicità ed all'assenza di polline nella maggior parte delle estati inglesi. Ma con uno sforzo si trattenne. C'era lotta tra tutto quello in cui credeva e tutto quello cui ambiva. Pensò, audacemente, che se lasciava sfuggire quest'occasione, dopo tutti quei mesi di vita grama, era uno stupido. Disse: "Credo di potervi fare le iniezioni bene come chiunque."

"All right. E adesso quanto agli onorari. Non ho mai pagato il mio dottore piú di una ghinea per visita. Posso ritenere che anche voi accetterete questa tariffa?"

Una ghinea la visita! Tre volte piú del massimo compenso che avesse mai guadagnato. E, ciò che importava di piú, rappresentava il suo primo passo, che da mesi sospirava di fare, nella classe superiore di clienti. Di nuovo soffocò la protesta delle proprie convinzioni. Che cosa importava se le iniezioni non servivano? Non era affar suo: Miss Everett le voleva. Era stanco di privazioni; stufo d'esser un ciuco a tre scellini e sei pence. Voleva far strada; vincere. Ad ogni costo.

Venne di nuovo l'indomani, alle undici in punto. Ella lo aveva avvisato, nel suo modo severo, di non tardare. Non voleva rinunciare alla sua passeggiata prima di colazione. Le fece la prima iniezione. E in seguito venne due volte alla settimana.

Era puntuale, preciso, modesto. Era quasi divertente il modo con cui ella gradatamente sgelava davanti a lui. Era una strana persona, Winifred Everett, e una decisissima personalità. Benché ricca, — suo padre era stato un grande fabbricante di oggetti di coltelleria in Sheffield, e tutto il patrimonio era sicuramente investito nei Funds, — voleva sempre ottenere il massimo valore da ogni singolo centesimo. Non per meschinità, ma piuttosto per uno strano senso d'egoismo. Faceva di sé il centro dell'universo; aveva la massima cura del suo corpo, che era ancora bianco e bello; faceva ogni sorta di cure che credeva le giovassero. Doveva sempre possedere il meglio di tutto. Mangiava con sobrietà, ma solo i cibi piú delicati. Quando alla sua sesta visita ella si degnò di offrirgli un bicchierino di sherry, egli osservò che era Amontillado del 1819. Si vestiva da Laurier's. La biancheria da letto era la piú fine ch'egli avesse mai vista. Eppure, con tutto ciò, ella non sprecava mai un soldo, dal proprio punto di vista. Nessuno al mondo avrebbe potuto raffigurarsi Miss Everett nell'atto di gettare una mezza corona ad un autista senza prima consultare il tassametro.

Andrew avrebbe dovuto detestarla, e invece no; strano a dirsi. Era una donna che aveva coltivato il suo egoismo fino al punto di una filosofia. Ed era cosí eminentemente ragionevole. Gli ricordava esattamente la figura di una donna che una volta aveva vista con Cristina in un quadro olandese, un Terboch. Aveva la stessa corporatura forte, la stessa pelle dal fine tessuto, la stessa bocca severa e tuttavia assetata di piacere.

Quando Miss Everett capí che il nuovo dottore le andava realmente a genio, diventò molto meno riservata. Era una legge, in casa sua, una legge non scritta, che la visita del dottore dovesse durare esattamente venti minuti; altrimenti le pareva di non aver ricevuto il pieno valore di quanto le spettava. Ma alla fine del mese Andrew prolungava a mezz'ora le sue visite. Discorreva alla buona. Andrew le confidò le sue ambizioni, e Miss Winifred le approvò. Se il campo della sua conversazione era limitato, quello invece delle sue conoscenze era illimitato; ed era di questo che per lo piú Miss Everett discorreva. Gli parlava frequentemente di una sua nipote, Catherine Sutton, che viveva nel Derbyshire e veniva spesso a Londra perché suo marito, il Capitano, era deputato al Parlamento.

"Anche loro si servivano del mio dottore," osservò un giorno, in un tono scelto apposta per non compromettersi, "non vedo perché non dovrebbero servirsi di voi, adesso."

All'ultima visita gli diede un altro bicchierino di Amontillado e disse, con piacevole soavità: "Detesto ricevere parcelle, mi permetto di regolare senz'altro." Gli porse un assegno piegato in due, per dodici ghinee. "Vi chiamerò di nuovo presto. Prima dell'autunno di solito mi faccio fare una serie di vaccini anticorizza."

Si disturbò per accompagnarlo fino in anticamera, e lí si fermò un momento, la faccia aridamente schiarita e accennante alla piú prossima sembianza d'un sorriso ch'egli le avesse mai visto sul viso. Ma svaní subito, e con lo sguardo daccapo severo gli disse: "Accettate un consiglio da una donna che è abbastanza vecchia per essere vostra madre. Andate da un buon sarto. Andate dal sarto del Capitano Sutton, Rogers, Conduit Street. M'avete detto che volete far strada. Non la farete mai con quel vestito cosí."

Egli se ne andò a grandi passi, imprecando, con la fronte che gli scottava per l'indignazione, imprecando contro di lei, nel suo antico stile. Vecchia cagna ficcanaso. Non erano affari suoi. Che diritto aveva di dirgli come doveva vestire? Lo prendeva per un cucciolo da salotto? Questo era il guaio del venire a compromessi con la propria coscienza, dell'adattarsi alle convenzioni. I suoi clienti di Paddington lo pagavano solo tre scellini e sei pence, ma nessuno gli chiedeva di fare il manichino.

Ma in qualche modo quest'umore passò presto. Era perfettamente vero che non aveva mai preso il minimo interesse nei suoi vestiti; un abito qualunque tolto dall'attaccapanni lo aveva sempre servito benone, lo aveva coperto, gli aveva tenuto caldo; che bisogno c'era di eleganza? Nemmeno Cristina, pur essendo sempre cosí nitida personalmente, si dava pensiero dei vestiti. Era piú felice di tutto in una sottana di tweed e un golf di lana fatto da lei.

Furtivamente prese l'inventario di sé, guardandosi nelle vetrine: della sua rustica giacchetta, dei suoi pantaloni senza la piega, infangati alle estremità. Diavolo, pensò, ha perfettamente ragione. Come posso attirare clienti d'alta classe in questo stato? Perché Cristina non m'ha mai detto niente? Toccava a lei; non a questa vecchia che non sa nemmeno chi io sia. Che nome ha detto? Rogers, Conduit Street. Già, proprio io, andare da lui!!

Quando arrivò a casa, aveva ricuperato il suo morale. Agitò in aria il vaglia sotto il naso di Cristina. "Vedi questo, bambina? Ricordi quando son venuto di corsa a consegnarti i primi tre scellini e sei pence? Bah. Questo è quel che dico adesso: bah. Questo è denaro, onorario decente, com'è dovuto ad un M.D., M.R.C.P. Dodici ghinee per discorrere compitamente con Winny The Pooh, ed innocuamente inocularle l'Eptone di Glickert."

"Cos'è?" domandò ella sorridente, poi d'un tratto le parve rammentarne il nome, "non è la medicina che t'ho sentito tante volte denigrare?'

Aveva fatto, fra tutte le immaginabili, proprio l'unica osservazione ch'egli avrebbe voluto non sentirsi dire. S'incollerí. "Va' al diavolo, Tina, non sei mai contenta!" Fece dietrofront, e uscí sbattendo la porta.

Ma l'indomani era allegro. Allora andò da Rogers in Conduit Street.

V

Era timido come uno scolaretto la prima volta che scese dalla sua stanza in uno dei due vestiti che s'era fatto fare. Era un costume grigio scuro, a doppio petto, con cravatta a farfalla d'un grigio piú chiaro, suggerita da Rogers. Senz'ombra di dubbio il sarto di Conduit Street conosceva il suo mestiere, e la menzione del nome del Capitano Sutton lo aveva spronato a superarsi.

Quel mattino, per un caso disgraziato, Cristina non aveva buona cera. A causa d'un leggero mal di gola, se l'era protetta con un vecchio cravattone, che le avviluppava anche la testa. Stava versando il caffè nella tazza di Andrew, quando s'accorse della radiosità che emanava dalla figura di suo marito. Al primo istante non poté nemmeno parlare, poi: "Andrew! Sei magnifico. Vai in qualche posto?"

"In qualche posto? Al lavoro, si capisce, come sempre." La timidezza lo rendeva brusco. "Ti piace?"

"Molto!" Ma non lo disse con quella prontezza ch'egli s'aspettava. "Sei molto elegante, ma," sorrise, "in qualche modo non sembri piú tu."

"Tu preferiresti ch'io continuassi a sembrare uno straccione."

Cristina ammutolí e la sua mano alzando la tazza si contrasse cosí che le nocche delle dita le si fecero bianche. Se l'era meritata la rispostaccia, pensò lui. S'affrettò a bere il caffè e andò nella sala di consultazione.

Dopo cinque minuti Cristina ve lo raggiunse, ancora con la testa avviluppata nella cravatta, gli occhi imploranti, esitante. "Caro, non fraintendermi. Sono contentissima di vederti nel vestito nuovo, sarebbe sciocco il contrario da parte mia. Mi spiace d'aver detto quella cosa, ma, vedi, sono tanto abituata... è difficile spiegare, sono abituata a vederti come uno che non dà nessuna importanza ai vestiti... Ricordi quella testa di Epstein che abbiam vista insieme. Non sarebbe piú stata la stessa se l'avessero ritoccata, rifinita..."

Lui rispose secco: "Io non sono una testa di Epstein."

Cristina non insisté. Da qualche tempo non le riusciva facile ragionare con lui, e, addolorata da questo inspiegabile malinteso, non sapeva che cosa dire. Esitò un altro po'. poi uscí dalla stanza.

Tre settimane dopo, quando la nipote di Miss Everett venne a passare qualche tempo a Londra, Andrew vide che aveva fatto bene a seguire il savio consiglio della zia. Con un pretesto qualunque Miss Everett lo fece venire a Park Gardens, e lo squadrò con severa approvazione, cosí da lasciargli capire che lo giudicava un candidato meritevole di raccomandazione. L'indomani, infatti, ricevette una chiamata dalla nipote, che desiderava la stessa cura di sua zia contro la febbre da fieno. Era apparentemente una malattia di famiglia. Questa volta non ebbe il minimo scrupolo di iniettare l'inutile Eptone di Glickert. Sulla signora Sutton. Andrew produsse un'eccellente impressione. E prima della fine del mese fu chiamato da un'amica di Miss Everett, che abitava anch'essa a Park Gardens.

Andrew cominciava a divertirsi. Stava guadagnando. Nella sua agitazione dimenticava che il suo progresso era diametralmente contrario ai canoni nei quali aveva finora creduto. Era in gioco la sua vanità. Si sentiva energico e fiducioso. Non indugiava sul pensiero che la palla di neve, che ora rotolava ingrossando tra i clienti d'alta classe, era stata primamente avviata da una pizzicagnola tedesca del mercatuccio di Mussleburgh. Non ebbe d'altronde neanche il tempo di riflettere su questo fatto, perché le dimensioni della palla di neve non tardarono ad aumentare smisuratamente.

Un pomeriggio di giugno, nell'ora quieta tra le due e le quattro, stava rivedendo gli introiti dell'ultimo mese quando il telefono suonò. In tre secondi fu all'apparecchio. "Sí, il dottor Manson."

Una voce, palpitante ed angosciata. "Oh dottore, fortuna che siete in casa. Parla Mr Winch. Mr Winch di Laurier's. È capitata una disgrazia, a una nostra cliente. Potete venire? Potete venir subito?"

"Son lí in quattro minuti."

Riattaccò il ricevitore, arraffò il cappello, saltò nell'autobus 15 ed entro quattro minuti e mezzo s'inoltrava nella porta girevole dei Magazzini Laurier's. Fu accolto da un'agitatissima Miss Cramb, e scortato su molleggianti distese di tappeto verde tra specchi dorati e pareti rivestite d'un legno morbido e lucido come la seta, lungo ampie corsie nelle quali era possibile scoprire qua e là, come per caso, un cappellino sul suo sostegno, un velo di pizzo, un manto d'ermellino. Mentre s'affrettavano, Miss Cramb spiegava con seria celerità: "Si tratta di Miss Le Roy, dottore. Una cliente. Non mia, grazie al cielo, dà sempre tanti fastidi. Ma avevo parlato di voi a Mr Winch, e cosí..."

"Grazie," secco (era ancora capace di risultar ruvido ogni tanto), "cos'è successo?"

"Una cosa terribile, dottor Manson. Pare uno svenimento, non so. Nel salotto di prova..."

Al sommo della scala lo consegnò nelle mani di Mr Winch, piú rosso del solito, che fruscio, in concitati accenti. "Da questa parte, dottore. Spero che potrete fare qualche cosa. È grave."

Nel salottino di prova, caldo, squisitamente addobbato in verde chiaro, con pareti di legno verde e oro, c'era un gruppo di commesse cinguettanti sottovoce, una seggiola d'oro con le gambe all'aria, una salvietta in terra vicino ad un bicchier d'acqua rovesciato: insomma, un pandemonio. E, al centro, Miss Le Roy, la donna svenuta. Giaceva sul tappeto, rigida, con spasmodiche contrazioni alle mani e convulsi sgambettii. Di quando in quando le usciva dalla strozza un gracchio che faceva spavento.

Quando il dottore entrò con Mr Winch, una delle piú anziane commesse presenti scoppiò in pianto. "Non è stata colpa mia," singhiozzava, "avevo solo detto che era il disegno scelto da lei..."

"Dio, Dio," mormorava Mr Winch, "è orribile, orribile. Devo far venire l'ambulanza?"

"Aspettate," disse Andrew, in tono significativo. Si chinò su Miss Le Roy. Era molto giovane, non poteva avere piú di vent'anni, occhi celesti, serici capelli platinati tutti scarmigliati sotto il cappello sulle ventitré. Si faceva sempre piú rigida, e le convulsioni aumentavano d'intensità. Ad uno dei suoi lati stava inginocchiata un'altra donna, con occhi fatti scuri dall'apprensione; apparentemente una amica sua, perché continuava a ripetere: "Oh, Toppy, Toppy!"

"Prego sgombrare," disse Andrew d'un tratto. "Tutti, salvo," accennando con la testa alla donna dagli occhi scuri "la signora."

Le commesse uscirono di mala voglia; lo svenimento di Miss Le Roy era stato una diversione piacevole. Miss Cramb, persino Mr Winch, dovettero battere in ritirata. Appena usciti loro, le convulsioni diventarono terrificanti.

"È un caso estremamente serio," disse Andrew, sillabando a voce alta. Le iridi di Miss Le Roy ruotarono verso di lui. "Una seggiola, per favore."

L'altra signora rimise in piedi, nel centro del salotto, la seggiola caduta. Allora Andrew, lentamente e con molta dolcezza sorreggendola sotto le ascelle, aiutò la convulsa

Miss Le Roy a prender posto sulla seggiola. Le tenne la testa eretta.

"Cosí," disse, con dolcezza ancora piú marcata. Poi, con la palma della destra le somministrò sulla guancia un sonorissimo schiaffo. Fu l'atto piú coraggioso che avesse compiuto da molti mesi in qua; e rimase tale, ahimè, per molti mesi a venire.

Miss Le Roy smise subito di gracchiare. Le convulsioni cessarono. Le iridi restarono in una posizione di riposo, guardando però il dottore con un'espressione di dolorosa sorpresa infantile. Prima ch'ella potesse ricadere, Andrew alzò la sinistra e la schiaffeggiò sull'altra guancia. Ciac!!! Questa volta, sul viso di Miss Le Roy l'angoscia fu grottesca. Sembrò sul punto di gracchiare daccapo, ma invece prese discretamente a piangere. Rivolta all'amica, implorò: "Portatemi a casa!"

Andrew adocchiò, con aria di scusa, la giovane donna dagli occhi scuri, che ora lo guardava con un interesse contenuto ma singolare. "Mi spiace," egli mormorò, "era l'unico modo. Un attacco isterico: convulsioni carpopedali. Avrebbe potuto farsi del male, io non avevo un anestetico con me... Ad ogni modo, il metodo ha funzionato."

"Sí. Oh, sí, ha funzionato."

"Lasciatela piangere, è una buona valvola di sicurezza. Tra pochi minuti si sentirà bene."

"Ma, dottore," rapidamente, "non andate via, dovete accompagnarci a casa."

"Come volete," rispose Andrew, nel suo piú serio tono professionale.

Entro cinque minuti Toppy Le Roy fu in grado di rifarsi la faccia, operazione lunghetta, e punteggiata da saltuari singhiozzi. "Son brutta da far paura, no?" domandò all'amica. Della presenza di Andrew non si dava il minimo pensiero.

Poco dopo uscirono dal salotto, e il loro incedere nell'aula d'esposizione produsse grande effetto. Mr Winch era ammutolito dalla meraviglia e dal sollievo. Non sapeva, non avrebbe saputo mai come si fosse operato il miracolo, come fosse stata restituita alla storpia paralitica la capacità di camminare. Si accodò ai tre illustri personaggi biascicando deferenti parole. Come Andrew varcò la soglia al seguito delle due signore, Mr Winch gli diede una fervente e spugnosa stretta di mano.

Il tassí li portò per Bayswater Road nella direzione del Marble Arch. Nessuno dei tre fece nemmeno il tentativo di parlare. Miss Le Roy adesso faceva il broncio, come una bimba viziata che abbia ricevuto una punizione che non si aspettava, e di quando in quando accennava ancora un piccolo sobbalzo: le sue mani e i suoi muscoli facciali abbozzavano leggeri contorcimenti involontari. Era molto magra, e quasi bellina, ma in uno stile malaticcio. Nonostante la magnificenza dei suoi abiti, pareva un pollastro smunto, scosso da tracce di corrente elettrica.

Il tassí voltò attorno all'Arco di Marmo, costeggiò il Parco e voltando a sinistra si fermò davanti ad una casa di Green Street. Il salone d'ingresso tolse il respiro a Andrew. Non aveva mai immaginato nulla di cosí lussuoso. La vastità dell'ambiente, la rarità degli oggetti di giada raccolti in uno stipo di legno prezioso, uno stranissimo dipinto solitario incastrato negli stucchi della parete, le seggiole laccate in oro rosso, i divani larghi e profondi, i tappeti sbiaditi, sottili come pelli di camoscio.

Toppy Le Roy si gettò su un sofà pieno di cuscini, continuando ad ignorare Andrew, e si strappò il cappellino che gettò a terra. "Suona, cara, ho sete. Grazie a Dio papà non c'è."

Immediatamente il domestico portò i cocktail. Quando se ne fu andato, l'amica di Toppy prese a considerare il dottore con aria pensosa, quasi sorridente, ma senza sorridere.

"Credo che vi dobbiamo due parole di spiegazione, dottore. Non c'è stato tempo. Questo trambusto. Io sono Mrs Lawrence. Toppy qui, Miss Le Roy, aveva avuto una discussione piuttosto vivace con la commessa, a proposito del vestito che s'è fatto disegnare apposta per il Ballo della Carità, e be', ultimamente Toppy ha esagerato un po', è tanto nervosa, e, in poche parole, benché sia molto arrabbiata con voi, vi siamo entrambe obbligatissime per averci accompagnate qui. E io voglio un altro cocktail."

"Anch'io," gemette Toppy, con l'accento piagnucoloso della bimba viziata. "Che antipatica, quella commessa! Voglio dire a papà che la faccia mandar via da Laurier's. No, no, dico per finta." Mentre sorseggiava il secondo bicchiere, un sorriso di soddisfazione lentamente invase il suo musetto. "Comunque, ho dato loro da pensare, cosa ne dici, Frances? M'avevan fatta ammattire, francamente. Hai visto la faccia di mamma Winch? Impagabile." Il suo esile corpicino si torceva sotto le risate come un fuscello sotto il vento. Affrontò senza rancore gli occhi di Andrew. "Ridete, dottore, ridete; troppo divertente."

"No, non mi pare che la cosa sia tanto divertente." Parlava rapidamente, ansioso di spiegarsi, di affermarsi, di convincerla che era malata. "È stato un attacco serio. Mi spiace di avervi dovuta trattare cosí bruscamente. Se avessi avuto l'anestetico, ve lo avrei somministrato e voi non vi sareste accorta di niente. Ma non crediate ch'io pensi che voi abbiate voluto recitare la commedia. Non son cose da prendersi alla leggera. L'isterismo è un sintomo ben definito. È una malattia del sistema nervoso. Voi siete estremamente esaurita, Miss Le Roy. Tutti i vostri riflessi sono sulle spine. Siete in un acutissimo stato di esasperazione nervosa."

"Verissimo," ammise Frances Lawrence. "Hai esagerato in questi ultimi tempi, Toppy."

"Ma se l'aveste avuto m'avreste davvero dato il cloroformio?," domandò Toppy ad Andrew, con puerile curiosità. "Divertente."

"Sii seria, Toppy," disse l'amica, "raccogliti."

"Adesso parli come papà," protestò Toppy perdendo l'allegria.

Pausa. Andrew aveva il bicchiere vuoto. Lo depose sulla mensola del camino. Non aveva altro da fare in quel salone. "Be'," disse, "devo tornare al lavoro. Accettate il mio consiglio, Miss Le Roy; prendete una minestrina e andate a letto, e domani fatevi vedere dal vostro dottore. *Good-bye.*"

La signora Lawrence lo accompagnò fin nel vestibolo, con un passo cosí lento ch'egli fu costretto a rallentare il suo. Era alta e sottile. con le spalle forse un poco altine ma la testa piccola, elegante. Qualche filo d'argento nei suoi capelli neri, ondulati alla perfezione, le conferiva una distinzione curiosa. Era giovanissima, non piú di ventisette anni, pensò Andrew. Malgrado l'alta statura aveva ossa piccine, i polsi sottili, e tutta la figura flessibile, squisitamente temprata, come d'uno schermitore. Gli diede la mano, e i suoi occhi color nocciola con riflessi verdi si posarono su lui sorridendogli amichevolmente senza premura. "Volevo solo dirvi che ho ammirato la vostra cura di nuovo genere." Fece una boccuccia. "Non smettete di applicarla per nessuna ragione al mondo. Vi predico un successone."

Nella strada, mentre si dirigeva alla ricerca di un autobus, vide con meraviglia ch'eran quasi le cinque. Quasi tre ore aveva passato nella compagnia di quelle due smorfiose. Gliele voleva far pagare salate. E tuttavia, nonostante questo elevato pensiero — cosí sintomatico della sua nuova mentalità — si sentiva confuso, stranamente insoddisfatto. Aveva davvero approfittato della sua buona fortuna? Gli sembrava d'essere riuscito simpatico alla signora Lawrence. Ma non si poteva mai dire, con gente di quel tipo. Che magnifica casa, però. D'un tratto digrignò i denti, stizzito. Non solo non aveva lasciato il suo biglietto, ma aveva perfino omesso di presentarsi. Quando salí nell'autobus e si accomodò accanto ad un operaio in tuta sporca, si biasimò acerbamente d'avere sprecato una occasione d'oro.

VI

L'indomani alle undici e un quarto, mentre si preparava ad uscire per visitare i suoi clienti poveri, il telefono suonò. La voce grave, deferente, d'un domestico: "Doctor Manson, sir? Ah. Miss Le Roy desidera sapere a che ora potete venire quest'oggi. Ah, scusate, Mrs Lawrence desidera parlarvi personalmente. Tenete la comunicazione."

Con un fremito d'ansietà, Andrew tenne la comunicazione. La signora Lawrence gli parlò in toni amichevoli, spiegando che lo aspettavano senza fallo.

Venendo via dal telefono, si disse, esultante, che, dopo tutto, l'occasione di ieri non era andata sprecata. Cancellò le altre visite, urgenti o meno, e si recò difilato in Green Street. E qui fece conoscenza con Joseph Le Roy. Lo trovò impaziente in attesa nel salone d'ingresso. Era un ometto tozzo, calvo, dalla mandibola potente, che maltrattava il suo sigaro come chi non ha tempo da perdere. In un secondo i suoi occhi trapanarono Andrew. Operazione chirurgica istantanea, che parve riuscire a sua completa soddisfazione. Allora parlò, strenuamente, in vigorosi accenti coloniali.

"Vedete qui, doc, ho premura. Mrs Lawrence ha lottato

contro un inferno di difficoltà per scovarvi. Mi dicono che siete un giovane in gamba con poche storie per la testa. Avete moglie, eh? Bene. Adesso sentite: prendetevi mia figlia in mano. Rimettetela in forma, e spremete fuor dal cervello questo dannato isterismo. Non badate a spese. Pago io. *Good-bye.*"

Joseph Le Roy era nativo della Nuova Zelanda. Figlio — o tutt'al piú nipote — di contadini analfabeti, aveva cominciato la vita mungendo vacche altrui nelle grandi fattorie Greymound. Ma era nato, come diceva egli stesso, per mungere non solo le vacche. Ed a quarant'anni aveva messo lui, sul piano piú alto del primo grattacielo di Auckland, la propria firma in calce al contratto che riuniva in una sola azienda gigantesca le principali vaccherie dell'isola, lanciandone sul mercato mondiale i prodotti sotto forma di latte in polvere. Il trust prese il nome magico di Cremogen Combine. A quel tempo i prodotti di latte solido erano poco conosciuti, e comunque il loro commercio non era stato sistematicamente organizzato. Fu Le Roy che, viste le possibilità, ne capitanò l'attacco alla conquista dei mercati, dichiarandoli un nutrimento divino cosí per l'infanzia come per la vecchiaia. L'eccellenza dei prodotti era contenuta non nelle scatole di latta di Joseph Le Roy, ma nella sua immaginosa audacia. Le eccedenze del latte scremato, che finora erano state versate nei trogoli dei suini in centinaia di fattorie della Nuova Zelanda, venivano ora vendute in tutto il mondo sotto vari nomi similari, come Cremogen, Cremax, Cremefat, e via dicendo, ad un prezzo tre volte maggiore di quello del buon latte fresco comune.

Condirettore nel Combine, ed amministratore degli interessi inglesi, era Jack Lawrence, che prima di darsi al commercio era stato un ufficiale della Guardia. Ma la signora Lawrence non era devota a Toppy solo a causa delle loro rispettive situazioni nel Combine. Ricca di casa, e perfettamente a suo agio nell'alta società di Londra, aveva un vero affetto per la bimba viziata, e si compiaceva di farle da guida e consigliera.

Quando Andrew andò su, dopo la sbrigativa intervista con Joe Le Roy, ella lo aspettava sulla soglia della camera di Toppy.

E anche nei giorni successivi, Frances Lawrence era sempre lí, durante le sue visite, e lo aiutava a tollerare i capricci della piccola ma esigentissima cliente, alla quale imponeva di seguire i consigli del nuovo dottore.

Andrew era grato alla signora Lawrence, ma trovava strano che questa patrizia — ch'egli sapeva, ancor prima di vederne le fotografie nelle riviste ebdomadarie, altolocata e difficile — dovesse sia pur blandamente interessarsi a lui. La sua bocca grande e piuttosto imbronciata aveva di solito un'espressione ostile verso le persone estranee; e tuttavia, per chissà qual ragione, si parava sempre dell'ombra d'un sorriso all'arrivo del dottore. Andrew avrebbe voluto essere in grado di pesarne il carattere, di conoscerne la personalità. Non sapeva nulla di lei. Era un piacere osservare i movimenti composti delle sue membra mentre si muoveva per la stanza. Era sempre a suo agio, sicura di sé qualunque cosa facesse, e pareva, dietro i suoi guardinghi occhi amichevoli, accarezzare sempre un recondito pensiero, un oscuro proposito, nonostante la graziosa semplicità del suo modo di parlare.

Egli si rendeva conto che fosse stata lei a suggerirgliene l'idea, ma cominciava a domandarsi con impazienza come potesse un medico attendere ad una vasta clientela senza possedere un'automobile. Era ridicolo andare a piedi in Green Street con la valigia in mano, le scarpe impolverate, e presentarsi in questo stato al maggiordomo che aveva un'aria leggermente altezzosa. Nel proprio cortile una rimessa c'era; il che riduceva considerevolmente le spese di mantenimento della vettura; e c'erano tante ditte che si specializzavano nel fornire a rate le vetture ai professionisti: mirabili ditte cui non importava un fico secco differire graziosamente i versamenti.

Tre settimane piú tardi, una due-posti color cappuccio, dal tetto ribaltabile, nuova di zecca e abbagliante, si fermò al numero 9 di Chesborough Terrace. Disimpegnandosi a fatica di sotto al volante di direzione, Andrew salí di corsa i gradini del portico. "Cristina!" chiamò, tentando di reprimere l'interno affanno, "vieni a vedere una cosa." Aveva avuto l'intenzione di strabiliarla, e vi riuscí in pieno.

"Gran Dio!" Lo afferrò per il braccio. "Nostra? Che bellezza!"

"Ti piace? Scostati, cara, bada alla vernice." Le sorrideva proprio come una volta. "Bella sorpresa? L'ho comprata, ho ottenuto la licenza e tutto senza dirti una parola.

Non rassomiglia alla Morris, eh? Accomodatevi, signora, vi farò la dimostrazione. Va come una rondine."

Cristina non trovava parole per esprimere la sua ammirazione; si lasciò portare, a testa nuda, a fare un veloce giro attorno alla piazza. Quattro minuti dopo eran di ritorno, di nuovo entrambi in piedi sulla soglia di casa, rallegrandosi gli occhi nella contemplazione del tesoro. I loro momenti d'intimità, di comprensione e di felicità erano cosí rari adesso che lei avrebbe detestato dover rinunciare a questo. Mormorò: "Adesso potrai piú facilmente andare in giro." Poi, daccapo diffidente: "E qualche domenica mi porterai fuori in campagna."

"Si capisce," rispose lui a denti stretti, "ma l'ho presa essenzialmente per il servizio, capirai, e non per infangarla in campagna." Pensava all'impressione che la vettura doveva produrre sui suoi clienti.

L'impressione che produsse, e non solo sui clienti, fu persino superiore alle sue aspettative. Il giovedí seguente, uscendo dal palazzo Le Roy incontrò Freddie Hamson che passava sul marciapiede. "Salve, Hamson," disse casualmente. Ma gli riuscí gradita la fitta di soddisfazione che sentí nel notare l'espressione della faccia di Freddie. Al primo momento Freddie lo aveva appena riconosciuto, ma poi non era riuscito a nascondere i vari gradi per cui era salita la sorpresa che lo agitò.

"Salve, carissimo! Cosa fai da queste parti?"

"Visita," rispose Andrew, accennando con la testa nella direzione della casa donde usciva. "Ho in cura la figlia di Joe Le Roy."

"Joe Le Roy!" La sola esclamazione svelò ad Andrew il valore che Freddie attribuiva al nome.

Posò, da padrone, una mano sulla maniglia della vettura che aspettava. "Da che parte vai? Posso lasciarti in qualche posto?"

Freddie si riebbe celermente. Era raro che si smarrisse, e mai per lungo tempo. In un mezzo minuto, l'opinione che aveva sul conto di Manson, e sull'utilità che poteva trarne, aveva subíto una radicale ed inattesa rivoluzione. Sorrise da buon camerata. "Andavo da Ida Sherrington. A piedi, per fare un po' di moto, ma accetto il passàggio."

Percorrendo Bond Street non parlarono. Freddie rifletteva strenuamente. Aveva accolto con una certa effusione

Andrew a Londra, perché sperava che la nuova clientela di Andrew potesse eventualmente procurargli qualche consulto da tre ghinee in Queen Ann Street. Ma adesso il cambiamento del suo antico compagno di scuola, l'automobile, e soprattutto la citazione del nome di Le Roy — che per lui aveva un significato infinitamente superiore a quello che poteva avere per Andrew — gli rivelavano che non aveva fatto bene i suoi conti. Manson aveva per di più dei titoli ideali: utili, estremamente utili. Guardando innanzi con gli occhietti furbi, Freddie intravedeva già una base più solida, ed enormemente più profittevole, sulla quale collaborare con Andrew. Doveva usare prudenza, perché Manson era un tipetto incerto, con le sue suscettibilità. Disse:

"Non vuoi venire con me? Ti faccio far conoscenza con Ida. Persona utile da conoscersi, benché diriga la peggior clinica di Londra. È una donna che vale su per giù quanto le altre della sua risma, ma fa pagare di più. Vieni. Ti presenterò anche alla mia malata. Un rudere simpaticissimo, una Mrs Raeburn. Ivory ed io le stiamo facendo subire qualche prova di collaudo. Tu sei forte in polmoni, vero? Vieni, ti faccio auscultare il suo torace. Sarà contentona. E ti becchi 5 ghinee."

"Come? Hai detto...? Ma è malata di petto?"

"Che!" Freddie sorrise. "Ha probabilmente un tocco di bronchite, se vogliamo. E sarà arcicontenta di vederti. È così che facciamo, Ivory, Deedman ed io. Dovresti proprio metterti con noi, Manson. Non ne parliamo adesso, ma sarai sbalordito quando capirai come funziona la società. Sí; svolta qui."

Andrew fermò la vettura davanti alla casa indicata, un ordinario palazzotto di residenza, stretto e alto, che ovviamente non era stato costruito per ospedale. Anzi, a vedere il traffico della strada, era difficile immaginare come i malati potessero trovarvi pace. Sembrava precisamente un posto da provocare, anziché curarlo, un esaurimento nervoso. Mentre salivano i gradini d'ingresso, Andrew disse qualche cosa di simile a Freddie.

"So, so, caro amico," concordò giovialmente Freddie. "Ma son tutte uguali. Ce ne è un mucchio, di questo genere, in questa porzione del West End. L'essenziale è che convengano a noialtri dottori." Ghignò. "L'ideale, so anch'io, sarebbe che fossero fuori città, ma me lo trovi il chirurgo che farebbe trenta chilometri al giorno per fare a un malato una visita di cinque minuti?" Si arrestò nello stretto corridoio per cui avanzavano. "Dappertutto, noterai questi tre odori: anestetico, cucina ed escrementi, con licenza parlando. E adesso ti presento a Ida."

Col fare di chi si muove da padrone in un luogo, precedette Andrew in uno stambugio d'ufficio a piano terreno, dove una donnetta in un'uniforme eliotropio e un'inamidata cuffia monacale sedeva ad una minuscola scrivania. "Buon giorno, Ida," esclamò Freddie in un tono· tra adulatore e familiare, "state facendo i conti?"

La donna alzò gli occhi, lo riconobbe, gli sorrise di buon umore. Era piccina ma robusta, ed estremamente sanguigna. La sua gaia faccia rossa era cosí copiosamente incipriata che il colorito risultante era identico alla tinta del vestito. Il suo aspetto era un misto di volgare vitalità lievitante, di saggia accortezza, e di efficienza. I suoi denti falsi erano mal fatti. A vederla, la si sospettava capace di usare un vocabolario forte. Veniva fatto di immaginarla idonea a dirigere un locale notturno di second'ordine.

E tuttavia la sua clinica, Ida Sherrington's Nursing Home, era la piú in voga di Londra. Metà dell'alta aristocrazia vi aveva fatto un soggiorno: donne coronate, uomini del *turf*, famosi avvocati e diplomatici. Bastava dare una scorsa al giornale per imparare che un'altra brillantissima stella del palcoscenico o dello schermo aveva felicemente lasciato la sua appendice nelle materne mani di Ida. Vestiva tutte le sue dipendenti in una delicata tinta di malva, dava 200 sterline all'anno al suo maggiordomo, e 400 al suo cuoco. I prezzi che caricava ai clienti avevano del fantastico. Quaranta ghinee la settimana per una stanza non era una cifra fuori·del comune. E in piú c'erano gli extra: i conti della farmacia, spesso questione di sterline; l'infermiera speciale della notte; la tariffa della sala d'operazione. Ma a chi faceva obiezioni, Ida si limitava a rispondere che aveva anche lei le sue spese, e le qualificava con qualche aggettivo pittoresco, e inoltre le sue percentuali da pagare, e alle volte andava fino al punto di giurare che la dissanguata era lei.

Ida aveva un lato debole per i giovani membri della Facoltà e accolse Manson piacevolmente, mentre Hamson borbottava: "Guardatelo bene, guardatelo tutto, Ida. È uno

che fra poco vi manderà tante clienti che dovrete trabocca-
re nel Plaza."

"È il Plaza che trabocca da me," rispose Ida significa-
tivamente.

"Ha-hà!" rise Freddie, "questa è buona, la voglio ripetere a Deedman. Paul apprezza le battute di spirito. Vieni su, Manson. All'ultimo piano."

L'ascensore, cosí piccolo da dare i crampi, li portò al
quarto piano. Il corridoio era stretto, e in terra davanti alle
porte c'erano i vassoi con la colazione. Entrarono nella
stanza della signora Raeburn.

Era una sessantenne, seduta nel letto tra molti cuscini,
in attesa della visita del dottore, con in mano un foglietto
di carta su cui aveva annotati i sintomi avvertiti durante
la notte, e altre domande che esigevano pronta risposta.
Andrew, senza tema d'errare, la classificò tra le ipocondriache anziane, quelle che Charcot chiamava *malades au
petit morceau de papier.*

Freddie si sedette sulla sponda del letto, le parlò, le toccò il polso — nient'altro — ascoltò quello che aveva da
dire e la rassicurò allegramente. La informò che Ivory
veniva nel pomeriggio a sottometterle i risultati di certi
esperimenti altamente scientifici. La pregò di permettere
al suo collega, dottor Manson, specialista in polmoni, di
auscultarla. La signora si mostrò lusingata. E divertita. Dalla conversazione risultò che da due anni era nelle mani di
Freddie; che era ricchissima, senza parenti, e spendeva im-
parzialmente il suo tempo tra gli alberghi di lusso e le piú
costose case di convalescenza.

"Non hai idea," esclamò Freddie quando vennero via,
"non hai idea della ricchezza di quella miniera d'oro. A
lingotti l'abbiamo sfruttata, Ivory ed io."

Andrew non rispose. Era leggermente nauseato dall'atmosfera del luogo. I polmoni della buona donna erano in ottimo stato, e solo il commovente sguardo di gratitudine che
posava su Freddie salvava la faccenda dall'essere francamente disonesta. Andrew cercava di ragionare. Perché fare
il guastafeste? Non la spunterebbe mai, con l'intolleranza
e l'argomentazione. E, in fondo, Freddie intendeva favorirlo. Gli strinse la mano con sufficiente garbo, al momento
di risalire in vettura.

E alla fine del mese, quando ricevette un assegno di 5

ghinee, nitidamente vergato da Mrs Raeburn coi suoi migliori ringraziamenti, fu capace di ridere dei propri sciocchi scrupoli. Adesso gli piaceva riscuotere degli assegni. E ne arrivavano sempre di piú.

VII

La condotta, che da qualche tempo veniva mostrando lusinghieri incrementi, ora prese ad espandersi in tutte le direzioni; col risultato che Andrew, invece di percorrere la via maestra del suo ideale, s'andava a poco a poco impelagando sempre piú negli acquitrini della corruzione. In un certo senso era vittima del suo proprio zelo. Era sempre stato povero. Nel passato il suo cocciuto individualismo non gli aveva fruttato che sconfitte. Adesso almeno trovava nel successo la giustificazione della sua condotta.

Poco dopo l'episodio dei Magazzini Laurier's, ebbe con Mr Winch un colloquio altamente soddisfacente in seguito al quale il numero delle commesse, juniori e seniori, che venivano a consultarlo aumentò notevolmente. Venivano, sia pure, per dei nonnulla, ma era strana la frequenza con cui riapparivano dopo la prima volta, frequenza dovuta forse alla cordialità, alla sollecitudine, all'allegria con cui si vedevano trattate dal giovane dottore. Gli introiti dell'ambulatorio gonfiavano a vista d'occhio. Tosto egli fu in grado di far ridipingere la facciata della casa, e, col concorso di una di quelle ditte specializzate nell'attrezzamento dei gabinetti chirurgici — tutte sempre ansiose di aiutare i professionisti a moltiplicare i loro redditi — di rimodernare il suo ambulatorio e la sala di consultazione.

L'aumento di prestigio che derivò dalla casa ridipinta in ocra, dall'attrezzamento lucente e moderno e dal possesso dell'automobile, non tardò ad attirargli in casa parecchi dei clienti *solidi* che avevano abbandonato il dottor Foy a mano a mano ch'era venuto invecchiando.

Per Andrew, insomma, erano finiti i giorni d'attesa e di inerzia. Era cosí oberato di lavoro che per guadagnar tempo ideò un sistema. "Senti, Tina," disse un mattino. "Ho pensato a una cosa, che voglio mettere in pratica, quando il lavoro preme. Sai che per preparare le medicine per i clienti dell'ambulatorio generalmente mi occorrono cinque minuti. È un'enorme perdita di tempo, tanto piú deplorevole quando ho in casa qualche cliente *solido* che aspetta. Ho pensato che puoi sostituirmi tu in farmacia, vedi?"

Ella lo guardò, coi sopraccigli contratti dalla sorpresa. "Ma io non so niente di medicina."

Egli sorrise, per rassicurarla. "Non hai bisogno di sapere. Ho preparato due misture *standard*. Tutto quel che ti rimane da fare è di riempirne le boccette, scrivere le etichette, e incartarle."

"Ma..." I suoi occhi tradivano la sua perplessità. "Non chiedo di meglio che di aiutarti, caro, solo, credi proprio che..."

"Non vedi che è indispensabile?" Evitava di guardarla in faccia. Vuotò stizzosamente il resto del caffè. "So bene che ad Aberalaw facevo tanti bei discorsi sull'inutilità delle medicine, ma era tutta teoria! Adesso sono diventato un uomo pratico. D'altronde, tutte quelle commesse di Laurier's sono anemiche. Una buona polverina di ferro non ha mai fatto male a nessuno." E prima ch'ella potesse ribattere, egli si affrettò incontro ad un cliente che era entrato nell'ambulatorio.

Nel passato, Cristina avrebbe discusso, avrebbe preso posizione. Ma adesso non poteva che meditare mestamente sul rovesciamento dei loro antichi rapporti. Non aveva piú alcun ascendente su di lui; era lui al timone.

Si adattò dunque a stare in piedi, per varie ore tutti i giorni, nel recesso del corridoio che teneva luogo di dispensario, in attesa della perentoria ordinazione che egli le lanciava trasferendosi frettolosamente dall'ambulatorio alla sala di consultazione. "Ferro!" oppure "Alba!" oppure "Carminativo!", e ancora, se per esempio era esaurita la scorta delle polverine di ferro: "Qualunque cosa, maledizione, qualunque cosa!"

Spesso il lavoro nell'ambulatorio non finiva prima delle nove e mezzo di sera. Poi facevano i conti, trascrivendo le entrate nel mastro del dottor Foy, che era ancora quasi nuovo quando avevano rilevato la condotta. "Dio, che giornata," diceva lui. "Ricordi quei primi tre scellini e sei pence che ho incassato? Be', oggi, oggi abbiam preso otto sterline. Per contanti; sicuro."

Cacciava il denaro nella borsa da tabacco che Foy usava già allo stesso scopo, e la chiudeva a chiave nel cassetto centrale della scrivania. Era per superstizione che continuava a far uso del mastro e della borsa di Foy; diceva che gli portavano fortuna.

Adesso, liberatosi dei suoi dubbi antichi, si vantava dell'acume di cui aveva dato prova rilevando la condotta. "È perfettamente solida sotto tutti i punti di vista," esultava. "Un ambulatorio attivo, e una clientela di classe media. Queste sono le basi, e su esse mi sto costruendo una clientela di prim'ordine. Sta' a vedere fino a che altezza son capace di arrivare."

Il primo ottobre si ritenne autorizzato a dirle di rinnovare tutto il mobilio della casa. Dopo l'ambulatorio del mattino disse, con quella impressionante semplicità che era diventata la sua nuova maniera: "Dovresti fare un salto in città, oggi, Tina. Va' da Hudson, o da Ostley, se preferisci; va' nel sito migliore. E compera tutto il mobilio nuovo che può occorrere. Un paio di camere da letto complete, un salotto, tutto."

Cristina lo adocchiò in silenzio mentr'egli accendeva la sigaretta.

"Questa," seguitò lui, "è una delle gioie del far quattrini, non ti pare? Essere in grado di fare tutto quello che si vuole. Non son mai stato tirchio, ma una volta non potevo spendere; e in quei tempi di carestia tu fai fatto miracoli, devo pur dirlo. Ma adesso si comincia a nuotare nell'abbondanza, sai."

"Bel modo di nuotare. Ordinare mobili cari di cui non abbiamo bisogno."

Gli sfuggí l'acerbità del tono. Rise. "Proprio. È ora che ci liberiamo della paccottiglia della Regency."

Cristina si risentí. "Non la chiamavi cosí ad Aberalaw. E non è paccottiglia. Oh, quelli sí erano bei giorni: *reali*." Soffocando un singhiozzo uscí dalla stanza.

Egli la guardò sparire e rimase male. Le capitava abbastanza spesso, negli ultimi tempi, d'esser di cattivo umore; strano. Incerta, depressa, con subiti sfoghi di amarezza incomprensibile. Venivano staccandosi l'uno dall'altra, perdendo quell'unione spontanea, quel recondito legame di cameratismo che era sempre esistito tra di loro. Bah. Non ci aveva colpa lui. Faceva del suo meglio. Di piú non poteva fare. Pensò, stizzosamente, che Cristina era incapace di apprezzare giustamente il successo che lui veniva, con molta accortezza, conseguendo. Ma non valeva la pena di indugiare sulla irrazionalità, anzi sull'ingiustizia!, della condotta di Cristina. Aveva tutto un elenco di chiamate davanti a sé, ed inoltre doveva andare in banca, oggi era martedí.

Due volte la settimana, regolarmente, andava in banca ad eseguire i suoi versamenti in conto corrente. Non poteva esimersi dal paragonare queste piacevoli visite con quella sua prima avventura bancaria a Blaenelly, quando era ancora un povero assistente nullatenente ed era stato umiliato da Aneurin Rees. Qui il direttore lo accoglieva sempre con un caldo sorriso deferente e spesso lo invitava a fumare una sigaretta nel proprio ufficio privato. "Se m'è lecito, signor dottore, senza voler essere personale, vedo che i vostri affari vanno bene. Mi rallegro. Siete un dottore d'avanguardia, vedo, con la giusta dose di conservatorismo. Proprio quello che ci vuole, in questo quartiere. Favorite una occhiata a questa relazione, che concerne quelle certe azioni ferroviarie di cui vi parlavo l'altro giorno..."

La deferenza del direttore della banca era solo una delle manifestazioni della sua crescente popolarità nel quartiere. Adesso gli altri dottori del rione si facevano premura di salutarlo per primi, quando passava nella sua automobile. Alla riunione autunnale dell'Associazione Medica, in quella stessa aula in cui, la prima volta che v'era comparso, s'era sentito come un paria, fu accolto con marcata simpatia, e il vicepresidente gli offrí un sigaro. "Lieto di vedervi, caro Manson; avete approvato il mio discorso? Dobbiamo proprio essere inesorabili in questa faccenda della riscossione dei nostri onorari. Soprattutto per le chiamate notturne io intendo assolutamente prendere una salda posizione. L'altra notte mi si presenta un monello, di non piú di dodici anni. 'Presto, dottore, il babbo è al lavoro, la mamma si sente male...' Sapete, il solito discorsetto delle due del mattino. 'Figliolo,' gli dico, 'non ti conosco, non siete clienti miei, corri a casa e portami i miei dieci scellini, allora vengo.' Naturalmente non s'è piú fatto vedere. Ma è cosí che bisogna fare. Questo quartiere è terribile!..."

La settimana seguente Mrs Lawrence gli telefonò. Andrew si dilettava sempre della graziosa incoerenza delle sue conversazioni telefoniche, ma oggi, dopo avergli detto che suo marito era andato alla pesca in Irlanda, e che lei era capace di raggiungerlo eventualmente, lo invitò, come di passata, a colazione per venerdí prossimo. "Ci sarà Toppy. E due o tre altre persone, meno noiose delle solite, che forse vi farà piacere di conoscere."

Riagganciando il ricevitore, non sapeva se fosse compiaciuto o irritato. In cuor suo era offeso, perché non aveva invitato anche Cristina. Poi, gradatamente, capí che non doveva essere una riunione mondana, ma piuttosto una riunione d'affari. Lui aveva il dovere assoluto di farsi vedere in giro, per conoscere gente, per prendere contatti; soprattutto nel ceto che era sicuro di trovare in casa Lawrence. Non era nemmeno necessario dirlo a Cristina. Quando venne il venerdí, le disse che faceva colazione con Hamson, e saltò nell'automobile con un senso di sollievo. Aveva dimenticato che non sapeva mentire.

Frances Lawrence stava in Knightsbridge, in una via tranquilla, tra Hans Place e Wilton Crescent. La casa, senza voler emulare lo splendore della palazzina Le Roy, era tuttavia arredata con un gusto sobrio e sicuro che le conferiva un analogo senso di opulenza. Andrew arrivò tardi, quando la maggior parte degli invitati era già arrivata: Toppy, la scrittrice Rosa Keane, Sir Dudley Rumbold-Blane, D.M., F.R.C.P., dottore insigne e consigliere di amministrazione dei Cremo Products, Nicol Watson, esploratore ed antropologo; e alcune altre persone di meno allarmante distinzione.

Andrew si trovò a tavola accanto ad una signora Thornton che, a quanto gli disse, viveva nel Leicestershire e periodicamente veniva all'Hotel Brown per una breve permanenza in città. Oramai Andrew aveva imparato ad affrontare l'imbarazzo della conversazione con ignoti, e conservò intera la padronanza su di sé mentre prestava l'orecchio al resoconto ch'ella gli faceva d'una storta al piede che sua figlia Sybil, scolaretta di Roedean, s'era fatta giocando a hockey.

Concedendo un solo orecchio alla signora Thornton, la quale scambiava per sincero interessamento la muta attenzione con cui la ascoltava, riusciva con l'altro a cogliere frammenti della scorrevole e spiritosa conversazione generale: le divertenti acidule risposte di Rosa Keane, il racconto interessante e garbato che Watson faceva della sua recente spedizione nell'interno del Paraguay. Ammirava anche la disinvoltura con cui la padrona di casa teneva attiva la conversazione, pur sostenendo impavida la misurata pedanteria di Sir Rumbold, che le sedeva accanto. Un paio di volte sentí su di sé i suoi occhi nocciola dai riflessi verdi, e alzando i propri ebbe il piacere di incontrarne lo sguardo tra sorridente e interrogativo.

"Certo," Watson concluse il suo racconto con un sorriso deprecatorio. "Di tutte le mie avventure la piú pericolosa fu di capitare in pieno, appena tornato a Londra, su questo violento attacco d'influenza."

"Ah," disse Sir Rumbold, "l'avete avuta anche voi." Mediante il trucco di schiarirsi la gola, d'inforcare gli occhiali a molla attirò su di sé l'attenzione dei commensali. Sir Rumbold era perfettamente a suo agio in situazioni di questo genere: da molti anni ormai l'attenzione del gran pubblico britannico convergeva su di lui. Era stato Sir Rumbold che, un quarto di secolo addietro, aveva strabiliato l'umanità dichiarando che una certa porzione dell'intestino umano era non solo inutile ma specificatamente nociva. Centinaia di individui s'erano precipitati a farsi estirpare la nociva porzione, e la fama dell'operazione *ad hoc*, che i chirurghi denominavano la *excisione Rumbold-Blane*, aveva affermato la celebrità mondiale del suo inventore. Da allora in poi era abilmente riuscito a mantenersi sempre in prima linea, presentando successivamente alla nazione il *bran food*, lo *yogurt*, e il bacillo dell'acido lattico. Piú tardi inventò il sistema di Masticazione Rumbold-Blane; e adesso, in aggiunta alle sue molteplici attività dei consigli d'amministrazione di varie società, dettava la lista delle vivande per la celebre catena di Ristoranti Railey; liste intestate nel modo seguente: "Sir Rumbold-Blane, M.D., F.R.C.P., ha acconsentito ad aiutare i nostri signori clienti a scegliere le calorie di cui hanno bisogno." Molti erano, tra i professionisti seri, i brontoloni che pensavano che Sir Rumbold avrebbe dovuto da un pezzo esser radiato dall'Annuario della Facoltà; ma che cosa sarebbe stato l'Annuario, senza Sir Rumbold?

Ora diceva, guardando paternamente la padrona di casa: "Uno dei fatti piú interessanti, in questa recente epidemia, è stato il successo terapeutico spettacolare riportato dal

Cremogen. Ho avuto l'occasione di dire la stessa cosa alla riunione del nostro Consiglio d'amministrazione la settimana scorsa. È un fatto che non esiste una cura contro l'influenza. E nell'assenza di una cura, l'unico modo di opporsi all'invasione devastatrice del contagio è di sviluppare un alto grado di resistenza fisica, una vera difesa vitale del corpo contro le insidie del morbo. Ho detto, incidentalmente, e, direi, non senza avvedutezza, che siamo incontestabilmente riusciti a dimostrare, e non già sui porcellini d'India, ha-hà!, bensí sugli esseri umani, il potere fenomenale del Cremogen nell'organizzare e galvanizzare le forze di resistenza del corpo umano."

Watson si volse ad Andrew col suo curioso sorriso. "Che cosa ne pensate voi dottore, dei prodotti Cremo?"

Colto di sorpresa, Andrew si trovò a rispondere: "Secondo me rappresentano un ottimo preparato che serve a sostituire il latte scremato."

Rosa Keane, dopo una rapida occhiata circolare, di approvazione, fu abbastanza scortese da ridere. Anche Frances Lawrence sorrideva. Precipitosamente Sir Rumbold passò alla descrizione della sua recente visita ai Trossachs, come membro dell'Unione medica settentrionale.

Ma altrimenti la colazione fu "armonica". Di quando in quando Andrew si trovò a prender parte senza sforzo nella conversazione generale. Prima che si congedasse, la padrona di casa trovò modo di avvicinarlo. "Sapete che brillate realmente," mormorò, "anche fuori dalla vostra sala di consultazione? La signora Thornton non ha fatto altro che parlarmi di voi. Ho il presentimento che l'avete irretita, come cliente; è questa la dicitura, vero?"

Con l'eco di queste osservazioni negli orecchi, Andrew rincasando si sentiva meglio di prima, e pensava che Cristina non poteva sentirsi peggio di prima, come conseguenza di quest'avventura.

L'indomani mattina, però, alle dieci e mezzo, ebbe una brutta sorpresa. Freddie Hamson lo chiamò al telefono, per chiedergli tutto giulivo: "Divertito ieri a colazione? Come faccio a sapere? E non hai letto il giornale?"

Sgomento, Andrew andò direttamente in salotto, dove Cristina riponeva i giornali dopo averli letti. Per la seconda volta scorse la *Tribune*, uno dei piú diffusi quotidiani illustrati. D'un tratto sobbalzò. Come aveva fatto a non vederla prima? Lí, nella pagina della cronaca mondana, c'era la fotografia di Frances Lawrence, e un articolo, lunghetto, che descriveva dettagliatamente il trattenimento della vigilia. E il suo nome figurava tra gli altri.

Seccato, tolse il giornale dal mucchio, ne fece una palla e lo gettò nel fuoco. Poi si rese conto che Cristina doveva già aver letto l'articolo. Aggrottò le ciglia. Volle però ostinarsi nella persuasione che le fosse sfuggito; e si appartò nella sala di consultazione.

Ma Cristina lo aveva letto. E, dopo il primo momento di sbalordimento, aveva realmente sofferto. Perché non glielo aveva detto? Perché, perché? Non le sarebbe importato niente di sapere che lui andava a quella stupida colazione. Tentò di rassicurarsi, era una cosa cosí banale causarle inutilmente tanta penosa ansietà. Ma sentiva, con un dolore ottuso, che il significato della "cosa" non era per niente banale.

Quand'egli uscí per le visite, ella tentò di proseguire con le faccende di casa. Ma non poteva. Si trasferí nella sala di consultazione, di qui nell'ambulatorio, sempre con la stessa oppressione sul petto. Cominciò a spolverare distrattamente l'ambulatorio. Sulla scrivania la vecchia valigia, la prima ch'egli avesse mai avuta, e che a Blaenelly portava sempre con sé sotterra nelle chiamate d'urgenza. La toccò con tenerezza. Sapeva che era perfettamente inutile parlargli delle diffidenze che suscitava in lei. Si era fatto cosí suscettibile — a causa, indubbiamente, del conflitto tra la sua coscienza e la sua ambizione — che bastava una parola per farlo imbizzire, e per provocare istantaneamente un litigio. Doveva fare del suo meglio per altre vie.

Era sabato, e aveva promesso a Florrie, la bimba della fantesca, di portarla con sé alla spesa. Era una vispa cosetta, e Cristina le si era affezionata. Era certa che la stava già aspettando impaziente al sommo della scala del sottosuolo, mandatavi, tutta linda e fresca, da sua madre. Al sabato andavano spesso fuori insieme.

All'aria aperta, tenendo la piccina per la mano, si sentí meglio. Fece il giro del mercato, chiacchierando coi rivenditori che la conoscevano, comperando, guardando se le riuscisse di trovare qualche cosa di speciale da portare a casa ad Andrew per compiacerlo. Ma la ferita era sempre aperta. Perché, perché non gliel'aveva detto? E perché non

258

era stata invitata lei? Rammentò la prima volta ch'erano andati dai Vaughan di Aberalaw, e che aveva dovuto insistere tanto, per trascinarvelo con sé. Com'era cambiata oggi la situazione! Ci aveva colpa lei? Si era fatta antisocievole, s'era ritirata in sé? Non le pareva di aver nulla da biasimarsi. Le piaceva ancora far conoscenze. La sua amicizia con la signora Vaughan continuava per corrispondenza.

Ma pur sentendosi offesa e addolorata, pensava a lui piú che a sé. Era lei la prima a riconoscere che le condizioni della condotta, essendo assai diverse in Londra da quelle che erano in provincia, dovessero richiedere da lui un cambiamento nello svolgimento delle sue attività; e sarebbe stato sciocco da parte sua se avesse preteso ch'egli seguitasse rigorosamente in quel puro e meraviglioso idealismo degli inizi della sua carriera, rinunciando alle possibilità che qui gli offrivano di crearsi una salda posizione professionale. Ma cominciava a temere che nella lampada della coscienza di Andrew la fiamma dell'ideale stesse per spegnersi totalmente.

Entrando nella salumeria, si forzò a far sparire le rughe dalla fronte, perché Frau Schmidt le scrutava sempre la faccia. "Non vi nutrite a sufficienza, cara signora. Dovreste avere piú buona cera, adesso che avete quattrini, automobile e tutto. Vi voglio far assaggiare questo." Prese il lungo coltello aguzzo e tagliò una fetta del suo famoso prosciutto cotto, e insisté perché Cristina lo assaggiasse, mentre offriva contemporaneamente a Florrie un pasticcino dolce. Frau Schmidt non smetteva di parlare: "E adesso vi darò una libbra di Liptauer. Da quando è qui, Herr Doktor ha mangiato dei chili del mio formaggio, non se ne stanca mai. Gli voglio domandare un certificato da mettere in vetrina: 'Questo è il formaggio che mi ha reso celebre.'" Ghignando, Frau Schmidt cinguettò finché se ne andarono.

Fuori della bottega, Cristina e Florrie stettero ferme sul marciapiede in attesa che il vigile — era il loro buon amico Struthers — segnalasse loro di attraversare. Cristina teneva una mano protettrice sulla spalla della bimba impulsiva. "Devi sempre far attenzione qui, pensa che cosa direbbe mamma se vai sotto una vettura." Florrie rise, con la bocca ancora piena del pasticcino; divertente, l'idea.

Appena a casa, Cristina cominciò a disfare i pacchi degli acquisti. Muovendo per la stanza, intenta a riporre nei vasi i crisantemi che aveva comprati, si sentí triste daccapo. D'un tratto il telefono chiamò. Andò a rispondere, con la faccia seria, gli angoli della bocca rivolti all'ingiú. La comunicazione durò forse cinque minuti. Al ritorno, era trasfigurata. Aveva gli occhi luminosi, eccitati. Di quando in quando guardava fuori dalla finestra, impaziente che Andrew tornasse, dimentica delle proprie recriminazioni e assorta solo nella buona notizia che aveva ricevuto, notizia molto importante per lui, anzi per tutt'e due. Si ripeteva che non avrebbe potuto desiderare un'informazione piú gradita; non si sarebbe potuto trovare un antidoto piú efficace contro il veleno dei troppo facili successi. Ed era una promozione: un vero passo avanti. Impaziente tornò alla finestra.

Quand'egli arrivò, ella non poté trattenersi e gli corse incontro: "Andrew! Grande notizia! Sir Robert Abbey ha telefonato, voleva te, ho detto chi ero, è stato gentilissimo, be', racconto troppo male, scusa, caro, sono commossa, insomma per avvisarti che sarai nominato esterno al Victoria Chest Hospital, immediatamente!"

Gli vide gli occhi rendersi gradatamente conto del valore della comunicazione. "Questa sí è una buona notizia, Tina."

"Vero? Vero?" ella gridò, esultante. "Di nuovo il tuo lavoro, la possibilità di eseguire ricerche, tutto quello che volevi all'M.F.B. senza poterlo ottenere." Gli gettò le braccia al collo.

Egli la guardava dall'alto, indescrivibilmente commosso dall'amore altruistico e generoso che gli dimostrava. "Che buon'anima che sei, Tina. E che pidocchio sono io!"

VIII

Verso la metà del mese seguente, Andrew assunse le sue nuove funzioni al Victoria Chest Hospital, come esterno al martedí e al giovedí, dalle 15 alle 17. Il suo servizio era identico a quello dell'ambulatorio in Aberalaw, con la differenza che ora visitava solo i malati di petto, e che non era piú un semplice assistente, ma un medico onorario in uno dei piú antichi e piú celebri ospedali di Londra.

Che fosse antico non si poteva contestare. Situato in Battersea, in un labirinto di viuzze costeggianti il Tamigi, coglieva di rado, persino d'estate, piú d'un raggio obliquo di sole, mentre d'inverno i suoi loggiati, sotto i quali avrebbero dovuto venir spinti sulle rotelle i letti dei ricoverati, erano, piú spesso che no, avviluppati nella nebbia del fiume. Sulla tetra screpolata facciata appariva un'enorme scritta in rosso, che pareva ovvia e superflua. *L'Ospedale cade in rovina.*

Il reparto di Andrew era un relitto del secolo decimottavo. In uno stipo a vetri della sala d'ingresso erano esposti il mortaio ed il pestello usati dal dottor Lintel Hodges che era stato medico onorario nello stesso reparto di Andrew dal 1761 al 1793. I muri privi di piastrelle erano d'una curiosa tinta di cioccolata; i corridoi, non perfettamente piani, benché scrupolosamente puliti, erano cosí mal ventilati che sudavano, e per tutte le stanze era sospeso in aria l'odore ammuffito dell'antichità.

Il primo giorno Andrew eseguí il suo giro d'ispezione accompagnato dal dottor Eustace Thoroughgood, l'onorario piú anziano, un simpatico ometto preciso, sulla cinquantina, che portava la mosca grigia, e aveva i modi un poco untuosi e solenni di un benevolo *churchwarden*. Il dottor Thoroughgood era padrone, nelle corsie che gli erano riservate: e in base al sistema in vigore, residuo d'una vecchissima tradizione, era "responsabile" di Andrew e del dottor Milligan, l'altro onorario junior.

Dopo l'ispezione egli condusse Andrew a prendere il tè nel lungo salone del sottosuolo dove i lumi, benché fossero appena le quattro, erano già accesi. Un bel fuoco ardeva nella graticola, e sulle pareti tappezzate di juta pendevano i ritratti delle celebrità mediche che erano appartenute all'ospedale, col dottor Lintel Hodges, in parrucca, al posto d'onore sopra il camino. Il locale rappresentava tipicamente la sopravvivenza d'un venerabile passato e il dottor Thoroughgood, benché celibe, lo amava come una sua creatura.

Andrew trovò simpatici i medici giovani. Però, notando la loro deferenza verso Thoroughgood e se stesso, gli veniva fatto di sorridere al ricordo dei battibecchi che aveva avuto non molti mesi prima, con gli insolenti dottorini di guardia notturna negli ospedali in cui gli era occorso di dover chiedere ammissione per i suoi malati.

Accanto a lui sedeva un certo dottor Vallance, che per un anno aveva studiato alle dipendenze dei Mayo Brothers negli Stati Uniti. Andrew lo fece discorrere sulla loro celebre clinica e sui loro sistemi, e poi gli domandò se avesse sentito parlare di Stillman, quando era in America.

"Sí, certo," disse Vallance. "È molto stimato laggiú. Non è laureato, come saprete, ma ormai è riconosciuto piú o meno da tutti. Ottiene dei risultati stupefacenti."

"Avete visitato la sua clinica?"

"No, non son stato fin là, nell'Oregon."

Andrew rifletté un momento, incerto se parlare o no, poi si decise. "Mi dicono che è una meraviglia. Ho avuto rapporti, incidentalmente, con Stillman, per qualche anno; m'aveva scritto lui per primo a proposito d'un mio articolo pubblicato nell'*American Journal of Health*. Ho visto delle fotografie particolareggiate della clinica. Non si potrebbe desiderare un posto piú incantevole per curarvi i malati. Su alto, in una pineta, isolato; loggiati protetti da vetri, un sistema di aerazione che assicura, oltre alla purità dell'aria, anche la stabilità di temperatura, di inverno come d'estate."

S'interruppe, conscio d'essersi espresso con troppo calore, perché una pausa nella conversazione generale aveva reso molto udibile a tutti quello che era venuto dicendo. Concluse: "Al confronto delle nostre condizioni di Londra, pare un ideale irraggiungibile."

Il dottor Thoroughgood sorrise di mala voglia. "I nostri medici a Londra hanno sempre fatto abbastanza bene in queste medesime condizioni, caro Manson. Può darsi che non disponiamo di tutti gli apparati esotici di cui parlate, ma non temo di dire che i nostri metodi, provati solidi, anche se meno spettacolosi, producono risultati ugualmente soddisfacenti e probabilmente piú durevoli."

Andrew guardò altrove e non replicò. Come nuovo arrivato, era stato indiscreto nel formulare cosí apertamente una sua opinione. E il dottor Thoroughgood, per dimostrare che non aveva inteso dar lezioni, seguitò a conversare piacevolmente su altri argomenti. Discorse sull'arte delle ventose. Era forte nella storia della medicina, e possedeva una massa di informazioni sul tema dei *cerusici barbitonsori* di Londra. Mentre scioglievano l'adunanza, dichiarò amichevolmente ad Andrew: "Io posseggo una collezione di autentiche ventose. Devo mostrarvele qualche giorno. È davvero peccato che l'arte sia in disuso. Era, ed è, un modo efficacissimo per produrre la contro-irritazione."

Nel complesso, salvo quell'accenno di ripicco all'inizio, il dottor Thoroughgood aveva inteso di rivelarsi affabile e buon camerata. Era un professionista di valore, un diagnostico quasi infallibile, e si dichiarò lieto di ricevere Andrew nelle sue corsie in qualunque momento. Ma i suoi metodi di cura lasciavano trasparire che la sua mente ordinata si risentiva delle intrusioni del "nuovo". Non voleva sentir parlare di tubercolina, per esempio, ritenendo che il suo valore terapeutico fosse ancora da dimostrarsi. Era alieno dall'applicare il metodo pneumotoracico, e la percentuale delle "introduzioni" che eseguiva era la piú bassa dell'ospedale. Era invece liberalissimo nel somministrare il malto e l'olio di fegato di merluzzo.

Andrew, una volta entrato in funzione, non si diede piú alcun pensiero di Thoroughgood. Era felice di potere, dopo tanti mesi d'attesa, lavorare daccapo sul serio. E per i primi tempi, infatti, forní una replica abbastanza buona del suo entusiastico ardore.

I suoi precedenti studi sulle lesioni polmonari prodotte dall'inalazione della polvere lo avevano orientato a considerare nel suo complesso il campo della tubercolosi polmonare Accarezzava, vagamente, il proposito di studiare, in base al metodo di prova del Von Pirquet, i primissimi indizi delle lesioni primarie. Aveva a sua disposizione, nei bimbi denutriti che le madri portavano all'ospedale con la speranza di beneficiare della ben nota liberalità del dottor Thoroughgood nel somministrare gratuitamente il malto, un ricchissimo materiale di studio.

E tuttavia, per quanto ci si mettesse di lena, sentiva di non lavorare con passione. Non gli riusciva di riafferrare quel genuino interessamento che i suoi studi sull'inalazione avevano primamente destato in lui. Aveva molte, troppe cose in mente, troppi malati importanti sulle braccia, per essere in grado di concentrare la propria attenzione su indizi che apparivano cosí oscuri che era piú che lecito dubitare della loro consistenza. Nessuno sapeva meglio di lui quanto tempo occorresse per eseguire un esame con tutta efficienza. E aveva sempre premura. Finí per rassegnarsi senza rimpianti alla ferrea logica di questa inoppugnabile giustificazione.

Trattava bene i poveri che venivano da lui nel dispensario gratuito; molto meglio di quanto aveva fatto il suo predecessore che era un individuo ruvido e sbrigativo. Cosí non tardò ad acquistare un alto grado di popolarità. Andava anche d'accordo col dottor Milligan, e anzi non si fece scrupolo di adottarne il sistema: ordinava i pazienti in gruppetti, faceva avanzare un gruppo intero per volta, e vistava rapidamente le tessere individuali. Mentre scarabocchiava Rep. Mis. (vale a dire "la solita polverina"), non gli passava nemmeno per l'anticamera del cervello il pensiero che una volta era stato solito a stigmatizzare ferocemente questa formula classica, cara ai medici dalla coscienza elastica. Era insomma ottimamente avviato per diventare un mirabile medico onorario.

IX

Sei settimane dopo di aver cominciato il servizio al Victoria, mentre prendeva il caffelatte con Cristina, aprí una lettera che portava il bollo di Marsiglia. "È di Denny!" esclamò, guardando il bollo con occhi increduli. Lesse la lettera in un baleno. "Finalmente s'è stancato del Messico. Dice che ritorna definitivamente. Lo crederò quando lo vedrò. Ma come son contento di rivederlo! Da quando tempo è via? Pare un secolo. Torna per la via delle Indie. Hai il giornale, Tina? Fammi il piacere, vedi un po' quando arriva l'*Oréta*."

Cristina era quanto lui compiaciuta all'inattesa notizia. Aveva per suo marito un affetto geloso, protettivo, di stampo prettamente calvinistico, e sapeva che Denny, e anche Hope in minor grado, esercitavano su di lui una buona influenza. L'arrivo quindi della lettera la incitò immediatamente ad escogitare le modalità di un incontro che li rimettesse insieme tutti e tre.

Attaccò l'argomento il giorno prima che arrivasse l'*Oréta*. "Se non hai niente in contrario, Andrew, penserei di dare un pranzetto la settimana ventura per festeggiare il ritorno di Denny. Solo noialtri e lui e Hope."

Egli la guardò un poco sorpreso. Gli pareva che la situazione alquanto tesa dei loro rapporti attuali non fosse la piú propizia al buon esito d'un trattenimento in casa. Rispose: "Hope è probabilmente a Cambridge. E Denny ed io potremmo andare in qualche posto fuori." Ma, vedendo la delusione prodotta dalle sue parole, si corresse: "Del resto, come vuoi tu. Ma sarebbe meglio una domenica: piú conveniente per tutti."

La domenica seguente Denny arrivò, piú tozzo e con la faccia piú rossa che mai. Un pochino invecchiato, pareva, e meno brontolone, meno insoddisfatto; ma, a parte questo, era lo stesso identico Denny d'una volta che li salutò in questi termini:

"Che lusso d'una casa! Non mi son sbagliato?" Rivolto con finta gravità a Cristina: "Questo signore cosí ben vestito è proprio il dottor Manson? Avessi saputo, gli avrei portato un canarino."

Accomodatosi, rifiutò l'aperitivo. "No. Astemio, adesso. Per quanto strano possa sembrarvi, ho realmente l'intenzione di metter giudizio. Sono stanco dei vasti cieli stellati. Il miglior modo per affezionarsi a questo sciagurato paese è di vivere all'estero."

Andrew lo considerò con affettuosa riprovazione. "È ora, caro mio, che pensi a metter giudizio. Dopo tutto t'avvicini ai quaranta. E con le tue capacità..."

Denny gli scoccò un'occhiata strana. "Non fare il professore. Sono ancora capace d'insegnarti qualche trucco uno di questi giorni."

Raccontò che aveva avuto la fortuna d'ottenere la nomina di chirurgo titolare nell'Infermeria del South Herfordshire; trecento sterline l'anno e mantenimento. Non lo considerava un posto permanente certo, ma il lavoro era interessante e lo metteva in grado di "rifarsi la mano." In seguito, vedeva lui quello che c'era da fare di meglio. "Non capisco come abbian dato il posto a me," spiegò, "qualche errore d'identità, suppongo."

"No," disse Andrew, "lo devi all'MS. Una qualifica di prim'ordine come questa ti dà accesso dovunque."

"Che cosa gli avete fatto, Cristina? Non sembra piú quel filibustiere che m'ha aiutato a far saltare la fogna di Blaenelly."

In quel punto arrivò Hope. Non conosceva Denny. Ma cinque minuti bastarono perché si capissero a vicenda.

Quando s'alzarono per recarsi in sala da pranzo, erano già confederati per punzecchiare Andrew.

Spiegando il tovagliolo, Denny osservò in tono lugubre: "Hope, non dobbiamo aspettarci molto da mangiare qui. Li conosco da un pezzo i padroni di casa. Conoscevo il professore molto prima che diventasse un elegante West Ender. Erano stati sfrattati dalla loro precedente abitazione perché lasciavano morir di fame i loro porcellini d'India."

"Io," rispose Hope, "di solito mi porto in tasca un salamino alla cacciatora quando pranzo in casa altrui. È un'abitudine che ho copiata da Billy Buttons nell'ultima spedizione in Kitchengunga."

Spiattellarono altre scemenze di questo genere man mano che il pranzo procedeva. La presenza di Denny sembrava provocare i motteggi di Hope. Ma a poco a poco presero a discorrere sul serio. Denny narrò le sue avventure negli stati del Sud, tra cui un paio di storielle di negri che fecero ridere Cristina. E Hope diede un pepato resoconto delle recenti attività dell'M.F.B. Whinney era finalmente riuscito a condurre in porto i suoi esperimenti sulla fatica muscolare. "Io non m'occupo d'altro, in questo momento. Ma grazie al cielo ho soltanto nove mesi ancora da star lí. Poi mi metterò anch'io a fare qualche cosa. Sono stanco di attuare le idee altrui, di essere alla dipendenza di vecchi ruderi che mi domandano, melliflui, 'quanto acido sarcolattico ha trovato questa volta, Mr Hope?' Voglio lavorare per conto mio. Avere un laboratorio di mia proprietà."

Poi il discorso si fece decisamente, violentemente professionale, come Cristina aveva sperato. Finito il pranzo — nonostante il pronostico di Denny, avevano spolpato un paio di anitre — quando fu servito il caffè, Cristina non si ritirò. E sebbene Hope la assicurasse che la conversazione rischiava di non risultare adatta agli orecchi delle signore, ella rimase impavida, gomiti sul tavolo e mento fra le mani, ad ascoltare in silenzio, gli occhi seri fissi nella faccia di suo marito.

Al principio Andrew s'era mostrato riservato, rigido. Per quanto lieto di riavere Denny, aveva l'impressione che il suo vecchio amico prendesse alla leggera il fatto che aveva conquistato una salda posizione, che non lo apprezzasse abbastanza, che anzi fosse persino propenso a disprezzarlo un poco. Dopo tutto, Andrew aveva fatto strada; mentre lui, Denny, che cosa aveva fatto nel frattempo? Quando Hope rincarava la dose dei motteggi, era stato lí lí piú d'una volta per dire ad entrambi di smettere di far dello spirito alle sue spalle. Ma adesso che parlavano di bottega, si lasciò trascinare dalla corrente; e si fece sentire.

Discutendo sugli ospedali, trovò il modo di esprimere le sue vedute su tutto quanto il sistema ospedaliero. "Io vedo la situazione cosí." Tirò una lunga boccata di fumo — non era una sigaretta virginia a buon mercato, ma un fior di sigaro, preso nella scatola che aveva porta lui stesso sfidando l'occhio sardonico di Denny —. "Badate, non dovete pensare ch'io abbia l'intenzione di denigrare il mio ospedale. Il Victoria mi piace, e vi assicuro che vi si fa un buon lavoro. Ma è il sistema. Nessuno, all'infuori del decrepito ed apatico pubblico britannico, tollererebbe un sistema simile. 'L'ospedale cade in rovina.' Cosí dicasi del San Giovanni, e di una buona metà degli ospedali di Londra. E che cosa si fa in merito? Si raccolgono soldini. Dalle affissioni, dalle affissioni che accettiamo sulla facciata. Birra Brown: la migliore delle birre. Magnifico! Al Victoria, di questo passo, se abbiamo fortuna, cominceremo tra dieci anni a fabbricare un'ala nuova, e magari solo per stabilirvi una Casa di ritiro per le infermiere. Incidentalmente, dovreste vedere il dormitorio delle infermiere! Ma a che pro rattoppare la vecchia carcassa? Che cosa può fare un ospedale per malati di petto che sorge al centro d'una rumorosa e nebbiosa città come Londra? Ed è la stessa cosa con la maggior parte degli altri ospedali, e *anche* delle cliniche. Sono nel bel mezzo d'un traffico intollerabilmente fragoroso, con le fondamenta che tremano al passaggio di ciascun treno della sotterranea, e i letti che traballano addirittura al passaggio di ogni autocarro. Se io entrassi sano in uno di questi ospedali avrei bisogno tutte le sere di dieci grani di barbitone per addormentarmi. Figurarsi i malati che giacciono in tanto tumulto dopo un'operazione addominale seria, o con la febbre a quaranta dopo la meningite."

"Be', che rimedio c'è?" Denny alzava un sopracciglio, in quel suo nuovo modo irritante. "Un sindacato d'ospedali con te direttore capo?"

"Non far l'asino, Denny. Il rimedio c'è. È la decentralizzazione. No. Non è una parola, è un fatto: un fatto che s'impone inesorabilmente. Perché non potrebbero i nostri grandi ospedali sorgere in una vasta area esterna alla città, a una ventina di chilometri, diciamo? Prendiamo un sito come Benham, ad esempio, dove c'è ancora un po' di verde, e l'aria è abbastanza pura, e sussiste ancora un po' di tranquillità. Non ci sarebbe nessunissima difficoltà di trasporto. La sotterranea, — si potrebbe anzi istituire appositamente un servizio ospitaliero, — una sola linea, diretta e silenziosa, porterebbe a Benham in esattamente diciotto minuti. Considerando che la più veloce ambulanza impiega in media quaranta minuti a funzionare entro città sarebbe un progresso. Si dirà che rimuovendo gli ospedali la città verrebbe ad esser privata del suo servizio sanitario. Storie! Il servizio funzionerebbe cento volte meglio nel settore nuovo, espressamente organizzato all'uopo. E mentre discorriamo del servizio nei vari quartieri, diciamo subito che come funziona adesso è un'indegnità. Quando sono arrivato a Londra ho trovato che, qui nel West, non potevo far entrare i miei malati in un ospedale se non nell'Est, mentre al Victoria ammettiamo gente che proviene da tutti i punti cardinali: da Kensington, da Ealing, da Musswell Hill. Non esiste nemmeno il tentativo di una delimitazione di settori: tutto viene ad ingorgarsi nel centro della città. Vi dico onestamente: la confusione è spesso incredibile. E che cosa si fa? Zero assoluto. Si continua come si è sempre fatto. Questue, sottoscrizioni, mascherate di studenti per raccogliere oboli. Bisogna riconoscere che, sotto questo aspetto, le nuove nazioni del continente fanno, agiscono, hanno dell'iniziativa. Se potessi fare come voglio io, raderei al suolo il Victoria e lo rifabbricherei a Benham, con una buona linea di comunicazione. E perdio, sarei certo di ottenere un rialzo nell'indice delle guarigioni."

Tutto questo, solo a titolo di introduzione. La discussione si accese in seguito. Denny si attaccò alla sua vecchia tesi: la stupidità di esigere dal professionista che faccia tutti i mestieri. Hope, senza freno né riguardo, espose il caso del giovane batteriologo, premuto tra il commercialismo e il conservatorismo, vale a dire tra le ditte farmaceutiche da una parte, che lo pagano perché lanci i loro prodotti, e dall'altra un direttorio di rimbambiti bubboloni. "Ve li immaginate," domandò Hope, "i fratelli Marx in un macinino

268

d'automobile con quattro volanti di guida indipendenti e una scorta illimitata di trombe a mano? È quel che siam noi nell'M.F.B."

Non smisero che dopo la mezzanotte, quando Cristina fece riapparire sulla tavola un piatto di panini imbottiti con rinfreschi. "Oh, ma dico, signora Manson," protestò Hope, con una garbatezza che dimostrava ch'egli era davvero, come diceva Denny, un giovane di buon cuore, "abbiamo dovuto annoiarvi a morte. Strano come le chiacchiere diano appetito. Voglio suggerire il tema a Whinney, perché ne organizzi lo studio delle cause."

Dopo partito Hope, Denny si trattenne ancora qualche minuto, rivendicando il privilegio della sua piú antica conoscenza. E quando Andrew andò al telefono per chiamare un tassí, egli trasse fuori, con mossa impacciata ed affettuosa, un piccolo scialle spagnolo, molto bello. "Il professore mi truciderà, probabilmente, ma questo è per voi, Cristina. Non diteglì niente finché io non mi sia messo in salvo." Troncò ogni manifestazione di gratitudine da parte di Cristina, perché per lui costituiva la piú imbarazzante delle emozioni. "È straordinario pensare che questi scialli vengono tutti dalla Cina. Non son mica fatti in Spagna. Questo l'ho preso a Sciangai." Udirono il passo di Andrew che tornava. Denny s'alzò, e i suoi occhi stanchi, cerchiati di scuro, evitarono quelli di Cristina. "Al posto vostro, smetterei di preoccuparmi sul suo conto, sapete. Ma proveremo insieme a ricondurlo al livello di Blaenelly."

X

Al principio delle vacanze pasquali Andrew ricevette un biglietto dalla signora Thornton, che lo pregava di recarsi all'Hotel Brown a visitarvi la sua figliola. Gli diceva succintamente che desiderava consultarlo al riguardo del piede di Sybil, che non migliorava.

Lusingato da questo tributo alla sua personalità, Andrew si recò immediatamente all'albergo.

La condizione del piede di Sybil era perfettamente semplice. Ma richiedeva urgentemente un piccolo atto operatorio. Ultimato l'esame, si raddrizzò, e sorrise alla ragazzina che, seduta sulla sponda del letto, si rimetteva le lunghe calze nere, e spiegò il caso alla madre. "C'è uno spessore, sull'osso, che se non lo curiamo può determinare lo sviluppo d'un dito a martello. Io consiglio di provvedere senza ritardo."

"Questo è quello che ha detto anche il medico della scuola." La signora Thornton non era sorpresa. "Siamo effettivamente preparate all'operazione. Sybil entrerà in una clinica, ma per quanto riguarda i preparativi desidererei che v'accudiste voi, dottore. Ho in voi la massima fiducia. Quale chirurgo mi proporreste?"

La linearità della domanda pose Andrew in imbarazzo. Conosceva molti medici a Londra, ma quasi nessun chirurgo. D'un tratto pensò a Ivory. Disse, con piglio persuasivo: "Ivory, se disponibile!"

Oh, Ivory. Sicuro! La signora Thornton lo aveva sentito nominare. Non era di lui che tutti i giornali avevano parlato il mese scorso quando era partito in volo per il Cairo per eseguirvi un'operazione? Ivory, sicuro! Godeva di una ottima reputazione. Il dottor Manson non avrebbe potuto essere piú felice nella sua scelta. La sola condizione che pose fu che Sybil venisse ricoverata nella clinica di Ida Sherrington. Tante amiche sue v'eran state, e gliene avevano parlato cosí bene, che non voleva assolutamente considerare altre proposte.

Andrew rincasò e telefonò ad Ivory, con la titubanza di chi compie un approccio d'assaggio. Ma la maniera di Ivory, amichevole, fiduciosa, incoraggiante e garbatissima, lo rassicurò. Stabilirono di esaminare il caso insieme l'indomani, e Ivory dichiarò che Ida, benché avesse la clinica gremita fino al solaio, poteva indurla lui, se necessario, a far posto per Miss Thornton.

L'indomani, dopo che Ivory ebbe confermato alla signora Thornton tutto quanto aveva detto Andrew alla vigilia, ed aggiunto che l'atto operatorio era urgentemente imperativo, Sybil fu trasferita nella clinica di Ida, e due giorni dopo l'operazione ebbe luogo.

Andrew era presente. Ivory aveva insistito, con le piú calde e sincere argomentazioni immaginabili, che fosse presente.

L'operazione non era difficile; anzi, ai tempi di Blaenelly, Andrew l'avrebbe eseguita lui stesso, e Ivory la eseguí sia pure con lentezza ma con imponente competenza.

Rappresentava una bella e forte figura, nel suo ampio camice bianco, al sommo del quale appariva massiccia la testa ed energica la faccia dalla mandibola imperiosa. Nessuno piú di lui corrispondeva al concetto popolare del chirurgo egregio. Aveva le belle mani flessibili che la tradizione popolare invariabilmente attribuisce ai protagonisti delle sale d'operazioni. Nella sua distinzione, nella sua sicurezza, era drammaticamente impressionante. Andrew, anche lui rivestito del camice, lo osservava, dall'altro lato del tavolo operatorio, con recalcitrante rispetto.

Due settimane dopo, quando Sybil era già uscita dalla clinica, Ivory invitò Andrew a colazione al Sackville club. Fu un pasto piacevole. Ivory era un ottimo parlatore, facile ed interessante, e possedeva una scorta di storielle recentissime, di carattere intimo, narrando le quali sapeva conferire al suo interlocutore l'impressione ch'egli intendeva collocarlo sullo stesso piano delle persone del gran mondo cui le storielle si riferivano. La sala da pranzo del Sackville, con l'alto soffitto dipinto da Adams e i grandi lampadari in cristallo di rocca, era piena di gente celebre, che Ivory qualificava "interessante". Andrew nel complesso si sentiva lusingato d'essere lí; come senza dubbio Ivory aveva inteso.

"Voglio proporvi come socio, alla prossima riunione," osservò il chirurgo, "troverete sempre qui un mucchio di amici: Freddie, Paul Deedman, Jack Lawrence, e via dicendo. Una coppia divertente, questi Lawrence, sia detto per inciso. Ottimi amici, ma ciascuno per conto suo. Davvero, Manson, voglio proporvi come socio. Vi dirò, sinceramente, che sulle prime avevo la sensazione che, in qualche modo, diffidaste di me. Forse la prudenza scozzese, eh? Io non frequento gli ospedali solo perché voglio essere indipendente. D'altronde ho troppo da fare, caro mio. Negli ospedali alle volte passa un mese intero senza che si abbia l'occasione di fare una sola operazione. Io in media ne faccio dieci alla settimana. A proposito, la Thornton non tarderà a farsi viva; lasciate fare a me. Gente di prima. E, incidentalmente, non vi pare che Sybil abbia anche bisogno di farsi curare le tonsille? Le avete esaminate?"

"No."

"Sarebbe stato meglio. Assolutamente ingorgate, piene di ingorghi settici. Mi son permesso di dire, e spero che non abbiate nulla in contrario, che forse converrà toglier-gliele, prima che venga il caldo."

Rincasando, Andrew non poteva negare che Ivory fosse una persona simpatica. Doveva essere grato a Freddie d'aver-glielo presentato. Il caso Sybil s'era risolto alla perfezione. I Thornton erano compiaciutissimi.

Tre settimane dopo, mentre prendeva il tè con Cristina, la posta pomeridiana gli portò un biglietto di Ivory. "Caro Manson, Mrs Thornton s'è fatta viva. Mentre inoltro al-l'anestetizzatore la sua spettanza, v'inoltro anche la vostra, per avermi così efficacemente assistito durante l'operazione. Sybil verrà a consultarvi prima dell'estate. Ricordate le tonsille di cui v'ho parlato. Sua madre è già d'accordo. Sempre cordialmente vostro C. I."

Allegato c'era un assegno per venti ghinee. Andrew guardò la cifra con meraviglia; non aveva fatto niente per guadagnarsela. Poi gradatamente, avvertí quel senso di te-pore che adesso il denaro gli comunicava sempre. Con un sorriso compiaciuto passò a Cristina la lettera e il vaglia. "Tratta bene, Ivory, non v'è che dire. Vero, Tina? Questo mese gli incassi van su."

"Ma non capisco." Appariva perplessa. "Avevi man-dato una tua parcella alla signora Thornton?"

"Ma no, bambinona!" ghignò lui. "È un extra: per il tempo che ho dedicato all'operazione."

"Allora è Ivory che ti cede una percentuale del suo guadagno?"

Egli arrossí, subitamente impennato. "Dio, no! È proi-bitissimo, non ci sogneremmo mai di fare una cosa simile. Non capisci che ho guadagnato questo denaro *con la mia presenza*, esattamente come l'anestetizzatore guadagna la sua quota somministrando l'anestetico. Ivory ha aggiunto le nostre spettanze all'importo del suo conto, che ha mandato alla signora Thornton. E Dio sa che razza di conto!"

Cristina posò il vaglia sul tavolo, sgomenta, infelice. "Sembra una forte somma."

"E che male c'è? I Thornton sono tremendamente ric-chi. Per loro è come i 3 scellini e 6 pence per uno dei nostri clienti dell'ambulatorio."

Dopo che se ne fu andato, Cristina continuò a fissare l'assegno con occhi pieni d'apprensione. Non sapeva che Andrew si fosse associato professionalmente ad Ivory. Di un tratto si sentí daccapo sommergere dalle sue paure. La riunione con Denny e con Hope non aveva dunque prodotto alcun effetto su Andrew. Come gli piaceva, adesso, il denaro! Terribile. Il lavoro che faceva al Victoria pareva non importargli un fico secco, tanto era potente la tentazione dei successi materiali. Anche nell'ambulatorio, non faceva che prescrivere le sue "misture" a gente che non soffriva di nessunissimo male, e le sollecitava a ritornare, indefinitamente. La preoccupazione le raggrinziva la faccia, gliela rimpiccioliva, mentre continuava a sedere immobile davanti all'assegno di Ivory, e le lacrime le gonfiavano gli occhi. Bisognava assolutamente che gli parlasse. A tutti i costi.

Quella sera, dopo l'ambulatorio, lo avvicinò, diffidente. "Andrew, mi vuoi fare un regalo? Vuoi portarmi in campagna domenica ventura? Me l'avevi promesso. E tutto l'inverno non abbiamo mai potuto."

Egli la guardò curiosamente, e si limitò a rispondere: "All right."

La domenica fu una bella giornata, come ella aveva tanto sospirato: una squisita giornata primaverile. Alle undici, sbrigate le visite essenziali, partirono in vettura, con una coperta ed il cesto delle provviste. Cristina era di buon umore, mentre varcavano lo Hammersmith Bridge dirigendosi verso il Surrey. Attraversarono Dorking e voltarono a destra sulla strada di Shere. Era da tanto che non si trovavano insieme in campagna, che il verde dei campi, il porporino degli olmi gemmati, la polvere d'oro delle pendule fioriture dei salici e il giallo piú pallido delle primule le pervadevano, inebriandola.

"Non andare cosí forte, caro," mormorò, in un tono piò dolce di quanto avesse usato da settimane. "È cosí bello qui."

Lui pareva a null'altro intento che a sorpassare ogni singola vettura che raggiungevano.

Verso l'una arrivarono a Shere. Il villaggio, coi suoi pochi *cottages* dal tetto rosso e il suo torrentello serpeggiante tra folte aiuole di crescione, non era ancora perturbato dall'avvento dei turisti estivi. Raggiunsero la selva oltre l'abitato, e lasciarono la vettura in uno dei viottoli laterali. In una piccola radura distesero la coperta sull'erba, e presero indisputato possesso della canora solitudine che si offriva a loro soltanto e agli uccelli.

Mangiarono i panini imbottiti in pieno sole e bevvero il caffè del thermos. Attorno a loro le primule crescevano a profusione. Cristina avrebbe voluto coglierle, affondare la faccia nella loro fresca morbidezza. Guardava Andrew sdraiato con gli occhi socchiusi, e sentiva il proprio disagio placarsi sotto una soave tranquillità. Se la loro vita insieme avesse potuto essere sempre cosí!

Andrew, posato lo sguardo assonnato sulla due-posti, d'un tratto disse: "È una buona macchinetta, vero, Tina? Per quello che è costata. Ma al Salone dovremo sostituirla."

"Ma l'abbiamo da cosí poco tempo! Mi pare che non si possa desiderare niente di meglio."

"Mm! È una lumaca. Hai visto quella Buick come ci ha dato la polvere. Voglio un'aerodinamica."

"Ma perché?"

"E perché no? I mezzi li abbiamo. Stiamo facendo quattrini, mia cara." Accese la sigaretta e si voltò verso di lei, con un'espressione di appagamento. "Caso mai non te ne rendessi conto, cara la mia marmottina di Blaenelly, stiamo diventando proprio ricchi."

Ella non gli ricambiò il sorriso. Sentí il corpo, pacifico e tiepido nel sole, raffreddarlesi di botto. Prese a strappar erbe, a intrecciarle banalmente con le frange della coperta. Disse, esitando: "Caro, che bisogno c'è di ricchezza? Io non ne sento il bisogno. Perché parlare sempre di denaro? Quando non ne avevamo s'era felicissimi e non se ne parlava mai. Adesso non si parla d'altro."

Egli sorrise di nuovo, nel suo modo superiore. "Dopo anni di difficoltà, a base di salsicce e di aringhe salate, sottomesso come un cane a quei porci che presiedevano il Comitato, ho pienamente diritto, per cambiare, a voler migliorare le nostre sorti. Niente in contrario?"

"Non scherzare, caro. Una volta non parlavi cosí. Oh, non vedi che ti fai vittima proprio di quel sistema che denigravi, che odiavi?" La sua faccia era pietosa, nella sua indignazione. "Non ricordi quello che dicevi una volta, che la vita era un attacco contro l'ignoto, un assalto contro una fortezza che sorge invisibile al sommo di un'altura...?"

Egli mormorò, con un poco di soggezione: "Ma allora s'era giovani, inesperti. Romanticherie. Guardati attorno, e vedrai che tutti fanno lo stesso. Accumulano quanto piú possono. È l'unica."

Ella tirò un sospiro rotto. Bisognava che parlasse adesso; adesso o mai. "Caro! Non è l'unica. Ascoltami, per piacere. Questo tuo cambiamento m'ha resa tanto infelice. Anche Denny ha notato il cambiamento. Ci separa l'uno dall'altra. Non sei piú l'Andrew Manson che ho sposato. Oh, se solo volessi tornare quello che eri!"

"Ma cos'ho fatto?" protestò lui, irritato. "Ti picchio, forse? Mi ubriaco? Ho ammazzato qualcuno? Citami uno solo dei miei delitti."

Disperatamente ella replicò: "Non sono le cose ovvie, è il tuo atteggiamento. Vedi ad esempio quell'assegno di Ivory. È una piccola cosa, se vogliamo, alla superficie; ma in fondo, oh, in fondo è una... meschina disonestà."

Nel pronunciare le parole, lo sentí irrigidirsi, poi lo vide alzarsi a sedere, offeso, fissandola. "Senti un po', Tina. Perché riparlare di quell'assegno? Comunque, che male ho fatto accettandolo?"

"Non capisci?" Sopraffatta dalle emozioni che era venuta da mesi accumulando, ruppe bruscamente in lacrime, e rinunciando a discutere gridò, con accento isterico: "Per l'amor di Dio, Andrew, non venderti!"

Egli digrignò i denti, furioso. Parlò sillabando, con decisione offensiva: "Per l'ultima volta, Tina, ti prego di non far la stupida. Invece di aiutarmi, mi contrasti, mi dai sulla voce ad ogni minuto del giorno."

"Non ti do sulla voce!" singhiozzò lei. "È da tanto che volevo parlarti, ma non osavo."

"E allora continua a non osare." Perdé la pazienza e d'un tratto urlò: "Mi senti? Non dirmi niente. È una mania che t'ha presa. Parli come se fossi un malfattore. Non faccio altro che far la mia strada. E se voglio quattrini, è solo un mezzo ad un fine. La gente ti giudica non da quello che sei, ma da quello che hai. Se hai niente, ti dà ordini. Io per conto mio ne ho ricevuti abbastanza, ai miei tempi. Ora capiscimi una volta per tutte. Non parlarmi mai piú di queste stupidaggini."

"*All right, all right,*" gemeva lei tra i singhiozzi. "Non dirò piú niente. Ma un giorno lo rimpiangerai."

La gita s'era convertita in un fiasco, per entrambi, ma soprattutto per lei. S'asciugò gli occhi e colse un gran mazzo di primule; s'arrampicarono per un'ora sul soleggiato declivio ed al ritorno sostarono al Lavender Lady per il tè: discorsero in apparente armonia di cose ordinarie; ma cionondimeno la giornata era stata un completo fallimento. Quando sull'imbrunire ripartirono in vettura, la faccia di Cristina era pallida e rigida.

Pochi giorni dopo Frances Lawrence gli telefonò. Era stata via, aveva passato l'inverno a Giamaica, ma adesso era di ritorno e desiderava riveder gli amici. Gli disse allegramente che voleva che la vedesse prima che perdesse l'abbronzatura.

Andò da lei al tè. Come aveva alluso, era splendidamente abbronzata: mani e polsi, e il visetto enigmatico, che ora aveva la tinta del volto d'un fauno. Il piacere di rivederla era in lui straordinariamente intensificato dall'accoglienza espressagli dagli occhi color nocciola, che erano indifferenti a molte persone, e tuttavia tanto amichevoli verso di lui.

Certo, parlarono da vecchi amici. Frances cianciugliò sul suo viaggio, sui giardini di corallo, sui pesci visti traverso il fondo di vetro delle barche, sul clima paradisiaco. Egli in cambio le diede il resoconto dei suoi progressi. Forse le parole tradirono le sue intenzioni, perché ella rispose leggermente: "Vi trovo spaventosamente solenne e vergognosamente prosaico. Ecco cosa vi succede quando son via io. Credo davvero che lavoriate troppo. Perché insistere nel lavoro dell'ambulatorio? È ora che pensiate a scegliervi uno studio nel West End, in Wimpole Street, per esempio o in Welbeck Street."

In quella entrò suo marito, alto, dinoccolato, "stilizzato". Fece un cenno del capo a Andrew, che conosceva — avevano giocato a bridge un paio di volte al Sackville Club — e accettò graziosamente una tazza di tè.

Sebbene protestasse gaiamente che non intendeva disturbare, la sua comparsa interruppe la piega seria della conversazione. Presero a discutere, con notevole allegria, le più recenti invenzioni di Rumbold-Blane.

Ma mezz'ora dopo, mentre Andrew rientrava in vettura, il consiglio di Frances Lawrence prese salda dimora nel suo cervello. Perché non cercare in Welbeck Street un'elegante sala di consultazione? I tempi erano ovviamente maturi per questo passo. Non intendeva, per niente al mondo, disfarsi della condotta di Paddington, era troppo redditizia; ma poteva benissimo abbinarla con uno studio nel West End, e usare di questo indirizzo, piú "distinto", per la sua corrispondenza: farlo stampare sulle fatture, sulla carta da lettera...

Il pensiero spumeggiava nella sua mente e lo spronava a maggiori conquiste. Che buona diavola, quella Frances: utile non meno di Miss Everett, e infinitamente piú attraente, piú eccitante. Anche col marito, Andrew era in ottimi rapporti. E lo poteva guardare negli occhi. Non aveva bisogno di uscir di soppiatto dalla casa, come un impostore dal *boudoir*. Gran cosa, l'amicizia.

Senza dir niente a Cristina, si mise a cercare un posto conveniente nel West End. E quando lo trovò, il mese seguente, provò grande soddisfazione nel dichiararle con finta indifferenza, mentre scorreva il giornale: "A proposito, Tina, t'interesserà di sapere che ho affittato uno studio in Welbeck Street. Per i miei clienti d'alta classe, capisci."

XI

Lo studio di Welbeck Street gli provvide una ulteriore ragione per sentirsi lusingato nel suo amor proprio. Eccomi arrivato, esultava in segreto, eccomi finalmente arrivato!

Senza essere grande, la sala era bene illuminata da un finestrone sporgente, e aveva il vantaggio di essere al piano terreno; vantaggio notevole, in quanto i malati per lo piú detestano far le scale. Il 19 aprile, quando firmò il contratto, portò Hamson con sé a prendere possesso del locale. Freddie si era rivelato utilissimo in tutti i preliminari, e gli aveva inoltre procurato un'assistente capace, Nurse Sharp, amica di quella che impiegava lui in Queen Ann Street. Nurse Sharp non era una bella donna. Di mezz'età, con l'acida espressione propria delle femmine che si credono maltrattate dalla sorte, era tuttavia competente. Freddie ne illustrò l'utilità con osservazioni lapidarie: "L'ultima cosa da desiderarsi è un'assistente carina. Divertirsi è divertentissimo. Ma gli affari sono affari. Le due cose sono inconciliabili."

Mentre discutevano insieme sull'arredamento, comparve,

inattesa, la signora Lawrence. Passava di lí per caso, disse piacevolmente, e aveva pensato di venir dentro a dare una occhiata. Aveva un modo tutto suo per comparire improvvisamente senza mai aver l'aria di un'intrusa. Oggi era eccezionalmente carina, in giacca e sottana nera, col suo gran collo di martora canadese. Non stette a lungo, ma espresse qualche suggerimento, relativo all'addobbo delle finestre, per esempio, che svelava in lei un gusto molto piú raffinato di quello, crudo, di Andrew, e di quello, pacchiano, di Freddie.

Priva di nuovo della sua presenza, la camera sembrò, d'un tratto, vuota. Freddie motteggiò: "Che fortunato che sei, Manson. È una gran simpaticona." Ghignò d'invidia. "Cos'è che ha detto Gladstone, un secolo fa, sul modo piú sicuro per far carriera?"

"Non so a che cosa alludi, pezzo di mascalzone."

Quando lo studio fu definitivamente sistemato, Andrew dovette ammettere che esprimeva effettivamente, grazie ai consigli di Frances, la nota giusta: progressista, ma professionalmente corretta. Un consulto in quell'ambiente faceva sembrar ragionevole e lecita la tariffa di tre ghinee.

Sulle prime non ebbe molti clienti. Ma ricorrendo al metodo di scrivere una parola garbata, di ringraziamento e di ragguaglio, a quei medici che gli inviavano un malato da consultare all'ospedale Victoria, non tardò a ordire una rete di relazioni che tosto coprí l'intero territorio di Londra, e gli fruttava retate miracolose. Era ormai occupatissimo, e la nuova aerodinamica era continuamente in moto tra Chesborough Terrace e il Victoria, tra il Victoria e Welbeck Street, e tra le singole abitazioni dei malati che visitava a casa loro. Il tonico del successo, fiammeggiandogli nelle vene come un elisir, lo sosteneva nell'affrontare qualunque fatica; senza che perciò trascurasse il suo sarto di Conduit Street, al quale ordinava tre vestiti per volta, e il camiciaio di Jermyn Street che Frances gli aveva raccomandato. All'ospedale era piú popolare che mai. Vero, aveva poco tempo da dedicare allo studio, ma per giustificarsi si diceva che ciò che perdeva nel campo teorico lo riacquistava, con gli interessi, in quello pratico.

Un venerdí, cinque settimane dopo l'inaugurazione di Welbeck Street, una vecchia signora venne a consultarlo per un mal di gola. Trovò che era una semplice laringite, ma la querula paziente esigeva un "secondo parere". Leggermente offeso nell'amor proprio, Andrew si domandò da chi poteva mandarla. Da Sir Robert Abbey no; sarebbe stato ridicolo sottoporgli un caso insignificante come questo. Pensò invece a Freddie, e il viso gli si schiarì. Sicuro. Freddie gli aveva usato mille cortesie ultimamente. Tanto valeva che incassasse lui, piuttosto che un altro, le tre ghinee della vecchia. Così la mandò da Freddie, con una lettera d'accompagnamento.

Tre quarti d'ora dopo, la signora ricomparve, tutta arzilla, soddisfatta di sé, di Freddie e sopra tutti di lui. "Scusate se disturbo, dottore, volevo solo ringraziarvi. Ho visto il dottor Hamson, ed ha confermato quello che avevate detto voi, e mi ha detto che non poteva consigliarmi un rimedio piú efficace di quello che m'avete prescritto voi."

In giugno, Sybil si fece operare alle tonsille. Erano, in una certa misura, ingrossate, e ultimamente il *Journal* aveva pubblicato un articolo che metteva in cattiva luce gli assorbimenti tonsillari in rapporto all'etiologia dei reumi. Ivory eseguí l'operazione con cure meticolose. "È bene andar cauti con questi tessuti linfatici," disse ad Andrew mentre si lavavano, "c'è chi fa queste operazioni al galoppo. *Io* non lavoro cosí."

Quando Andrew ricevette il suo assegno, che Ivory gli spedí di nuovo per la posta, Freddie era con lui. Si vedevano spesso, oramai, nei rispettivi gabinetti. Freddie aveva prontamente ribattuto la palla mandando ad Andrew una graziosa gastritina in cambio della laringite, ed erano molti, ormai, i pazienti che, muniti della loro brava lettera d'accompagnamento, facevano la spola tra Welbeck e Queen Ann Street.

"Sai, Manson," osservò Freddie, "mi congratulo che tu abbia finalmente ripudiato quel tuo antico atteggiamento di cane ringhioso nel suo casotto. Però devo dire," al disopra della spalla di Andrew era riuscito a leggere la cifra del vaglia di Ivory, "che non hai ancora imparato a spremere tutto quanto il succo dalla arancia. Stai con me, figliolo, e troverai il frutto piú succulento."

Andrew non poté trattenersi dal ridere.

Quella sera rientrando in automobile era piú allegro del solito. Dovendo comprarsi le sigarette, entrò da un tabaccaio di Oxford Street. Uscendone, osservò una donna che indugiava guardando nella vetrina. Era Blodwen Page.

La riconobbe subito. Ma com'era cambiata, da quand'era la sua giuliva padrona di casa a Blaenelly! Un cambiamento davvero penoso a vedersi. Non era piú grassoccia come allora, la sua figura s'era afflosciata, e gli occhi che posò su lui quando le rivolse la parola erano spenti, domati. "Non siete Mrs Page?" le disse avvicinandola. "O piú propriamente dovrei dire Mrs Rees. Mi riconoscete? Sono il dottor Manson."

Ella lo inventariò con una sola occhiata: vestiti, aria prospera e tutto. Sospirò. "Certo, dottor Manson, v'ho riconosciuto subito. Avete l'aria di stare a meraviglia." Poi, come chi è sollecito di non farsi aspettare, quasi spaventata di indugiare, si voltò a cercare con gli occhi, e lo scoprí subito sull'angolo a dieci passi di distanza, quel calvo spilungone d'un suo marito che la aspettava. Concluse, con apprensione. "Devo andare, dottore, scusate, mio marito..."

Andrew la osservò affrettarsi via, e vide le labbra sottili di Rees atteggiarsi al rimbrotto: "Che modo di farmi aspettare cosí!", mentr'ella abbassava remissiva la testa. Per un attimo vide anche l'occhio del banchiere che lo cercava tra i passanti. Poi la coppia si mosse e si perdette nella folla.

Andrew non poteva scacciare la visione dalla sua mente. Arrivando a casa, trovò Cristina in sala intenta al suo lavoro d'ago col tè pronto: lo aveva ordinato udendo rientrare l'automobile. Le lanciò una rapida occhiata per sondarne l'umore. Aveva pensato di narrarle l'episodio. Poteva servirgli di pretesto per tentare di por fine alla loro sorda ostilità. Ma non ebbe tempo di parlare. Cristina gli disse: "Mrs Lawrence ha telefonato di nuovo. Non m'ha lasciato detto niente."

"Oh." Arrossí. "Perché *di nuovo*?"

"È la quarta volta che ti telefona in questa settimana."

"Ebbene?"

"Niente. Non ho detto niente."

"Non è quel che dici. È il modo con cui lo dici. Posso impedirle di telefonare?" Lei non rispose. Tenne gli occhi bassi sul suo lavoro. Se lui si fosse reso conto dell'interno tumulto nel petto di sua moglie, certo non si sarebbe adirato come fece. "Nemmeno fossi bigamo!" urlò. "Sappi che è una donna per bene. Suo marito è mio ottimo amico. Simpaticissimi tutti e due. Non è gente che mi scodinzoli d'attorno come fanno i cuccioli sentimentali. All'inferno!..."

Inghiottí il resto del tè e s'alzò. Ma appena di là, era già pentito. Irruppe nell'ambulatorio, accese una sigaretta, e rifletté con sgomento che le cose andavano di male in peggio tra Cristina e lui. E bisognava evitare che peggiorassero. Quel crescente estraniarsi di Cristina lo deprimeva e lo irritava insieme; era la sola nube nel cielo terso dei suoi successi.

Eran stati effettivamente felici insieme, una volta. L'inopinato incontro con Blodwen gli aveva rievocato tutto il periodo del suo corteggiamento in Blaenelly. Ora non idolatrava piú Cristina, d'accordo; ma continuava, perdiò sí!, a volerle bene. Forse era stato ingiusto verso di lei ultimamente, un paio di volte. E d'un tratto avvertí, come un urgente bisogno, il desiderio di far pace, di compiacerla, di propiziarsela. Si mise a pensare vigorosamente alla ricerca di un metodo efficace. D'un tratto i suoi occhi lampeggiarono. Consultò l'orologio, vide che aveva giusto mezz'ora, prima della chiusura di Laurier's. Uscí di corsa, e l'attimo seguente era in vettura, diretto ad intervistare Miss Cramb.

Miss Cramb, quand'egli menzionò ciò che desiderava, si mise subito e fervidamente al suo servizio. Ebbero una breve ma seria conversazione, e poi andarono nel reparto pellicce, dove varie pelli vennero presentate al signor dottore. Miss Cramb le carezzava con dita esperte, indicandone il lustro, l'argenté, tutte le qualità insomma che bisognava ricercare in quelle pelli specialissime. Un paio di volte dissentí soavemente dalle vedute di Andrew, spiegando gravemente che cosa fosse, e che cosa non fosse, *la qualità*. Alfine egli fece una scelta ch'ella approvò cordialmente. Poi la Half-Back partí in cerca di Mr Winch e poco dopo tornò per dichiarare, raggiante: "Mr Winch dice che ve la fattura al prezzo di costo." La dicitura *all'ingrosso* non aveva mai lordato le labbra di una commessa di Laurier's. "Cioè a 55 sterline. E credete a me, dottore, le valgono. Son pelli magnifiche, magnifiche. La signora 'sí' sarà contenta!"

Il sabato seguente alle undici del mattino Andrew entrò nel salotto con la scatola verde oliva, sul cui coperchio era scarabocchiato in grande artistico corsivo l'inemulabile nome fatidico di Laurier's. "Tina!" chiamò, "vieni qui un momento."

Cristina era di sopra, con la fantesca, intenta a fare i letti, ma scese subito, leggermente ansante, gli occhi un po' curiosi a causa dell'insolita chiamata.

"Guarda." Ora ch'era giunto il gran momento, si sentiva impacciato. "Da qualche tempo c'era poca armonia tra noi... T'ho compr... Voglio regalarti... Questo ti dimostrerà..." Rinunciò a parlare e con una mossa da ragazzo le porse la scatola.

Aprendola, Cristina impallidiva a vista d'occhio. Le dita le tremavano accanendosi con lo spago. Poi diede un piccolo grido d'ammirazione: "Che bellezza!"

Nella carta velina riposavano superbe due volpi argentate perfette, squisitamente foggiate in modo da sembrare una pelle sola. Fu lui che le tolse dalla scatola, con una rapida mossa, e prese a lisciarle imitando i gesti di Miss Cramb. Con voce eccitata: "Ti piace? Mettila un po'. La Half-Back mi ha consigliato. Primissima qualità. Niente di meglio. Vedi il lustro, e l'argenté sul dorso: è questo che è ricercato."

Cristina si sentiva bruciare gli occhi. "Mi vuoi ancora bene, vero? Io non chiedo altro in tutto il mondo."

Rassicurata, si mise la stola al collo. Era splendida. Lui non si stancava d'ammirarla. Volle completare la riconciliazione. Sorrise. "Senti, Tina, dobbiamo festeggiare l'evento. Andiamo a colazione fuori. Raggiungimi all'una nel grill del Plaza."

"Sí, caro?" La replica fu quasi una domanda. "Avevo preparato l'arrosto per stamattina."

"Lascia andare l'arrosto." Il suo riso era piú allegro di quanto fosse stato da mesi. "Non fare la guastafeste. All'una. Appuntamento al Plaza col giovane bruno. Ti riconoscerà dalle volpi."

Per tutta la mattinata il suo morale fu elevatissimo. Era stato uno sciocco. Le donne bisogna trattarle cosí, è inutile. Si aspettano queste piccole attenzioni: inviti fuori, regalucci, distrazioni... Il grill del Plaza era il posto piú adatto. Tutta la Londra elegante vi passava tra l'una e le tre.

Cristina era in ritardo. Caso insolito, che gli causò un

poco di irrequietezza, mentre stava seduto nell'atrio piccolo, in faccia alla tramezza di vetro, attraverso la quale poteva osservare che i tavolini migliori venivano via via occupati tutti. Si fece portare un secondo Martini. Era l'una e venti, quando Cristina finalmente arrivò, frettolosa, turbata dal chiasso, dalla calca, dai valletti, e soprattutto dal fatto che, per l'ultima mezz'ora, era rimasta in attesa nell'atrio grande. "Mi spiace, caro," ansava. "Ho domandato. Ho aspettato tanto tempo. È solo alla fine che ho capito che era l'ingresso del ristorante, e non del *grill*."

Si videro assegnare un tavolo infelice, incuneato tra due colonne, vicino al servizio. La sala era assurdamente affollata. Le tavole cosí vicine che le persone parevano sedute l'una sul grembo dell'altra. I camerieri si muovevano come contorsionisti. Il calore era tropicale. Il brusio saliva e scendeva come il ronzio d'una trebbiatrice.

"Cosa prendi, Tina?" disse Andrew, perentorio.

"Ordina tu," rispose ella, debolmente.

Lui ordinò una colazione cara. *Caviale, consommé Prince de Galles, poulet Riche, asparagi, fraises des bois*, e una *Liebfraumlich* 1929. "Non ce ne intendevamo di questa roba, a Blaenelly, eh?" Rideva, deciso ad apparire gioviale. "Fa piacere trattarsi bene ogni tanto."

Coraggiosamente ella tentò di uniformarsi al suo umore. Lodò il caviale, fece un eroico sforzo per inghiottire il consommé piccante. Simulò interesse quand'egli indicò Glen Roscoe, la stella del cinema, e Wawis Yorke, la celebre americana dai sei mariti, ed altri personaggi ugualmente distinti. Ma le riusciva odiosa l'elegante volgarità del posto. Gli uomini eran tutti lisci, oliati, troppo ben vestiti. Ogni singola donna in vista era bionda, in nero, dipinta, dura.

Dopo un po' si sentí leggermente girare la testa. Cominciò a perdere la padronanza del suo contegno. Di solito la sua maniera era della massima semplicità. Ma ultimamente i suoi nervi erano stati assoggettati ad uno sforzo esauriente. Diventò acutamente consapevole della discordanza fra la sua volpe e il suo modesto vestito. Si sentiva spostata in quell'ambiente, come una margherita nella serra delle orchidee.

"Cosa c'è?" domandò lui. "Non ti diverti?"

"Sí, molto," protestò lei, provando pietosamente a sorridere. Ma aveva le labbra rigide. Riusciva a stento ad inghiottire, senza gustarlo affatto, il pollo troppo condito.

"Non ascolti niente di quello che dico," egli mormorò, risentito. "Non hai toccato il vino. Quando si porta la moglie a colazione..."

"Vuoi farmi dare un pochino d'acqua fresca?" domandò Cristina con un filo di voce. Aveva voglia di piangere. Non apparteneva a quel posto. Non era pettinata come avrebbe dovuto essere, non s'era fatta la faccia; persino i camerieri la guardavano. Con una mossa nervosa alzò un asparagio, la testa si ruppe e le cadde, sgocciolante di salsa, sulla pelliccia nuova.

La bionda metallica del tavolino vicino guardò il compagno e rise. Andrew vide quel sorriso. Rinunciò senz'altro al tentativo di intrattenere sua moglie. Il pasto finí in un arido silenzio.

Rientrando, erano ancora piú truci. Poi egli partí, con una sommaria frase di commiato, per eseguire le sue visite. Erano piú lontani di prima l'uno dall'altra. Cristina soffrí crudelmente. Cominciò a perdere la fiducia in sé, a dubitare di essere la moglie che ci voleva per lui.

La sera gli buttò le braccia al collo e lo baciò ringraziandolo ancora, e per la pelliccia e per l'invito.

"Contento che ti sia divertita," disse lui, brusco.

E si ritirò nella propria stanza.

XII

In quei giorni si verificò un fatto che per il momento distrasse l'attenzione di Andrew dalle difficoltà domestiche. Gli saltò agli occhi un articolo della *Tribune*, che annunciava l'arrivo, al Brooks Hotel, di Mr Richard Stillman, il celebre *health expert*, lo "specialista sanitario", di Portland, negli USA.

Nel passato, Andrew si sarebbe precipitato da Cristina col giornale in mano gridando: "Tina! è arrivato Stillman, sai quel tale americano con cui ho tenuto quella interessante corrispondenza mesi fa. Mi piacerebbe conoscerlo. Mi riceverà?"

Ma adesso aveva perso l'abitudine di correre da Cristina. Si mise invece a meditare maturatamente sull'articolo, lieto di poter avvicinare Stillman non come un semplice assistente medico ma nella posizione di un celebre professionista che ha la sua sala di consultazione in Welbeck Street. Si sedette alla macchina e batté un misurato pistolotto, nel quale si ricordava all'americano e lo invitava per mercoledì al *grill* del Plaza.

L'indomani Stillman gli telefonò. La sua voce era pacata, amichevole, autorevole, guardinga. "Lieto di parlarvi, dottor Manson. Accetto volentieri la proposta di far colazione insieme, ma perché al Plaza? Detesto il luogo. Non volete venire qui da me?"

Andrew trovò Stillman nel salotto del suo appartamento al Brooks, un albergo tranquillamente *select*, che svergognava vituperevolmente il chiassoso tramestio del Plaza. Faceva caldo quel giorno, e Andrew, che aveva avuto molto da fare nel mattino, alla prima occhiata che diede a Stillman pensò che avrebbe fatto meglio a non venire. Era un uomo sulla cinquantina, piccino, sottile, con una testa sproporzionatamente grande e la mandibola fuggente. La carnagione era d'un bianco e rosa infantile. Pochi capelli, castani, divisi nel mezzo. Fu solo quando Andrew ne osservò gli occhi, limpidi, fermi, glacialmente celesti, che si rese conto della forza motrice contenuta in quello scheletro insignificante.

"Spero che non rimpiangerete d'essere venuto qui," disse Richard Stillman, con la disinvoltura di chi sa di non causare disappunto alle persone che ricorrono a lui. "So che gli americani in genere vanno pazzi per il Plaza." Sorrise, rivelandosi umano. "Ma a me non piace la folla che lo frequenta." Pausa. "E, ora che v'ho visto, permettetemi di congratularmi con voi di viva voce, per quel vostro piacevolissimo studio sull'inalazione. Non vi è dispiaciuto, vero, che io vi abbia menzionato la serecite? E cos'altro avete fatto ultimamente?"

Scesero al ristorante, dove il capo supremo di una folta schiera di camerieri dedicò a Stillman tutta la propria attenzione. "Che cosa preferite voi? Io una aranciata," disse Stillman, senza guardare la lista scritta in francese, "e due costolette d'agnello con piselli. Poi caffè."

Andrew ordinò per sé, e considerò il suo compagno con maggiore rispetto. Era impossibile stare a lungo alla presenza di Stillman senza riconoscere l'interesse comunicativo della sua personalità. La sua storia, che Andrew conosceva a grandi linee, era originalissima.

Richard Stillman proveniva da una vecchia famiglia del Massachusetts che per generazioni s'era illustrata nel foro di Boston. Ma Richard aveva interrotto la continuità di questa tradizione svelando una forte inclinazione per la medicina, e a diciott'anni era riuscito a persuadere suo padre di permettergli di iniziare i suoi studi a Harvard. Per due anni seguí il corso di medicina in quell'università, e poi suo padre morí, improvvisamente, lasciando vedova e prole in condizioni disagiate.

Il nonno acconsentí a provvedere al sostentamento della famiglia, ma alla condizione che il nipote abbandonasse la professione medica per quella legale, conformemente alle tradizioni della famiglia. Richard dunque dovette rinunciare al suo sogno, laurearsi in legge ed entrare nello studio della famiglia in Boston. Ma continuò, per proprio conto, lo studio della batteriologia, ed allestí, nel solaio, un piccolo laboratorio, dedicando tutte le sue ore di libertà al perseguimento della sua passione.

Quel solaio si può dire che fu la culla dell'Istituto Stillman. Richard non era un dilettante. Al contrario, rivelò non solo un altissimo grado di abilità tecnica, ma anche un'originalità che equivaleva quasi al genio. E quando sua sorella morí di tubercolosi, egli ordinò il concentramento generale di tutte le forze per combattere il bacillo. Sulla base del lavoro compiuto da Pierre Louis e dal suo discepolo americano James Jackson junior, sviluppò i principi di Laennec sull'auscultazione e si specializzò nello studio fisiologico dei polmoni. Inventò un nuovo tipo di stetoscopio. E coi limitati mezzi a sua disposizione eseguí i suoi primi tentativi per produrre un siero.

Alla morte del nonno, nel 1910, Richard era già riuscito a curare la tubercolosi dei porcellini d'India. Il risultato di questo duplice evento fu immediato. Sua madre aveva sempre considerato con simpatia i suoi studi scientifici. Gli riuscí facilmente di disfarsi dello studio di Boston, di acquistare un terreno presso Portland nell'Oregon e di dedicarsi al raggiungimento del vero obiettivo della sua vita.

Poiché aveva già sciupato tanti anni preziosi, non tentò nemmeno di conseguire la laurea. Mirava solo ad ottenere risultati. Non tardò a produrre un siero, estratto da cavalli bai, ed un vaccino, bovino, con cui immunizzò un'intera mandria di mucche del Jersey. Al tempo stesso veniva applicando il metodo dell'immobilizzazione del polmone leso in base alle osservazioni fondamentali di Forlanini, di Willard Gibbs e di altri fisici piú recenti, come Bisaillon e Zinks. Poi si lanciò difilato nella terapeutica.

I metodi di cura del suo nuovo Istituto non tardarono a metterlo in evidenza, assicurandogli trionfi piú clamorosi di quelli che aveva riportati con le sue vittorie conseguite in laboratorio. Molti dei suoi pazienti, che da anni passavano da un sanatorio all'altro, erano considerati incurabili. Gli strepitosi successi che riportò con questi casi gli fruttarono l'antagonismo e le accuse di tutta la Facoltà medica.

Allora cominciò per lui un periodo di lotta, che durò a lungo, con alterna fortuna, e che aveva per obiettivo il riconoscimento dell'efficienza del suo sistema. Aveva profuso fin l'ultimo dollaro del suo patrimonio nell'organizzazione e nell'avviamento del suo istituto, e le spese di mantenimento erano elevate. Detestando la pubblicità, resisté alla tentazione di commercializzare le sue fatiche. Le difficoltà materiali, in aggiunta all'astio dei suoi oppositori, minacciarono piú d'una volta di sommergerlo. Ciononondimeno il suo magnifico coraggio lo mise in grado di superare una per una tutte le crisi, e riuscí persino a sbaragliare le forze della stampa che s'erano coalizzate per condurre contro di lui una violentissima campagna.

Sormontato l'ostacolo delle denigrazioni, la tempesta si placò. A poco a poco Stillman ottenne il recalcitrante riconoscimento da parte di tutti i suoi nemici. Nel 1925 una Commissione di Washington visitò l'istituto e pubblicò un luminoso rapporto sui metodi che vi erano attuati. Stillman, ormai riconosciuto, cominciò a ricevere cospicue donazioni, da privati, da direttori di trust, e persino da enti pubblici. Erogò i fondi all'estensione ed al perfezionamento del suo istituto, che diventò, con la sua impareggiabile situazione e col suo superbo attrezzamento, con le sue mandrie di mucche del Jersey e le sue scuderie di purosangue irlandesi dai quali veniva estratto il siero, una delle meraviglie dello Stato di Oregon.

Sebbene avesse ancora dei nemici — nel 1929, per esempio le recriminazioni di un assistente licenziato avevano sollevato un nuovo scandalo — si era se non altro assicurata l'immunità per poter proseguire nel suo lavoro. Inalterato dalla vittoria, restò la stessa personalità tranquilla e contenuta che un quarto di secolo addietro aveva accudito alle sue prime colture nel solaio della casa avita.

Ed ora, nel ristorante del Brooks Hotel, guardava Andrew con placida amichevolezza. "Son contento," disse, "di trovarmi in Inghilterra. Il paesaggio mi piace. Le nostre estati sono meno fresche."

"Suppongo che siate venuto per tenere un ciclo di conferenze."

Stillman sorrise. "No. Modestia a parte, lascio ai risultati che ottengo la cura di tener conferenze in vece mia. No. Son qui in forma privata. È successo questo. Il vostro Mr Cranston, quell'Herbert Cranston che fabbrica quelle meravigliose vetturette, era venuto a trovarmi l'anno scorso. Era asmatico, da anni, e, be', all'istituto siamo riusciti a guarirlo. Da quel momento non ha smesso d'insistere perché venissi qui ad aprire una clinica, sulle stesse linee del mio istituto di Portland. Sei mesi fa ho deciso di acconsentire. Abbiamo approvato i piani e adesso il posto, che chiamiamo Bellevue, è quasi pronto. Sta sui Chilterns, presso High Wycombe. Lo avvierò, e lo lascerò a Marland, uno dei miei assistenti. Essenzialmente io considero la cosa come un collaudo dei miei metodi dai due punti di vista climatico e razziale. L'aspetto finanziario non ha la minima importanza."

Andrew si sporse in avanti. "La notizia m'interessa. In quale ramo si specializzerà, propriamente? Mi piacerebbe vedere il posto."

"Dovrete aspettare che siamo pronti. Avremo il nostro regime asmatico integrale. Cranston lo esige. E poi, dietro mia specifica insistenza, alcuni casi di tubercolosi incipiente. Dico alcuni perché," sorrise, "io non dimentico d'essere un semplice biofisico che possiede qualche conoscenza dell'apparecchio respiratorio; ma in America la maggior difficoltà contro cui devo lottare è quella relativa all'eccesso delle richieste d'ammissione. Cosa dicevo? Ah, sí. Quei casi di tubercolosi incipiente. Questo v'interesserà. Ho un metodo nuovo per il pneumotorace. Una novità assoluta."

"Alludete al metodo Emile-Weil?"

"No. No. Molto meglio. Elimina gli svantaggi della fluttuazione negativa." La sua faccia s'illuminò. "Voi conoscete la difficoltà dell'apparecchio della bottiglia fissa: quel punto in cui la pressione intrapleurica equilibra la pressione del fluido, e il flusso del gas cessa totalmente. Orbene, all'istituto abbiamo ideato una camera di pressione accessoria — la vedrete quando verrete a visitarci — attraverso la quale possiamo introdurre il gas ad una pressione decisamente negativa, al principio."

"Ma non c'è pericolo di un'embolia dipendente dal gas?" domandò Andrew con sollecitudine.

"Abbiamo eliminato il rischio. È semplicissimo, state a sentire. Introducendo un manometrino a cloroformio vicino all'ago, evitiamo la rarefazione. Una fluttuazione di meno 14 cm. provvede solo un centimetro cubico di gas alla punta dell'ago. Incidentalmente, il nostro ago ha un quadruplice aggiustamento, che lo rende superiore a quello di Sangman."

Andrew riconosceva, a malincuore, data la sua posizione di "onorario" al Victoria, di essere impressionato. Disse: "Allora, se è cosí, sarete in grado di ridurre quasi a zero lo choc pleurico. Devo dire, Mr Stillman, che trovo stupefacente il fatto che questi ritrovati li abbiate ideati voi. Oh, scusate, mi sono espresso male, ma mi avete capito, vero? Voglio dire che con tanti dottori che continuano ad usare gli apparecchi antichi..."

"Mio caro signor medico," rispose Stillman con occhi divertiti, "non dimenticate che Carson, il primo che procurò il pneumotorace, era un semplice dilettante di fisiologia."

Dopo di che, si ingolfarono nelle astrusità della tecnica. Discussero di apicolosi e di frenicotomia. Ragionarono sui quattro punti di Brauer, passarono all'oleotorace ed agli studi di Bernon in Francia: iniezioni massive intrapleuriche nell'empiema tubercolare. Cessarono solo quando Stillman guardando l'orologio s'accorse che era in ritardo di mezz'ora ad un appuntamento che aveva con Cranston.

Andrew lasciò l'albergo in uno stato di esaltazione acuta. Ma, per reazione, era insoddisfatto di sé. Mi son lasciato stregare da quell'individuo, si ripeteva, seccato.

Non era dunque d'un umore particolarmente amabile quando arrivò a casa, ma compose i propri lineamenti cosí da non lasciarlo trasparire. I suoi rapporti con Cristina erano ormai tali che esigevano l'imposizione d'una maschera, perché la poverina ora gli presentava sempre una faccia cosí acquiescente e cosí priva d'espressione che lui, per quanto stizzito in segreto, sentiva il dovere di controbilanciarla.

Gli pareva ch'ella si fosse ritirata dentro di sé; piombata in una vita interiore nella quale gli era proibito di penetrare. Cristina leggeva molto, scriveva molte lettere. Un paio di volte la trovò intenta a giocare con Florrie, giochi puerili, con gettoni colorati, che comprava al bazar. Aveva anche cominciato, con una regolarità non ostentata, ad andare molto in chiesa. E ciò lo esasperava piú che tutto.

A Blaenelly Cristina accompagnava tutte le domeniche la signora Watkins in parrocchia, e lui non aveva mai fatto commenti al riguardo. Ma adesso, straniato ed ostile, vedeva la pratica come un'ulteriore mancanza di riguardo verso di lui; come un atto di *pietismo* diretto contro il suo capo dolorante.

Quella sera adunque entrando in sala la trovò seduta sola coi gomiti sul tavolo, e con gli occhiali che da poco aveva cominciato ad usare, davanti ad un librone; aveva l'aria di una scolaretta intenta a studiare la lezione a mente. Diede uno sguardo da lontano alle intestazioni a capo pagina e vide che era il Vangelo di San Luca. "Gran Dio!" Era strabiliato, furioso. "Sei arrivata a questo? A bazzicare con la Bibbia?"

"Che c'è di male? La leggevo prima di conoscerti."

"Ah sí, vero?"

"Sí." Era visibile la pena ner suoi occhi. "È un fatto che forse i tuoi amici del Plaza non apprezzerebbero. Ma almeno è buona lettura."

"Tò! Be', lasciati dir questo, nel caso che non lo sapessi: stai diventando una sacrosanta nevrastenica!"

"Probabilissimo. Anche questo è totalmente colpa mia. Ma lasciati dir questo, invece. Preferisco essere una sacrosanta nevrastenica e spiritualmente viva, che un sacrosanto arrivista spiritualmente morto." Si interruppe bruscamente, mordendo il labbro, trattenendo le lacrime. Con un grande sforzo si dominò. Guardandolo con occhi addolorati ma fermi, disse, con voce bassa e contenuta: "Andrew. Non credi che sarebbe bene per tutti e due se me ne andassi per un po'? Mrs Vaughan mi ha invitata a passare due o tre settimane con lei. Sono a Newquay per l'estate."

Egli urlò, con quanto fiato aveva in gola: "Sí! Va'! Maledizione, va'!"

Fece dietrofront e la lasciò.

XIII

La partenza di Cristina fu un sollievo: una squisita emancipazione. Per tre giorni. Al quarto egli cominciò ad imbronciarsi, a domandarsi: "Chissà cosa farà a quest'ora? Penserà a me? Mi rimpiange? Quando tornerà?"

Pur ripetendosi che adesso era libero, percepiva quello stesso senso di "incompletezza" che gli aveva impedito di lavorare quando Cristina era partita da Aberalaw per Bridlington lasciandolo solo a prepararsi per gli esami.

Vedeva, come in una visione, l'immagine di lei; non i freschi lineamenti della Cristina giovane, ma una faccia piú pallida, piú matura, con le gote leggermente smunte e gli occhi miopi dietro le lenti tonde. Non era un viso bello, ma possedeva una qualità di perseveranza che in qualche modo lo ossessionava.

Prendeva spesso i suoi pasti fuori, giocava a bridge con Ivory, Freddie e Deedman al circolo. Nonostante la reazione che aveva provocato in lui il loro primo incontro, vedeva Stillman abbastanza sovente, nelle brevi soste che l'americano faceva in città, perché era quasi sempre a Bellevue a sorvegliare l'allestimento del sanatorio. Scrisse a Denny di venire a Londra, ma Denny non poteva muoversi. Quanto a Hope, era inaccessibile a Cambridge.

Nervosamente tentò di concentrare le proprie attività sulle ricerche cliniche al Victoria. Impossibile. Era troppo irrequieto. Passò in rassegna i suoi investimenti bancari, nell'ufficio privato del direttore. Tutto andava bene. Cominciò ad accarezzare il sogno di vendere la casa di Chesborough Terrace, conservandone solo l'ambulatorio, e di comprarne un'altra in Welbeck Street; spesa ingente, ma che doveva risultare remunerativa. C'era un mucchio di imprese edilizie pronte a finanziarlo. Si svegliava nel mezzo della notte, sudato, la mente ribollente di schemi, i nervi scossi, rimpiangendo amaramente l'assenza di Cristina.

Un giorno della seconda settimana telefonò a Frances Lawrence. "Sono solo. Non vi piacerebbe venir fuori una di queste sere a pranzo in qualche posto? Fa cosí caldo a Londra."

La voce di Frances suonò raccolta ai suoi orecchi: stranamente sedativa. "Ottima idea. M'aspettavo, in segreto, che mi avreste telefonato. Mai stato a Crossways? Un posto deliziosamente elisabettiano. Purtroppo l'hanno inondato di luce; ma c'è il fiume che ne fa un incanto."

L'indomani sera sbrigò l'ambulatorio in tre quarti d'ora. Prima delle otto era a Knightsbridge. Rapita la sua bella, lanciò l'aerodinamica nella direzione di Chertsey.

Corsero, tra i piatti orti di Staines, incontro al tramonto in un mare di sole. Frances parlava poco, ma riempiva la vettura della sua aliena, affascinante presenza. Portava una giacca e sottana d'un misterioso tessuto color martora, e un tocco piú scuro, aderente alla testa piccina. Andrew si sentiva come sopraffatto dal senso della graziosità della sua persona, della sua perfetta rifinitura. Le adocchiava di continuo una mano sguantata, bianca, affusolata, che era la quintessenza di questa curiosa qualità. Le singole dita, lunghe, incappucciate d'una mandorla scarlatta, gli davano fastidio.

Crossways, com'ella aveva accennato, era una squisita casa elisabettiana che sorgeva nel mezzo d'un superbo giardino sulla sponda del Tamigi, con pergole vetuste e romantiche fontane straziate da aggiunte architettoniche moderne e da un'infame orchestra di jazz. Ma, a dispetto del lacchè di cartapesta che corse incontro alla vettura quando entrarono nel cortile già pieno di altre automobili di lusso, i mattoni dei vecchi muri ammantati di edera continuavano a fiammeggiare, e i gruppi di alti comignoli poligonali si ergevano solenni nel cielo sereno.

Entrarono nel ristorante. Sala gremita, elegantissima. Nel centro, uno spazio vuoto, un quadrato di pavimento lucido come uno specchio. Un capocameriere che avrebbe potuto essere il fratello del gran visir del Plaza, tanto gli rassomigliava. Andrew odiava, e temeva, i capocamerieri. Ma solo perché non li aveva mai affrontati in compagnia di una donna della classe di Frances. A quel potentato del Crossways bastò una occhiata per indurlo a scortarli, con tutti i segni della piú alta considerazione, al miglior tavolo della sala, dove furono istantaneamente circondati da tutto un corpo di servitori, uno dei quali spiegò, con un solo gesto, inimitabile, il tovagliolo di Andrew e glielo posò sacrosantamente sui ginocchi.

Frances si contentò di poco: un'insalata e un melba toast. Niente vino, no, acqua pura, in ghiaccio. Imperturbabile, il capocameriere parve ossequiosamente riconoscere in tanta frugalità l'elevatezza del suo ceto. Andrew pensò che se fosse entrato in quel tempio con Cristina, e avesse ordinato un pasto cosí meschino, avrebbe rischiato di farsi mettere alla porta.

Vide Frances che gli sorrideva. "Lo sapete che ci conosciamo da un bel pezzo ormai? Ed è la prima volta che mi fate l'onore d'invitarmi."

"Vi rincresce d'esser venuta?"

"Non me lo sono ancora domandato." La squisita intimità del suo sorriso lo incuorava, gli dava sicurezza, lo collocava a suo agio su un piano superiore. S'accorgeva che i vicini guardavano con interesse la sua compagna, con un'ammirazione di cui ella era totalmente inconsapevole. Non poteva impedirsi di contemplare l'eccitante eventualità d'una maggiore intimità con lei. "Se dicessi che per venire qui ho cancellato un impegno precedente, mi credereste? Proprio cosí. Watson, ve lo ricordate?, doveva condurmi a vedere Massine in uno dei suoi balli che preferisco: *La Boutique Fantasque*."

"Ricordo benissimo Watson, e il suo viaggio nel Paraguay. Ragazzo intelligente."

"Molto simpatico."

"E a teatro non avete voluto andare per paura del caldo?"

Ella sorrise senza rispondere, e scelse una sigaretta nel piatto astuccio di smalto adorno d'una squisita miniatura di Boucher.

Andrew insisté: "Già. Avevo ben sentito dire che Watson vi faceva la corte. Cosa ne pensa vostro marito?"

Ella alzò un sopracciglio, come per deprecare indulgentemente la sua poca perspicacia, e dopo un momento disse: "Non avete ancora capito? Io e Jack si va perfettamente d'accordo. Ma abbiamo ciascuno i nostri amici. È a Juan les Pins a quest'ora. Ma non gli chiedo con chi." Poi: "Balliamo?"

Ballarono. Frasces ballava con la stessa grazia, piena di

fascino, con cui si muoveva: era leggera nelle sue braccia, impersonale.

"Mi spiace," disse lui quando tornarono a sedersi, "non sono un ballerino."

Ella non rispose. Anche questo gli pareva eminentemente caratteristico di lei. Un'altra donna lo avrebbe contraddetto, per banale adulazione; e lui si sarebbe sentito ancora piú impacciato. Spinto dalla curiosità esclamò: "Ditemi una cosa. Perché siete tanto gentile con me? Mi avete aiutato parecchio in questi mesi."

Frances lo guardò, leggermente divertita, e non cercò di eludere la domanda. "Voi non lo sapete, ma è un fatto che riuscite simpatico alle donne."

"No, siate seria," protestò lui, facendosi rosso, poi mormorò: "Mi auguro che abbiate anche stima di me dal lato professionale."

Ella rise, scacciando delicatamente con la mano il fumo della sigaretta. "Certo. Siete un illustre dottore. Solo l'altra sera si è parlato di voi a casa mia. Joseph Le Roy è stanco del buon Rumbold-Blane. Vuol dare lo sgambetto al medico titolare della società, al nonno, come lo chiama lui. E mio marito è d'accordo. Hanno bisogno di giovani, di medici d'avanguardia, che abbiano un avvenire. Pare che stiano organizzando una campagna di stampa, intesa ad interessare piú direttamente la Facoltà medica nelle società, da un punto di vista scientifico, come dice Le Roy. E sanno che Rumbold-Blane è considerato un pagliaccio dai suoi colleghi. Ma perché vi sto raccontando tutto questo? Perdita di tempo, in una notte cosí splendida. Adesso non mi guardate come se voleste assassinarmi; altrimenti il capocameriere, o magari il direttore d'orchestra... Siete di nuovo come eravate il primo giorno che v'ho visto in quel salottino di Laurier's; altezzoso, nervoso, anche un poco ridicolo, se vogliamo. Povera Toppy, che schiaffi! In base alle convenzioni ordinarie toccherebbe a lei di trovarsi qui al mio posto stasera."

"Sono ben contento che non ci sia," rispose lui con gli occhi bassi.

"Fatemi ·il piacere di non giudicarmi male, non potrei tollerarlo. Siamo discretamente intelligenti tutt'e due, e, almeno per conto mio, non credo alla grande passione. Basta la dicitura per rendere ridicola la cosa. Ma credo che la vita possa risultare molto piú allegra di quello che è, se si ha un amico con cui fare due passi insieme ogni tanto." Nei suoi occhi s'accendevano punti di birichineria. "Adesso mi giudicherete una vera Rossettista... Il che sarebbe scandaloso." Prese l'astuccio delle sigarette. "E comunque si soffoca qui. E voglio mostrarvi la luna sul fiume."

Andrew pagò il conto e la seguí, uscendo dal porticato i cui vecchi archi erano stati vandalicamente muniti di porte vetrate. Sul terrazzo la musica arrivava fioca. Scesero tra due siepine di bosso per un viottolo che conduceva al fiume: nastro di liquido argento sotto la luna. Passeggiarono sulla riva, sedettero su una panca. Frances si tolse il cappello e contemplò in silenzio la lenta corrente il cui mormorio eterno s'amalgamava stranamente al sordo ronzio di una potente automobile in lontananza. "Strani suoni della notte," disse. "Il vecchio e il nuovo. E i proiettori che spazzan la faccia alla luna lassú. È l'epoca nostra."

Andrew, d'impulso, improvvisamente la baciò sulla guancia. Ella non diede alcun segno. Solo un minuto dopo disse: "Era buono. Ma mal fatto."

"So far meglio," brontolò lui, guardando di fronte a sé, immobile. Era impacciato, non persuaso, vergognoso, nervoso. Con stizza si diceva che era una meraviglia essere lí, in quella magnifica notte, con una donna cosí graziosa ed affascinante. In base a tutti i canoni del chiaro di luna e delle riviste illustrate, avrebbe dovuto serrarsela selvaggiamente al petto. Invece si sentiva come paralizzato, e aveva solo voglia di fumare. E l'aceto dell'insalata sembrava volergli ricordare la sua ultima indigestione.

E, in qualche modo, incomprensibile, vide rispecchiata, laggiú nell'acqua, la faccia di Cristina: una faccia triste, quasi allampanata, con sulla guancia una spennellata di colore come quel giorno in cui aveva ridipinto i muri della camera da letto quando s'erano sistemati in Chesborough Terrace. La visione lo esasperò. Per sfida, tornò a baciare Frances, sulla bocca.

"Credevo che vi occorresse un altro mese per decidervi." Ora i suoi occhi sprigionavano fiamme birbone. "E adesso credo che dobbiamo andare, non vi pare? Quest'aria è traditrice, alle menti puritane."

Andrew le porse la mano per aiutarla ad alzarsi, ed ella la trattenne finché furono nel cortile.

Al ritorno, il silenzio di Frances era eloquentemente felice. Ma lui non era felice. Si sentiva uno sciocco e un impostore. Si detestava. Paventava il momento di ritrovarsi solo nel suo letto. Il suo cuore era freddo; il suo cervello un groviglio di pensieri tormentosi. Rimembrava la dolcezza del suo primo amore, l'estasi palpitante di quei giorni di Blaenelly. E si sforzava irascibilmente a cancellarne il ricordo.

Erano già davanti alla casa di Frances ch'egli ancora lottava col suo problema. Scese e tenne lo sportello aperto per lei. Mentr'ella cercava la chiave nella borsetta, stettero fermi, vicini l'uno all'altra, sul marciapiede. "Venite su, vero? I domestici non mi aspettano."

Esitando, egli bisbigliò: "È molto tardi, no?"

Ella finse non sentire e salí i pochi gradini. Mentre egli la seguiva, con passo furtivo, gli s'affacciò la visione di Cristina al mercato, a piedi, con la sporta di corda.

XIV

Tre giorni dopo, Andrew stava nel suo studio in Welbeck Street. Faceva caldo, e dalla finestra aperta entrava il rumore del traffico. Era stanco, sovraccarico di lavoro, preoccupato del ritorno di Cristina previsto per la fine della settimana, ansioso di ricevere chiamate telefoniche e tuttavia irritato ad ogni trillo dell'apparecchio, nervoso all'idea di dover attendere, nel breve giro di un'ora, quattro clienti da 3 ghinee e di dover in seguito sbrigare l'ambulatorio per poter portare Frances a cena. Lanciò una dura occhiata alla sua assistente, quando questa entrò, con una faccia sulle cui acide fattezze l'acrimonia era piú evidente del solito, per annunciare una visita.

"C'è uno," disse, "un individuo dall'aspetto ordinario. Non è malato, e non è un viaggiatore. Non ha nemmeno un biglietto di visita. Dice che si chiama Boland."

"Boland?" echeggiò lui, distratto; poi il suo volto si illuminò. "Con Boland? Fatelo entrare. Subito."

"Ma c'è di là una cliente che aspetta. E tra dieci minuti Mrs Roberts..."

"Lasciate andare, Mrs Roberts," ordinò Andrew, impaziente. "Fate come v'ho detto."

La donna arrossí sotto l'accento imperativo. Fu lí lí per dirgli che non era abituata a sentirsi parlare a quel modo. Sbuffò e uscí col naso in aria. L'attimo seguente Boland entrò. "Boland!" disse Andrew, balzando in piedi.

"Ehi!" urlò l'altro, slanciandosi avanti con un largo ghigno gioviale. Era sempre lo stesso ciabattone dal pelo rosso, vestito e calzato da far paura, trasandato come se fosse uscito in quel momento da quella sua garitta di legno che chiamava *garaaage*, un pochino invecchiato, forse, ma sempre con la stessa aggressività nella imperlata spazzola dei suoi baffoni rossi, sempre indomito, sempre iperbolico. Appioppò ad Andrew un gran colpo sulla spalla: "In nome di Dio, Manson! Un piacerone, rivederti. Hai l'aria di star da papa. T'avrei riconosciuto tra mille. Ma guarda che lusso qui dentro." Guardandosi d'attorno con estatica ammirazione, posò gli occhi raggianti sull'acida assistente che lo stava sdegnosamente osservando. "La lady nurse non voleva lasciarmi entrare. Ho dovuto dirle che ero anch'io professionista. Vero com'è vero Dio, nurse. Questo magnifico signore, alle cui dipendenze servite l'umanità, sudava con me in provincia, una volta. In Aberalaw, sicuro. Se passate da quelle parti venite a prendere il tè da mia moglie. Le amiche del mio amico Manson sono mie amiche."

L'assistente gli lanciò un'occhiata, una, e uscí dalla stanza. Ma l'occhiata era perfettamente sprecata su Boland, che bulicava di pura gioia spontanea. Facendo fronte a Manson: "Non è una venere, Manson, eh? Ma simpatica, giurerei. Be', be'. Come stai, dimmi, cooome staaai?" Non voleva saperne di abbandonare la mano di Andrew, e continuava a scuoterla su e giú, ghignando di schietta letizia.

Su Andrew, la comparsa di Boland in quel giorno deprimente, produsse l'effetto d'un tonico. Appena poté svincolare la mano dalla sua stretta, si sentí di nuovo umano, e gli offrí da fumare. Boland, con un pollice infilato sotto l'ascella nel panciotto e con l'altro tentando di prosciugare l'estremità bagnata della sigaretta, espose a grandi tratti i moventi della sua venuta. "La licenza mi spettava di diritto ma avevo per giunta un paio di questioni da sistemare, cosí la moglie m'ha detto di far fagotto e m'ha spedito via. Ho inventato una specie di molla per stringere i freni. Ho dedicato tutti i miei HP allo sviluppo dell'idea. Una grande idea. Ma, che il diavolo se li porti, non trovo un cane che voglia darmi retta. Fa niente. È meno importante dell'altra cosa."

Scosse la cenere sul tappeto e assunse un'espressione piú seria. "Senti, figliolo. È Mary. Certo la ricordi la nostra Mary, posso garantirti che lei ricorda te. Be', da qualche tempo è indisposta; non è piú lei. L'ho portata da Llewellyn, ma è come se non ce l'avessi portata. Ha la faccia tosta di dire, figurati, che c'è una puntina di bacillo tubercolare, come se nella famiglia Boland questa faccenda non fosse tutta finita e dimenticata fin da quando mio fratello Dan uscí dal sanatorio quindici anni fa. Ora senti, Manson. Vuoi tu dare un'occhiata alla nostra Mary? In nome della nostra vecchia amicizia? Sappiamo che ti sei fatto illustre, ad Aberalaw non si parla d'altro. Non hai idea della fiducia che Mary ha in te, e anche noi, io e la moglie, sta sicuro. E perciò m'ha detto, va' a vedere il dottor Manson, m'ha detto, e se acconsente a vedere la figliola non facciamo che spedirgliela il giorno e l'ora che dirà lui. Ora, cosa ne dici, Manson? Se sei troppo occupato non far complimenti, io alzo i tacchi e levo il disturbo."

Andrew palesò molta sollecitudine. "Non parlare cosí, Boland. Ti ringrazio d'esser venuto da me. Farò tutto quello che posso per Mary, sta' certo."

Senza badare alle significanti e ripetute comparse dell'assistente, Andrew continuò a sciupare il suo tempo prezioso conversando con Boland, finché la donna non poté tollerare piú a lungo la situazione. "Ci sono cinque visite, dottore. Ed è già di piú d'un'ora in ritardo sull'orario. Non so quali nuove scuse inventare. Non sono abituata a trattare i clienti cosí."

Solo allora Andrew si decise a spicciarsi da Boland, e accompagnandolo fin sulla porta della strada lo persuase ad accettare ospitalità in casa sua. "Quanto tempo conti di stare a Londra? Tre o quattro giorni, benone. Dove stai? Al Westland? Male. Male. Vieni da me, invece, ho tutto il posto occorrente. Cristina torna venerdí. Sarà felice di vederti. Parleremo dei bei tempi."

L'indomani Boland portò la valigia a Chesborough Terrace. Dopo l'ambulatorio serale, andarono insieme al secondo spettacolo del Palladium. Era stupefacente, ma in compagnia di Boland ogni singolo numero risultava divertente. Il suo facile riso scoppiettava, perturbante dapprima, poi contagioso. La gente si voltava a ridere con lui. "In nome di Dio, Manson!" si rotolava nella sua poltrona. "Hai visto quella smorfia? quella volta che..."

Nell'intervallo andarono al bar. Boland, col cappello sulla nuca, piantato a gambe larghe nelle scarpe gialle, i baffi spumosi di birra, cianciava senza concedersi un secondo di riposo. "Mi diverto un mondo, caro Manson. Sei gentilissimo con me." Sotto la genuina gratitudine che Boland gli palesava, Andrew s'inteneriva.

Dopo lo spettacolo cenarono al Cadero, poi, rincasati, rattizzarono il fuoco in salotto e fumando e bevendo continuarono a chiacchierare. Andrew dimenticò, per il momento, le complessità dell'esistenza supercivilizzata. La snervante tensione del suo lavoro, la prospettiva della sua assunzione al servizio di Le Roy, la possibilità di una promozione al Victoria, lo stato dei suoi investimenti finanziari, gli allettamenti della pelle inverosimilmente morbida di Frances, l'apprensione di leggere nei lontani occhi di Cristina il biasimo che meritava, tutto questo si volatilizzava quando Boland muggiva. "Ricordi quella volta che siam partiti in guerra contro Llewellyn, e Urquhart e gli altri ci hanno ignominiosamente traditi? Urquhart continua sempre in gamba, ti manda i suoi saluti..."

Ma l'indomani venne tuttavia. E portò, inesorabile, il momento della riunione con Cristina. Andrew, irritabilmente conscio dell'inadeguatezza della propria disinvoltura apparente, e rendendosi conto che Boland era la sua salvezza, se lo trascinò dietro sulla banchina della stazione. Il suo cuore palpitava di angosciosa aspettazione quando il treno entrò. Alla vista della piccola faccia familiare di Cristina, che avanzava nella calca cercandolo con gli occhi miopi, egli ebbe un attimo di cocente rimorso. "Olà, Tina, credevo non tornassi piú. Sí, guardalo, è proprio Boland, non altri che lui. E non d'un giorno piú vecchio. Sta da noi, ti racconterò tutto. Ho la vettura. Ti sei divertita? Dai qui la valigia."

Esultante di gioia per quest'accoglienza, — aveva temuto di non trovar nessuno alla stazione, — Cristina perdette immediatamente la sua espressione preoccupata, e le sue guance riacquistarono colore. Anche lei aveva passato nell'angoscia quei giorni di separazione, ansiosa di sapere se la riunione potesse operare il miracolo di inaugurare una vita nuova. Adesso osava quasi sperare di sí. In vettnra discorse animatamente con Boland, ma senza smettere di scoccare occhiate al profilo di suo marito al volante.

"Oh, fa piacere tornare a casa." Appena in anticamera tirò un lungo sospiro. Poi, timida, parlando in fretta: "Mi hai rimpianta, Andrew?"

"Sfido io. Tutti ti abbiamo rimpianta, vero, Florrie? vero, Emily? Là c'è Boland che fa il facchino." Si affrettò ad aiutarlo a trasportare i bagagli. Poi, per non soffermarsi, dichiarò che aveva delle visite da fare e promise di tornare per il tè. Appena avviato il motore. si congratulò della fine dei convenevoli, e pensò che Cristina aveva l'aria di non aver beneficiato gran che della vacanza. Si disse fiduciosamente che non s'era accorta di niente.

Tornò tardi e si sforzò di mostrarsi allegro e vivace. Esagerò un pochino. Boland si dichiarò incantato di vederlo cosí animato. "In nome di Dio, Manson! Non t'ho mai visto cosí." Un paio di volte sentí su di sé l'occhio di Cristina, che pareva implorare un segno, un'occhiata d'intesa. Intuiva, d'altra parte, che la malattia di Mary la preoccupava, le dava ansietà. Cristina gli disse d'aver persuaso Boland a telegrafare a Mary di venir subito, il giorno dopo, se possibile.

Le cose si svolsero meglio di quanto Andrew aveva osato sperare. Mary rispose annunciando il suo arrivo l'indomani, prima di colazione, e Cristina s'indaffarò per prepararle la camera. Nel trambusto, gli riusciva piú facile mascherare i suoi sentimenti.

Ma quando vide Mary, smise di sorvegliarsi. Erano manifesti i segni della malattia. Era molto cresciuta, — aveva vent'anni ormai, — magra, con le spalle un po' curve, e quella fioritura di carnagione, quasi soprannaturale, che agli occhi di Andrew rivestiva un significato inequivocabile.

Era stanca del viaggio, e mentre avrebbe voluto trattenersi con gli altri, si lasciò facilmente persuadere a coricarsi alle sei. Allora Andrew andò subito a visitarla.

Restò su solo un quarto d'ora, ma quando scese Boland e Cristina rilevarono subito lo sgomento che lo agitava. "Ho paura, caro Boland, che non sia lecito accarezzare dei dubbi. L'apice sinistro. Llewellyn aveva perfettamente ragione. Ma è nel primissimo stadio. Si può fare qualche cosa."

"Vuoi dire che può guarire completamente?"

"Sí. Oso affermarlo. Molte attenzioni, naturalmente cure costanti." Meditò, aggrottando profondamente la fronte. "Aberalaw è forse il peggiore di tutti i posti per lei. Se non hai niente in contrario la faccio entrare al Victoria. La terrò sott'occhio."

"Manson!" gridò Boland, ed era commosso. "Questo è un vero atto d'amicizia. Se solo sapessi la fiducia che Mary ha in te! Se un uomo la può guarire, sei tu."

Andrew andò subito a telefonare a Thoroughgood. Tornò dopo cinque minuti con l'informazione che Mary poteva essere ammessa alla fine della settimana. Boland si palesò molto sollevato, quasi che Mary fosse senz'altro bell'e guarita.

I due giorni seguenti furono pienamente occupati. Nel pomeriggio del sabato, dopo l'ammissione di Mary e la partenza di Boland, Andrew credette di essere finalmente in grado di rivelarsi all'altezza della situazione, nei confronti di Cristina. Gli riuscí, mentre si avviava all'ambulatorio, di dare una stretta, amichevole e disinvolta, al braccio di Cristina, esclamando, come se niente fosse: "Fa piacere di essere di nuovo soli insieme. Che settimana!"

L'osservazione suonò perfettamente intonata, ai suoi orecchi. Ma fu un bene ch'egli non vedesse l'espressione del viso di Cristina, quando si ritrovò sola. Si mise a sedere, con la testa bassa, le mani in grembo, e restò immobile a lungo. Aveva tanto sperato, all'arrivo. Ma adesso aveva un orribile presentimento. "Dio buono! Come andrà a finire?"

XV

La voga dei suoi successi continuava ad affermarsi, come una corrente impetuosa che lo portava avanti e in alto irresistibilmente.

I suoi rapporti con Ivory e con Freddie erano piú stretti e piú redditizi che mai. In aggiunta, Deedman, partito in vacanza per giocare a golf a Le Touquet, lo aveva pregato di sostituirlo provvisoriamente al Plaza, riservandogli la metà degli introiti. Di solito era Freddie che sostituiva Deedman, ma da qualche tempo i due si guardavano in cagnesco.

Andrew si ringalluzziva tutto, all'idea d'aver libero accesso alla camera da letto d'una stella dello schermo, di potersi sedere sulla coperta di raso, e palpare con mani ferme l'anatomia senza sesso della diva.

Ma ancor piú lusinghiera gli riusciva la protezione che Joe Le Roy meditava di accordargli. Due volte, in quel mese, aveva fatto colazione con lui. Sapeva che il grande neozelandese veniva volgendo in mente grandi idee. La seconda volta, Le Roy aveva osservato, per saggiare il terreno:

"Sapete, doc, vi ho sottoposto a un esame, senz'averne l'aria. Sto meditando una cosa in grande, per la quale mi occorrerà una dose piuttosto forte di consigli medici. Non voglio piú saperne dei parrucconi tipo Rumbold-Blane, il quale personalmente non vale nemmeno le sue calorie; e ancor meno dei cosiddetti esperti che fanno solo dei pasticci e mi prendono in giro. Quel che cerco è un amico consigliere, che sia medico, e ben qualificato; e per di piú una persona equilibrata. E comincio a credere che voi facciate al caso mio. Vedete, coi nostri prodotti a prezzi popolari abbiamo ormai raggiunto uno strato di pubblico che è profondo. Ma credo venuto il momento di dare una maggiore espansione orizzontale ai nostri interessi, producendo derivati con metodi piú scientifici. Separare i componenti del latte, elettrificarli, irradiarli, tabloidizzarli. Crema con la vitamina D, Cremofax e Latocin per la denutrizione, la nevrastenia, l'insonnia, e via dicendo, voi mi capite, doc. E poi, io credo che, se attuiamo quest'idea su linee professionali piú ortodosse, saremo in grado di assicurarci la simpatia ed il concorso di tutto la Facoltà medica, e di fare, d'ogni singolo dottore, un rivenditore potenziale. Ciò, naturalmente, implica una pubblicità scientifica, doc, l'assalto scientifico al problema; ed è qui che penso che un dottore giovane, alle dipendenze della società, potrebbe rendermi grandi servizi. Non mi fraintendete, doc, tutto questo è perfettamente morale e... scientifico. Eleveremo realmente il nostro standard. E se considerate gli estratti spregevolissimi che i medici raccomandano, come il Marrobin C, e il Vegatog, e il Bonebran e che so io, non c'è dubbio che, elevando noi lo standard della farmacopea, renderemmo un segnalato servizio alla nazione."

Andrew non indugiava a riflettere che c'era probabilmente piú vitamina in un pisello fresco che in molti barattoli di Cremofax. Era eccitato, non tanto dall'importo degli onorari che sarebbe venuto a riscuotere come consigliere d'amministrazione, quanto dal reale interessamento che Joe Le Roy gli dimostrava.

Fu Frances che gli spiegò come potesse lucrare parecchio sulle spettacolose speculazioni finanziarie di Le Roy. Era sempre un piacere sopraffino prendere il tè da lei, e sapere che quella donna cosí raffinata aveva in serbo per lui, e per lui solo, uno sguardo speciale, un pronto sorriso d'intimità. Il frequentarla dava anche a lui una maggior sicurezza, una rifinitura piú salda. Inconsciamente assorbiva la sua filosofia. Sotto la sua guida imparava a coltivare le raffinatezze superficiali, e a trascurare le cose piú profonde.

Non era piú un imbarazzo il dover fronteggiare Cristina, ormai poteva presentarsi a lei con tutta naturalezza dopo aver passato un'ora con Frances. Non indugiava nel meravigliarsi di questo cambiamento stupefacente. Se per caso vi pensava, era solo per sostenere, di fronte a se stesso, che non era innamorato di Frances, che Cristina non ne sapeva niente, che tutti gli uomini passavano, presto o tardi, nella loro vita, un periodo analogo al suo. Perché avrebbe dovuto lui essere diverso dagli altri?

Per compenso, si dava molte pene per rendersi piacevole a Cristina. Le parlava con riguardo, si degnava persino di consultarla sui propri disegni. L'aveva debitamente informata che meditava di comperare la casa di Welbeck Street la prossima primavera, e che intendeva abbandonare Chesborough Terrace appena concluso l'affare. Lei non lo contraddiceva in nulla, non faceva mai una recriminazione, e se era di cattivo umore glielo nascondeva. La vita muoveva troppo celere perch'egli avesse il tempo di riflettere. L'andatura lo esilarava. Aveva una falsa sensazione di forza. Si sentiva vigoroso, vedeva aumentare la propria importanza, si credeva padrone di sé e del destino.

E allora il Fato scagliò contro di lui un fulmine a ciel sereno.

La sera del 5 novembre la moglie di un piccolo esercente venne a consultarlo. Era una donnetta di mezza età, con due occhi vispi che la facevano sembrare un passerotto; una pretta londinese che non s'era mai allontanata da Bow Bells piú in là di Margate. Andrew la conosceva, perché si faceva sempre riparare le scarpe da suo marito, che oltre a fare il calzolaio teneva una stireria per abiti. "Dottore," disse la donna, "mio marito non sta bene. Da varie settimane è indisposto. Ho fatto di tutto per farlo venire, ma non vuole. Mi fareste il favore di venire a visitarlo domani? Lo terrò a letto." Andrew promise.

L'indomani trovò Vidler, il calzolaio, a letto, ed ascoltò il racconto che gli fece dei suoi dolori interni e della sua crescente pinguedine. Negli ultimi mesi aveva messo su pancia, ma in proporzioni allarmanti, e l'attribuiva alle soverchie libazioni di birra cui indulgeva, o alla sua vita sedentaria.

Ma Andrew, dopo l'esame, dové contraddire queste delucidazioni. Aveva rilevato la presenza di un tumore, che seppure non pericoloso richiedeva d'urgenza un atto operatorio. Rassicurò i coniugi come meglio poté, spiegando come un tumore, anche benigno al pari di questo, potesse svilupparsi cosí da causare una infinità di inconvenienti, che si potevano invece evitare rimuovendolo. Non aveva nessuna apprensione circa l'esito dell'operazione, e suggerí di far entrare Vidler all'ospedale senza indugio.

Ma la moglie alzò le braccia al cielo. "No, Sir, il mio Harry non va all'ospedale. Avevo bene il presentimento di qualche grave disgrazia." Si sforzava a contenere la sua agitazione. "Ma adesso ch'è venuta, grazie al Cielo siamo in grado di provvedere come si deve. Non siamo gente ricca, dottore, ma qualcosa da parte l'abbiamo. Ed è questo il momento di farne uso. Non permetterò che il mio Harry vada all'ospedale come un pezzente."

"Ma sentite, posso fare in modo..."

"No, no, dottore, potete fare in modo che entri in una clinica privata. Ce n'è tante. E trovateci un buon chirurgo privato. Finché son qua io Harry non entrerà in un ospedale."

Andrew capí che era fermamente decisa, e che anche suo marito, condividendo lo stesso punto di vista, esigeva il miglior trattamento ottenibile.

Quella sera dunque telefonò a Ivory. Gli veniva ormai spontaneo di rivolgersi a lui, ma questa volta era titubante perché doveva chiedergli un favore. "Ho un caso addominale, Ivory, che dev'essere operato. Ma ho bisogno d'un trattamento di favore. Il paziente è un modesto lavoratore, con qualche soldo da parte, ma non gente di mezzi, capite. Non c'è molto da guadagnare per voi, ma vi sarei obbligato se poteste per una volta contentarvi di, diciamo, un terzo della tariffa."

Ivory fu estremamente cortese. Si disse lietissimo di rendere al suo amico Manson qualunque servizio in suo potere. Discussero il caso per vari minuti e alla fine della discussione Andrew telefonò alla moglie del calzolaio. "Ho parlato con Charles Ivory, un chirurgo del West End con cui sono in buoni rapporti. Viene domani con me alle undici, a vedere vostro marito. Va bene? E dice, pronto? pronto?, dice che se l'operazione risulterà indispensabile la farà per trenta ghinee. Siccome la sua tariffa è di cento, dovete considerarlo un prezzo di favore che ho ottenuto in via eccezionale."

"Grazie, dottore, grazie." Il suo tono era angosciato, ma faceva uno sforzo per apparire sollevata. "Vi siamo riconoscenti. Credo che siamo in grado di affrontare la spesa, in un modo o in un altro."

L'indomani Ivory esaminò il caso con Andrew e il giorno seguente Harry Vidler fu ricoverato nella clinica Brunsland, in Brunsland Square.

Era una clinica pulita, non modernissima, nel settore di Andrew, le sue tariffe erano modeste come il suo attrezzamento. Come quasi tutte le cliniche che Andrew conosceva, anche questa non era stata costruita allo scopo cui serviva adesso. Non c'era ascensore, e la sala d'operazione era stata, nel passato, una serra. Ma la direttrice Miss Buxton era un'infermiera patentata e una donna laboriosa. Quali che ne fossero le manchevolezze, la clinica Brunsland era immacolatamente antisettica fin nell'angolo piú remoto dei suoi lucidi pavimenti di linoleum.

L'operazione era fissata per venerdí e, poiché Ivory non poteva venire di buon'ora, doveva aver luogo alle due, ora insolitamente tarda.

Andrew arrivò per primo, ma anche Ivory non si fece aspettare. Arrivò accompagnato dal suo anestetizzatore, e dall'autista che recava la grossa valigia degli strumenti. E benché dimostrasse chiaramente di non avere un alto concetto della clinica in cui gli toccava di operare, palesò modi soavi come sempre, e con essi riuscí, in dieci minuti, a rassicurare la moglie del calzolaio, che s'era rinchiusa nella sala d'aspetto, ed a conquistare Miss Buxton e la sua assistente. Poi, indossato il camice e messi i guanti, si dichiarò, imperturbabilmente, pronto all'azione.

Il paziente arrivò sulle proprie gambe, ed entrò ostentando determinatezza e serenità. Si tolse la vestaglia e si sdraiò sul tavolo. Non potendo sfuggire all'operazione, Vidler si era proposto di affrontarla con coraggio. Al momento di ricevere la maschera sorrise ad Andrew dicendogli: "Starò meglio dopo." L'attimo seguente chiuse gli occhi ed aspirò avidamente profonde folate di etere. Miss Buxton rimosse le bende. L'area iodata era incredibilmente tumefatta. Ivory cominciò subito.

Cominciò con certe iniezioni, spettacolosamente profonde, nei muscoli lombari. "Le truppe d'urto," spiegò a Andrew. "Ne faccio sempre uso."

Poi passò all'azione diretta. Tra i labbri dell'incisione — un'incisione fatta senza economia — il tumore si affacciò immediatamente, con una prontezza quasi comica, simile ad un pallone da calcio gonfiato fino al punto di massima resistenza. Andrew, congratulandosi della giustezza della propria diagnosi, si disse che Vidler non avrebbe tardato a guarire dopo che si fosse liberato di quell'ingombrante accessorio; e rammentando un'altra visita che gli rimaneva da fare diede una furtiva occhiata al suo orologio.

Frattanto Ivory, nella sua maniera magistrale, giocherellava col pallone, tentando, impassibile, di raggiungere con le mani il suo punto di aderenza, e fallendo ogni volta con ineffabile imperturbabilità. Tutte le volte che l'agguantava, il pallone gli scivolava sotto le dita. Provò una ventina di volte.

Andrew gli lanciò un'occhiata d'irritazione, pensando "ma cosa diavolo fa?" Nell'addome non c'era molto spazio in cui lavorare, ma ce n'era a sufficienza. Aveva visto Llewellyn, e Denny, e una dozzina almeno di altri chirurghi, lavorare efficacemente con una latitudine molto meno considerevole di questa. È appunto nei casi in cui lo spazio è ristretto ed inaccessibile che il bravo chirurgo rivela la sua abilità. D'un tratto gli venne in mente che fosse la prima operazione addominale che Ivory stava eseguendo. Turbato, rimise l'orologio in tasca e si avvicinò, diffidente, al tavolo.

Ivory continuava a tentare di passare le mani dietro al tumore, sempre calmo, flemmatico, preciso. Miss Buxton e l'altra assistente, una ragazza giovane, ovviamente poco pratiche tutt'e due, stavano lí imperturbate, fiduciose. L'anestetizzatore, uomo anziano dai capelli brizzolati, accarezzava contemplativamente il collo della sua bottiglia. L'atmosfera della nuda sala vetrata era banale, non esprimeva alcun senso di tensione foriero di drammatici eventi. Di notevole non c'era che Ivory, che lavorando di gomiti faceva manovrare le mani inguantate alla periferia del pallone. Ma nonostante la tranquillità dell'ambiente, Andrew fu preso da un brivido.

Accigliato, si mise ad osservare con maggiore intensità. Non c'era nulla da temere, via! Era un'operazione normale. In pochi minuti tutto era finito.

Ivory, con l'ombra di un sorriso rassegnato, rinunciò al tentativo di trovare il punto d'aderenza del tumore. La giovane lo guardò umilmente quando le chiese di passargli un bisturi.

Ivory prese il bisturi con una mossa lenta, misurata. Probabilmente non aveva mai, in tutta la sua carriera, rassomigliato tanto come adesso al celebre chirurgo dei film. Col bisturi, prima che Andrew si rendesse conto di quello che si accingeva a fare, menò un gran taglio nella lucida parete del tumore. Dopo, tutto accadde a precipizio.

Il tumore scoppiò, schizzando una densa massa coagulata di sangue venoso, vomitando il suo contenuto nella cavità addominale. L'attimo precedente c'era stato un turgido pallone rigonfio; adesso c'era una flaccida borsa natante in un guazzabuglio di sangue che gorgogliava. Con mosse frenetiche Miss Buxton diede mano alle garze. L'anestetizzatore balzò in piedi, la giovane assistente accennava a svenire.

"*Clamp, please*," disse gravemente Ivory, richiedendo le pinze emostatiche.

Andrew era inorridito. Capí che Ivory, non riuscendo ad afferrare il peduncolo per strozzarlo, aveva, ciecamente, vandalicamente, inciso il tumore. Ed era un tumore emorragico.

"*Swab, please*," disse Ivory con voce impassibile, richiedendo le garze. Stava frugando nel guazzabuglio, tentando di acchiappare il peduncolo, di prosciugare la cavità inondata di sangue; assolutamente incapace di arrestare l'emorragia. Andrew pensò: "Gran Dio! Non sa operare. Non ne ha la minima nozione."

L'anestetizzatore, col dito sulla carotide, mormorò, timidamente, in tono di scusa: "Ivory, temo che... Pare che se ne vada."

Ivory riempí la cavità di garza insanguinata. Cominciò a cucire l'incisione che aveva eseguita. Sparito il gonfiore. Adesso la pancia di Vidler era perfettamente piatta e cerea, per la ragione che Vidler era morto. "Ecco," disse appunto l'anestetizzatore, "è spirato."

Ivory mise l'ultimo punto, lo legò automaticamente, e si voltò per deporre le forbici sul vassoio dei ferri. Andrew era paralizzato. Miss Buxton, con la faccia terrea, stava meccanicamente avviluppando le bottiglie d'acqua calda. Malgrado i suoi sforzi di volontà, stentava a dominarsi. Uscí dalla sala. Vedendola uscire, l'infermiere, ignaro dell'accaduto, portò dentro la barella. Il minuto seguente, il cadavere di Harry Vidler veniva trasportato su nella camera da letto.

Ivory parlò. "Caso disgraziato," disse, nella sua voce contenuta, mentre si spogliava del camice. "Dev'essere stato uno choc, non credete, Gray?"

Gray, l'anestetizzatore, bofonchiò una risposta qualunque. S'indaffarava ad avviluppare l'apparecchio.

Andrew era ancora incapace di parlare. Nel vertiginoso labirinto della sua emozione ricordò d'un tratto la moglie del calzolaio che aspettava abbasso. Ivory sembrò leggergli il pensiero in fronte, perché disse: "Non ci badate, Manson. Le parlo io. Andiamo; meglio farlo subito."

D'istinto, come succede a chi non è in stato di potersi ribellare, Andrew seguí Ivory giú dalla scala in sala d'aspetto. Era ancora intontito, indebolito dalla nausea, totalmente incapace di parlare alla vedova. Ivory invece si dimostrò all'altezza della situazione, assurgendo anzi fino alle piú alte vette. "Mia buona donna," disse in tono compassionevole, posandole delicatamente una mano sulla spalla, "ho una cattiva notizia da darvi."

La donnetta congiunse le mani nascoste nei guanti lo-

gori. I suoi occhi terrorizzati sembrarono implorare pietà.
"Come?"

"Nonostante le nostre cure... il vostro povero marito..."
L'altra stramazzò sulla soglia; la sua faccia s'era fatta
di cenere, le sue mani inguantate presero a tremare. "Harry!" bisbigliò, con un filo di voce straziante, e ripeté:
"Harry!"

"Posso solo assicurarvi" seguitò Ivory, col piú mesto
accento che seppe esprimere, "che a mio giudizio, condiviso dal dottor Manson, dal dottor Gray e da Miss Buxton,
nulla al mondo avrebbe potuto salvarlo. E anche se fosse
sopravvissuto all'operazione..." Si strinse nelle spalle con
mossa significativa.

La donna alzò la faccia verso di lui, ed intuí le buone
intenzioni che persino in quel terribile momento animavano
l'affabilità, la bontà del celebre chirurgo. "Questa è la cosa
piú consolante che potevate dirmi, dottore." Parlava attraverso le lacrime.

"Ora vi mando qui la direttrice. Fatevi coraggio, buona
donna."

Uscí dalla sala, e di nuovo Andrew lo seguí. In fondo
al corridoio c'era un ufficio vuoto, la cui porta era aperta.
Cercandosi in tasca l'astuccio delle sigarette, Ivory vi entrò. Accese una sigaretta ed aspirò una profonda boccata.
Il suo volto era forse un'inezia piú pallido del solito, ma
la sua mandibola era ferma, come anche le sue mani; aveva i nervi assolutamente a posto. "Be', questa è passata,"
osservò freddamente. "Mi spiace, Manson. Non immaginavo che fosse un tumore emorragico. Cose che capitano
negli apparati circolatori meglio regolati, sapete?"

Il locale era piccolo, c'era un'unica seggiola, presso la
scrivania. Andrew si lasciò cadere sul lungo sgabello basso
davanti al camino. Fissò con occhi febbricitanti la pianta
in vaso collocata nel vano del camino. Era disgustato, scosso: sull'orlo di un collasso. Non poteva liberarsi dalla visione di Vidler nell'atto di scavalcare senz'aiuto il tavolo
d'operazione dicendogli col sorriso "Starò meglio dopo,"
e poi, dieci minuti dopo, portato via sulla barella cadavere
macellato. Digrignò i denti, si coprí gli occhi con le mani.

"Certo," disse Ivory contemplando l'estremità della sigaretta. Lui rimaneva in piedi. "Non è morto sul tavolo.

Avevo finito prima. Il che ci salva da ogni seccatura. Non occorrono inchieste."

Andrew alzò la testa. Tremava, infuriato dalla consapevolezza della propria debolezza in questa odiosa situazione che Ivory invece sosteneva con tanto sangue freddo. Disse, come frenetico: "In nome di Cristo, smettete di parlare! Sapete di averlo ucciso. Non siete un chirurgo. Non lo siete mai stato, non lo sarete mai. Siete il peggior macellaio che abbia visto in vita mia."

Silenzio. Ivory gli lanciò un'occhiata pallida e dura. Dopo un po' disse: "Non vi consiglio di seguitare su questo tono, Manson."

"Non vi va, eh?" Un singulto isterico lo scosse da capo a piedi. "Sfido. Ma è la verità. I casi che vi avevo affidato prima d'ora erano giochi di fanciullo. Ma questo, che è il primo caso grave che abbiamo avuto... Dio, sono colpevole quanto voi!"

"Non siate un isterico imbecille! Calmatevi. Vi fate sentire."

"E che me ne importa!" Soffocava dalla collera. "Sapete quanto me che dico il vero. È poco meno che un assassinio."

Per un momento sembrò che Ivory stesse per abbatterlo con un pugno: sforzo fisico che, col suo peso e la sua forza, avrebbe facilmente potuto compiere. Ma si dominò. Non rispose. Si voltò, e uscí dalla stanza. La sua faccia però aveva una malvagia espressione di durezza che denotava in lui un'ira di quelle che non perdonano.

Andrew non seppe quanto tempo rimase in quell'ufficio, la fronte premuta contro il marmo del camino; ma alfine s'alzò, rendendosi vagamente conto che aveva altro da fare. La calamità lo aveva dilaniato con la violenza d'una granata esplosiva. Era come se anche lui fosse sbudellato, al pari di Vidler. Era però ancora in grado di muoversi, come un automa, di avanzare come un combattente orribilmente ferito che l'abitudine sospinge tuttavia a compiere meccanicamente i doveri che gli incombono.

Riuscí dunque ad eseguire le sue visite. Poi, col cuore di piombo, e col capo dolorante, rincasò. Era tardi, circa le sette. Arrivava giusto in tempo per l'ambulatorio serale.

La sala era gremita. Svogliato, calcolò a occhio il numero dei pazienti, che nonostante la bellezza della sera venivano a pagare il loro tributo alla sua personalità. Quasi tutte donne, fra cui molte commesse di Laurier's, che venivano da parecchie settimane, incoraggiate dal suo sorriso, dal suo "tatto", dall'insistenza con cui le consigliava a perseverare nel prendere la medicina.

Si lasciò cadere nella sua poltroncina girevole, e coprendosi la faccia con la maschera professionale cominciò la celebrazione del rito vespertino. "E voi, meglio? Sí, la cera è buona. Il polso piú forte. La medicina vi fa bene. Non è troppo cattiva?" Andava da Cristina a consegnarle le boccette vuote, passava nella sala di consultazione, spiattellandovi le stesse banalità interrogative, esibendo la stessa simpatia simulata, poi ritornava nel corridoio, ritirava la boccetta riempita da Cristina, rientrava nell'ambulatorio. A questo modo seguitava il ciclo infernale della sua dannazione.

Era una notte soffocante. Soffriva abominevolmente, ma non smetteva, un po' per torturare se stesso, e un po' per forza d'inerzia. Ripassando avanti e indietro fino a patire il capogiro seguitava a domandarsi: "Dove vado, in nome di Dio, dove vado?"

Finalmente piú tardi del solito, alle dieci meno un quarto il lavoro era finito. Chiuse la porta esterna dell'ambulatorio e si trasferí nella sala di consultazione dove Cristina, conforme all'uso, lo aspettava pronta ad aiutarlo nella contabilità.

Per la prima volta da varie settimane, la guardò effettivamente in faccia mentr'ella con gli occhi bassi esaminava l'elenco che aveva in mano. Malgrado l'ottusità dei propri sensi fu colpito dal cambiamento che notò in lei. Aveva un'espressione calma, stereotipata; gli angoli della bocca accennavano all'ingiú. Nei suoi occhi era una mestizia di morte.

Seduto alla scrivania dinanzi al libro mastro, sentí in un fianco una fitta acuta che lo spingeva a parlare. Ma non ne ebbe il tempo. Cristina aveva preso a leggere l'elenco.

Egli veniva trascrivendo sul mastro i dati man mano che Cristina li enunciava, segnando una croce per le visite, un circoletto per le consultazioni, tirando le somme delle sue iniquità. Quando Cristina ebbe finito, egli osservò, con una voce che suonò ironica solo ai suoi propri orecchi: "Be', vediamo quanto quest'oggi."

Ma non si sentí la forza di calcolare il totale. Cristina uscí. La udí salire in camera, richiudere piano la porta. Era solo. Dove vado? in nome di Dio, dove vado? D'un tratto il suo sguardo cadde sulla borsa di tabacco piena zeppa di monete. Con mossa isterica la prese e la scaraventò in un angolo. Cadde con un tonfo sordo. Poi si alzò. Sentiva mancargli il respiro. Uscí nel cortile; fondo pozzo di tenebra sotto le stelle. S'appoggiò vacillando al muro e prese a vomitare.

XVI

Tutta la notte si rivoltolò irrequieto nel suo letto e si addormentò solo alle sei del mattino. Svegliatosi tardi, scese dopo le nove, e trovò che Cristina aveva già fatto colazione ed era già uscita. In tempi normali, questo fatto non lo avrebbe inquietato, ma quella mattina contribuí a fargli rilevare, con una fitta d'angoscia, quanto lontano fossero l'uno dall'altra.

Non poté mangiar niente, i muscoli della sua gola rifiutandosi a qualunque lavoro. Bevve una tazza di caffè, poi, con brusca risoluzione, si versò una forte dose di whisky nel bicchiere e lo tracannò d'un fiato. Cosí rinvigorito, s'apparecchiò a far fronte alla giornata.

Benché continuasse a funzionare come una macchina, i suoi atti erano già meno automatici della sera prima. Un debole raggio di luce aveva già cominciato a penetrare la nebbia della sua incertezza. Sapeva di essere sul limite d'un rovinoso collasso. Sapeva inoltre che, se per disgrazia precipitava in quell'abisso, non poteva uscirne mai piú. Reagí per puro istinto di conservazione. Lo sforzo che fece per aprire la rimessa e trarne fuori la vettura gli fece sudare le palme.

Il suo primo obiettivo, stamane, era di arrivare al Victoria. Aveva dato appuntamento al dottor Thoroughgood per esaminare Mary Boland insieme. Questo almeno era un impegno al quale non voleva assolutamente mancare. Avanzò adagio per le strade. Effettivamente si sentiva meglio in vettura che a piedi: era talmente abituato a guidare che l'atto era diventato automatico. un puro riflesso.

Arrivò all'ospedale, lasciò la vettura. salí nella corsia. Con un cenno del capo all'infermiera staccò, passando, il cartello di Mary e sedette sulla sponda del suo letto, sensibile al sorriso con cui Mary lo accolse, conscio del grosso mazzo di rose che stava sul suo comodino, ma assorto solo nell'esame dei dati registrati sul cartello. Non erano soddisfacenti.

"Hai visto che bei fiori m'ha portato Cristina ieri?"

Egli le scrutò la faccia. Non era accesa, ma un poco piú magra di quando era arrivata. "Belli, sí. Come ti senti, Mary?"

"Abbastanza bene." Al primo momento i suoi occhi evitarono di guardarlo in viso, ma poi gli si arresero, pieni di ardente fiducia. "Ad ogni modo so che non durerà un pezzo. Hai promesso di guarirmi."

Tanta fiducia, nelle parole e nello sguardo, gli comunicò una palpitazione dolorosa. Se le cose si mettevano male anche qui, era la fine di tutto.

In quella arrivò il dottor Thoroughgood. Entrando scorse subito Andrew e gli mosse incontro. "Buon giorno, Manson," disse piacevolmente. "Cos'avete? Non state bene?"

Andrew s'era alzato. "Sto benissimo, grazie."

L'altro gli scoccò un'occhiata curiosa, prima di voltarsi verso il letto. "Avete fatto bene a suggerire questo esame insieme."

Esaminarono Mary per una decina di minuti, e poi si ritirarono nell'alcova presso la finestra, dove, benché in vista, non potevano essere uditi. "Ebbene?" disse Thoroughgood.

"Non so cosa ne pensiate voi, dottore, ma a me sembra che il progresso non sia soddisfacente."

Thoroughgood si stiracchiò la barbetta. "Ci sono infatti due o tre indizi..."

"Secondo me, c'è una leggera estensione."

"Oh, non direi, Manson..."

"La temperatura è instabile."

"Mm, forse."

"Scusatemi se torno a proporre... Mi rendo perfettamente conto della vostra posizione, ma a questo caso attribuisco molta importanza, come sapete. Date le circostanze, sareste alieno dal considerare il pneumotorace? Ricorderete che io ero già propenso a tentarlo, quando Mary fu ricoverata."

Thoroughgood lo sguardò di fianco, senza muovere la testa. La sua espressione s'era alterata, denotando ora il suo pieno dissentimento dalla proposta, "No, Manson, non credo che questo sia un caso che richieda l'introduzione. Non lo credevo prima, e non lo credo adesso."

Silenzio. Andrew giudicò superflua ogni insistenza. Conosceva Thoroughgood, la sua puntigliosa cocciutaggine. Si sentiva inoltre esausto, fisicamente e moralmente; incapace di sostenere un ragionamento d'altronde infruttuoso. Ascoltò, con faccia immobile, la serie delle ragioni con cui l'altro volle difendere le sue vedute. Finita la sua esposizione, Thoroughgood proseguí la sua ronda. Andrew passò da Mary, le disse che tornava a vederla l'indomani e uscí. Pregò il custode abbasso di telefonare a casa sua per avvisare che non tornava a colazione.

Era quasi l'una. Ancora sgomento, assorto in una penosa introspezione, e debole anche per mancanza di cibo, sostò in uno spaccio presso Battersea Bridge. Ordinò del caffè con crostini al burro riscaldati. Ma poté solo bere il caffè, il suo stomaco si ribellava ad ingerire pietanze solide. S'accorgeva che la cameriera lo stava occhieggiando con curiosità. "Non son buoni?" domandò. "Devo cambiarli?" Egli scrollò la testa, domandò il conto e si sorprese, mentre la ragazza compilava la sua noticina, a contarle stupidamente i bottoni del vestito. Una volta, tanto tempo fa, in una scuola elementare di Blaenelly, si era trovato a fissare, imbambolato, tre bottoni di madreperla sulla camicetta di un'altra ragazza. Rammentò che aveva due appuntamenti in Welbeck Street. V'andò con la vettura, guidando adagio.

Nurse Sharp, l'assistente, era di pessimo umore; cosa che le capitava tutte le volte che Manson la pregava di venire al sabato. Però anche lei gli domandò se non stesse bene. Poi, in un tono piú debole (perché teneva il dottor Manson in particolare considerazione), lo informò che Freddie aveva telefonato due volte dopo colazione.

Andrew si sedette alla scrivania, gli occhi fissi innanzi a sé. Il primo dei clienti che aspettava, un caso cardiaco, arrivò alle due e mezzo; era un giovane impiegato del dipartimento delle miniere, racomandatogli da Gill, e che effettivamente soffriva di disturbi valvolari. Dedicò molto tempo a questo caso, dandosi pene speciali, intrattenendo il giovane in un serio colloquio, nel quale ricapitolò tutti i particolari della cura. Alla fine, mentre l'altro dava mano al portafogli, disse frettolosamente: "Non mi pagate adesso. Aspettate la fattura."

Il pensiero che non gliel'avrebbe mandata mai, che aveva perso la sete del denaro e poteva ancora disprezzarlo, lo confortò stranamente.

Poi fu introdotta la seconda cliente, una zitella sotto la cinquantina, Miss Basden, una delle sue piú fedeli seguaci. Ricca, egoista, ipocondriaca, era una seconda edizione di quella Mrs Raeburn che Freddie gli aveva fatto conoscere nella clinica di Ida.

Ascoltò, annoiato, con una mano sulla fronte, il resoconto ch'ella sorridendo gli fece di tutto quello che era accaduto alla sua "costituzione" dopo l'ultima sua visita di pochi giorni addietro. D'un tratto alzò la testa: "Ditemi, Miss Basden, perché venite da me?"

Interrotta nel mezzo d'una frase, la signora mostrò una faccia sulla cui metà superiore indugiava ancora, stereotipata, la compiaciuta espressione di prima, mentre la sua bocca veniva gradatamente aprendosi per la sorpresa.

"So che è colpa mia," seguitò lui. "Vi ho detto io di tornare. Ma voi, credetemi, non avete nessunissimo male."

"Dottore!" Ora ansava, incapace di credere ai suoi orecchi.

Era perfettamente vero. Adesso Andrew vedeva chiaramente, nella severa introspezione cui si sottoponeva, che tutti i sintomi di cui l'innocua zitella si lamentava sussistevano solo a causa dei mezzi finanziari di cui disponeva. Non aveva mai fatto un solo giorno di lavoro in tutta la sua vita, aveva carni morbide, ancora fiorenti se non sode, nutrite bene, sovralimentate. Non dormiva perché non esercitava i muscoli. Non esercitava nemmeno la mente. Non aveva altro da fare che tagliar cedole, calcolare dividendi, sgridare la cameriera e domandarci che cosa dovesse ordinare per il pranzo, suo e del suo volpino. Se solo si fosse messa a fare qualche cosa. Rinunciare alle pillole, ai sedativi, ai bromuri, ai colagoghi e a tutto il resto della ignobile montatura. Dare parte dei suoi quattrini ai poveri. Rendersi utile al prossimo e cessare di pensare a sé. Ma questo non lo avrebbe fatto mai; inutile domandarglielo. Spiritualmente era morta; e, lo salvi Iddio, era morto pure lui!

Disse, tediato: "Mi spiace, Miss Basden, di non potere piú rendervi ulteriori servizi. Potrà darsi che debba andar via. Ma non dubitate che troverete, qui nel vicinato, altri dottori che saranno anche troppo felici di vendersi a voi."

La signora spalancò parecchie volte la bocca come un pesce fuor d'acqua. Poi manifestò un'autentica apprensione. Era certa, certissima, che Manson fosse impazzito. Non stette a ragionare con lui; s'alzò, raccolse i suoi oggetti e s'affrettò fuori della stanza.

Andrew, apparecchiandosi a venir via, chiuse i cassetti della scrivania con aria decisa. Ma, prima che s'alzasse, Nurse Sharp irruppe nello studio, annunciando tutta sorridente: "Il dottor Hamson! È venuto personalmente, invece di telefonare di nuovo."

Un momento dopo Freddie comparve, accendendosi disinvolto la sigaretta, e si gettò in una poltrona. Nei suoi occhi traspariva un proposito. Il suo tono non era mai stato piú cordiale.

"Mi spiace disturbarti di sabato. Ma sapevo che eri qui, cosí ho portato la vecchia montagna a Maometto. Ho da parlarti, Manson. Ho sentito dell'operazione di ieri, e non esito a dire che da una parte sono sacrosantamente contentone. Era ora che tu aprissi gli occhi sul conto del nostro ineffabile amico Ivory." La sua voce assunse d'un tratto, un accento malevolo. "Devi sapere, caro Manson, che da qualche tempo li tratto frigidamente tutt'e due, lui e Deedman. Non si sono comportati bene con me. Si era d'accordo in un trafficuccio discretamente redditizio, ma ho motivo di ritenere che i due compari mi sottraevano parte delle mie spettanze. Oltre a ciò, son nauseato dall'incompetenza di Ivory. Non è un chirurgo, hai perfettamente ragione. È un abortista: nient'altro. Questa non la sapevi, eh? Be', te lo dico io, ed è vangelo. C'è un paio di cliniche, a non piú d'un centinaio di chilometri di qui, che non fanno altro: tutto molto carino ed a prezzi stellari, si capisce, e Ivory è il capintesta. Deedman non vale piú di lui. Non è che un lurido venditore di droghe e nemmeno intelligente come Ivory. Ora dai retta a me, Manson, parlo per il tuo bene. T'ho accennato i retroscena di questi due filibustieri perché vorrei che li piantassi e ti mettessi con me solo. Anche a te l'han fatta, sai. Non hai realizzato tutto quello che ti spettava. Non sai che quando Ivory riscuote cento ghinee per un'operazione, ne restituisce cinquanta a chi gliel'ha procurata; è cosí che ne fa tante, non vedi? E a te quanto pagava? Al massimo 15 o 20. Non basta, Manson, *voyons*! Non vale la pena. E dopo quello spettacolo di macelleria di ieri, io al tuo posto non vorrei piú saperne. Finora non ho ancor detto niente a nessuno dei due, troppo furbo io, ma il mio piano è questo, stai a sentire. Piantiamoli del tutto, tu ed io, e mettiamoci per conto nostro in società. Dopo tutto siam compagni di scuola, sí o no? T'ho sempre voluto bene. E posso farti vedere un mondo di cose." Fece una pausa per accendere un'altra sigaretta, sorrise piacevolmente, espansivamente, e si accinse ad abbozzare le proprie possibilità come socio potenziale. "Non hai idea delle trovate di cui son capace. Sai l'ultima? Iniezioni, a tre ghinee, di... acqua sterilizzata. Un giorno m'arriva un tale per il suo vaccino. Avevo dimenticato di rifornirmene e piuttosto che darle un disappunto cos'ho fatto? Le ho inoculato l'H^2O. L'indomani viene ad informarmi premurosamente che la reazione era stata migliore delle altre volte. Cos'avresti fatto tu? Io... ho continuato. E perché no? Si tratta in fin dei conti essenzialmente di fiducia. Son capacissimo, all'occorrenza, di schizzare a chiunque sotto la pelle magari tutta la farmacopea, non sono per niente antiprofessionale. Dio, no! Ma son savio, capisci, e se tu ed io ci mettiamo insieme, coi tuoi titoli ed io col mio saper fare, non c'è limite alla nostra operosità. S'ha da essere in due, questo è chiaro; i clienti vogliono sempre un secondo parere. Ed in piú ne sto tenendo d'occhio un terzo, un chirurgo, un giovane, infinitamente superiore ad Ivory, e piú tardi potremo eventualmente persino montare una clinica nostra. E *allora*, caro mio, si sarebbe a Klondyke!"

Per tutto il tempo Andrew era rimasto immobile, di pietra. Non provava alcun senso d'ira contro Hamson, solo di odio contro di sé. Nulla avrebbe potuto dipingere la sua situazione cosí patentemente come questa proposta di Freddie. Vedendo che aspettava una risposta, mormorò: "Non posso venire con te, Freddie. Son disgustato di tutta la faccenda. Credo che mi prenderò un po' di riposo. Son già troppi gli sciacalli in questo territorio. C'è una massa di brava gente che tenta di far del bene ed esercita onestamente, ma gli altri son tutte iene. Son le iene che fanno le iniezioni inutili, che estirpano tonsille ed appendici innocue, che si palleggiano i clienti, si dividono gli onorari, raccomandano i rimedi pseudoscientifici, vanno tutto il tempo a caccia di ghinee."

La faccia di Hamson si era a poco a poco coperta di rossore. "Cosa diavolo...?" sibilò tra i denti. "E cos'altro hai fatto tu, tutto questo tempo?"

"Lo so, Freddie," rispose Andrew, svogliato, "non sono meglio degli altri. Non voglio malumori tra noi due, t'ho sempre considerato il mio miglior amico..."

Hamson balzò in piedi. "Hai perso la bussola, o cos'è?"

"Forse. Ma voglio provare a smettere di pensare al denaro ed ai successi materiali. Non è questa la pietra di paragone per un bravo dottore. Quando guadagna cinquemila sterline all'anno, un dottore non è sano. E perché dovrebbe spillar denaro dall'umanità sofferente?"

"Sei un i-di-o-ta," disse Hamson, sillabando. Fece dietrofront e scomparve.

Solo ancora, restò immobile per altri dieci minuti, poi s'alzò e salí in carrozza. Avvicinandosi a casa s'accorse dell'accelerazione dei battiti del suo cuore. Erano passate le sei. La sua mano tremava quando girò la chiave nella toppa.

Cristina era in salotto. La vista della sua pallida faccia statuaria gli diede un gran brivido. Oh, come avrebbe voluto sentirsi domandare, con l'antica sollecitudine, come avesse trascorse le ore lontano da lei! Ma Cristina disse soltanto, con quella sua voce uguale, priva di tono: "Hai avuto una giornata lunga. Vuoi una tazza di tè prima dell'ambulatorio?"

Andrew rispose. "Niente ambulatorio stasera."

Cristina lo guardò. "Ma è sabato, il giorno di massima frequenza."

Per tutta risposta egli scrisse su un foglio di carta: *Oggi l'ambulatorio è chiuso*, e andò ad affiggerlo all'esterno della porta. Adesso il suo cuore pulsava cosí forte che pareva volesse scoppiare. Quando tornò, trovò Cristina piú pallida di prima, gli occhi pieni d'apprensione, e si sentí domandare, con una voce sorda: "Cos'è successo?"

Allora, roso da un'angoscia inesprimibile, Andrew proruppe in un grido: "Cristina!" Tutto quello che aveva da dire era contenuto in quell'unico nome. Poi piangendo si gettò in ginocchio ai suoi piedi.

XVII

La loro riconciliazione fu il piú mirabile evento che fosse loro capitato dal giorno che s'erano innamorati. L'indomani domenica, Andrew poltrí in letto, accanto a lei, come ai giorni di Aberalaw, e discorreva, discorreva, aprendole tutto il suo cuore. Fuori, vibrava col suono delle campane la tranquillità domenicale, pacifica, sedativa. Ma lui non aveva pace.

"Come ho potuto arrivare fino a questo passo?" gemeva, senza posa. "Ero matto, Tina, o che cos'è stato? Non riesco a capire. Io, mettermi con quella mafia, dopo aver conosciuto Denny e Hope! Meriterei la forca."

Cristina cercava di consolarlo. "Tutto è accaduto con tanta precipitazione, caro. Chiunque sarebbe stato travolto."

"No, ma sul serio, Tina! Mi pare d'impazzire, a ripensarci. E quanto devi aver sofferto tu! Meriterei la tortura prima della forca."

Cristina sorrise, sorrise effettivamente. Era una meraviglia, per Andrew, rivedere la sua faccia spoglia di quella glaciale indifferenza che da tanto tempo simulava: tenera, contenta, sollecita di lui. Pensò: siamo vivi di nuovo. Disse: "Ci resta una cosa sola da fare." Aggrottò la fronte con decisione. Emergendo ora dalla foschia delle sue illusioni disperse, nonostante i suoi rimorsi si sentiva forte, pronto all'azione. "Andar via di qui al piú presto. Ero caduto troppo in basso, Tina, troppo in basso! Se rimanessi, ogni svolta mi rammenterebbe le mie imposture, e, chissà, potrei soccombere un'altra volta. Son certo che possiamo facilmente vendere la condotta. E ho un'idea sublime, Tina."

"Davvero, caro?"

Egli attenuò il suo cipiglio nervoso per sorriderle, ancor diffidente, ma con tenerezza. "Da quanto tempo non mi chiamavi piú cosí! Mi piace tanto. Lo so, non lo meritavo, ma... Be', smettiamo di recriminare. Quest'idea... vuoi sapere cos'è? M'è venuta stamane, quando mi sono svegliato. Ribollivo ancora tutto, ripensando a quell'ignobile società che Hamson mi aveva proposto, e d'un tratto mi salta in mente: *perché non una società onesta, invece?* Come fanno in America. Stillman me ne parlava sempre, anche senza essere laureati. Vedi, Tina, anche in una cittadina di provincia si potrebbe metter su una clinica, con un gruppetto di medici, ciascuno nella propria specialità. Ascolta: invece di mettermi con Hamson, Deedman e Ivory, perché non con Denny e Hope? Denny come chirurgo, io come medico, e Hope come batteriologo. La vedi l'utilità di uno schema di questo genere, vero? Si diventerebbe presto conosciuti nella provincia. Ricordi quel che abbiamo sempre sostenuto Denny ed io, che il professionista generico è obbligato a lottare contro troppe difficoltà perché possa compiere un lavoro utile. Il rimedio è questo: un gruppetto di professionisti concordi, non *concorrenti*. Un regime che starebbe in una posizione media tra il regime della 'medicina di Stato' e quello degli 'sforzi isolati'. La sola ragione che finora ne ha vietato l'adozione è che i pezzi grossi vogliono tenere tutto nelle loro mani. Ma sarebbe magnifico, se potessimo formare un piccolo *fronte*, scientificamente e spiritualmente puro, un nucleo di avanguardia, mirante ad abbattere i pregiudizi, i feticci, forse a compiere una completa rivoluzione in tutto il sistema sanitario!"

Cristina, con una guancia affondata nel cuscino, lo guardava con occhi luminosi. "È come una volta, caro, sentirti parlare così! Non so dirti quanto sono contenta. È come ricominciare da capo. Sono felice, felice, felice."

"Ho da fare ammenda per un mucchio di cose," continuò lui, in tono lugubre. "Sono stato una bestia." Si premette la fronte con le mani. "Non riesco a scacciare dalla mente il ricordo di quel povero diavolo di calzolaio. Bisogna che faccia qualche cosa, per riabilitarmi. È colpa mia, esattamente come di Ivory. Non è giusto che me la svigni a così buon mercato. Voglio mettermi a lavorare come uno schiavo. Spero che Denny e Hope accetteranno di venire con me. Sai le loro idee. Denny non sogna altro che di riavere una condotta, e Hope, se gli montiamo un piccolo laboratorio, nel quale, oltre a produrre i sieri per noi, possa per conto suo fare altre cosette originali, ci seguirà dappertutto."

Saltò giú dal letto e si mise a camminare avanti indietro, nel suo antico stile impetuoso, lacerato tra l'eccitamento del futuro e il rimorso del passato, rivolgendo cose in mente, deprecando, sperando, disegnando. "Ho tante cose da definire prima," gridò d'un tratto. "e ce n'è una che mi preme piú di tutte. Senti, Tina, ora vado giú a scrivere alcune lettere, poi, dopo colazione, ti piacerebbe venir fuori in campagna?"

Cristina lo guardò interrogativamente. "Ma se hai tante cose da fare?"

"Questa è appunto quella che mi preme di piú. Davvero, Tina, sono orribilmente preoccupato dallo stato di Mary. Non migliora affatto al Victoria. Thoroughgood non vuol dar retta, non capisce il caso, almeno non dal mio punto di vista. Dio! Se dovesse capitare qualche cosa a Mary, dopo che mi son preso la responsabilità di guarirla, diventerei matto. Al Victoria non guarirà mai. Dovremmo mandarla in campagna, all'aria pura, in un buon sanatorio."

"Credi?"

"È per questo che oggi voglio fare una scappata con te a vedere Stillman. Bellevue è il piú bel posto che si possa immaginare. Se solo mi riesce di persuaderlo a ricoverar Mary, non solo sarei soddisfatto, ma sentirei finalmente d'aver fatto qualche cosa di buono."

Cristina disse decisa: "Partiamo appena sei pronto."

Appena fu vestito, scese abbasso e scrisse due lunghe lettere, una a Denny e l'altra a Hope. Aveva tre soli casi sulle braccia, e andando a visitarli impostò le lettere. Poi, dopo uno spuntino, partirono per Wycombe.

La gita, nonostante la tensione emotiva persistente nelle loro menti, fu gioconda. Piú che mai Andrew riconobbe che la felicità è uno stato interiore, totalmente spirituale, indipendente — checché ne pensino i cinici — dal possesso di beni terreni. Per tutti quei mesi, durante i quali aveva lottato per conquistare posizione e ricchezza, e conseguendo successi in tutte le direzioni, si era immaginato di essere felice. Ma non lo era stato. Aveva vissuto in una specie di delirio, agognando sempre di piú man mano che conquistava. Dapprima s'era detto che voleva guadagnare mille sterline all'anno. Raggiunto questo obiettivo, aveva senz'altro raddoppiato la cifra, imponendosela come un primato da conquistare. Conquistato anche questo, non era ancora pago. E cosí via. Un'attività di questo genere non poteva non distruggerlo, a lungo andare.

Occhieggiava Cristina senza voltare la testa. Come doveva aver sofferto per causa sua! Supposto che avesse sentito il bisogno di procurarsi una conferma della sanità della decisione che aveva adottato, la trovava adesso nella vista del cambiamento operatosi in lei. La sua faccia, adesso non era bella, perché portava i segni del logoramento della vita: tracce di grinze attorno agli occhi, l'incavo delle guance già sode e fiorenti. Ma era una faccia che aveva sempre avuto un aspetto di serenità e di verità. E questa animazione che ora la riaccendeva era cosí luminosa e commovente ch'egli, esaminandola, provava una nuova fitta di compunzione. Giurò di non piú rifare, in tutta la sua vita, nulla che potesse rattristarla.

Arrivarono a Wycombe verso le tre, poi salirono per la strada secondaria che portava sul ciglio delle alture oltre Lacey Green. La posizione di Bellevue, su di un piccolo pianoro riparato a settentrione ma dominante entrambe le valli, era superba.

Stillman li accolse cordialmente. Era un ometto contenuto e poco espansivo, raramente dedito all'entusiasmo, tuttavia espresse il piacere che la loro visita gli procurava mostrando loro tutta la bellezza e l'efficienza della sua creazione.

Il sanatorio era stato disegnato a bella posta di dimensioni ridotte, ma costruito alla perfezione. Constava di due ali parallele esposte a sud-est unite da un corpo centrale adibito all'amministrazione. Sopra il salone d'ingresso era stata attrezzata, senza badare a spese, la sala di cura, la cui parete meridionale era interamente di vetro *vita*. Tutte le finestre erano di questo materiale; il riscaldamento e la ventilazione l'ultima parola in fatto di razionalità. Visitando il posto, Andrew non poteva fare a meno di paragonare questa perfezione ultramoderna con le costruzioni antiche erette da cent'anni che servivano da ospedale in Londra, e con quelle case di convalescenza, mal convertite e peggio attrezzate, che si mascheravano da cliniche.

Finito il giro d'ispezione, Stillman offrí loro il tè. E allora Andrew espresse, con molta sollecitudine nella sua voce, la sua richiesta. "Detesto chiedervi un favore, Stillman." Riudendo la vecchia formula quasi dimenticata, Cristina non poté trattenere un sorriso. "Ma potreste ricoverare qui una mia malata? Tisi incipiente. Probabilmente richiede il pneumotorace. È la figlia d'un mio amico, un professionista; e non migliora dov'è ricoverata ora..."

Nei chiari occhi celesti di Stillman balenarono tenui guizzi d'umor faceto. "Meditate di mandare un malato in cura da me? È una cosa che qui i dottori non fanno, benché lo facciano in America. Dimenticate che io sono un risanatore da baraccone, che dirige un sanatorio di figura; di quelli che fanno passeggiare i pazienti scalzi nell'erba bagnata di rugiada, prima di gettar loro la carota fritta che serve da colazione."

Andrew non sorrise. "Non mi prendete in giro, Stillman. Son serio. Lo stato della ragazza mi preoccupa."

"Ma temo che non ho posto, amico mio. Nonostante l'antipatia di cui la vostra fratellanza mi onora, ho un elenco di prenotazioni che è lungo come il mio braccio. Strano," Stillman finalmente sorrise, ma con ritegno, "la gente si ostina a volersi far curare da me, a dispetto dei signori dottori."

"Peccato," mormorò Andrew. Il rifiuto di Stillman gli causava un grave disappunto. "Mi ero permesso di contarci su, piú o meno. Se avessimo potuto ricoverare Mary qui, mi sarei sentito molto sollevato. È il piú bel luogo di cura in tutta l'Inghilterra. Non intendo adulare. So quello che dico. Quando penso a quella corsia del Victoria dove sta adesso..."

Stillman, sporgendosi innanzi, prese delicatamente con la punta di due dita un panino al cocomero. Aveva un modo caratteristico per maneggiare gli oggetti, come se si fosse allora allora lavato accuratamente le mani e si facesse scrupolo di sporcarle. "Vedo. Mi state recitando la vostra commediola. No, perdonatemi, non devo parlare cosí. Vedo che siete preoccupato. Vi aiuterò, per quanto sta in me. Sebbene voi siate un dottore, io darò ricovero alla vostra malata." Notando l'espressione di sorpresa di Andrew, fece una boccuccia. "Sono di vedute larghe, io. Non sdegno di bazzicare coi medici, all'occorrenza. Perché non sorridete? Scherzo. Non importa. Anche se non capite lo scherzo, siete infinitamente piú illuminato della generalità dei vostri colleghi. Ora vediamo. Fino alla prossima settimana non ho camere vacanti. Diciamo mercoledí. Portatemi qui la vostra malata mercoledí, e prometto di fare del mio meglio."

Andrew arrossí di gratitudine. "Non ho parole per..."

"Allora non le cercate. E non siate cosí compito. Mi piacete di piú quando avete l'aria di voler strapazzare la gente." Si volse a Cristina. "Non vi ha mai scaraventato un piatto sulla testa? Io ho un amico in America, uno che possiede sedici giornali, e tutte le volte che s'arrabbia, rompe un piatto da dieci soldi. Un giorno accadde che..."

Seguitò a narrare una storia filacciosa, lunga, e — per Manson — totalmente senza sugo.

Ma rientrando nella frescura della sera, Andrew disse a Cristina: "Una cosa sistemata, se non altro, e tolta dalla mente. Son certo che è il sito ideale per Mary. Grand'uomo quello Stillman. Mi piace moltissimo. A vederlo è niente, ma, sotto, è acciaio temprato. Chissà se riusciremo mai a montare una clinica sulle stesse linee del suo sanatorio, una replica in miniatura, Hope e Denny ed io. Sogno da pazzo, eh? Ma non si sa mai. E ho pensato, Tina, se Hope e Denny vengono con noi e ci stabiliamo in provincia, non è escluso che si possa capitare vicino a qualche miniera, cosí avrei la possibilità di riprendere gli studi sull'inalazione. Cosa ti pare?"

Per tutta risposta Cristina si chinò verso di lui e, con grave pericolo del pubblico che circolava sulla grande arteria stradale, lo baciò sonoramente.

XVIII

L'indomani, dopo una buona notte di riposo, s'alzò presto. Si sentiva rinvigorito, pronto all'azione. Andò per prima cosa al telefono e pose la pratica nelle mani di Fulger e Turner, l'agenzia di Adam Street, specializzata nella cessione di clientele mediche. Il titolare dell'antica ditta rispose personalmente, e dietro richiesta di Andrew si trasferí prontamente a Chesborough Terrace. Per tutta la mattinata ispezionò i libri e lo assicurò che non avrebbero incontrato alcuna difficoltà nell'effettuare una vendita celere.

"Certo," osservò, tamburellandosi i denti con la punta

della matita, "dovremo specificare un motivo, dottore, nella nostra pubblicità. Qualunque acquirente vorrà sapere per quale ragione voi intendete disfarvi d'una miniera d'oro come questa. E scusatemi la libertà, dottore, ma è realmente una miniera d'oro. Non ho mai visto in vita mia degli incassi per contanti di quest'ordine. Dobbiamo dire per motivi di salute?"

"No," rispose Andrew, brusco. "Dite la verità. Dite..." si arrestò, "oh, dite per ragioni personali."

"Benissimo, dottore." E scrisse sul suo taccuino: "*Abbandonata per ragioni puramente personali e non relative alla condotta.*"

Andrew concluse: "E tenete presente che non esigo una fortuna; solo un prezzo giusto. Chissà quanti gatti addomesticati rifiuteranno i servizi del mio successore."

A colazione Cristina mostrò due telegrammi. Andrew aveva chiesto risposte telegrafiche sia da Denny che da Hope. Il primo diceva semplicemente: *Impressionato stop arrivo domani sera.* L'altro dichiarava, con tipica burbanza: *Son forse condannato a vita a bazzicare con dei matti? Hai detto laboratorio? Firmato Un Contribuente Indignato.*

Dopo colazione Andrew corse al Victoria. Non era l'ora della visita di Thoroughgood, ma ciò calzava col suo proposito. Voleva evitare spiacevoli discussioni, e soprattutto risparmiare un dispiacere al suo seniore, che, con tutta la sua cocciutaggine e la sua simpatia per i cerusici barbitonsori del passato, lo aveva nondimeno sempre trattato bene.

Seduto sulla sponda del letto di Mary, le espose il suo piano. "Ho avuto torto io, per cominciare." Le carezzò la mano per rassicurarla. "Dovevo prevedere che questo non era il posto adatto per te. Vedrai che differenza a Bellevue. Enorme, Mary. Ma t'hanno trattata bene, qui, e dobbiamo guardarci dall'urtare la suscettibilità del dottore. Devi dire semplicemente che desideri uscire mercoledí prossimo, definitivamente. Se non ti senti di dirlo tu, farò scrivere da tuo padre che intende riaverti a casa. Ci sono tanti malati che aspettano di esser ricoverati qui. E mercoledí vengo io a prenderti con la vettura e ti porto a Bellevue. Niente di piú semplice. E niente di meglio per te."

Rincasò con la sensazione d'aver fatto un passo innanzi sulla via del districamento della matassa che aveva arruffata lui stesso. Quella sera, nell'ambulatorio, si accinse seriamente a sacrificare senza pietà né riguardo tutta la costruzione che aveva architettato sull'impostura. Una dozzina di volte dichiarò fermamente: "Questa dev'essere la vostra ultima visita. È da un pezzo che venite. State effettivamente meglio. E non conviene abusare delle medicine."

Era stupefatto, alla fine, di sentirsi cosí soddisfatto di sé. Poter parlare onestamente ad alta voce era un lusso che da tanto tempo si negava. Quando andò a raggiungere Cristina, il suo passo era quasi quello d'un adolescente.

Fu allora che il telefono suonò. Cristina andò a rispondere; e gli parve che stesse un pezzo assente, e che quando tornò palesasse di nuovo un'espressione imbarazzata. "Qualcuno ti desidera al telefono."

"Chi?" Ma subito si rese conto che era la Lawrence. Silenzio. Poi, frettolosamente: "Dille che non sono in casa. Dille che son fuori di città. No, aspetta." La sua espressione s'indurí, e fece un brusco movimento in avanti. "Vado io a parlare."

Dopo cinque minuti tornò, e la trovò seduta nell'angolo solito dove la luce era ancora buona. Le scoccò un'occhiata coperta, poi andò alla finestra, e vi rimase pensieroso, guardando fuori, con le mani in tasca. Il ticchettio regolare dei ferri da lavoro di Cristina gli comunicò una sensazione disagevole; come se fosse un cane randagio che se ne trotterella via, con la coda bassa e il pelo arruffato, dopo di aver sostenuto una lotta contro altri cani in qualche illecita razzia. A un certo punto non poté piú trattenersi. Sempre con le spalle voltate, disse: "Anche questa è finita. Ti può interessare di sapere che è stata solo una stupida questione di vanità, di egoismo, di interesse. Non ho mai smesso di voler bene a te, e a te sola." Poi si sfogò. "Maledizione! È stata tutta colpa mia. Me la cavo con troppa facilità, troppa. Ma devi anche sapere, Tina, che quand'ero al telefono ho, per giunta, chiamato anche Le Roy, e ho mandato anche lui a farsi benedire. Mi sono affrancato anche da quest'altra camorra. E per sempre."

Cristina non rispose, il ticchettio dei suoi ferri diede un suono giocondo nel silenzio della camera. Quando alfine Andrew si voltò, il crepuscolo era penetrato, ma Cristina continuava a sedere nel suo angolo, quasi invisibile: un'esile vaporosa figura intenta al lavoro.

Quella notte si svegliò sudato e sgomento e voltandosi alla cieca verso di lei le espresse il terrore dei suoi incubi. "Tina, dove sei? Perdonami, Tina, perdonami. D'ora in avanti sarò buono con te." Poi, placato, già mezzo riaddormentato: "Ci prendiamo una vacanza, appena liberi. Ho i nervi a brandelli. Pensare che una volta t'ho detto che eri tu nevrastenica. E dove ci stabiliremo, ovunque sia, avrai il tuo giardino, so che ti piace. Ricordi Vale View, Tina?"

L'indomani mattina le portò a casa un gran mazzo di crisantemi. Si dava pena per dimostrarle il suo antico affetto, non mediante quelle chiassose generosità ch'ella detestava — il ricordo della colazione al Plaza lo faceva ancora rabbrividire — ma con quelle piccole manifestazioni di riguardo ch'ella invece apprezzava.

Al tè, quando rientrò con una specie di panettone che le piaceva, e per sovrappiú le porse le pantofole togliendole dalla mensola nel corridoio, Cristina si drizzò a sedere, protestando con un buffo cipiglio. "Questo no, caro. Non voglio. Va a finire che ti strapperai i capelli e andrai in giro col saio da penitente."

"Appunto, Tina, d'ora in avanti non penserò che ad espiare, e a indennizzarti."

"All right, caro." Sorridendo s'asciugava gli occhi. Poi, con una brusca intensità, ch'egli non aveva mai sospettata in lei: "Non importa niente di niente Andrew, purché si sia insieme io e te, ma realmente insieme. Non voglio che tu mi corra dietro. Tutto quello che chiedo è che tu non corra dietro ad altre."

Quella sera Denny arrivò, come promesso, per cena. Portava un messaggio di Hope, che gli aveva telefonato per avvertirlo che non era in grado di venire a Londra quella sera. "Ha detto che aveva da fare," dichiarò Denny svuotando la pipa, "ma sospetto che sia fidanzato. Dev'essere romantico innamoramento del batteriologo."

"Ha detto niente circa la mia proposta?"

"Sí. Ci sta. Non so che ce ne importi; potremmo mettercelo in tasca e portarcelo via. Comunque, ci sta volentieri. E anch'io." Denny spiegò il tovagliolo e si servì dell'insalata. "Non mi so capacitare come un piano di prim'ordine come questo sia scaturito dal tuo cervello balzano. Soprattutto quando m'immaginavo che eri irremissibilmente convertito in un negoziante di profumerie del West End. Raccontami tutto."

Andrew gli raccontò, tutto, con enfasi crescente. Presero a discutere il piano nei suoi particolari pratici. Denny disse: "Secondo me, non dobbiamo scegliere una grande città. Sotto i ventimila abitanti, sarebbe l'ideale. Lí possiamo fare del buon lavoro. Non hai una carta dei West Midlands? Ci sono ventine di cittadelle industriali, servite da quattro o cinque medici, tutti garbatamente l'un contro l'altro armati. È proprio in una di queste che potremo delucidare l'idea della nostra cooperativa specializzata. Non dobbiamo acquistare nessuna condotta. Dobbiamo limitarci ad arrivare sul posto. Vedo già da qui le facce dei dottori locali. Ci esporremo ad ogni sorta d'insulti, rischieremo, chissà, di farci linciare. Ma, seriamente, quello che vogliamo è una clinica centrale, con un laboratorio annesso, per Hope, come dici benissimo. Possiamo perfettamente anche procurarci un paio di letti da metter su al primo piano. Ma non fare le cose in grande, al principio. Dovremo limitarci a convertire, piuttosto che a fabbricare. Ma ho il presentimento che metteremo radici."

Accorgendosi d'un tratto dello sguardo sfavillante con cui Cristina ascoltava intenta, sorrise. "Cosa ne pensate, voi? Robe da pazzi?"

"Sí," rispose Cristina, un pochino rauca per l'emozione, "ma sono queste, che importano."

"Ben detto, Tina," gridò Andrew. "È proprio questo che importa." Batté il pugno sulla tavola. "Il piano è buono. Ma è l'ideale che lo anima che vale di piú. Una nuova interpretazione del giuramento di Ippocrate: assoluta fedeltà all'ideale scientifico, niente empirismo, niente metodi da impostore, niente specifici esaltati dalla pubblicità, niente caccia alle tariffe, niente insaponati imbonimenti ad uso delle ipocondriache... Ho sete, Tina, dammi da bere, le mie corde vocali non sopportano tanto sforzo, avrei bisogno d'un tamburo..."

Parlarono fino all'una del mattino. L'eccitazione di Andrew era un assillo che persino Denny, lo stoico, sentiva. Il suo ultimo treno era partito da un pezzo. Quella notte occupò "la camera dei forestieri", e affrettandosi via al mattino promise di tornare il venerdí seguente. Nel frattempo vedeva Hope, e — prova suprema del suo entusiasmo — comprava una carta a grande scala dei West Midlands.

"Attacca, Tina, attacca!", Andrew rientrava dall'anticamera. "Denny è impazientissimo di vedere le cose avviate. Non dice molto, ma io lo conosco."

Lo stesso giorno si presentò il primo acquirente della condotta. Fu seguito da altri. L'agente venne in persona con gli acquirenti piú probabili. Possedeva una parlantina elegante che usò per esaltare persino l'architettura della rimessa. Al lunedí, il dottor Noel Lowry venne due volte, solo al mattino, e nel pomeriggio accompagnato dal proprio agente. Al seguito di che, Andrew ricevette una telefonata, soavemente confidenziale, da Fulger e Turner. "Il dottor Lowry è interessato, dottore, *molto* interessato, posso aggiungere. È particolarmente ansioso di assicurarsi che non vendiamo prima che sua moglie abbia potuto vedere la casa. Adesso è al mare coi bambini, ma arriva mercoledí."

Questo era il giorno che Andrew aveva stabilito di condurre Mary a Bellevue, ma pensò che poteva affidare la cosa all'agenzia. All'ospedale tutto si era svolto come previsto. Mary doveva partire alle due. Andrew aveva pregato la propria assistente, Nurse Sharp, di venire anche lei in automobile.

Pioveva forte quando andò a prendere Nurse Sharp in Welbeck Street. La trovò in attesa, ma renitente, di cattivo umore. I suoi umori erano stati piú balzani che mai, da quando le aveva notificato il licenziamento per la fine del mese. Al suo saluto rispose con una smorfia, e prese posto in vettura.

Fortunatamente non ebbe alcuna difficoltà all'ospedale. Mary uscí appena vide, per una finestra a terreno, arrivare l'automobile, e l'attimo seguente era comodamente seduta accanto a Nurse Sharp, avvolte le gambe in una coperta e con una bottiglia d'acqua sotto i piedi. Ma Andrew non tardò a rimpiangere d'essersi portata appresso l'imbronciata e sospettosa Nurse Sharp. Si domandava come avesse potuto tollerarla cosí a lungo, al suo servizio. Alle tre e mezzo arrivarono a Bellevue. La pioggia era cessata e un raggio di sole lacerò le nuvole mentre salivano il viale d'accesso. Mary si sporgeva in avanti, per guardare con apprensione il sanatorio che le era stato descritto in termini cosí entusiastici.

Andrew trovò Stillman in ufficio. Era ansioso di esaminare il caso con lui subito, perché la questione del pneumotorace lo impensieriva. "Va bene," annuí Stillman concludendo, "andiamo pure senz'altro."

Andrew lo precedette. Trovò Mary già a letto, pallidina, e un poco inquieta; dava occhiatine nervose a Nurse Sharp che stava riponendo il suo vestito. Ebbe un piccolo sobbalzo d'apprensione quando vide arrivare Stillman.

Stillman la esaminò meticolosamente. Il suo esame, cheto, silenzioso, assolutamente preciso, fu per Andrew una rivelazione. Non svelava la minima preoccupazione di assumere un contegno importante. Non sembrava affatto un medico in funzione, ma piuttosto un aggiustatore intento ad esaminare una macchina calcolatrice che si sia guastata. Benché usasse lo stetoscopio, la maggior parte dell'investigazione fu tattile: un esperto palpeggiamento degli spazi intercostali e superclavicolari, come se i suoi polpastrelli fossero realmente in grado di vagliare la condizione delle vive respiranti cellule polmonari.

Finito l'esame, non disse nulla a Mary, ma fece segno a Andrew di seguirlo fuori. Si fermò a pochi passi dalla porta e disse: "Pneumotorace, sí; non c'è dubbio. Lo farò subito. Andate a dirglielo."

Mentre si recava a preparare l'apparecchio, Andrew rientrò nella stanza e informò Mary della decisione adottata. Parlò con la massima calma e dolcezza, tuttavia la prospettiva dell'immediata operazione aumentò visibilmente l'inquietudine di Mary. "La fai tu?" domandò. "Preferirei."

"Non è niente, Mary. Non sentirai il minimo dolore. Sarò presente. Io aiuterò. Bado io a che tutto vada bene."

Aveva effettivamente avuto l'intenzione di lasciar far tutto a Stillman, tecnicamente. Ma poiché Mary era cosí paurosa, e cosí tangibilmente fiduciosa in lui, e poiché inoltre si sentiva responsabile della sua presenza nel sanatorio, andò nella sala d'operazione ed offrí la sua assistenza a Stillman.

Dieci minuti dopo, erano pronti. Quando Mary fu portata dentro, Andrew le somministrò l'anestetico locale. Poi, mentre Stillman inseriva abilmente l'ago, si collocò presso il manometro per sorvegliare il flusso nella pleura dell'azoto sterilizzato. L'apparecchio era squisitamente sensibile, e Stillman indubbiamente maestro nella tecnica. Maneggiava la cannula con la destrezza che derivava dall'esperienza, l'occhio fisso sul manometro in attesa dello scatto finale che doveva annunciare la perforazione della pleura parietale.

Dopo la prima fase di acuta nervosità, l'inquietudine di Mary declinò rapidamente. Si sottomise all'operazione con crescente fiducia, e alla fine, completamente rassicurata, fu capace di sorridere ad Andrew. Rientrata nella sua camera, disse: "Avevi ragione. Sono come se non avesse fatto niente del tutto."

"Davvero?" Alzò un sopracciglio e rise. "È cosí che dovrebbe essere sempre. Niente chiasso; niente senso di qualche terribile sciagura sospesa; potessero tutte le operazioni svolgersi cosí! Ma abbiamo ugualmente immobilizzato quel tuo polmone. Adesso potrà riposare. E quando ricomincerà a respirare, sarai guarita, credimi."

Il suo sguardo si posò affettuosamente su di lui, poi errò nuovamente attorno alla graziosa cameretta, prima di posarsi, attraverso la finestra, sulla vallata. "Credo che mi piacerà star qui, dopo tutto. Stillman è poco comunicativo, ma si sente che dev'essere simpatico. Posso farmi portare il tè?"

XIX

Erano quasi le sette quando Andrew ripartí per Londra. Era rimasto, piú a lungo di quanto aveva previsto, a chiacchierare con Stillman sulla veranda, gustando l'aria fresca e la pacata conversazione del suo interlocutore. In vettura, pervaso da uno straordinario, benefico senso di placidezza, di tranquillità, lo attribuiva all'influenza, esercitata sulla sua natura impetuosa, dalla riposante personalità di Stillman, indifferente alle trivialità della vita. Era inoltre mentalmente tranquillo sul conto di Mary. Che enorme differenza, fra l'ospedale antiquato in cui l'aveva fatta ricoverare al suo arrivo e quel sanatorio in cui ora poteva fiduciosamente aspettare la guarigione! Benché non avesse discusso con Stillman la questione del pagamento, sapeva che Boland non era in condizione di far fronte alle tariffe di Bellevue, e che per conseguenza toccava a lui di regolare i conti. Ma questo era un'inezia, di fronte alla soddisfazione che provava al pensiero di aver compiuto, per la prima volta da molti mesi in qua, un'azione che a suo giudizio era veramente degna, e nella quale vedeva il principio della propria riabilitazione.

Guidava adagio, gustando la calma della sera. Nurse Sharp non aveva niente da dire e lui, occupato dai suoi propri pensieri, era totalmente inconsapevole della sua presenza. Solo quando entrarono in città gli venne fatto di ricordarsene e le domandò dove voleva essere deposta; e in base alla sua risposta voltò nella direzione della stazione sotterranea di Notting Hill. Era contento di liberarsene. Era una buona assistente, ma il suo carattere, represso e infelice, la rendeva arcigna. Sentiva di essere odiato da lei. Stabilí di inviarle il suo mese di stipendio l'indomani; cosí non l'avrebbe rivista piú.

Per qualche oscura ragione, quando si inoltrava per Paddington Street il suo umore cambiò. Gli dava sempre fastidio passare davanti alla bottega del calzolaio. Con la coda dell'occhio ne vide l'insegna. Un commesso ne abbassava in quel momento le serrande. L'atto, semplice in sé, gli risultò simbolico, e gli comunicò un brivido. Arrivò a casa depresso, e chiuse la vettura nella rimessa. Quando fu nell'anticamera, si sentí come sotto il peso di un'inspiegabile tristezza.

Cristina gli corse allegramente incontro, ma la sua gaiezza non lo rasserenò. Gli occhi di Cristina lucevano di notizie. "Venduto!" gli gridò gioiosamente, "venduto tutto quanto. Hanno aspettato, perché volevano vederti, sono partiti solo adesso. C'eran tutt'e due, il dottore e sua moglie. Vedendo che non arrivavi, ha fatto lui l'ambulatorio. Li ho trattenuti a cena. S'è discorso d'un po' di tutto. Ma la moglie pensava, senza dirlo, che ti fosse succeduta qualche disgrazia. Allora ho cominciato ad essere preoccupata anch'io. Ma ora sei arrivato, caro. Tutto bene. Lowry t'ha dato appuntamento per domattina all'agenzia, per la firma del contratto. E ha già sborsato il deposito."

Mentre stava parlando, s'eran trasferiti in sala, dove la tavola era già stata apparecchiata. Andrew era contento, naturalmente, che la vendita fosse stata effettuata, tuttavia, per il momento era incapace di manifestare il suo compiacimento. Cristina seguitò: "Buona cosa, vero, che si sia combinato cosí presto. Come mi piacerebbe ritornare per una piccola vacanza a Val André, prima di riprendere il lavoro; era cosí bello, là, ci siamo divertiti tanto..." S'interruppe, notando la sua faccia scura. "Cos'hai? Qualche cosa che non va?"

"No, no. Niente." Sorrise e si sedette al tavolo. "Sono un po' stanco. E non ho pranzato."

"Non hai pranzato?!" esclamò Cristina, sopraffatta. "Credevo che avessi pranzato a Bellevue." Diede un'occhiata in giro. E io ho sparecchiato, e ho mandato Emily al cinema!"

"Non importa."

"Importa sí. Adesso capisco perché la notizia della vendita non t'entusiasmava. Sta' tranquillo e ti porto qualche cosa. Cosa vorresti? Una minestrina, e due uova strapazzate, va bene?"

"Lascia andare la minestra, Tina, bastan le uova. E un pezzo di formaggio."

Cristina non tardò a ricomparire col vassoio, sul quale aveva messo, col tegame delle uova, il pane, un poco d'insalata e la campana del formaggio. Trasse dalla dispensa una bottiglia di birra, e mentre lui mangiava stette a guardarlo con sollecitudine, discorrendo animatamente per distrarlo. "Sai, ho pensato tante volte, se noi due avessimo dovuto passare la vita in una casupola da minatori, con la sola camera da letto e la cucina, avremmo quadrato alla perfezione. La gran vita non fa per noi. Sono immensamente felice di poter essere di nuovo la moglie di un lavoratore."

Lui, mangiando, ascoltava col sorriso, e si sentiva a poco a poco rinfrancare. Lei seguitò, gomiti sul tavolo e mento tra le mani: "Sai, ho pensato a tante cose in questi ultimi giorni. Prima, avevo la mente ostruita, anchilosata. Ma appena ci siamo rimessi d'accordo tutto m'è parso cosí chiaro. È solo quando le cose che vogliamo ottenere richiedono da parte nostra un grave sforzo che diventano preziose. Quando ti cadono in grembo non danno soddisfazione. Ricordi ad Aberalaw, quando incontravi tante difficoltà... Adesso, mi pare che tutto ricominci, per noi. È questa, la vita che ci vuole per noi due. E sono tanto felice!"

"Davvero, Tina? Fa piacere sentirti parlare cosí."

Ella lo baciò. "Mai stata in tutta la mia vita piú felice che in questo momento."

Pausa. Egli imburrò un crostino, e alzata la campana del formaggio fu deluso nel vedere non il buon Liptauer che s'aspettava, ma solo un misero avanzo d'una forma che la cuoca usava per grattugiare. Notando la sua delusione, Cristina scattò in piedi e diede in un'esclamazione di rincrescimento: "Oh! Non ho pensato di andare da Frau Schmidt."

"Fa niente, Tina."

"Fa moltissimo." Gli sottrasse il piatto prima che potesse servirsi. "Son qui a far la sentimentale, invece di pensare a te, digiuno e affamato. Bella moglie d'un lavoratore!" Diede un'occhiata alla pendola. "Ho giusto il tempo di arrivare da Frau Schmidt prima che chiuda."

"No, Tina, lascia andare. Non voglio."

"Sí, sí, tu sta' zitto. Voglio io. Il Liptauer ti piace, tu piaci a me, dunque vado a prendertelo." E fu fuori dalla stanza prima che lui potesse protestare di nuovo.

Andrew seguí con l'orecchio i suoi passetti frettolosi nell'anticamera, la udí richiudere la porta di strada. Sorrideva ancora con gli occhi, commosso dalla sollecitudine di Cristina. Imburrò un altro crostino, in attesa del famoso Liptauer, in attesa di Cristina.

La casa era immersa nel silenzio. Florrie dormiva, e sua madre era al cinema. Buona cosa, che Emily avesse accettato di venir via con loro, dovunque andassero a stabilirsi. Brav'uomo Stillman. E sapeva il fatto suo. Mary adesso era certa di guarire perfettamente. Fortuna che la pioggia era cessata quando arrivarono a Bellevue; al ritorno era stata una magnifica serata. Cristina avrebbe riavuto presto il suo giardino. Loro tre potevano correre il rischio d'essere linciati, ma Cristina avrebbe avuto ugualmente il suo giardino.

Cominciò a rosicchiare distrattamente uno dei due crostini. Se Cristina non tornava presto, perdeva l'appetito. Si sarà fermata a chiacchierare con Frau Schmidt. Brava Frau, che gli aveva mandato i suoi primi clienti. Se solo avesse tirato avanti modestamente, invece di... Ma adesso era finito, grazie a Dio. Erano di nuovo d'accordo, piú felici di quanto fossero mai stati. L'aveva detto lei pochi minuti fa, gli aveva fatto piacere sentirla. Accese una sigaretta.

Inaspettatamente il campanello suonò con violenza. Alzò la testa, posò la sigaretta, andò in anticamera. Altra scampanellata. Aprí la porta. Una folla sul marciapiede, facce e teste tentennanti nel buio. Torreggiante sugli altri, il vigile che aveva suonato il campanello. Era Struthers, il suo amico; strana, la bianchezza vitrea dei suoi occhi. "Dottore!" ansava come un uomo che abbia corso. "Vostra moglie s'è fatta male. Usciva di corsa dalla salumeria proprio mentre passava l'autobus..."

Fu come se un'immane morsa di ghiaccio lo stritolasse.

Prima che potesse parlare si vide ricacciato indietro dalla marea della gente che irrompeva nell'anticamera. Riconobbe Frau Schmidt sconvolta dal pianto, vide un conducente di autobus, un altro vigile, facce di ignoti; tutti che spingevano, forzandolo a indietreggiare fin nella sala di consultazione. Poi, nella calca, portata a braccia da due uomini, la figura della sua Cristina, con la testa arrovesciata sull'arco sottile del collo bianco. Ancora intrecciata tra le dita della sinistra, la cordicella del pacchetto del Liptauer. La posarono sulla cuccetta. Già morta.

XX

Il colpo lo abbatte, materialmente e moralmente. Ebbe qualche momento di lucidità, quando per esempio riconobbe Emily, Denny e Hope; ma per la massima parte del tempo tirava avanti insensibile, compiendo come un automa gli atti che gli venivano richiesti, tutto rattratto in sé sotto l'incubo della disperazione. Il suo sistema nervoso dilaniato intensificava la tortura della perdita subita creando morbose fantasticherie e paure suggerite dal rimorso, dalle quali si riscuoteva, tutto sudato, ululando d'angoscia.

Ebbe qualche vaga nozione dell'inchiesta, della banale formalità di procedura della *"coroner's court"*, delle inutili e cosí particolareggiate deposizioni dei testimoni oculari. Fissò con occhi imbambolati la scialba figura di Frau Schmidt, sulle cui gote paffute colavano le lacrime. "Rideva, poverina, era tanto allegra, ha riso tutto il tempo che è rimasta nel negozio. Presto, per favore, presto continuava a ripetermi, non voglio aspettare..."

Quando udí il coroner esprimere le sue condoglianze al dottor Manson per la crudele sventura che lo aveva colpito, capí che la seduta era terminata. S'alzò meccanicamente, e si ritrovò sul marciapiede accanto a Denny.

Chi avesse provveduto, e come, ai funerali, non lo seppe. Al cimitero di Kensal Green, i suoi pensieri si ostinavano a dardeggiare in tutte le direzioni, e soprattutto nel passato, presentando ai suoi occhi la visione delle brulle colline di Aberalaw spazzate dai venti dove galoppavano in libertà le mandrie di cavallucci dalle criniere arruffate. Cristina aveva amato quei luoghi; le piaceva sentirsi la faccia sferzata dal vento. E adesso la sotterravano nel chiuso d'un camposanto cittadino.

Quella notte, sotto le crudeli sofferenze della nevrosi, provò a rendersi insensibile ricorrendo all'alcool. Ma il whisky non faceva che incollerirlo dentro di sé. Camminò su e giú per la stanza fino a notte inoltrata, monologando ad alta voce come fanno gli ubriachi. "Credevi di farla franca. Che asino. Colpa e castigo. L'hai uccisa tu. Tocca a te di soffrire." Uscí, senza cappello, andò, barcollando, fino in fondo alla strada, si fermò meditabondo, con occhi stralunati, davanti alla bottega del calzolaio, ne venne via balbettando, tra le amare lacrime dello sborniato: "A Dio non la si fa. Cristina l'ha detto una volta. A Dio non la si fa."

Salí, barcollando, la scala, entrò nella camera di Cristina, muta, fredda, deserta. Vi trovò, sul tavolo, la sua borsetta. La prese, se la premette contro la guancia, l'aprí con mani tremanti. Conteneva poche monete d'argento e di rame, un fazzolettino, una nota del droghiere. E nel taschino centrale trovò qualche carta: una sbiadita istantanea di se stesso a Blaenelly e — sí!, le riconobbe con una fitta di dolore — quelle note scritte che aveva ricevuto ad Aberalaw coi doni di Natale inviatigli dai suoi clienti. Le aveva serbate tutti quegli anni! Un potente singhiozzo gli eruppe dal petto. Stramazzò in ginocchio presso il letto in una passione di pianto.

Denny non fece nulla per impedirgli di bere. Andrew aveva l'impressione che Denny passasse lí la maggior parte dei suoi giorni. Non certo per sostituirlo nella condotta, perché il dottor Lowry, il successore, era già entrato in funzione. Ma non voleva saper niente di quello che accadeva intorno a lui. I suoi nervi erano a brandelli. Il suono del campanello gli comunicava frenetiche palpitazioni di cuore. Un passo inatteso gli faceva sudare le mani. Stava nella sua camera da letto, con un fazzoletto avvolto tra le dita, asciugandosi periodicamente le palme, guardando nel fuoco, sapendo che per tutta la notte gli toccava di far fronte all'insonnia.

Queste erano le sue condizioni quando Denny arrivando un giorno gli disse: "Son libero finalmente. Adesso possiamo partire."

Non si sognò nemmeno di rifiutare. La sua capacità di resistenza era esaurita. Non domandò nemmeno per dove partissero. In muta apatia osservò Denny fargli la valigia. Entro un'ora erano diretti alla stazione di Paddington.

Viaggiarono tutto il pomeriggio attraverso le contee del sud-ovest, cambiarono treno a Newport e risalirono nel Monmouthshire. Ad Abergavenny abbandonarono la ferrovia e Denny prese a nolo un'automobile. Si lasciarono l'abitato alle spalle e varcato l'Usk si lanciarono nella campagna sfarzosamente spennellata nelle tinte dell'autunno. Denny disse: "È un posticino dove venivo una volta per pescare. Llantony Abbey. Credo che farà al caso nostro."

Arrivarono a destinazione alle sei. Attorno ad uno spiazzo di erba rasa giacevano le rovine dell'abbazia con ancora in piedi qualche colonna dei portici antichi. Lì vicino c'era una locanda, costruita interamente con le pietre cadute, sulla sponda d'un piccolo corso d'acqua il cui mormorio era riposante. Nella quieta aria vespertina saliva il fumo di fuochi di legna.

L'indomani mattina Denny si portò fuori Andrew per farlo camminare. Era una giornata fresca, ma Andrew, debole per la notte insonne, con muscoli flaccidi che si arresero alla prima salita, fece per tornare indietro dopo qualche centinaio di passi. Ma Denny si mostrò risoluto; gli fece fare dodici chilometri il primo giorno, e l'indomani sedici. Alla fine della settimana percorrevano trenta chilometri al giorno, e Andrew la sera trascinandosi nella sua stanza cadeva immediatamente nell'insensibilità del suo letto.

All'abbazia non eran seccati da nessuno. Restavano sul posto solo pochi pescatori, la stagione delle trote era sul finire. Prendevano i loro pasti nel refettorio dal pavimento di pietra, seduti ad un lungo tavolo di quercia davanti ad un gran fuoco di ceppi nel vasto camino. Il vitto era semplice e sano.

Durante le camminate non parlavano. Spesso camminavano il giorno intero senza scambiare piú di qualche monosillabo. Al principio Andrew era indifferente ai panorami, ma col passare dei giorni la bellezza dei boschi e dei fiumi e delle alture rivestite di felci penetrava, gradatamente, impercettibilmente, i suoi sensi intontiti.

Il progresso del suo ristabilimento non fu sensazionalmente celere, tuttavia alla fine del primo mese era capace di sostenere la fatica delle lunghe marce, mangiare e dormire normalmente, bagnarsi nell'acqua fredda tutte le mattine e fronteggiare il futuro senza recalcitrare. Capiva che Denny non avrebbe potuto scegliere, per rimetterlo in forza, un posto piú conveniente di quella località isolata, né adottare una cura piú efficace di quella monastica spartana esistenza che gli imponeva. Quando il primo gelo addentò la terra, egli ne percepí in tutte le vene la gioia selvaggia.

Ricominciò di botto a discorrere. Con scarsa coerenza, sulle prime. La sua mente, come un atleta che compia semplici esercizi prima di intraprendere gesta piú spettacolose, era guardinga nel riavvicinare la vita. Ma a poco a poco imparò ad ascoltare le notizie che Denny gli impartiva sul decorrere degli eventi.

La sua condotta era stata definitivamente rilevata dal dottor Lowry, non per il prezzo pieno che l'agenzia aveva stipulato, perché sotto le circostanze era venuta a mancare l'introduzione, ma per una cifra di poco inferiore. Hope si era finalmente affrancato dalla dipendenza dell'M.F.B. Denny era libero anche lui. La deduzione era cosí chiara che Andrew alzò la testa e disse: "Io al principio dell'anno dovrei essere in grado di lavorare."

Allora cominciarono a parlare seriamente, e alla fine della settimana Andrew uscí completamente dal suo stato abulico. Gli pareva strano, e triste, che la mente umana dovesse essere capace di riaversi da un colpo mortale come quello che lo aveva atterrato. Ma non c'era che fare: la guarigione era una realtà. Per tutti quei giorni aveva, a rimorchio di Denny, scalpicciato con stoica indifferenza, con le gambe che funzionavano come i pistoni di una macchina; ma adesso aspirava l'aria frizzante con vero compiacimento, frustava le felci col suo bastone, prendeva la corrispondenza dalle mani di Denny e imprecava se la posta non gli portava il *Medical Journal*.

Passavano le sere studiando la carta topografica. Compilarono un elenco d'una ventina di città di provincia, lo ridussero a dodici in seguito ad una prima cernita, e dopo la seconda lo assottigliarono ad otto nómi soli. Due di queste cittadine erano nello Staffordshire, tre nel Northhamptonshire e tre nel Warwickshire.

Il lunedí seguente Denny partí e stette via una settimana. In quei sette giorni Andrew sentí tornare, irruente, il suo antico desiderio di lavoro, di lavorare sul serio con Denny e Hope. La sua impazienza ingigantí. Al sabato fece tutta la strada a piedi fino ad Abergavenny incontro all'ultimo treno. Denny non arrivò. Rientrò deluso, irritato dall'idea di dover sopportare altre due notti e un giorno di dilazione. Ma davanti alla locanda trovò una piccola Ford, e nel refettorio Denny e Hope che si rifocillavano tranquillamente.

Il resoconto di Denny fu il focoso preludio di un'ardente discussione che si prolungò fin nel cuore della notte. La pioggia e la grandine battevano alla finestra, ma senza disturbare.

Due delle città visitate da Denny — Franton e Stanborough — erano, a detta di Hope, mature per lo sviluppo, dal punto di vista medico. Erano due comuni semiagricoli, solidi, che rinascevano sotto l'impulso di nuove attività industriali. A Stanborough era stata impiantata recentemente una fabbrica di cuscinetti a sfere, e a Franton un grande zuccherificio. Si fabbricavan case alla periferia, la popolazione aumentava. Ma in entrambe le località il servizio sanitario stentava a seguire il movimento. Franton aveva solo un cottage ospedaliero, e Stanborough niente del tutto. I casi gravi venivano spediti a Coventry, a venti chilometri.

Questi nudi ragguagli bastarono a lanciarli nella discussione con la foga di segugi che inseguono una pista. Ma Denny possedeva informazioni ancora piú stimolanti. Produsse una pianta di Stanborough strappata da un itinerario turistico. Osservò: "Mi spiace dire che l'ho rubata all'albergo. Ottimo principio."

"Dimmi subito che cosa significa quel segno," ordinò con impazienza il già flemmatico Hope.

"Questo," disse Denny, mentre le tre teste si chinavano sulla pianta, "è la piazza del mercato. La chiamano il Circle. Sta esattamente al centro dell'abitato, in alto, una bella posizione. Ve la immaginate: tutt'attorno case, botteghe, uffici, un insieme dall'effetto georgiano, con portici, e finestre basse. Il capintesta dei medici del luogo, una balena, con la faccia rossa e due braciole d'abbacchio per guance, impiega due assistenti, e abita nel Circle." L'ironia di Denny era mite. "Proprio di faccia alla sua casa, al di là della graziosa fontana di granito rosso che sorge al centro della piazza, ci sono due case vuote, camere grandi, buoni pavimenti, facciate decenti, e... *in vendita*! Mi pare..."

"E io dico," interruppe Hope ansante, "che non c'è niente al mondo che potrebbe piacermi piú di un laboratorio in faccia a quella fontana."

Continuarono per un pezzo. Denny sviluppò altri particolari interessanti. "Probabilmente," concluse, "siamo pazzi da legare. La nostra idea è stata attuata alla perfezione nelle grandi città americane, dopo matura meditazione, e dopo un'organizzazione che avrà richiesto chissà quanto capitale. Ma qui, a Stanborough! E nessuno di noi possiede fondi importanti. Probabilmente, per giunta, ci accapiglieremo a vicenda. Comunque..."

"Dio salvi le braciole d'abbacchio," disse Hope, alzandosi e stirandosi.

La domenica fecero avanzare d'un passo i loro piani, stabilendo che Hope, ripartendo l'indomani, facesse una puntata fino a Stanborough, dove Denny e Andrew dovevano raggiungerlo mercoledí per condurre un'astuta investigazione presso le agenzie di vendita del posto.

Con la prospettiva di un giorno intero a sua disposizione, Hope partí di buon'ora nella sua Ford, prima che gli altri fossero scesi per colazione. Il cielo era ancora pesantemente coperto, ma il vento era forte: una giornata frizzante, esilarante. Dopo colazione Andrew uscí da solo per un'ora. Faceva piacere sentirsi di nuovo vigoroso, e contemplare in prospettiva l'avventuroso tentativo che si proponevano di eseguire. Adesso che l'idea sembrava prossima a fruttificare, rivestiva ai suoi occhi una suprema importanza.

Quando rientrò alle undici la posta era arrivata, portandogli varie lettere da Londra. Sedette al tavolo con un senso di anticipazione. Denny leggeva il giornale davanti al fuoco.

La prima lettera che aprí era di Mary Boland. Scorrendola, aveva la faccia illuminata da un sorriso. Cominciava per esprimergli la sua simpatia, con la speranza che adesso fosse completamente rimesso. Poi parlava succintamente di sé. Stava meglio, infinitamente meglio, quasi bene. Da cinque settimane la temperatura era normale. Era in piedi, e cominciava a fare un po' di moto. Aveva acquistato tanto peso che Andrew avrebbe stentato a riconoscerla. Gli domandava se non poteva venire a vederla. Stillman era partito, per parecchi mesi, lasciando il suo assistente Marland a dirigere il sanatorio. Non aveva parole per ringraziarlo abbastanza d'averla mandata a Bellevue.

Andrew, con la faccia ancora luminosa al pensiero del risanamento di Mary, posò la lettera. Poi, scartando un mucchio di circolari e di avvisi pubblicitari, tutti in buste sottili affrancate con mezzo penny, prese un'altra lettera. Era una busta oblunga, dall'aspetto ufficiale. L'aprí, ne trasse un foglio di carta consistente.

Allora il sorriso sparí dalla sua faccia. Fissò la lettera con occhi increduli, pupille dilatate. Impallidí come un morto. Per un intero minuto restò immobile, con gli occhi sbarrati. "Denny," disse a bassa voce, "guarda questo,"

XXI

Otto settimane prima, quando Andrew al ritorno da Bellevue aveva deposto Nurse Sharp alla stazione di Notting Hill, costei aveva preso la sotterranea per Oxford Circus, e di qui s'era portata celermente a piedi in Queen Ann Street. Aveva stabilito in precedenza, con la sua amica Nurse Trent, l'assistente di Freddie, di andare quella sera al Queens' Theatre, a sentire Louis Savory, che entrambe adoravano, nel *The Duchess declares*. Ma poiché erano già le otto e un quarto e il teatro cominciava alle otto e tre quarti, temeva d'essere in ritardo. Invece del pranzetto che avevano inteso regalarsi nella Corner House, adesso dovevano contentarsi di sboccioncellare un panino imbottito alla svelta, o anche di farne a meno del tutto. L'umore adunque di Nurse Sharp, mentre s'affrettava per Queen Ann Street, era quello d'una donna trattata senza riguardo. Continuando a rivolgere in mente gli eventi del pomeriggio, ribolliva di sdegno e di risentimento. Saliti i gradini della casa di Hamson, suonò irascibilmente il campanello.

Lo aprí Nurse Trent, con una paziente espressione di

rimbrotto. Ma prima che potesse parlare, Nurse Sharp le posò una mano sul braccio dicendo in fretta: "Mi spiace, cara, mi spiace molto, ma se sapessi che giornata ho avuto! Ti racconterò poi. Lasciami solo deporre le mie cose. Se vengo come sono, credo che facciamo a tempo."

In quel momento, mentre le due donne stavano insieme in anticamera, Hamson se ne veniva giú dalla scala, tutto azzimato, abbagliante in marsina. Vedendole si fermò. Freddie non lasciava mai sfuggire una occasione per fare sfoggio del fascino della sua personalità. Era parte della sua tecnica, il cercare di rendersi simpatico, a chiunque, solo per profittarne, se possibile. "Ehilà, Nurse Sharp," mormorò in un accento piuttosto gaio, mentre sceglieva una sigaretta nell'astuccio d'oro. "Abbiamo l'aria un tantino seccata, che? E siete tutte due in ritardo, se non sbaglio. Mi pareva d'aver sentito dire che avevate deciso di andare a teatro."

"Sissignore," disse Nurse Sharp, "ma ho fatto tardi, a causa d'una cliente del dottor Manson."

"Oh?"

Il suo tono conteneva solo l'ombra d'un accento interrogativo, ma per Nurse Sharp era sufficiente. Rifriggendo sotto le ingiustizie che le venivano continuamente inflitte, ostile ad Andrew ed ammiratrice di Freddie, improvvisamente si lasciò andare. "Non ho mai patito tanto in vita mia, dottor Hamson. Mai. Ho dovuto ritirare una malata dal Victoria, di soppiatto, e accompagnarla in quel posto, Bellevue, e il dottor Manson m'ha tenuta là tre ore, mentre lui faceva un pneumotorace con quel fachiro senza laurea..." Spifferò tutta la storia del pomeriggio, trattenendo con difficoltà le sue pungenti lacrime di stizza.

Quando concluse, seguí un breve silenzio. Gli occhi di Freddie contenevano una strana espressione. "Peccato, Nurse," disse alfine. "Spero comunque che arriverete in tempo a teatro. Sentite, Nurse Trent, prendete un tassí, a mie spese, certo. Ora scusate, debbo andare..."

"Questo sí è un signore," mormorò Nurse Sharp, seguendolo con occhi ammirativi. "Su, cara, fai venire questo tassí."

Freddie andò meditabondo al Club. Dopo il suo litigio con Andrew, aveva dovuto per forza inghiottire il suo orgoglio, rassegnandosi a stringere maggiormente i suoi rapporti con Deedman e Ivory. Stasera pranzava con loro. E durante il pranzo, Freddie, meno per malizia che per il desiderio di interessare gli altri due, e rimettersi daccapo in buona luce ai loro occhi, osservò, come di passata: "Pare che Manson, ora che ci ha ripudiati, si stia dedicando a trucchi da fattucchiera. Mi dicono che ha cominciato a procurare clienti a Stillman."

"Che?" Ivory posò la forchetta.

"E a collaborare con lui, mi dicono." Freddie abbozzò una lepida versioncella del racconto di Nurse Sharp.

Quand'ebbe finito, Ivory domandò, con inattesa bruschezza: "Ma è vero?"

"Caro mio," rispose Hamson in tono di protesta, "me l'ha raccontato la sua assistente in persona mezz'ora fa."

Pausa. Ivory abbassò gli occhi e si rimise a mangiare. Ma sotto la sua calma esteriore gongolava di gioia maligna. Non aveva perdonato a Manson la botta finale che gli aveva menata il giorno dell'operazione. Benché duro di pelle, possedeva l'orgoglio geloso di chi conosce le proprie debolezze e cerca di nasconderle. Sapeva di non essere un chirurgo competente. Ma nessuno gli aveva mai rinfacciato, e con così tagliente violenza, l'intera estensione della sua incompetenza. Odiava Manson per aver osato di enunciare quell'amara verità.

Deedman e Freddie s'eran già rimessi a discorrere d'altro, quando Ivory li interruppe, con una voce alla quale si sforzava di dare un accento impersonale. "Quest'assistente di Manson, puoi darmi il suo indirizzo?"

Freddie, smettendo di parlare con Deedman, lo guardò di fianco. "Certo."

"Mi pare," opinò Ivory freddamente, "che si dovrebbe fare qualche cosa in merito. Detto fra noi, Freddie, quel tuo Manson non m'è mai piaciuto. Ma a parte questo, penso solo al lato morale della questione. Solo l'altra sera, al pranzo Mayfly, Gadsby per caso mi parlava di Stillman. I giornali cominciano a discorrere. Qualche merlo di Fleet Street ha messo insieme un elenco di pretese guarigioni ottenute da Stillman, su persone che i medici non erano riusciti a curare; sapete, le solite storie. Gadsby prende la cosa piuttosto sul serio. Se non sbaglio, Cranston, quello delle automobili, era un cliente suo, una volta, prima che lo stregone americano glielo portasse via. Cosa succederà, domando io, se noi professionisti ci mettiamo a sostenere questi ciarlatani? Piú ci penso, alla cosa, e meno mi piace. Voglio sentir Gadsby cosa ne pensa. Cameriere! Vedete se il dottor Maurice Gadsby è nelle sale. Se no, dite al portiere che telefoni per informarsi se è in casa."

Hamson, una volta tanto, apparve preoccupato. Non aveva rancore contro Andrew, gli aveva sempre voluto bene, al suo modo egoistico. Mormorò: "Lasciami fuori della faccenda, Ivory."

"Non far l'asino, Freddie. Dobbiamo permettere a quell'individuo di coprirci di fango e poi, per giunta, di farla franca, quando sappiamo sul suo conto delle cose di questo genere?"

Il cameriere tornò per dire che il dottor Gadsby era a casa sua. Ivory lo ringraziò con un cenno del capo. "Mi spiace, cari miei, ma niente bridge per me stasera. A meno che Gadsby non possa ricevermi."

Ma Gadsby poté riceverlo. Benché i due non fossero veri amici, si conoscevano abbastanza perché il medico si desse la pena di offrire al chirurgo un sigaro di buona marca e un bicchierino del suo Porto numero due. Avesse o no una nozione esatta della competenza di Ivory, era comunque al corrente della sua posizione sociale, e questa, agli occhi d'un Gadsby, accanito aspirante agli onori mondani, risultava abbastanza elevata da indurlo a trattare il collega con tutti i segni d'una deferenza adeguata alle circostanze.

Quando Ivory menzionò l'oggetto della sua visita, Gadsby non ebbe bisogno di simulare per mostrargli il suo interesse. Si sporse avanti nella seggiola, gli occhietti appiccicati in faccia all'interlocutore, tutt'orecchi. "Perdio!" esclamò, alla fine del racconto. "Conosco quel Manson. L'abbiamo avuto, per brevissimo tempo, all'M.F.B., e vi assicuro che eravamo tutti felici quando ce ne siamo liberati. Un vero *outsider*, coi modi d'un fattorino. E mi dite sul serio che ha fatto uscire un malato dal Victoria — sarà stato uno dei clienti di Thoroughgood al riguardo — per consegnarlo a Stillman?"

"Non solo, ma ha assistito lui stesso all'operazione, aiutando Stillman."

"Se questo è vero," disse Gadsby, guardingo, "è una

colpa che dovrà essere giudicata dal General Medical Corps."

"Pensavo anch'io cosí," concordò Ivory, affettando titubanza. "Ma per un riguardo esitavo. Capirete, lo conosco meglio di voi, questo Manson. Non me la sentivo di formulare io personalmente l'accusa."

"Ci penso io," disse Gadsby, con autorità. "Se quello che dite è realmente vero, la formulo io in persona. Mancherei al mio dovere se non provvedessi immediatamente. Si tratta d'una questione grave, vitale, direi. Quell'americano costituisce una seria minaccia, non tanto per il pubblico, quanto per la professione. Mi pare d'avervene parlato l'altra sera a pranzo. Rappresenta un vero pericolo per la tradizione, per tutta la Facoltà, per tutto quello che propugniamo e difendiamo. L'unica arma cui possiamo ricorrere è l'ostracismo. Grazie a Dio, ce la siamo riservata, finora. Noi soli possiamo firmare un verdetto di morte. Ma se questi individui son lasciati liberi di assicurarsi la collaborazione di noi professionisti, allora siamo perduti. Per fortuna il G.M.C. ha sempre considerato con la massima severità, nel passato, queste pratiche illecite. Ricordate il caso di Jarvis, il manipolatore, parecchi anni fa, quando trovò non so qual cane d'un dottore che gli prestò i suoi servizi come anestetizzatore. Quest'ultimo è stato immediatamente radiato dai ruoli. Piú penso a quel bandito d'uno Stillman, e piú sono determinato a fare di questa vicenda un esempio. Se mi scusate un minuto, voglio telefonare a Thoroughgood. E domani penserò ad interrogare l'assistente di Manson."

S'alzò e andò a telefonare al dottor Thoroughgood. Il giorno seguente, alla presenza di Thoroughgood, si fece consegnare una dichiarazione scritta e firmata da Nurse Sharp. Cosí esauriente gli risultò questa testimonianza che si mise immediatamente in rapporto col proprio legale. Detestava Stillman sinceramente. Ma aveva già il piacevole presentimento del lustro che non poteva non ridondare su di sé, come pubblico difensore della moralità medica.

Mentre Andrew stava all'abbazia, il processo istruito contro di lui era avanzato inesorabile sulla sua strada. È vero che Freddie, leggendo sui giornali, con sincero dolore, il resoconto dell'inchiesta sulla morte di Cristina, aveva telefonato ad Ivory per indurlo a ritirare l'accusa; ma era troppo tardi. Il General Medical Corps l'aveva già presa in considerazione, e fatta propria. E completata l'istruzione della causa, aveva invitato Andrew a presentarsi al Consiglio di Disciplina per difendersi.

Era questa la lettera che Andrew, esterrefatto dalla minacciosa intransigenza dell'arida fraseologia legale, teneva nelle sue mani tremanti. Diceva: *"...che voi, Andrew Manson, sapendo e volendo, il 15 agosto, avete assistito certo Richard Stillman, individuo non registrato il quale pratica in un determinato settore della medicina, e che voi nella vostra qualità professionale vi siete associato con lui nell'attuare detta pratica. E che in conseguenza di ciò vi siete reso reo di condotta infamante sotto un rispetto professionale."*

XXII

Il Consiglio di Disciplina doveva aver luogo il 10 novembre, e Andrew arrivò a Londra una settimana in anticipo. Era solo. Aveva pregato Denny e Hope di lasciarlo assolutamente solo. E aveva preso una camera al Museum Hotel per concedersi tutto alla malinconia delle rimembranze.

Benché esteriormente apparisse padrone di sé, il suo stato mentale era da disperato. Oscillava fra foschi accessi d'amarezza e una sospensione emotiva causata non solo dai suoi dubbi circa il futuro ma anche dal vivo ricordo d'ogni singolo momento della sua carriera passata. Sei settimane addietro la crisi presente lo avrebbe trovato ancora intontito dall'angoscia prodotta in lui dalla morte di Cristina; indifferente, apatico. Ma ora, guarito, pronto a riprendere il lavoro, sentiva l'urto della situazione con crudele intensità. Si rendeva conto, col cuore pesante, che, se le sue rinate speranze erano destinate a perire, allora tanto valeva che morisse anche lui.

Questi ed altri simili pensieri affollavano di continuo il suo cervello, producendo alle volte uno stato di confusione esasperante. Non poteva capacitarsi che lui, Andrew Manson, fosse in una così terribile situazione, realmente di fronte allo spaventoso incubo che costituisce lo spauracchio di ogni singolo dottore. Perché era sottoposto a un consiglio di disciplina? Perché volevano radiarlo dai quadri? Non aveva fatto nulla di disonorante. Non si era macchiato di alcuna fellonia, di alcun delitto. Non aveva fatto che guarire Mary Boland dalla tisi.

Aveva affidato la sua difesa a Hopper & Co., di Lincoln's Inn Fields, una ditta che Denny gli aveva calorosamente raccomandata. A prima vista Thomas Hopper non era impressionante, un ometto dalla faccia rossa e con occhiali cerchiati d'oro, e con modi indaffarati e complimentosi. A causa d'un difetto di circolazione, andava soggetto a frequenti attacchi di rossore che gli davano un'aria impacciata; peculiarità che certo non era fatta per ispirare fiducia. Nondimeno Hopper era fermo nelle sue vedute circa l'impostazione della difesa. Quando Andrew, nel primo sfogo della sua tormentosa indignazione, aveva espresso il desiderio di sollecitare i buoni uffici di Sir Robert Abbey, l'unico amico influente che avesse a Londra, Hopper aveva aridamente sottolineato il fatto che Abbey era membro del Consiglio di Disciplina. Con uguale disapprovazione l'affaccendato avvocatino aveva opposto un veto reciso alla frenetica insistenza di Andrew concernente il pronto richiamo telegrafico di Stillman dall'America. Avevano già tutte le testimonianze che Stillman avrebbe potuto procurare, e la presenza personale del praticone senza laurea poteva solo servire a indisporre i membri del Consiglio. Per la stessa ragione, Marland, il direttore di Bellevue, doveva essere escluso dal dibattito.

A poco a poco Andrew cominciava a vedere che l'aspetto legale del caso era radicalmente diverso da quello che si raffigurava lui. La sua logica frenetica, che lo urgeva a protestare la propria innocenza negli uffici del suo avvocato, indusse quest'ultimo ad aggrottare la fronte, quando si vide forzato a dichiarare: "Se c'è una cosa che devo implorare da voi, dottor Manson, è la promessa che *non* vi esprimerete in questi termini alla seduta di mercoledì. V'assicuro che nulla potrebbe portarvi maggior pregiudizio."

Andrew rimase di stucco, con gli occhi ardenti sulla faccia di Hopper. "Ma voglio che sappiano la verità. Voglio dimostrar loro che guarendo quella ragazza ho fatto la miglior cosa che mi sia riuscito di fare da molti anni in qua. Dopo aver sprecato tanto tempo senza compiere nulla di buono, finalmente conseguo un reale successo a beneficio di un'inferma, ed ecco che mi si accusa d'un delitto."

Gli occhi di Hopper dietro le lenti espressero una sentita sollecitudine, e il sangue gli soffuse la pelle di rossore. "Prego, *prego*, dottor Manson! Voi *non capite* la gravità della nostra situazione. Devo prendere quest'occasione per dirvi francamente che nel migliore dei casi considero le nostre probabilità di... successo, *estremamente* smilze. I precedenti sono in massa *contro* di noi. Kent nel 1909, Louden nel 1912, Fulger nel 1919, furono tutti radiati per rapporti con persone estranee alla professione. Senza contare il famoso caso Hexam nel 1921. Hexam è stato radiato per aver somministrato un anestetico totale ad un cliente di Jarvis, l'aggiustatore di ossa. Ora ciò che vorrei ottenere da voi è questo: che vi limitiate a rispondere alle domande con un sí o con un no, o, se impossibile, con la massima brevità. Perché vi avviso solennemente che se vi lanciate a capofitto in una di queste digressioni che mi avete offerte in questi giorni, perderemo incontestabilmente la causa, e il vostro nome verrà radiato dai ruoli com'è vero che il mio è Thomas Hopper."

Andrew adunque aveva finito per rendersi conto che doveva tener se stesso sotto severo controllo. Qui doveva, come un paziente allungato sul tavolo d'operazione, assoggettarsi passivamente alle formalità della procedura del Consiglio. Ma temeva che gli riuscisse difficile raggiungere questo stato di passività. La sola idea di dover rinunciare a qualsiasi tentativo di difendersi dalle accuse, e solo rispondere ottusamente sí o no, lo faceva uscir dai gangheri.

L'indomani, benché avesse dormito profondamente, si svegliò sotto un senso di ancor maggiore ansietà. Mentre si vestiva, le mani gli tremavano. Si rimproverava d'esser venuto in quell'albergo che gli ricordava i giorni dei suoi esami. La sensazione che provava ora era identica a quella che aveva provata alla vigilia degli esami, ma intensificata cento volte.

Non poté far colazione. La seduta cominciava alle undici, e Hopper lo aveva pregato di arrivare in anticipo. Calcolava che non gli sarebbero occorsi piú di dieci minuti per recarvisi, e per distrarsi si impose di dare un'occhiata ai giornali in sala di lettura fino alle dieci e mezzo. Ma il suo tassí restò poi ingorgato in una lunga sosta del traffico dovuta ad un'ostruzione verificatasi in Oxford Street. Arrivò alla sede del G.M.C. quando scoccavano le undici.

Si affrettò nella Camera del Consiglio, e la sola impressione che ne ricevette, entrando, fu quella dovuta alla vastità dell'ambiente, ed all'imponenza che vi assumeva, sopra un palco elevato, il tavolone al quale sedevano col presidente Sir Jenner Halliday i membri del Consiglio.

All'estremità opposta della sala stavano sedute, come attori in attesa di entrare in scena, le persone che partecipavano alla sua causa. C'era Hopper, Mary Boland accompagnata da suo padre, Nurse Sharp, il dottor Thoroughgood, un'infermiera del Victoria, e finalmente Mr Boon, il pubblico ministero: li vide tutti distintamente con una sola occhiata circolare. Poi andò frettoloso a prender posto accanto a Hopper.

"V'avevo pregato di venire in anticipo," disse l'avvocato in tono di biasimo. "L'altro caso è quasi finito. È fatale, agli occhi del Consiglio, essere in ritardo."

Andrew non diede risposta. Come Hopper aveva detto, il Presidente stava appunto pronunciando il giudizio sul caso anteriore: un'altra radiazione dai ruoli. Andrew non poté astenersi dal guardare con interesse il suo collega di sventura, un individuo male in arnese che aveva l'aria di aver dovuto lottare duramente per guadagnarsi l'esistenza. L'espressione di abbattimento che palesò nel sentirsi condannare da quell'augusto corpo di colleghi mandò un brivido nella spina dorsale di Andrew.

Ma, a parte l'effimera compassione che sentí per quel disgraziato, non poteva indugiare sui casi altrui. L'usciere annunciò il suo. Il cuore gli si contrasse all'inizio del procedimento.

L'accusa venne letta formalmente. Poi Mr George Boon, che fungeva da pubblico ministero, si alzò. Era una figura magra, precisa, con giacca a falde lunghe, sbarbato, gli occhiali a molla appesi ad un largo nastro nero. La sua voce era sicura.

"Signor Presidente, signori, il caso che siete per esaminare, non ha, ritengo, alcun rapporto con qualsiasi teoria di medicina definita nella sezione del 28 del Medical Act. Al contrario, costituisce un esempio cristallino di associazione, da parte d'un professionista, con un individuo fuori quadro: associazione che, posso forse osservare, il Consiglio ha testé avuto motivo di deplorare.

"I fatti in causa sono i seguenti. La malata, Mary Boland, sofferente di tisi apicale, venne ricoverata nel reparto del dottor Thoroughgood al Victoria Chest Hospital il 18 luglio. Vi rimase, sotto le cure del dottor Thoroughgood, fino al 14 settembre, giorno in cui si accomiatò col pretesto che desiderava tornare a casa. Dico pretesto perché, nel giorno della sua partenza, invece di ritornare a casa, la malata fu accolta sulla porta dell'ospedale dal dottor Manson che la condusse immediatamente in un istituto denominato Bellevue, che si propone, credo, di intraprendere la cura di disturbi polmonari.

"Arrivata in detta località la malata fu messa a letto ed esaminata dal dottor Manson in unione col proprietario dello stabilimento, Mr Richard Stillman, individuo non qualificato, e, per giunta, da quanto si dice, forestiero. Dopo l'esame fu deciso *in consulto*, — attiro in modo particolare l'attenzione del consiglio su questa dicitura, — *in consulto*, dal dottor Manson e da Mr Stillman, di operare la malata e di praticare il pneumotorace. In seguito a che, il dottor Manson somministrò l'anestetico locale, e l'introduzione fu compiuta dal dottor Manson e da Mr Stillman.

"Ora, signori, avendo succintamente lumeggiato il caso mi propongo col vostro permesso di produrre testimoni. Dottor Eustace Thoroughgood, favorite."

L'interpellato si alzò ed avanzò. Boon si tolse gli occhiali, e tenendoli in mano per accentuare i suoi punti, procedette all'interrogatorio:

"Dottor Thoroughgood, non desidero imbarazzarvi. Siamo ben consci della vostra reputazione, potrei dire della vostra preminenza, come specialista delle malattie polmonari, e non dubito che voi possiate essere animato da un senso d'indulgenza nei riguardi del vostro collega juniore, ma dottor Thoroughgood, non è un fatto che sabato 10 settembre il dottor Manson sollecitò da voi un consulto relativo a questa malata Mary Boland?"

"Sí."

"E non è anche un fatto che nel corso di tale consulto il dottor Manson ha fatto pressione su di voi perché adottaste una linea di cura che voi ritenevate imprudente?"

"Mi ha espresso il desiderio che venisse compiuto il pneumotorace."

"Esattamente. E, nell'interesse della vostra cliente, voi avete rifiutato?"

"Sí."

"Era il modo del dottor Manson per qualche verso peculiare quando voi rifiutaste?"

"Ma..." Thoroughgood esitava.

"Non esitate, dottor Thoroughgood! Rispettiamo la vostra naturale reticenza, ma qui conviene sormontarla."

"Non sembrava totalmente in sé, quel giorno. Mi è parso che dissentisse dalla mia decisione."

"Grazie, dottor Thoroughgood. Voi non avevate alcun motivo per immaginare che la paziente fosse malcontenta delle cure che riceveva all'ospedale" (alla sola idea di tanta enormità, un liquido sorriso sfiorò l'arida faccia di Boon) "...che la paziente avesse fondate ragioni per lamentarsi sia di voi, sia dei vostri dipendenti?"

"Nessuno, affatto. La malata sembrava sempre compiaciuta, felice e contenta."

"Grazie, dottor Thoroughgood."

Boon prese in mano un'altra carta. "E ora, Ward Sister Myles, favorite."

Il dottor Thoroughgood si sedette. L'infermiera chiamata si fece avanti. Boon riepilogò: "Sister Myles, nella mattina di lunedí 12 settembre, due giorni dopo questo consulto tra il dottor Manson e il dottor Thoroughgood, il dottor Manson è venuto a visitare la paziente?"

"Sí."

"È venuto all'ora solita della visita?"

"No."

"Ha esaminato la paziente?"

"No. Ha solo discorso con lei."

"Precisamente, Sister. Una lunga e seria conversazione, se mi è lecito di ripetere le parole della vostra dichiarazione scritta. Ma ora diteci, Sister, in parole vostre, che cosa accadde subito dopo la partenza del dottor Manson?"

"Circa mezz'ora dopo, il numero 17, vale a dire Mary Boland, mi ha detto: Sister, ho deciso di andar via. Siete stata molto gentile con me. Ma voglio partire mercoledí."

Boon si affrettò a ripetere enfaticamente: "Mercoledí.

Grazie, Sister. Era questo il punto che volevo mettere in evidenza. Non c'è altro, per ora."

L'infermiera si ritirò. Boon abbozzò, con la mano che teneva gli occhiali, un gesto di soddisfazione. "E ora, Nurse Sharp, favorite." Pausa premeditata. "Nurse Sharp, voi siete in grado di sostenere quello che avete affermato, nella vostra dichiarazione scritta, circa le mosse del dottor Manson nel pomeriggio di mercoledí 14 settembre?"

"Sí. Ero presente."

"Deduco dal vostro tono, Nurse Sharp, che eravate presente contro la vostra volontà."

"Quando ho capito dove s'andava e chi era quello Stillman, non un dottore, né altro, ero..."

"Sciocca," suggerí Boon.

"Sí, proprio," sbottò Nurse Sharp. "Non avevo mai avuto a che fare con altri se non con veri dottori, specialisti, tutta la mia vita."

"Esattamente," cantarellò Boon. "Adesso, Nurse Sharp, c'è ancora un punto che vorrei che metteste bene in chiaro per il beneficio del Consiglio. Il dottor Manson ha effettivamente cooperato con Stillman?"

"Sí," rispose la donna, con accento vendicativo.

A questo punto, Sir Robert Abbey si sporse in avanti e pose, con soavità, una domanda alla teste, tramite il Presidente: "Non si dà il caso che la teste avesse già ricevuto dal dottor Manson la notifica del suo licenziamento, quando ebbero luogo gli eventi in questione?"

Nurse Sharp arrossí violentemente, perdette contegno e balbettò: "Sí, infatti."

Boon si affrettò a metterla in libertà. Era leggermente indispettito dall'interruzione, che giudicava sommamente inopportuna, di Sir Robert Abbey. Ma non tardò a riprendersi e rivolto alla tavola del Consiglio dichiarò:

"Signor Presidente, signori, potrei seguitare a produrre testimoni, ma ho troppa considerazione del tempo, che so prezioso, del Consiglio. Inoltre presumo di aver fornito prove esaurienti. Non pare esistere il minimo dubbio sul fatto che la paziente Mary Boland è stata, con la totale connivenza del dottor Manson, rimossa dalle cure di un eminente specialista d'uno dei migliori ospedali di Londra, e trasferita in un *discutibile istituto* — cosa che per se stessa costituisce una grave infrazione delle buone usanze professionali — e che quivi il dottor Manson si associò con l'inqualificato proprietario di detto istituto nell'eseguire una pericolosa operazione già dichiarata inopportuna dal dottor Thoroughgood, lo specialista moralmente responsabile del caso.

"Signor Presidente, signori, io sostengo che qui non siamo, come potrebbe apparire a prima vista, di fronte ad una circostanza isolata, ad un'accidentale sconvenienza di maniere, ma davanti ad un'infrazione preconcetta, sistematicamente studiata, del codice medico."

Boon si sedette, compiaciuto di sé, e prese a strofinare le lenti. Seguí un momento di silenzio. Andrew teneva gli occhi fissi sul pavimento. Era stata una tortura per lui tollerare una cosí tendenziosa presentazione dei fatti. Amaramente si diceva che lo trattavano come un abbietto delinquente. In quel momento il suo avvocato si fece avanti, e si preparò a parlare.

Come al solito, Hopper pareva agitato, era rosso in faccia, ed impacciato nell'ordinare le sue carte. Tuttavia, la sua apparente timidezza parve guadagnargli l'indulgenza del Consiglio. Il presidente disse: "Dunque, Mr Hopper?"

Hopper si schiarí la gola.

"Signor Presidente, signori, non contesto le prove addotte da Mr Boon. Non intendo andar oltre i fatti. Ma il modo con cui sono stati presentati fa torto al mio cliente. Esistono, in aggiunta, alcuni punti che gettano sulle vicende una luce piú favorevole sul mio cliente.

"Non è stato detto, ad esempio, che Miss Boland era prima di tutto una cliente del dottor Manson, dacché essa lo consultò l'11 luglio prima di conoscere il dottor Thoroughgood. Inoltre il dottor Manson era personalmente interessato al caso. Miss Boland è figlia di un suo intimo amico. Cosicché tutto il tempo egli si riteneva responsabile della cura. Dobbiamo francamente ammettere che l'azione del dottor Manson fu male ispirata. Ma faccio rispettosamente osservare che non fu né disonorante né malevola.

"Abbiamo udito accennare alla leggera divergenza d'opinioni, esistente fra il dottor Thoroughgood e il dottor Manson, circa il trattamento da applicare. Tenendo presente la grande sollecitudine del dottor Manson per l'inferma era naturale che desiderasse riprendere nelle proprie mani la direzione delle cure. Era altrettanto naturale che egli rifuggisse dal causare un dispiacere al suo seniore. Queste due, e non altre, furono le ragioni del sotterfugio sul quale Mr Boon ha posto un accento cosí forte."

Qui Hopper fece una pausa, trasse il fazzoletto e tossí. Aveva l'aria di chi sta per affrontare un ostacolo piú difficile. "Venendo ora al punto dell'associazione con Mr Stillman di Bellevue, presumo che i membri del Consiglio non siano ignari della fama di Mr Stillman. Benché non laureato, gode effettivamente di una certa rinomanza, e si dice per di piú che ha condotto a buon fine certe cure finora non tentate da altri."

Il Presidente interruppe con gravità: "Mr Hopper, come potete voi, profano, parlare di tali questioni?"

"D'accordo, Sir," bofonchiò Hopper prontamente. "Quello che voglio mettere in luce è che lo Stillman rivela doti di carattere. Fatto sta che si presentò egli stesso al dottor Manson vari anni fa mediante una lettera in cui si congratulava col dottor Manson al riguardo di uno studio da questo compiuto sui polmoni. I due si incontrarono piú tardi su basi puramente extraprofessionali, allorché lo Stillman venne qui per l'impianto della sua clinica. Cosí, sebbene sia da taluni denigrato, era naturale che il dottor Manson, cercando un posto nel quale curare lui stesso Miss Boland, si avvalesse delle convenienze offertegli dal sanatorio di Bellevue. Il mio amico Mr Boon ha alluso a Bellevue come a un *discutibile istituto*. Su questo punto penso che potrà interessare il Consiglio udire il parere d'una testimone. Miss Boland, favorite."

Come Mary s'alzò, tutti i membri del Consiglio si volsero a guardarla con marcata curiosità. Benché nervosa, sembrava in uno stato di salute normale. "Miss Boland," disse Hopper, "desidero che ci diciate con tutta franchezza: avete avuto qualcosa di cui lamentarvi durante la vostra permanenza a Bellevue?"

"No, al contrario." Dalla studiata moderazione del suo tono, Andrew capí che era stata accuratamente istruita in anticipo.

"Non avete sofferto alcun pernicioso effetto in seguito alle cure che vi furono prodigate?"

"Al contrario. Sto meglio."

"L'operazione cui foste sottoposta fu effettivamente quel-

354

la che il dottor Manson aveva suggerita, nel primo colloquio che ebbe con voi l'11 luglio?"

"Sí."

"È questo un fatto rilevante?" domandò il Presidente.

"Ho terminato con la teste," rispose, sollecito, Hopper. Mary si sedette. Hopper avanzò le mani verso il Consiglio nel suo stile conciliante. "Quello che mi propongo di dimostrare, signori, è che la cura attuata a Bellevue fu effettivamente quella che il dottor Manson aveva suggerita, sebbene sia stata attuata da persona estranea alla Facoltà. Sostengo che non vi fu, nell'intenzione del fatto, alcuna cooperazione professionale tra lo Stillman e il dottor Manson. Desidero interrogare il dottor Manson."

Andrew s'alzò, acutamente conscio della sua posizione, di ogni occhio fisso su di lui. Era pallido e smunto. Nel fondo dello stomaco aveva un senso di vuoto freddo. Udí Hopper interpellarlo. "Dottor Manson, avete ricavato alcun profitto finanziario da questa pretesa collaborazione con Mr Stillman?"

"Non un penny."

"Non avevate alcun movente inconfessabile, alcun basso obiettivo, nel fare ciò che avete fatto?"

"No."

"Non eravate mosso da malanimo contro il vostro seniore dottor Thoroughgood?"

"No. Andavamo d'accordo. Solo, in questo caso, non avevamo la stessa opinione."

"Esatto," interpose Hopper con una certa sollecitudine. "Dunque potete assicurare il Consiglio che onestamente e sinceramente non avevate alcuna intenzione di offendere il codice medico, né la piú remota idea che la vostra condotta fosse minimamente disonorante."

"Questa è la verità assoluta."

Hopper represse un sospiro di sollievo e con un cenno del capo invitò Andrew a sedere. Benché si fosse ritenuto obbligato a produrre questo teste, aveva temuto l'impetuosità del suo cliente. Ma ora l'ostacolo era superato; e sentiva che, se abbreviava il suo riepilogo, c'era adesso qualche probabilità di successo. Disse, con aria contrita: "Non intendo trattenere piú a lungo il Consiglio. Ho cercato di dimostrare che il dottor Manson ha unicamente commesso un disgraziato errore. Faccio appello non solo alla giustizia ma all'indulgenza del Consiglio. E vorrei infine attirare l'attenzione del Consiglio sui titoli del mio cliente. Il suo passato è tale che chiunque potrebbe esserne fiero. Siamo tutti a conoscenza dei casi in cui uomini di valore si sono resi rei di un unico errore e, incapaci di ottenere indulgenza, si son visti troncare la carriera. Spero, e anzi mi auguro, che questo caso che state per giudicare non sia uno di quelli."

Il suo tono umano e di scusa conseguì un mirabile effetto sul Consiglio. Ma quasi immediatamente Mr Boon sorse di nuovo in piedi, sollecitando l'indulgenza del Presidente.

"Col vostro permesso, Sir, ho uno o due punti da sottomettere al dottor Manson." Voltandosi invitò, con un cenno della mano con cui teneva gli occhiali, Andrew ad alzarsi. "Dottor Manson, la vostra ultima risposta non mi è risultata completamente chiara. Dite che non avevate nozione che la vostra condotta potesse essere disonorevole. Eppure sapevate che lo Stillman non era un *gentleman qualificato*."

Andrew considerò Boon di sotto i sopraccigli aggrottati. L'atteggiamento del cavilloso avvocato lo aveva, durante tutta la seduta, fatto apparire colpevole di qualche atto disonorante. Ora una piccola scintilla veniva lentamente riscaldando il vuoto freddo che sentiva dentro di sé. Disse, distintamente:

"Sí. Sapevo che non era laureato."

Boon abbozzò un piccolo gesto di soddisfazione. Disse, in tono di trionfo: "Vedo, vedo. Eppure, nemmeno questo vi ha fatto esitare."

"Nemmeno questo," echeggiò Andrew, con subitanea indignazione. Sentiva sfuggirgli il dominio di sé. Tirò un lungo respiro. "Mr Boon, v'ho ascoltato pazientemente porre una gran quantità di domande, stamattina. Volete permettermi di rivolgerne una a voi? Avete sentito parlare di Louis Pasteur?"

Boon parve sorpreso. "Chi non ha sentito parlare di Louis Pasteur?"

"Precisamente. Chi non ha mai sentito parlare di Louis Pasteur? Ma voi siete probabilmente ignaro del fatto che Louis Pasteur, la massima figura di tutto il mondo scientifico della medicina, non era un *dottore*. Né lo era Ehrlich, l'uomo che diede alla medicina il piú efficace farmaco di tutti i tempi. Né lo era Haffkine, che combatté la peste

356

in India meglio di quanto abbia fatto qualunque *gentleman qualificato* dappertutto. Né lo era Metchnikoff, secondo solo a Pasteur. Perdonatemi di ricordarvi questi fatti elementari, Mr Boon. Possono insegnarvi che chi combatte le malattie, senza avere il proprio nome nei ruoli, non è necessariamente un furfante o un idiota!"

Silenzio elettrico. Finora la procedura s'era trascinata in un'atmosfera di pomposa aridità, di banalità stantia, come in una corte di second'ordine. Ma adesso ogni singolo membro del Consiglio sedeva eretto. Abbey, in particolare, teneva gli occhi su Andrew con una strana fissità. Passò qualche momento. Hopper, coprendosi la faccia con una mano, imprecava dentro di sé. Adesso la causa era bell'e perduta. Boon, indispettito dalla brutta figura che Andrew gli aveva fatto fare, tentò la riscossa:

"Sí, sí, sono nomi illustri, lo sappiamo. Forse voi mettete Stillman sullo stesso piano?"

"Perché no?" ribatté Andrew con calore. "Quei nomi sono illustri solo perché gli individui sono morti. Virchow rideva di Koch vivo, lo denigrava. Noi, oggi, non ridiamo di Koch. Ridiamo degli Stillman, degli Spahlinger. Ecco qui un altro esempio per voi: Spahlinger, un pensatore scientifico veramente grande ed originale. Non è dottore. Non ha lauree. Ma per la medicina ha fatto piú di migliaia di dottori che si scarrozzano in automobile ed esagerano nelle tariffe, mentre Spahlinger vien combattuto, e insultato, e costretto a profondere il suo patrimonio nelle ricerche finché sia ridotto a povertà."

"Dobbiamo inferire," Boon fu capace di assumere un piglio sardonico, "che voi ammirate altrettanto lo Stillman?"

"Sicuro. È un grand'uomo, un uomo che ha dedicato tutta la sua vita al bene dell'umanità. Ha dovuto combattere la gelosia, i pregiudizi e anche la calunnia. Nel suo paese ha vinto. Ma apparentemente non qui. Tuttavia io sono convinto che ha fatto di piú, contro la tubercolosi, di qualunque uomo vivente in questo paese. È fuori della professione. Sia! Ma ce n'è un mucchio, dentro, che hanno, sí, combattuto il bacillo tubercolare per tutta la loro vita, ma che non hanno ottenuto alcun risultato."

Nella vasta aula passò un fremito di commozione. Gli occhi di Mary Boland, ora fissi su Andrew, splendevano di amicizia e di ansietà. Hopper, con una faccia lugubre e con mosse lente, raccoglieva le sue carte nella borsa.

Il Presidente intervènne. "Vi rendete conto di quello che dite?"

"Sí." Andrew serrò freneticamente le mani sullo schienale della sua seggiola, conscio di essersi lasciato trascinare in una grave indiscrezione, ma risoluto a sostenere le sue opinioni. Teso al punto di massima resistenza, si sentí preso da una strana temerarietà. Se avevano deciso di radiarlo, almeno voleva offrirgliene l'estro lui. Continuò, precipitosamente:

"Ascoltando la requisitoria che è stata pronunciata contro di me, tutto il tempo mi son domandato quale male avessi fatto. Io non ho mai inteso di associarmi con dei ciarlatani. Non credo nella medicina empirica. Ecco perché trascuro e disprezzo la metà della pubblicità cosiddetta scientifica che piove di continuo nella mia cassetta delle lettere. So che sto parlando con maggior calore di quanto è ritenuto lecito in quest'adunanza, ma non posso tacere. Siamo assai lunghi, nella professione, dall'essere liberali come dovremmo. Se continuiamo a sostenere che tutto è male fuori della professione, e tutto è bene dentro, causeremo la morte del progresso scientifico. Non faremo che convertirci in una impotente società di protezione del commercio. È ora che cominciamo a metter ordine in casa, e non alludo alle sole cose ovvie, superficiali. Dobbiamo andare alle origini, pensare all'istruzione disperatamente inadeguata che i dottori ricevono. Quando mi son laureato io, ero, piú che altro, una minaccia per la società. Tutto quello che sapevo erano i nomi di pochi malanni e delle droghe con cui si pretendeva che li risanassi. Tutto quello che so, l'ho imparato dopo. Ma quanti sono i dottori che imparano qualche cosa, oltre agli ordinari erudimenti che spigolano dalla pratica? Non han tempo. Qui è dove tutta la nostra organizzazione è marcia. Dovremmo venir raggruppati in unità scientifiche. Dovrebbero esserci dei corsi posteriori alla laurea. Si dovrebbe eseguire un grande tentativo per portare la scienza in prima linea, senza il soccorso delle boccette medicinali, per dare ad ogni professionista la possibilità di studiare, di collaborare nelle ricerche. E che dire del commercialismo? Della caccia alle ghinee, delle operazioni non necessarie, delle miriadi di preparati pseudoscientifici che usiamo? Non è tempo che parte almeno di tutto ciò venga eliminato? Tutta la Facoltà è di gran lunga troppo intollerante ed esclusiva. Strutturalmente siamo statici. Non pensiamo mai ad avanzare, ad alterare il sistema. Diciamo che faremo, e non facciamo mai. Da anni veniamo blaterando sulle condizioni di servaggio sotto cui lavorano le infermiere, sulla meschinità dei loro salari. Ebbene? Continuano a lavorare come schiave per gli stessi compensi. Questo è un solo esempio. Ciò cui alludo va oltre. Non diamo ai pionieri una possibilità. Il dottor Hexam, che ha avuto il coraggio di anestetizzare un cliente di Jarvis, il cosiddetto manipolatore, è stato radiato dai quadri. Dieci anni dopo, quando Jarvis aveva sanato centinaia di casi che avevano reso perplessi i migliori chirurghi di Londra, ed era stato elevato alla nobiltà, quando i benpensanti lo proclamavano un genio, allora per fare ammenda gli abbiamo regalato un onorario M.D. A quest'epoca, Hexam era morto di crepacuore. Io so di aver fatto una quantità di errori nella pratica. E li rimpiango. Ma non ho commesso alcun errore con Richard Stillman. E non rimpiango quello che ho fatto con lui. Vi chiedo solo di guardare Mary Boland. Era malata di tisi apicale quando andò a Bellevue. È guarita. Se avete bisogno di una giustificazione della mia infamante condotta, eccola qui dinanzi ai vostri occhi."

Terminò bruscamente e si sedette. Al tavolo del Consiglio la faccia di Abbey si illuminò stranamente, Boon, ancora in piedi, fissava Andrew con sentimenti misti. Poi, riflettendo, vendicativamente, che se non altro aveva dato, a questo arrivista d'un dottorino, corda sufficiente con cui impiccarsi, si inchinò al Presidente e sedette.

Per un minuto un silenzio peculiare riempí l'aula; poi il Presidente fece la solita dichiarazione: "L'aula sia sgombrata."

Andrew uscí con gli altri. Adesso la sua temerarietà era svanita, e la sua testa, tutto il suo corpo pulsava come una macchina sottoposta ad uno sforzo eccessivo. L'atmosfera lo soffocava. Non poteva tollerare la vista di Hopper, di Boland, di Mary e degli altri. Rifuggiva soprattutto dal malinconico biasimo che leggeva sulla faccia del suo avvocato. Sapeva di essersi comportato da imbecille, un imbecille rovinosamente declamatorio. Adesso vedeva la propria franchezza come una pura follia. Certo era pazzia arringare il Consiglio come aveva fatto. Avrebbe dovuto fare non il medico ma l'oratore in Hyde Park.

"Bah. Ci pensa il Consiglio, a scacciarmi dall'Ordine." Andò a rifugiarsi nel camerino, desideroso solo di star solo, e sedette sull'orlo di uno dei lavabi, cercandosi meccanicamente le sigarette in tasca. Ma il fumo non sapeva di niente sul suo palato arido, e schiacciò la sigaretta sotto il tallone. Era strano che, dopo aver detto contro la professione le dure verità di poco prima, dovesse sentirsi cosí infelice all'idea di venirne scacciato. Pensò che Stillman poteva dargli un impiego. Ma non era questo il lavoro che voleva. No. Voleva mettersi con Denny e con Hope, sviluppare la propria idea, far penetrare la punta del suo obiettivo nella pelle d'ippopotamo dell'apatia e del conservatorismo. Ma tutto questo, in Inghilterra, si poteva fare solo alla condizione di appartenere alla professione. Adesso Denny e Hope dovevano rassegnarsi ad armare da soli il cavallo di Troia. Investito da una grande ondata d'amarezza, vedeva il futuro stendersi desolato davanti a lui. Sperimentava già quello che è il piú penoso di tutti i sensi, il senso dell'esclusione. E con esso la certezza di essere un uomo finito.

Il rumore di passi nel corridoio lo rimise in piedi. Si uní agli altri e rientrò nella Camera del Consiglio, dicendosi che una sola cosa gli rimaneva da fare: evitare di mostrarsi prostrato. Si impose di non manifestare il minimo segno di servilità, di debolezza. Con gli occhi fissi al pavimento, immediatamente innanzi a sé, non vedeva nessuno, si proibiva di dare una sola occhiata al tavolo elevato sul palco, rimaneva assolutamente immobile e passivo. Tutti i piccoli rumori della stanza — il tramestio delle seggiole, le tossi, i bisbigli, persino l'incredibile suono d'una matita che qualcuno faceva ticchettare sul tavolo — echeggiavano distintamente attorno a lui.

Ma d'un tratto si fece silenzio. Uno spasimo di rigidezza prese possesso di Andrew. Pensò: ecco arrivato il momento! Il Presidente parlò. Adagio, scandendo le parole:

"Andrew Manson, debbo informarvi che il Consiglio ha dato attenta considerazione all'accusa formulata contro di voi ed alle testimonianze addotte per giustificarla. Il Consiglio è del parere che, nonostante le circostanze peculiari al caso e la presentazione particolarmente ed insolitamente colorita che voi ne avete fatto, avete agito in buona fede ed eravate sinceramente desideroso di conformarvi allo spirito della legge morale che esige un alto *standard* di condotta professionale. Debbo, di conseguenza, informarvi che il Consiglio non ha creduto opportuno di ordinare al Registro di radiare il vostro nome."

Per un vertiginoso secondo Andrew non capí. Poi un inatteso brivido lo scosse tutto. Non lo avevano radiato. Era libero, riabilitato, innocente.

Alzò vacillante la testa, verso il tavolo del Consiglio. Di tutte le facce, stranamente cancellate, rivolte verso di lui, l'unica che vide distintamente fu quella di Robert Abbey. La comprensione che lesse nei suoi occhi gli rivelò, in un baleno luminoso, che era lui che lo aveva salvato. Mormorò, debolmente e benché si rivolgesse al Presidente, era ad Abbey che parlava:

"Grazie, signore."

Il Presidente disse: "Il caso è terminato."

Andrew s'alzò, e si vide immediatamente circondato dai suoi amici, Boland, Mary, l'attonito Mr Hopper, altri che non aveva mai visti prima e ora gli scuotevano calorosamente le mani. In qualche modo si trovò nella strada, ancora sottoposto alle manate di Boland sulle spalle, stranamente rassicurato, nella sua nervosa confusione, dagli autobus, dal flusso normale del traffico, riafferrando di quando in quando, con una fitta di gioia, l'incredibile estasi del suo rilascio. D'un tratto vide che Mary teneva su lui gli occhi pieni di lacrime. "Se t'avessero fatto qualche cosa, dopo tutto quello che hai fatto per me, avrei tolto gli occhi a quel brutto Presidente!"

"In nome di Dio!" dichiarò suo padre, irresistibilmente. "Non so di che cosa eravate preoccupati. Il momento che il nostro Andrew ha preso l'aire, ero certo che avrebbe tolto a tutti quanti le brutte idee dalla testa."

Andrew sorrideva, debolmente, dubbiosamente, gioiosamente.

I tre raggiunsero il Museum Hotel dopo la una. E vi trovarono Denny, che col suo passo oscillante da marinaio venne incontro a loro sorridendo con gravità. Hopper gli aveva telefonato la notizia. Disse solo: "Ho appetito. Ma qui non si può mangiare. Venite tutti quanti fuori, v'invito io."

Fecero colazione al ristorante Connaught. Benché la faccia di Denny non manifestasse il minimo barlume d'emozione, benché parlasse quasi esclusivamente di automobili con Boland, egli fece, dell'inopinato raduno, una celebrazione. Dopo, disse ad Andrew: "Il nostro treno parte alle quattro. Hope ci aspetta a Stanborough. Riusciamo ad avere la casa per poco. Devo fare qualche acquisto. Ci ritroviamo alla stazione alle quattro meno dieci."

Andrew lo guardò affettuosamente, memore di quanto gli doveva dal primo momento del loro incontro nell'ambulatorio di Blaenelly. Disse: "Denny, e se mi avessero radiato?"

"Non l'han fatto," rispose Denny, scrollando una spalla. "E baderò io ad evitare che abbiano mai piú il motivo di farlo."

Andrew accompagnò i Boland alla stazione di Paddington. Sulla banchina ripeté loro l'invito che aveva già fatto. "Dovete poi venire senza fallo a trovarci a Stanborough."

"Non mancheremo," lo rassicurò Boland. "In primavera appena ho la vetturetta in ordine."

Quando il loro treno partí, aveva ancora un'ora. Ma sapeva quello che voleva fare. Prese un autobus e tosto fu a Kensaal Green. Entrò nel piccolo camposanto, stette lungo tempo sulla tomba di Cristina, pensando a molte cose. Era un pomeriggio limpído e fresco, con quel frizzo nell'aria che lei aveva tanto amato. Sul ramo di un alberello un passerotto cinguettava giulivo. Quando alfine venne via, affrettandosi per non essere in ritardo, lassú in aria, all'orizzonte, un gran bastione di nuvole si ergeva luminoso, e aveva la forma di un castello.

INDICE

I GRANDI Tascabili Bompiani
Periodico settimanale anno XI numero 177 - 13/5/1991
Registr. Tribunale di Milano n. 269 del 10/7/1981
Direttore responsabile: Giovanni Giovannini
Finito di stampare nell'aprile 1991 presso
il Nuovo Istituto Italiano d'Arti Grafiche - Bergamo
Printed in Italy